Nuova Narrativa Newton
336

Titolo originale: *Vespasian, Tribune of Rome*
Copyright © Robert Fabbri 2011
The moral right of Robert Fabbri to be identified as the author of this work
has been asserted in accordance with the Copyright,
Designs and Patents Act of 1988
Questo romanzo è un'opera di finzione.
Tutti i personaggi, le organizzazioni e gli eventi descritti
sono frutto dell'immaginazione dell'autore
oppure sono usati in modo fittizio.

Traduzione dall'inglese di Giampiero Cara

Prima edizione: febbraio 2012
© 2012 Newton Compton editori s.r.l.
Roma, Casella postale 6214

ISBN 978-88-541-3573-4

www.newtoncompton.com

Realizzazione a cura di Tespi s.r.l., Roma
Stampato nel febbraio 2012 presso Puntoweb s.r.l., Ariccia (Roma)
su carta prodotta con cellulose senza cloro gas provenienti da foreste
controllate e certificate, nel rispetto delle normative ecologiche vigenti.

Roberto Fabbri

Il tribuno

Newton Compton Editori

A Leo, Eliza e Lucas, con tutto il mio amore

PROLOGO

Falacrina, 130 chilometri a nord-est di Roma, 9 d.C.

«Con l'aiuto degli dèi, possa il nostro lavoro essere coronato da successo. Ti prego, padre Marte, di purificare il mio podere, la mia terra e la mia famiglia, in qualunque modo tu voglia».

Recitando quest'antica preghiera, Tito Flavio Sabino levò le palme delle mani al cielo per supplicare la divinità protettrice della sua famiglia. Una piega della sua *toga candida* era tirata sopra la testa in segno di deferenza nei confronti della divinità di cui invocava il favore. Gli stavano intorno tutte le persone che dipendevano da lui: sua moglie, Vespasia Polla, teneva in braccio il loro figlio appena nato; vicino a lei c'erano sua madre, poi suo figlio maggiore, che avrebbe compiuto presto cinque anni. Dietro di loro stavano i suoi liberti, uomini e donne, e infine i suoi schiavi. Erano tutti riuniti intorno al cippo di confine, nel punto più a nord della tenuta sui pendii profumati di resina di pino degli Appennini.

Tito concluse la preghiera e abbassò le mani. Suo figlio maggiore, che si chiamava Tito Flavio Sabino anche lui, si avvicinò al cippo e lo colpì quattro volte con un ramoscello d'ulivo. Fatto questo, la solenne processione lungo il perimetro della terra di Tito si concluse, e tutti cominciarono a tornare verso la fattoria.

Partendo all'alba, c'erano volute più di otto ore per completare il giro e, per quanto potesse capire il giovane Sabino, non era accaduto nulla d'infausto. Suo padre aveva detto la preghiera giusta a ogni angolo della proprietà; non si erano malauguratamente alzati in volo degli uccelli; non si erano abbattuti fulmini dal freddo e terso cielo di fine novembre; e il bue, il maiale e il montone sacrificali erano rimasti tutti placidamente al seguito.

Sabino conduceva il montone, le cui corna erano decorate con nastri dai colori accesi e i cui occhi ottusi si guardavano intorno per osservare quelle che per lui sarebbero state, a sua insaputa, le ultime immagini del mondo.

In circostanze normali, l'imminente decesso del montone non avrebbe procurato alcuna preoccupazione a Sabino. Aveva visto molte volte animali sacrificati o macellati, e aveva persino aiutato Pallo, il figlio dell'amministratore, a torcere il collo ai polli. La morte era una parte naturale della vita. Eppure lui voleva impedire questa morte, perché attraverso di essa una nuova vita, quella del suo fratellino, sarebbe stata purificata. Desiderava poter interrompere quella cerimonia che si stava avvicinando al momento culminante, ma sapeva che, se l'avesse fatto, si sarebbe attirato l'ira degli dèi, che lui temeva almeno quanto odiava quel nuovo fratellino. Il giorno della nascita di quest'ultimo, appena nove giorni prima, Sabino aveva udito per caso sua nonna, Tertulla, portare a suo padre la notizia che su una quercia sacra a Marte, cresciuta sulla proprietà, era spuntato un germoglio così grosso da far sembrare che fosse sorto un altro albero, e non soltanto un ramo. Quand'era nata sua sorella, era venuto fuori soltanto un germoglio corto, gracile e malaticcio che si era seccato ed era morto rapidamente, proprio come lei. Nel suo caso, invece, il germoglio era spuntato lungo e sano, promettendo fortuna, ma era niente in confronto a ciò che quell'auspicio prediceva per suo fratello. Aveva sentito suo padre urlare ringraziamenti a Marte per un bambino del genere, e promettere il bue, il maiale e il montone migliori che possedeva per la lustrazione, la cerimonia di purificazione in cui avrebbe riconosciuto ufficialmente il bimbo come suo figlio e gli avrebbe dato un nome.

«Questo lo crescerò con grande cura, madre», disse Tito, baciandola sulla guancia. «Questo ragazzo è destinato ad andare lontano».

Tertulla scoppiò a ridere. «La vecchiaia ti annebbierà prima di me, Tito. Con la repubblica che non c'è più e con l'impero ormai guidato da un solo uomo, quanto potrà andare lontano un bambino di una famiglia della classe equestre che coltiva la terra sulle colline?»

«Ridi quanto ti pare, madre, ma se un presagio indica grandezza, vuol dire che è la volontà degli dèi, e neanche l'imperatore ha il potere di smentirli».

Da quando aveva udito quello scambio, aveva dovuto trattenere il pianto ogni volta che aveva visto sua madre tenere in braccio il fratellino. Per quasi cinque anni aveva goduto dell'amore e della protezione esclusivi della sua famiglia, ma ora sapeva che colui con cui avrebbe dovuto condividere quell'amore gli sarebbe stato preferito.

Quando finalmente si avvicinarono alla casa, si fece forza; sapeva di dover interpretare la sua parte in quella cerimonia con la dignità che si conveniva ai Flavi, l'antica famiglia sabina in cui era nato. Non avrebbe deluso suo padre Tito.

La processione entrò nel recinto della stalla e si radunò di fronte a un altare di pietra dedicato a Marte, su cui giaceva una pila di legna inzuppata d'olio. A destra dell'altare c'era una torcia accesa in un supporto di ferro; a sinistra, su un tavolo di legno, erano poggiati un'ascia e un coltello.

Sabino si accertò che il montone fosse in piedi in attesa sulla sua destra, nel modo che gli avevano mostrato, quindi osservò l'assembramento intorno a sé. Accanto a suo padre, che teneva in braccio il nuovo fratellino avvolto in fasce, stava sua madre. Era vestita da cerimonia, con un abito di lana nero, la *stola*, che le arrivava alle caviglie; un lungo mantello cremisi, la sua *palla*, che le copriva a metà i capelli corvini strettamente intrecciati, le avvolgeva il corpo e le pendeva dall'avambraccio sinistro. Vespasia sentì lo sguardo di Sabino e si volse verso di lui; le sue labbra sottili si schiusero in un sorriso che le illuminò il volto magro. I suoi occhi scuri si riempirono d'amore e di orgoglio quando vide il giovane figlio avvolto nella toga, quasi un'immagine in miniatura del marito.

La nonna le stava accanto. Era arrivata fin lì dalla sua tenuta costiera a Cosa, a nord di Roma, per la nascita del bambino e per i *nominalia*, la cerimonia di assegnazione del nome. Ormai sulla settantina, portava ancora i capelli come andavano negli ultimi anni della repubblica – arricciati sulla frangia e ben tirati sopra la testa, quindi legati a crocchia sulla nuca – accentuando la rotondità del viso che aveva trasmesso sia al figlio che ai nipoti.

Dietro, stavano i liberti e le liberte della famiglia. Salvio, l'amministratore della proprietà – che aveva sempre un dolcetto al miele o un fico secco in serbo per Sabino ogni volta che lo vedeva – teneva la cavezza del bue. Suo figlio ventenne Pallo gli stava accanto, tenendo il guinzaglio del maiale. Entrambi gli animali attendevano docili, mentre la brezza leggera giocava coi nastri colorati che ornavano anche loro. Ancora più dietro stavano una ventina di uomini e donne di cui Sabino conosceva l'esistenza, ma non i nomi e le mansioni.

Poi c'erano gli schiavi, quasi una cinquantina, che lui in genere trattava come se fossero invisibili, ma che oggi erano presenti per assistere all'assegnazione del nome al nuovo rampollo della famiglia e per partecipare alla festa che ne sarebbe seguita.

Tito si avvicinò all'altare, chinò il capo e borbottò una breve preghiera personale; quindi prese la torcia accesa dal suo sostegno e la gettò sulla legna imbevuta d'olio. Le fiamme divamparono all'istante, emettendo un acre fumo nero che si levò a spirale verso il cielo.

«Padre Marte, fa' che i miei raccolti, il mio grano, le mie vigne e le mie piantagioni possano prosperare e dare buoni frutti; a tale scopo ho ordinato di portare queste offerte per la mia terra. Mantieni in salute i miei muli, i miei pastori e le mie greggi. Da' buona salute a me, alla mia famiglia e a mio figlio appena nato».

Vespasia gli mise delicatamente tra le braccia il bimbo in fasce. Lui lo sollevò, mentre Sabino lo osservava in un gelido silenzio.

«Alla tua presenza e davanti a Nundina, dea della purificazione, lo accetto nella mia famiglia, lo chiamo Tito Flavio Vespasiano e lo dichiaro cittadino nato libero di Roma. Con questa *bulla* lo metto sotto la tua protezione».

Fece scivolare un amuleto d'argento su un laccio di cuoio sopra la testa del bambino, che lo avrebbe indossato fino alla maggiore età per respingere il malocchio.

Tito restituì il neonato a sua moglie e prese accanto all'altare una brocca di vino e tre focacce piatte e croccanti di farina e sale. Versò qualche goccia di vino e sbriciolò una focaccia sulla testa di ogni vittima sacrificale. Prendendo l'ascia, si avvicinò al bue e, toccando con la lama il collo della bestia, la sollevò per il colpo letale. Il bue abbassò la testa, come acconsentendo al proprio destino. Sconcertato per un attimo dall'apparente disponibilità dell'animale al sacrificio, Tito si fermò e si guardò intorno. Sua moglie colse il suo sguardo e, spalancando leggermente gli occhi, lo incitò a continuare. Lui gridò al cielo terso, azzurro: «Per purificare la mia fattoria e la mia terra, e in segno di espiazione, ti offro questo, il miglior bue della mia tenuta. Padre Marte, allo stesso scopo, degnati di accettare questo dono».

Con un movimento improvviso e brutale, l'ascia fendette l'aria. Il bue tremò quando la lama affilata gli tagliò il collo, staccandogli la testa a metà e producendo getti color cremisi che schizzarono su Sabino e su tutti gli altri là vicino, animali o esseri umani che fossero. Tutte e quattro le zampe si piegarono simultaneamente e la bestia si accasciò a terra, morta.

Inzaccherato di sangue, Tito posò l'ascia e prese il coltello. Si avvicinò al maiale che stava accanto a Pallo, apparentemente indifferente alla morte che era appena stata provocata così vicino a lui. Quindi ripeté la preghiera sull'animale condannato, gli mise la mano sinistra sotto la mandibola, gli tirò su la testa e, con uno strattone rapido, violento, gli tagliò la gola.

Ora toccava al montone. Sabino si tolse dagli occhi un po' di sangue caldo e appiccicoso, quindi mise le mani sulla schiena del montone, da entrambi i lati, e lo tenne fermo mentre suo padre ripeteva ancora la preghiera. Il montone sollevò la testa e belò una volta verso il cielo, mentre Tito gli passava con forza il coltello sulla gola; il sangue sgorgò subito, ricoprendo le zampe anteriori che sussultavano e si piegavano sotto l'animale. Sabino sostenne la creatura morente, che non tentò neppure di lottare mentre sanguinava a morte. Presto le zampe posteriori cedettero, seguite a pochi battiti di distanza dal cuore.

Salvio e Pallo girarono le vittime sacrificali sulla schiena, affinché Tito potesse inciderne le pance. Tutta la famiglia riunita trattenne il fiato mentre i due uomini aprivano le carcasse, sforzandosi di tirare indietro le casse toraciche. Il puzzo fetido delle interiora riempì l'aria, mentre Tito immergeva le mani nelle viscere prima del bue, poi del maiale e infine del montone, per rimuoverne con grande destrezza i cuori e gettarli nel fuoco come offerte a Marte. Ormai completamente inzuppato di sangue, l'uomo tagliò via i fegati e li mise sul tavolo di legno. I suoi occhi si spalancarono per lo sbalordimento mentre puliva quegli organi; fece segno a coloro che lo circondavano di avvicinarsi ed esaminare i fegati che teneva in mano. Sulla superficie di ognuno c'erano delle macchie. Sabino sentì un tuffo al cuore: non erano perfette. Aveva già visto abbastanza sacrifici da sapere che un fegato con sopra un segno innaturale era il peggior presagio che si potesse trovare; ma trovare dei segni su tutti e tre era sicuramente una catastrofe. Marte non voleva accettare quel ranocchio del fratello.

Quando si avvicinò, Sabino riuscì a distinguere chiaramente le forme di ogni macchia. Sarebbero passati molti anni, però, prima che potesse comprenderne davvero il significato.

PARTE PRIMA

*Terme di Cotilia, ottanta chilometri a nord-est di Roma,
25 d.C.*

I

Vespasiano percepì l'aroma del maiale croccante che arrostiva mentre guidava su per la collina il suo cavallo per le ultime centinaia di passi che lo separavano dalla casa colonica, nella nuova tenuta dei suoi genitori alle Terme di Cotilia. Davanti a lui, il sole che volgeva al tramonto dava ancora un po' di calore; accarezzava la muratura in pietra lavorata e le tegole di terracotta dei bassi edifici, accentuando le diverse sfumature di rosso, ambra e rame, e facendo risplendere il complesso in mezzo alle conifere e agli alberi di fico scuri che lo circondavano. Era un posto bellissimo a cui far ritorno; situato in cima alle basse colline ai piedi degli Appennini, circondato dalle montagne a nord e a est e affacciato sulla piana di Reate a sud e a ovest. Era stato casa sua per gli ultimi tre dei suoi quasi sedici anni, da quando la sua famiglia si era trasferita lì con i soldi che suo padre aveva fatto riscuotendo le imposte agricole per l'impero nella provincia dell'Asia.

Vespasiano colpì coi talloni i fianchi sudati del cavallo, spronando la bestia stanca a una maggiore velocità per assecondare il proprio desiderio di arrivare a casa. Era stato lontano per tre giorni estenuanti, radunando e spostando più di cinquecento muli dai loro pascoli estivi sul margine orientale della tenuta ai campi più vicini agli edifici della fattoria, in vista dell'inverno. Qui avrebbero trascorso i mesi più freddi, al sicuro dalle nevi e dai forti venti che avrebbero fischiato dalle montagne. In primavera sarebbero stati venduti all'esercito, ma ne sarebbero stati partoriti degli altri, facendo ripartire l'intero ciclo. I muli, naturalmente, non avevano voluto spostarsi, e ne era seguita una lunga lotta, che Vespasiano e i suoi compagni avevano vinto grazie alla pura e semplice inclinazione alla violenza e all'uso giudizioso della frusta. Tuttavia, la soddisfazione provata per aver portato a termine il compito era stata mitigata dal numero di muli mancanti all'inventario finale.

Era accompagnato da sei liberti e da Pallo, subentrato come amministratore della tenuta dopo l'assassinio di suo padre Salvio, avvenuto due mesi prima sulla strada tra le Terme di Cotilia e l'altra tenuta della famiglia a Falacrina, dove Vespasiano era nato. Dopo quell'incidente, non avevano mai più viaggiato da soli o disarmati, neanche all'interno della tenuta. Le Terme di Cotilia erano circondate da colline e gole, e perciò rappresentavano un nascondiglio perfetto per banditi e schiavi fuggiaschi, che predavano il bestiame della tenuta e rapinavano i viaggiatori sulla trafficata via Salaria. Quest'ultima correva lungo i confini meridionali della proprietà, da Roma a Reate, per poi attraversare gli Appennini fino al Mare Adriatico. A quel tempo soltanto uno sciocco l'avrebbe percorsa senza guardie del corpo, anche così vicino a una grande città come Reate, appena visibile in cima a una collina circa quindici chilometri a ovest.

Man mano che Vespasiano e il suo gruppo si avvicinavano alla fattoria, l'odore proveniente dalla cucina s'intensificava e il trambusto degli schiavi della famiglia si faceva sempre più evidente. Pensando che l'attività intorno alla casa fosse più vivace del solito, Vespasiano si voltò verso Pallo e ridacchiò. «Sembra che i miei genitori stiano organizzando una festa per celebrare il ritorno degli eroici guardiani di muli dalla loro annuale battaglia contro il quadrupede nemico».

«E senza dubbio verremo invitati a dipingerci la faccia di rosso e ci verrà concessa una parata trionfale intorno alla tenuta», replicò Pallo. Il buonumore del suo giovane padrone era contagioso. «Magari avremmo dovuto mostrare pietà e portare a casa alcuni prigionieri per sacrificarli a Marte Vittorioso come atto di ringraziamento per la nostra vittoria».

«Pietà?», urlò Vespasiano, infervorandosi. «Pietà per un nemico spietato e terribile come quello che abbiamo affrontato? Mai. I muli si ribellerebbero in tutta la tenuta, e presto sarebbero loro a condurci trionfanti. E tu, Pallo, saresti lo schiavo alla guida della carrozza del generale-mulo, quello col compito di bisbigliare nel suo lungo orecchio: "Ricordati, sei soltanto un mulo!"». In quel momento varcò i pesanti cancelli di legno della fattoria, seguito dalle risa e dai finti ragli dei suoi compagni.

All'interno, gli edifici erano disposti intorno a un cortile rettangolare di sessanta passi per trenta, con la casa principale sulla destra a formare un lato, e le stalle, i magazzini, gli alloggi dei liberti, le botteghe e i baraccamenti degli schiavi gli altri tre. Con l'eccezione dell'isolato delle stalle, con gli alloggi degli schiavi domestici a formare il primo piano, tutti gli edifici erano di un unico piano. Il cortile pullulava di persone – schiavi, liberti o uomini liberi – tutte affaccendate ma attente a inchinarsi al passaggio di Vespasiano, per rispetto nei confronti del figlio più piccolo del loro padrone. Lui smontò e consegnò il cavallo a uno stalliere in attesa, chiedendogli il motivo di tutta quella confusione. Il giovane, non abituato al fatto che un membro della famiglia del padrone gli si rivolgesse direttamente, arrossì e, in un latino pesantemente accentato, balbettò che non lo sapeva. Rendendosi conto che probabilmente nessuno, all'infuori dei suoi familiari, sarebbe stato in grado di dirgli cosa stesse accadendo, Vespasiano decise di aspettare e di chiedere a suo padre, il quale lo avrebbe sicuramente chiamato dopo aver ricevuto il rapporto dell'amministratore sullo stato del bestiame. Fece un cenno al ragazzo ed entrò nell'edificio principale attraverso la porta laterale, direttamente nel peristilio, il giardino del cortile circondato da un portico, sul quale si affacciava la sua stanza. Le eventuali speranze di evitare sua madre furono cancellate quando questa apparve uscendo dal tablino, la sala da ricevimento che conduceva all'atrio.

«Vespasiano», lo chiamò, facendolo fermare all'improvviso.

«Sì, madre», le rispose lui con circospezione, incontrandone lo sguardo severo.

«Mentre eri via a giocare a fare il contadino è arrivato un messaggio da tuo fratello. Sta tornando a casa; lo aspettiamo per stasera».

Quel tono perentorio gli rovinò immediatamente l'ottimo umore. «Allora i preparativi non sono in onore del mio ritorno dopo tre giorni sul campo?», chiese, incapace di resistere alla tentazione di pungolare sua madre.

Lei lo guardò con aria interrogativa. «Non essere impertinente;

cosa ti fa pensare che saresti stato onorato per aver svolto degli umili compiti nella tenuta? Sabino ha servito Roma; il giorno in cui deciderai di fare lo stesso, invece di imboscarti quassù a fraternizzare con i liberti e i muli, sarà il giorno in cui potrai aspettarti di ricevere degli onori. Ora vai a darti una ripulita. Esigo che ti comporti civilmente con tuo fratello stasera, anche se dubito che, negli anni in cui è stato lontano, tu abbia cambiato idea su di lui. In ogni caso, non ti farebbe male se cercassi di andarci d'accordo».

«Lo farei, madre», replicò Vespasiano, passandosi una mano sui corti e sudati capelli castano scuro, «se gli andassi a genio, ma lui non ha mai fatto altro che tiranneggiarmi e umiliarmi. Be', adesso ho quattro anni di più e sono più forte, perciò è meglio che stia attento, perché non ho intenzione di subirlo come quando ero un ragazzino di undici anni».

Vespasia Polla scrutò il tondo viso olivastro di suo figlio e notò un'inflessibile determinazione nei suoi grandi occhi castani, normalmente bonari; non l'aveva mai vista prima.

«Be', parlerò con Sabino quando arriverà e gli chiederò di fare la sua parte per mantenere la pace, come mi aspetto che tu faccia la tua. Ricorda, per te saranno pure quattro anni che non lo vedi, ma per tuo padre e per me sono otto, perché eravamo già in Asia quando lui si è arruolato nelle legioni. Non voglio che i vostri bisticci rovinino il nostro incontro».

Senza dargli l'opportunità di replicare, Vespasia sparì verso la cucina. Senza dubbio per terrorizzare qualche umile schiava là dentro, pensò Vespasiano mentre andava in camera sua per cambiarsi, col buonumore ormai completamente distrutto dalla sgradita notizia dell'imminente ritorno del fratello.

Vespasiano non aveva affatto sentito la mancanza di Sabino nei quattro anni in cui questi aveva prestato servizio come tribuno militare, l'ufficiale di grado più basso, nella Legione IX Ispanica in Pannonia e in Africa. Non erano mai andati d'accordo. Vespasiano non capiva perché, e neppure gliene importava. Era semplicemente un fatto: Sabino lo odiava, e lui contraccambiava quell'odio. Però erano fratelli, e quella era una cosa che non si poteva cambiare; perciò mantenevano i loro rapporti su un piano di gelida normalità in pubblico, mentre in privato... Be', Vespasiano aveva imparato già in tenera età a evitare di restar da solo con suo fratello.

Sulla cassapanca della sua piccola camera da letto era stato messo per lui un catino pieno d'acqua calda. Tirò le tende all'ingresso, si spogliò e si accinse a sciacquar via la polvere accumulata nei tre lunghi giorni di zuffe coi muli. Quando ebbe terminato, si asciugò con un lenzuolo di lino, quindi indossò e strinse con una cintura una tunica bianca pulita, con davanti la sottile striscia purpurea che indicava l'ordine equestre. Prendendo uno stilo e un nuovo rotolo di pergamena, si sedette allo scrittoio che, a parte il letto, era l'unico mobile nella piccola stanza, e cominciò a trascrivere, dagli appunti su una tavoletta di cera, il numero di muli che avevano spostato. A rigore, si trattava di un lavoro da amministratore della fattoria, ma a Vespasiano piaceva tenere la contabilità, che considerava una buona pratica per il giorno in cui avrebbe ereditato una delle tenute di famiglia.

Gli era sempre piaciuto il lavoro della tenuta, anche se era un lavoro manuale che non veniva visto di buon occhio quando a svolgerlo era un rappresentante dell'ordine equestre. Sua nonna aveva incoraggiato l'interesse di Vespasiano per la direzione della fattoria nei cinque anni in cui lui e suo fratello avevano vissuto nella sua tenuta a Cosa, mentre i loro genitori erano in Asia. Per tutto quel tempo, il ragazzo aveva prestato più attenzione a quel che facevano i liberti e gli schiavi al lavoro nei campi che al suo *grammaticus*. Di conseguenza, le sue capacità retoriche e la sua conoscenza della letteratura erano molto carenti, ma sapeva tutto sui muli, sulle pecore e sulle vigne. L'unico ambito in cui il *grammaticus* aveva avuto successo era l'aritmetica, ma soltanto perché Vespasiano aveva riconosciuto l'importanza di quella materia per calcolare i profitti e le perdite della tenuta.

Aveva quasi finito quando suo padre entrò senza bussare. Vespasiano si alzò, chinò la testa in segno di saluto e attese che gli venisse rivolta la parola.

«Pallo mi dice che avete perduto sedici capi del nostro bestiame nell'ultimo mese; è vero?»

«Sì, padre. Sto giusto finendo i miei calcoli, ma sedici sembra la cifra giusta. I mandriani dicono di non poter impedire ai briganti di prenderne uno ogni tanto; c'è così tanto spazio da coprire».

«Tutto questo dovrà finire. Quei bastardi ci dissangueranno. Col ritorno di Sabino metteremo delle trappole per quei parassiti, e si spera che riusciremo a inchiodarne qualcuno. Vedremo presto cosa preferiscono, se farsi conficcare dei chiodi nei piedi e nei polsi o tenere le loro stramaledette mani fuori dalla mia proprietà».

«Sì, padre», azzardò Vespasiano mentre l'uomo, voltate le spalle, si ritirava.

Tito fece una pausa sulla soglia e guardò indietro verso il figlio. «Sei stato bravo, Vespasiano», disse in tono più calmo, «a spostare tutto quel bestiame con così pochi uomini».

«Grazie, padre. Mi sono divertito».

Tito annuì brevemente. «So che ti diverti», disse con un mezzo sorriso di rincrescimento, e poi se ne andò.

Sentendosi rianimato dalla lode di suo padre, Vespasiano finì i suoi calcoli, confermando che avevano effettivamente perduto sedici capi, quindi riordinò lo scrittoio e si sdraiò sul letto per riposare fino all'arrivo di suo fratello. Quando questi tornò, lo fece in silenzio, e Vespasiano continuò a dormire.

Vespasiano si svegliò di soprassalto; era buio. Temendo di aver fatto tardi per la cena, saltò giù dal letto e uscì nel peristilio illuminato dalle torce. Udì la voce di sua madre provenire dall'atrio e si incamminò in quella direzione.

«Dobbiamo usare l'influenza di mio fratello Gaio per assicurare presto al ragazzo un incarico da tribuno militare», stava dicendo sua madre. Vespasiano rallentò, rendendosi conto che stava parlando di lui. «Compirà sedici anni il mese prossimo. Se deve andare lontano, come profetizzavano i segni alla sua nascita, non gli si deve consentire di trascorrere altro tempo nella tenuta e trascurare il proprio dovere nei confronti della famiglia e di Roma».

Vespasiano si avvicinò piano, incuriosito dall'accenno a una profezia.

«Capisco la tua preoccupazione, Vespasia», replicò suo padre. «Ma il ragazzo ha trascorso troppa parte della sua gioventù a lavorare nella tenuta, e non ad apprendere ciò di cui avrebbe bisogno per sopravvivere nella politica di Roma e nei suoi eserciti».

«La dea Fortuna gli imporrà le mani per garantire l'adempimento della profezia».

Vespasiano si sforzò di contenersi; perché sua madre era così vaga?

«E Sabino?», chiese Tito. «Non dovremmo concentrarci su di lui, in quanto figlio maggiore?»

«Gli hai parlato prima, ora lui è un uomo adulto; abbastanza ambizioso e spietato da farsi strada da solo, magari addirittura andando oltre il grado di pretore, a differenza di mio fratello, e questo sarebbe un grande onore per tutti noi. Naturalmente lo sosterremo in ogni modo, ma dobbiamo soltanto sostenerlo, non spingerlo. Tito, non capisci che Vespasiano rappresenta la strada di questa famiglia verso il successo? Ora è il nostro momento. Abbiamo usato bene i soldi che ti ha fruttato la carica di esattore in Asia; hai comprato questa terra a poco e sei riuscito a valorizzarla. Con questo e con la dote che ti ho portato col matrimonio, all'ultimo censimento valevamo più di due milioni di sesterzi. Due milioni di sesterzi, Tito. Aggiungi l'influenza di mio fratello, e abbiamo due posti in senato garantiti; ma dobbiamo guadagnarceli, cosa che non possiamo fare quassù sui colli sabini».

«Immagino che tu abbia ragione. Vespasiano dovrebbe cominciare la sua carriera. E capisco che ci sarà bisogno di spingerlo. Ma non ancora. Prima ho qualcos'altro in mente, per lui e per Sabino, ora che è tornato. Non c'è niente da fare finché i magistrati del prossimo anno non accetteranno i loro incarichi a gennaio».

Vespasiano stava ascoltando con tanta attenzione che non notò la figura che gli si stava avvicinando lentamente e furtivamente da dietro, finché una mano non gli tirò i capelli.

«Te ne vai ancora in giro a origliare di nascosto, eh, fratellino? Il tuo comportamento non è migliorato, mi pare». La familiare voce di Sabino strascicava le parole mentre la sua presa si stringeva sui capelli di Vespasiano.

Vespasiano affondò il gomito nella pancia di Sabino e si liberò dalla stretta; girandosi per fronteggiare il fratello, si abbassò per evitare un pugno mirato dritto al suo naso e ne tirò un altro in risposta. Sabino gli bloccò il pugno con presa ferrea, abbassandogli il braccio lentamente ma con forza, facendogli schioccare le nocche, torcendogli il polso e costringendolo a inginocchiarsi. Sentendosi battuto, smise di lottare.

«Ora sei diventato combattivo, vero?», disse Sabino, guardandolo dall'alto con aria malevola. «Questo quasi compensa i tuoi modi sgarbati; è molto scortese non salutare tuo fratello maggiore dopo quattro anni».

Vespasiano sollevò lo sguardo. Sabino era cambiato. Non era più il tozzo sedicenne che l'aveva terrorizzato quattro anni prima, era diventato un uomo. Aveva rimpiazzato il grasso coi muscoli ed era cresciuto di qualche centimetro. La sua faccia rotonda si era snellita ed era diventata più quadrata, ma gli occhi castani avevano ancora un luccichio maligno quando guardavano Vespasiano da sopra il naso grosso e prominente, caratteristico di tutti i maschi della famiglia. Sembrava che la vita militare gli avesse fatto bene. Aveva un contegno così dignitoso da soffocare qualunque osservazione sarcastica che a Vespasiano potesse venire in mente per rispondergli.

«Mi dispiace, Sabino», borbottò allora, rialzandosi in piedi. «Volevo salutarti, ma mi sono addormentato».

Sabino sollevò le sopracciglia di fronte a quell'ammissione contrita. «Be', fratellino, il sonno è per la notte; faresti bene a ricordartelo, ora che stai per diventare un uomo. Hai ancora il tuo accento di campagna. Molto divertente. Vieni, i nostri genitori ci stanno aspettando».

Entrò nella casa, lasciando Vespasiano a bruciare di vergogna. Si era mostrato debole con suo fratello, che l'aveva corretto e trattato con condiscendenza; era una cosa intollerabile. Deciso a non mostrarsi più così effeminato da farsi un sonnellino durante il giorno, si affrettò dietro a Sabino, con la mente che turbinava intorno a quell'intrigante accenno a una profezia. I suoi genitori sapevano, ma chi altro? Sabino? Ne dubitava; suo fratello sarebbe stato troppo giovane all'epoca, e comunque, se pure avesse saputo qualcosa, non gliel'avrebbe mai fatto capire. Allora, a chi chiedere? Ai suoi genitori, ammettendo di avere origliato? Non era il caso.

Entrarono nella casa principale attraverso il tablino, e poi nell'atrio. Tito e Vespasia stavano aspettando i loro figli seduti su due sedie di legno vivacemente dipinte e disposte vicino all'impluvio, il bacino in cui si raccoglieva l'acqua piovana che cadeva attraverso l'apertura oblunga al centro del soffitto. A ogni angolo di esso c'era una colonna che sosteneva il peso del tetto. Tutte le colonne erano dipinte di rosso, in netto contrasto con i verdi, gli azzurri e i gialli chiari del dettagliato mosaico in pietra sul pavimento, che illustrava il modo in cui la famiglia si guadagnava da vivere e trascorreva il suo tempo libero.

Fuori, la serata d'ottobre era gelida, ma l'atrio beneficiava sia del riscaldamento sotto il pavimento, fornito dall'ipocausto, sia del grande fuoco di legna che ardeva nel focolare alla destra del tablino. La luce tremolante emessa dal fuoco e da una dozzina di lampade illuminava le inquietanti maschere mortuarie di cera degli antenati Flavi, che vegliavano sulla casa dalla loro nicchia tra il focolare e il larario, l'altare dedicato agli dèi della famiglia. Sulle pareti intorno alla stanza, appena visibili alla fioca luce, c'erano affreschi decorativi di soggetti mitologici dipinti con rossi e gialli accesi interrotti da soglie che davano su stanze minori.

«Sedetevi, ragazzi», disse con tono allegro loro padre, evidentemente contento di avere la sua famiglia di nuovo tutta riunita dopo otto anni. I fratelli si sedettero su due sgabelli di fronte ai loro genitori. Una giovane schiava pulì loro le mani con una pezza umida; un'altra portò a ognuno una coppa di vino caldo, speziato. Vespasiano notò che Sabino guardava con un certo apprezzamento le ragazze mentre se ne andavano.

Tito versò qualche goccia di vino sul pavimento. «Rendo grazie agli dèi della nostra famiglia per il ritorno di mio figlio maggiore sano e salvo», disse con voce solenne. Sollevò la coppa. «Beviamo alla vostra salute, figli miei».

Bevvero tutti e quattro, quindi posarono le coppe sul basso tavolo che li separava.

«Be', Sabino, l'esercito ti ha trattato bene, eh? Non sei rimasto intrappolato nei doveri di guarnigione, ma hai potuto combattere una guerra vera e propria. Scommetto che quasi non riuscivi a credere alla tua fortuna, vero?». Tito ridacchiò, orgoglioso di avere un figlio che era già un veterano all'età di vent'anni.

«Sì, padre, hai ragione», replicò Sabino, incontrando lo sguardo del genitore con un sorriso compiaciuto. «Penso che siamo rimasti tutti delusi quando mi è stata assegnata la IX Ispanica in Pannonia; avendo soltanto la possibilità di qualche occasionale incursione oltre confine, era difficile per me riuscire a eccellere laggiù».

«Ma poi la rivolta di Tacfarinate in Numidia è intervenuta a salvarti», s'intromise Vespasia.

«Dovremmo ringraziare gli dèi per i re ribelli con idee più elevate della loro posizione», disse Tito, sollevando la coppa e sorridendo al suo primogenito.

Sabino bevve con entusiasmo. «A Tacfarinate, il pazzo che ha minacciato di bloccare la fornitura di grano dell'Africa a Roma e poi ha mandato degli emissari a negoziare con l'imperatore».

«Abbiamo sentito la storia», disse Tito ridendo. «Pare che Tiberio li abbia fatti giustiziare sommariamente di fronte a sé dichiarando: "Neppure Spartaco aveva osato inviare dei messi"».

Sabino si unì alla risata. «E poi ci ha mandati in Africa a rinforzare la III Augusta, l'unica guarnigione della provincia».

Mentre Sabino proseguiva il suo racconto, Vespasiano, incapace di pensare a chi chiedere dei presagi relativi alla sua nascita, si accorse che la sua mente stava tornando al problema dei ladri di muli. Quello era molto più rilevante per la sua vita dei racconti guerreschi di ribellioni e lunghe marce di cui lui non aveva alcuna esperienza, e che non lo interessavano neanche granché. Sebbene Ierone, il suo maestro d'armi e di lotta greco, lo avesse reso ragionevolmente abile con la spada – il gladio – e il giavellotto – o *pilum* – e pur essendo in grado di mettere con le spalle a terra la maggior parte dei suoi avversari, grazie al fisico tarchiato e alle spalle grandi e muscolose, si sentiva innanzitutto un uomo dedito alla terra; era convinto che le sue battaglie le avrebbe combattute lì, nella lotta quotidiana con la natura, sforzandosi di far fruttare i terreni di famiglia. Voleva lasciare che fosse Sabino a farsi strada nel mondo e a percorrere il *cursus honorum*, la serie di incarichi militari e civili riservati all'aspirante politico.

«Ricordo la sensazione che si prova a marciare verso la battaglia», Vespasiano sentì suo padre dire con una certa malinconia; volse di nuovo la propria attenzione alla conversazione. «Avevamo il morale alto e confidavamo nella vittoria, perché Roma non avrebbe accettato altri esiti; l'Impero non poteva consentire la sconfitta. I barbari ci circondavano, e non si deve mai permettere loro di considerare Roma debole. È necessario che sappiano che, se osano sfidare Roma, c'è un unico inevitabile esito: la morte degli uomini e l'asservimento delle loro famiglie».

«Indipendentemente da quante vite ciò possa costare?», chiese Vespasiano.

«Un soldato deve essere disposto a sacrificare la propria vita per il bene di Roma», rispose laconicamente sua madre, «sapendo con certezza che il trionfo finale manterrà la sua famiglia, la sua terra e il suo modo di vivere al sicuro da coloro che desiderano distruggerci».

«Proprio così, mio caro!», esclamò Tito. «E questo è il principio che tiene insieme una legione».

«Proprio per questo il nostro morale è stato sempre alto nei due anni in cui siamo rimasti lì», concordò Sabino. «Sapevamo che avremmo fatto qualunque cosa fosse necessaria per vincere. Era una guerra sporca; niente battaglie all'ultimo sangue, soltanto incursioni, rappresaglie e piccole azioni militari. Ma siamo riusciti a snidarli dai loro nascondigli sulle colline e, banda dopo banda, li abbiamo affrontati. Abbiamo bruciato le loro roccaforti, asservito le loro mogli e i loro figli e giustiziato tutti i maschi in età di combattere. È stato un lavoro lento, sanguinoso, ma abbiamo perseverato».

«Ah, che ti dicevo, Vespasiano?». Il volto di Tito si illuminò in segno di trionfo. «Ora che Sabino è tornato, abbiamo finalmente qualcuno che sappia come trattare quei parassiti che si nascondo sulle colline. Presto metteremo quei maledetti ladri di muli su delle belle croci».

«Ladri di muli, padre? Dove?», chiese Sabino.

«Tra le montagne a est della tenuta», rispose Tito. «E non rubano soltanto muli; hanno preso anche delle pecore e qualche cavallo, oltre ad aver ucciso Salvio due mesi fa».

«Salvio è morto? Mi dispiace molto». Sabino fece una pausa, ricordando con affetto quell'uomo mite e i regali che gli aveva fatto da bambino. «Già soltanto questo richiede una vendetta. Porterò lassù un gruppo di liberti e mostrerò a quella feccia come un romano tratta dei tipi come loro».

«Sapevo che saresti stato desideroso di intervenire. Bene, ragazzo mio. Portati anche tuo fratello; è arrivato il momento che veda qualcos'altro, oltre al didietro di un mulo». Tito sorrise a Vespasiano per dimostrargli che lo stava solo stuzzicando, ma lui non si era offeso; era eccitato di fronte alla prospettiva di somministrare giustizia sommaria ai ladri di muli; la tenuta ne avrebbe beneficiato. Era questo il tipo di combattimento che lo interessava, qualcosa di reale, vicino a casa, diverso dal far guerra a tribù straniere in posti lontani di cui aveva solo vagamente sentito parlare.

Sabino, tuttavia, non parve entusiasta di quel suggerimento. Ma suo padre insistette.

«Sarà un'occasione per voi di conoscervi come uomini e non come irascibili marmocchi, pronti a litigare a ogni possibile occasione».

«Se lo dici tu, padre».

«Sì, lo dico io. Ora potete andare entrambi e combattere la vostra piccola campagna africana per inchiodare qualche ribelle, eh?». Tito rise.

«Se i ragazzi riescono a catturarli solo con l'aiuto di qualche liberto», disse Vespasia, aggiungendo una nota di cautela all'esuberanza di suo marito, «sarà molto diverso dal combattere con le risorse di una legione alle spalle».

«Non preoccuparti, madre, nei miei due anni in Africa ho imparato abbastanza su come far uscire all'aperto dei ribelli avidi di bottino. Troverò un modo». Sabino aveva un'aria fiduciosa che convinse Vespasiano a credergli.

«Vedi, Vespasia», disse Tito, sporgendosi oltre il tavolo per dare uno schiaffetto sul ginocchio del suo primogenito, «l'esercito lo ha maturato, come ha maturato me e come farà maturare anche Vespasiano, molto presto».

Vespasiano scattò in piedi, guardando allarmato suo padre. «Non ho alcun desiderio di arruolarmi nell'esercito, padre. Sono felice qui, a contribuire alla gestione della tenuta; è quel che so fare bene».

Sabino lo schernì. «Un uomo non ha diritto alla terra se non ha combattuto per conquistarla, fratellino. Come farai a stare a testa alta tra i tuoi pari a Roma, se non avrai combattuto al loro fianco?».

«Tuo fratello ha ragione, Vespasiano», disse sua madre. «Rideranno di te come dell'uomo che coltiva una terra che non ha mai difeso. Sarà una vergogna intollerabile per te e per il buon nome della nostra famiglia».

«Allora non andrò a Roma. Il mio posto è questo, ed è qui che voglio morire. Lasciate che sia Sabino a farsi strada a Roma, io resterò dove sono».

«E vivrai sempre all'ombra di tuo fratello?», scattò Vespasia. «Noi abbiamo due figli, ed entrambi dovranno eccellere. Sarebbe un insulto insopportabile per gli dèi della famiglia se un figlio sprecasse la propria vita dedicandosi semplicemente all'agricoltura. Siediti, Vespasiano; non ti permetteremo più di parlare in questo modo».

Suo padre rise. «Proprio così. Non puoi vivere la tua vita qui sulle colline come un provinciale zoticone di campagna. Andrai a Roma e presterai servizio nell'esercito, perché questa è la mia volontà». Prese la sua coppa e ingollò il resto del vino, quindi si alzò bruscamente. «Come sai, un uomo viene giudicato anzitutto per le imprese dei suoi antenati». Tito fece una pausa e indicò le maschere mortuarie dei loro antenati tutt'intorno, nella nicchia sulla parete accanto al lararo. «In questo senso, io sono un uomo di scarso valore, e voi due valete ancor meno. Se vogliamo migliorare la posizione della nostra famiglia, tutti e due dovrete lottare per risalire il *cursus honorum* come *homini novi*. È una cosa difficile ma non impossibile, come hanno dimostrato sia Gaio Mario sia Cicerone nella vecchia repubblica. Ora, però, viviamo in tempi diversi. Per progredire abbiamo bisogno non soltanto del patrocinio di persone di posizione più elevata della nostra, ma anche del sostegno dei funzionari della famiglia imperiale, e per ottenere la loro attenzione dovrete fare un'ottima impressione nelle due discipline che Roma tiene maggiormente in considerazione: il valore militare e la capacità amministrativa.

Sabino, tu ti sei già dimostrato un soldato capace. Vespasiano, presto tu seguirai lo stesso percorso. Ma hai già dimostrato delle doti amministrative, attraverso la tua conoscenza del funzionamento delle proprietà della nostra famiglia, una materia per cui tu, Sabino, hai dimostrato ben poco interesse, invece».

A questo punto Vespasia guardò direttamente i suoi figli, e un debole sorriso ambizioso le balenò sul viso; capiva dove volesse arrivare Tito.

«Il primo passo di Vespasiano sarà quello di prestare servizio nelle legioni come tribuno militare. Sabino, il tuo prossimo passo sarà un ruolo amministrativo a Roma tra i *Vigintiviri* come uno dei venti magistrati inferiori. Io propongo che, per i prossimi due mesi, voi due vi scambiate le vostre conoscenze, insegnandovele a vicenda. A te, Sabino, Vespasiano mostrerà come si amministra la tenuta. In cambio, tu gli impartirai l'addestramento militare di base dei comuni legionari, per consentirgli non soltanto di sopravvivere, ma anche di prosperare nelle legioni».

Vespasiano e Sabino guardarono entrambi loro padre, stupefatti.

«Non voglio discussioni, questa è la mia volontà e voi la rispetterete, indipendentemente da come la pensiate l'uno dell'altro. È una cosa che va fatta per il bene della famiglia, e come tale ha la precedenza su qualunque battibecco voi due possiate avere. Magari vi insegnerà ad apprezzarvi a vicenda come ancora non siete riusciti a fare. Comincerete dopo aver risolto il problema dei ladri di muli. Il primo giorno Sabino sarà l'insegnante, e il giorno successivo sarà la volta di Vespasiano, e così via finché non mi renderò conto che siete entrambi pronti ad andare a Roma». Tito guardò i suoi figli e ne sostenne lo sguardo uno alla volta. «Accettate?», chiese loro con tono che non ammetteva dubbi.

I due fratelli si guardarono a vicenda. Che scelta avevano?

«Sì, padre», risposero entrambi.

«Bene. E ora mangiamo».

Tito condusse la famiglia nel triclinio, dove erano pronti i divani per il pasto serale, e batté le mani. All'improvviso la stanza si riempì di schiavi domestici che portavano piatti di cibo. Con un cenno Varo, l'amministratore della casa, intimò loro di aspettare che tre deferenti schiave facessero accomodare la famiglia su tre grossi divani disposti intorno a un basso tavolo quadrato. Le ragazze tolsero i sandali agli uomini, sostituendoli con delle pantofole, quindi misero dei tovaglioli su ogni divano, di fronte ai commensali, e asciugarono loro di nuovo le mani. Quando tutto fu pronto, Varo ordinò di disporre sulla tavola l'antipasto, la *gustatio*.

Sabino esaminò i piatti di olive, maiale alla griglia e salsicce di mandorle, lattuga con porri e pezzi di tonno con uova bollite e affettate. Scelse una salsiccia che gli sembrava particolarmente croccante, la spezzò a metà e guardò suo fratello.

«Quanti banditi ci sono sulle colline?», gli chiese.

«Temo di non saperlo», confessò Vespasiano.

Sabino annuì, si mise una salsiccia in bocca e cominciò a masticarla rumorosamente. «Allora è meglio che lo scopriamo subito, domattina».

II

«Vengono da laggiù», disse Vespasiano a Sabino, indicando le ripide colline di fronte. «In quella direzione non ci sono che colline e gole per chilometri e chilometri».

Era la terza ora della giornata. Scesi da cavallo davanti a una collina, ne avevano raggiunto la cima tenendosi bassi e avanzando lentamente, e ora stavano scrutando la zona con cautela. Sotto di loro c'era un ampio pascolo che digradava, per quasi un chilometro, lungo una gola che lo divideva dai pendii rocciosi a oriente. Alla loro destra c'era una foresta che scendeva dalla cima della collina fino a metà della gola.

Sabino ispezionò il terreno per un po', formulando un piano.

I fratelli erano partiti poco dopo l'alba, portandosi dietro Pallo, mezza dozzina di altri liberti e una ventina di muli. Pallo, che doveva vendicare suo padre, aveva scelto gli uomini che sarebbero dovuti andare con loro. Erano tutti liberti che lavoravano nella tenuta come sorveglianti di schiavi o come caposquadra, oppure come artigiani specializzati. I tre più giovani – Ierone, Lico e Simeone – erano nati in schiavitù come Pallo. Gli altri – Baseo, Atafane e Ludovico, un enorme germanico dai capelli fulvi – erano stati tutti presi prigionieri in scaramucce di confine e, per un motivo o per l'altro, non erano stati giustiziati per essere venduti come schiavi. Avevano una cosa in comune: Tito li aveva emancipati tutti per il loro leale servizio alla famiglia, e ora erano dei cittadini romani che portavano il nome dei Flavi ed erano pronti a morire per esso, se necessario. Ognuno di loro portava un fascio di dieci giavellotti sul dorso del cavallo e, pendente da una cintura alla loro destra, un gladio.

Avevano tutti archi da caccia tranne Baseo, un vecchio scita tarchiato dagli occhi a mandorla, e Atafane, un parto di mezza età, alto e ben fatto; portavano entrambi corti e ricurvi archi compositi, del tipo preferito dai cavalieri d'Oriente.

«Allora, ragazzi, è qui che lasciamo la nostra esca», disse finalmente Sabino. «Vespasiano, tu e Baseo portate i muli giù per il pendio e legateli uno a uno tra il limitare del bosco e la gola. Quindi piantate una tenda e fate un bel fuoco; usate roba umida, se potete, per fare un bel po' di fumo. Vogliamo che si accorgano della vostra presenza.

Pallo, tu prendi Lico e Simeone; passerete dietro questa collina e arriverete fino alla gola un paio di chilometri a nord, quindi tornerete indietro scendendo la gola fino alla parte più lontana del campo. Una volta arrivati lì, avvicinatevi il più possibile ai muli, senza rivelare la vostra posizione a eventuali occhi attenti sulle colline di fronte. Io e gli altri ragazzi ci faremo strada giù fino al limitare del bosco e ci avvicineremo il più possibile ai muli.

Vespasiano, dacci un'ora di tempo per appostarci; dopodiché, tu e Baseo risalirete a cavallo fin sopra la collina, come se foste fuori a caccia, quindi tornerete giù per il bosco e vi unirete a noi. A quel punto, aspetteremo. Se saremo fortunati e riusciremo ad attirare le nostre prede, le lasceremo arrivare fino ai muli, prima di attaccarle. Pallo e i suoi ragazzi taglieranno loro la ritirata sopra la gola, così li avremo intrappolati. Forza, ragazzi, cominciamo». Sabino, compiaciuto di sé, guardò gli uomini che annuivano in segno di approvazione. Sembrava un piano decisamente praticabile.

Vespasiano e Baseo si fecero strada attraverso il bosco coi loro cavalli. I muli erano stati ben legati a lunghe corde, la tenda era stata piantata ed era anche stato acceso un bel fuoco fumoso. Davanti a loro potevano vedere il limitare del bosco, dove Sabino e il suo gruppo stavano aspettando con i cavalli legati a degli alberi. Vespasiano si sedette accanto a suo fratello.

«Ho visto i ragazzi di Pallo entrare nella gola circa tre chilometri a nord. Spero che non li abbia visti nessun altro», sussurrò Vespasiano.

«Non importa se li hanno visti», grugnì Sabino. «Non c'è nulla che possa collegarli ai muli; potrebbero essere semplicemente un altro gruppo di fuggiaschi che va a caccia».

Si disposero all'attesa. A un centinaio di passi di distanza, giù per la collina, i muli pascolavano tranquilli. Il giorno trascorse lentamente e il fuoco cominciò a spegnersi, finché da esso arrivò a levarsi soltanto un filo di fumo.

«Cosa succederà quando farà buio?», chiese Vespasiano, spezzando in due una pagnotta di pane e offrendone la metà a Sabino.

«Manderò un paio di ragazzi a riattizzare il fuoco e a controllare i muli, ma spero che non ci tocchi attendere così tanto», rispose Sabino, superando la sua naturale antipatia per il fratello e prendendo il pane che gli offriva. «Così, fratellino, io ti insegnerò a essere un legionario e tu mi insegnerai a contare i muli, o a fare quel che fai, e spero che ne valga la pena per me».

«Quel che faccio io è molto più di un semplice inventario, Sabino. Le tenute sono enormi; c'è moltissimo da amministrare. Ci sono i liberti che lavorano per noi: in cambio di una piccola proprietà terriera fabbricano gli utensili per l'agricoltura nella fucina, tosano le pecore, supervisionano la fecondazione delle giumente da parte degli asini stalloni, si prendono cura dei più deboli tra i muli e degli agnelli neonati, sorvegliano gli schiavi nei campi, e così via».

«E poi ci sono gli stessi schiavi». Vespasiano si stava infervorando su quel tema, nonostante lo sguardo vitreo di suo fratello. «Bisogna metterli a fare lavori diversi, a seconda della stagione: arare, potare le vigne, raccogliere il grano o l'uva, trebbiare il grano, schiacciare le olive per l'olio, pestare l'uva, fabbricare le anfore. Non ha senso avere centinaia di litri di vino o di olio d'oliva se non puoi immagazzinarli; perciò è necessario pensare in prospettiva, assicurarsi di usare le braccia in modo efficiente e ottenere il massimo da ogni uomo in qualunque periodo dell'anno».

E poi a tutti bisogna dare del cibo, dei vestiti e un tetto, e ciò richiede di fare scorta di un'ampia varietà di merci. Bisogna comprarle in anticipo e nel momento dell'anno in cui sono più convenienti, quindi devi conoscere il mercato locale. Per contro, la nostra produzione agricola dev'essere venduta nel momento dell'anno più vantaggioso per noi. Pensare in anticipo, Sabino, bisogna sempre pensare in anticipo. Sai cosa dovremmo vendere in questo momento?»

«Non ne ho idea, ma suppongo che tu stia per dirmelo».

Vespasiano guardò suo fratello con un sorriso. «Cerca di scoprirlo tu, poi me lo dirai domattina alla nostra prima lezione».

«Va bene, piccolo saputello, lo farò, ma non sarà domani, perché domani è il mio turno». Sabino lanciò a Vespasiano uno sguardo malevolo. «E cominceremo con una marcia, trenta chilometri in cinque ore, seguiti da un'esercitazione con la spada».

Vespasiano alzò gli occhi al cielo, ma non replicò. Mentre spezzava del pane e se lo metteva in bocca, si rese conto che, tra loro due, Sabino aveva molta più possibilità di farlo soffrire nei prossimi due mesi. Si tolse quel pensiero spiacevole dalla testa e si guardò intorno, masticando il suo pane.

In quel momento il sole, ben oltre lo zenit, si trovava alle loro spalle, e risplendeva sul pendio roccioso dall'altra parte della gola. Vespasiano scrutò in quella direzione e, mentre lo faceva, uno scintillio momentaneo attrasse il suo sguardo. Diede un colpetto di gomito a Sabino.

«Laggiù, accanto a quell'albero caduto», bisbigliò, indicando nella direzione della luce. «Ho visto luccicare qualcosa».

Sabino guardò dove suo fratello stava indicando, e ci fu un altro balenio. Attraverso la tremolante nebbiolina di calore, poté distinguere soltanto un gruppo di una decina di uomini che conducevano i loro cavalli giù per uno stretto sentiero serpeggiante tra rocce e dirupi e diretto verso la gola. Una volta arrivati in fondo al pendio, salirono rapidamente a cavallo e cominciarono a seguire la linea della gola per un centinaio di passi verso sud. Là non era così ripido, per cui riuscirono a far scendere i cavalli giù per il bordo del precipizio, ad attraversare il fiume e a risalire dall'altra parte sul pascolo dei Flavi.

«Bene, ragazzi, abbiamo compagnia. Aspetteremo finché non avranno slegato la maggior parte dei muli prima di avventarci su di loro. In questo modo, gli animali liberi impediranno loro la ritirata. Quando caricheremo, voglio che facciate più rumore possibile. Chi di voi sa scoccare una freccia da un cavallo in movimento lo faccia, mentre gli altri aspetteranno finché non saranno alla portata dei giavellotti. A quel punto, glieli scaglieremo contro; ma attenti ai muli».

«Non preoccuparti per quelli, Sabino», disse minacciosamente Pallo. «Non sprecherò alcun giavellotto sui muli».

Gli altri sogghignarono e andarono a recuperare i cavalli.

«Tu sta' vicino a me o a Pallo, fratellino», grugnì Sabino mentre salivano in sella il più silenziosamente possibile. «Nostro padre ti rivuole indietro tutto intero. Niente eroismi. Per noi non fa differenza se quei bastardi li prendiamo morti o vivi».

L'idea di dover uccidere direttamente un uomo fu uno shock per Vespasiano; finora nella sua vita – invero piuttosto protetta – non aveva mai dovuto somministrare giustizia sommaria a dei briganti ma, mentre avvicinava il suo cavallo a Sabino, decise di dar buona prova di sé; non avrebbe offerto a suo fratello motivo di pensare di lui peggio di quanto già non pensasse. Strinse forte il cavallo con le cosce e i polpacci e prese da dietro di sé cinque giavellotti leggeri della sua scorta. Ne tenne quattro nella mano sinistra, che teneva anche le redini, e uno nella destra. Fece scivolare l'indice lungo il laccio di cuoio, a metà dell'asta che fungeva da fionda per il lancio, facendo aumentare di molto la gittata e la velocità. Era già pronto. Diede un'occhiata agli altri, anch'essi intenti a controllare il proprio equipaggiamento, ma con un'aria di studiata noncuranza; tutti quanti avevano già fatto cose del genere prima, e lui si sentì davvero un pivello. Aveva la bocca secca.

Aspettarono in silenzio, osservando i fuggiaschi avanzare su per la collina, lentamente per non spaventare i muli. Due di loro erano rimasti già nella gola, per coprire la ritirata dei compagni.

«A loro penseranno Pallo e gli altri», disse Sabino, sollevato dal fatto che le probabilità contro di loro fossero diminuite un po'.

Vespasiano contò undici uomini. Cavalcavano una varietà di cavalli e pony, senza dubbio rubati dalla loro tenuta o da quelle vicine. Erano vestiti perlopiù con abiti stracciati; alcuni indossavano i pantaloni preferiti dai barbari del Nord e dell'Est. Due avevano dei bei mantelli sulle spalle, presumibilmente appartenuti, un tempo, a ricchi viaggiatori caduti vittime delle loro scorrerie. Nessuno di loro si radeva da settimane; le barbe incolte e i lunghi capelli davano al gruppo un'aria minacciosa che Vespasiano immaginò simile a quella di una banda tribale di rapinatori ai confini dell'impero.

Raggiunsero i muli. Sei della compagnia smontarono e si avvicinarono furtivamente alla tenda. A un segnale convenuto, conficcarono le loro lance nel cuoio per infilzare chiunque vi si nascondesse dentro. Trovandola vuota, tornarono ai muli e cominciarono a slegarli. Il resto dei loro compagni accerchiò lentamente le bestie, tenendo in gruppo gli animali agitati, con i giavellotti e gli archi pronti ad abbattersi sui guardiani, nel caso fossero tornati.

Sabino spronò il suo cavallo, gridando a pieni polmoni mentre usciva dal riparo. «Prendete quei bastardi, ragazzi, non lasciate scappare nessuno».

Gli altri lo seguirono a tutta velocità, in ordine sparso, emettendo i diversi gridi di guerra dei popoli di provenienza. In pochi istanti, si ritrovarono al centro del terreno aperto a cavalcare verso i fuggiaschi in preda al panico. Quelli che erano smontati cercavano i loro cavalli tra i muli terrorizzati; questi ultimi trascinavano le loro pastoie, che si impigliavano tra le gambe degli uomini, tra le zampe dei cavalli e degli altri muli.

Baseo e Atafane scagliarono le prime frecce. Vespasiano dimenticò di gridare mentre li guardava meravigliato tirare e ricaricare i loro archi a una velocità tale da poter avere sempre due frecce in aria contemporaneamente e mantenere il perfetto controllo dei cavalli con le sole gambe.

I primi dardi caddero in mezzo alla folla caotica, abbattendosi su due fuggiaschi e su un mulo che cadde con un nitrito penetrante, scalciando tutt'intorno a sé e facendo ritirare e impennare gli altri.

«Vi ho detto di stare attenti ai maledetti muli, cretini!», gridò Sabino a Baseo e Atafane mentre spingevano i loro cavalli verso sinistra per aggirare la mischia.

I fuggiaschi a cavallo si erano districati da quel caos e avevano girato i cavalli verso la salita per fronteggiare l'attacco, tirando contemporaneamente le loro frecce. Vespasiano ne sentì fischiare una vicino all'orecchio sinistro e provò un'ondata di panico. Si bloccò mentre Sabino, Ludovico e Ierone lanciavano i loro giavellotti. Lo slancio della carica in discesa diede più potenza ai colpi; due giavellotti si abbatterono sui loro bersagli con tale forza che uno trapassò nettamente la pancia di un cavaliere e raggiunse la groppa del suo cavallo, lasciando l'uomo urlante infilzato alla bestia, che cercava, nella sua agonia, di disarcionarlo. L'altro fece esplodere il cranio di un cavallo, che cadde stecchito, intrappolando sotto di sé il suo cavaliere e inzaccherando lui e i suoi compagni di sangue caldo e appiccicoso. Questo bastò agli altri tre, che fecero marcia indietro e fuggirono verso la gola, dove non c'erano più i due compagni lasciati lì come retroguardia.

«Lasciateli a Pallo e ai suoi», urlò Sabino, mentre lui e Ludovico facevano tornare indietro i loro cavalli verso i muli. Vespasiano, bruciante di vergogna per aver esitato, li seguì, lasciando Ierone alle prese con il fuggiasco che era riuscito a liberarsi dal suo cavallo. L'uomo, ormai appiedato, cercò di alzarsi, pulendosi il sangue del cavallo dagli occhi, ma fece in tempo soltanto a vedere la lama di Ierone fendere l'aria all'altezza del suo collo. La testa mozzata cadde a terra e fu lasciata lì a fissare, incredula, il proprio corpo decapitato che si contorceva mentre gli ultimi fiotti di sangue defluivano dal cervello.

Baseo e Atafane avevano avuto il loro bel daffare. Altri tre fuggiaschi giacevano sull'erba, irti di frecce, e il sesto stava tentando la fuga. Sabino estrasse la spada e lo inseguì al galoppo. Lo schiavo si guardò dietro le spalle e, pur sapendo di non avere alcuna possibilità di fuga, accelerò, ma inutilmente. Sabino gli fu addosso in un istante e, con il piatto della spada lo colpì sulla nuca, facendogli perdere i sensi.

Vespasiano guardò giù dalla collina verso la gola e scorse uno dei tre cavalieri in fuga cadere di schiena dal suo cavallo, trapassato da una freccia. I suoi compagni, vedendo la possibilità di fuga bloccata e gli altri stesi al suolo con le gole squarciate, girarono immediatamente i cavalli verso sinistra e si diressero al galoppo verso nord, lungo la linea della gola, rendendosi conto che sarebbero potuti fuggire se non glielo avesse impedito Vespasiano. Il desiderio di quest'ultimo di impedire ai due uomini di beffare la giustizia, intensificato dall'urgente necessità di redimersi, produsse in lui una sensazione nuova, strana: la sete di sangue. Il vento tirava la criniera del suo cavallo mentre galoppava in diagonale giù per la collina, avvicinandosi sempre di più ai due cavalieri. Sapeva che Sabino e Ierone lo stavano seguendo, urlandogli di aspettare, ma sapeva anche che non c'era tempo da perdere.

L'angolo tra Vespasiano e i suoi bersagli si strinse rapidamente. Lui si alzò sulla sella e, con tutta la forza che aveva, lanciò un giavellotto contro il fuggiasco davanti agli altri. L'arma si conficcò profondamente nella pancia del cavallo, facendolo piroettare e atterrare sul suo cavaliere, spezzandogli la schiena con uno sgradevole scricchiolio. Il secondo uomo dovette controllare la propria velocità per riuscire a girare intorno all'animale che si dimenava, dando a Vespasiano, il vantaggio di cui aveva bisogno per raggiungerlo. Il suo avversario menava fendenti frenetici con la spada, mirando alla testa di Vespasiano. Lui si abbassò e, nello stesso tempo, si lanciò contro il cavaliere ormai sbilanciato. Caddero entrambi pesantemente a terra, rotolando l'uno sull'altro, cercando di trovare una presa salda su qualunque parte del corpo dell'avversario: un braccio, la gola, i capelli, qualunque cosa. Quando smise di rotolare, Vespasiano si ritrovò sotto il fuggiasco, senza fiato e disorientato. Mentre lottava per respirare, gli arrivò un pugno in faccia. Provò un dolore lancinante e udì un netto schiocco mentre il naso gli si appiattiva; il sangue gli schizzò negli occhi. Due mani ruvide gli strinsero la gola, e si rese conto di dover lottare per sopravvivere; il desiderio di uccidere lasciò il posto all'istinto di sopravvivenza. Terrorizzato, si torse violentemente verso sinistra e poi verso destra, nello sforzo inefficace di impedire al suo assalitore di stingere la presa. Cominciarono a uscirgli gli occhi dalle orbite. Attraverso il proprio sangue che scorreva riuscì a scrutare il volto dell'uomo; le sue labbra spaccate si tendevano in un ghigno sdentato, mentre il suo fiato putrido gli inondava il volto. Vespasiano agitava convulsamente le braccia per prendere a pugni l'uomo sul lato della testa, ma sentiva aumentare la pressione sulla trachea. Quando fu sul punto di perdere i sensi, udì un rumore sordo e sentì il suo assalitore tremare. Il ragazzo sollevò lo sguardo. Gli occhi dell'uomo erano spalancati e sbigottiti, mentre la sua bocca si era rilassata; dalla narice destra gli usciva la punta di un giavellotto insanguinato.

«Cosa ti ho detto a proposito degli eroismi, stupido?».

Vespasiano si sforzò di vedere attraverso il sangue che gli copriva gli occhi e riuscì a distinguere Sabino, in piedi, che teneva un giavellotto con due mani, sostenendo il peso del fuggiasco ormai flaccido. Dopodiché Sabino scagliò via il corpo con disprezzo e stese la mano per aiutare suo fratello a rialzarsi.

«Bravo», gli disse con un sorriso malevolo. «Se pensavi di essere bello, adesso ti sei rovinato, con questa piccola avventura. Così magari, in futuro, imparerai ad ascoltare chi è più vecchio e migliore di te».

«L'altro l'ho ucciso?», riuscì a chiedere Vespasiano con la bocca piena di sangue.

«No, hai ucciso il cavallo e il cavallo ha ucciso lui. Vieni, ne è rimasto un altro vivo da inchiodare».

Mentre risaliva la collina a piedi, Vespasiano si teneva sul naso sanguinante una striscia di stoffa, strappata dalla tunica del fuggiasco defunto. Ora che la tensione era calata, la testa gli pulsava dal dolore. Respirava con affanno e a fatica, e doveva appoggiarsi a Sabino. Ierone li seguiva con i cavalli.

Raggiunsero i muli, che si stavano calmando dopo tutte quelle traversie. Baseo e Atafane avevano radunato quelli scappati via e catturato otto cavalli dei banditi. Pallo e Simeone erano impegnati a legare gli animali tutti insieme a una colonna. Solo due erano stati uccisi; altri quattro avevano delle ferite che sarebbero guarite col tempo.

«Non male come giornata di lavoro, eh, ragazzi? Due muli in meno, otto cavalli in più. Mio padre non dovrà processarvi per aver tirato sconsideratamente», disse ridacchiando Sabino a Baseo e Atafane.

Baseo rise. «Avremmo tre cavalli in più da riportare se voi lanciatori di bastoni vi foste curati di mirare ai cavalieri e non ai loro cavalli».

Atafane gli diede una pacca sulla schiena. «Ben detto, mio piccolo e tozzo amico, l'arco è un'arma molto più efficace del giavellotto, come la generazione di mio nonno ha dimostrato più di settant'anni fa a Carre».

A Sabino non piaceva che gli si ricordasse la più grande sconfitta di Roma in Oriente, quando Marco Licinio Crasso e sette legioni erano state quasi annientate in un giorno sotto l'incessante pioggia di frecce dei Parti. Le aquile di sette legioni erano andate perdute, quel giorno.

«Basta così, tu, allampanato disturbatore di cavalli dal naso a uncino; ad ogni modo, ora sei qui, visto che sei stato catturato da dei veri soldati che si alzano e combattono, e non si limitano a scoccare una freccia e scappar via. Cosa vi è successo poi, avete finito le frecce?».

«Anche se sono qui, adesso sono libero, mentre le ossa delle vostre legioni perdute sono ancora sotto la sabbia della mia patria e non potranno mai liberarsi».

Sabino rinunciò a mettersi a discutere; i ragazzi avevano combattuto bene e meritavano di scaricarsi un po'. Si guardò intorno in cerca del prigioniero, legato saldamente fino allo stomaco e ancora privo di sensi.

«Va bene, mettiamolo su una croce e andiamocene a casa. Lico, scava una buca per piantarci la croce».

Ludovico e Ierone vennero fuori poco dopo dal bosco, portando con sé due robusti rami appena tagliati. Con gli strumenti che avevano portato proprio a quello scopo intagliarono due punti di congiunzione nel legno, quindi disposero la croce e cominciarono a inchiodarla. Il rumore risvegliò il prigioniero, che sollevò la testa per guardarsi intorno e cominciò a gridare non appena vide la croce. Vespasiano si accorse che era un po' più giovane di lui.

«Sabino, non fargli questo, non avrà più di quattordici anni».

«Cosa consigli, allora, fratellino? Che gli dia uno schiaffo sulle mani, gli dica che è stato cattivo e gli raccomandi di non rubare più muli, per poi rimandarlo dal suo padrone, che lo crocifiggerà comunque, se ha un po' di sale in zucca?».

Il terrore che aveva appena provato di fronte alla prospettiva di morire così giovane fece simpatizzare Vespasiano con la tragica situazione del giovane ladro. «Be', potremmo riportarlo indietro e tenerlo come schiavo per lavorare nei campi. Sembra abbastanza forte, e dei lavoratori decenti per i campi sono difficili da trovare, oltre che molto costosi».

«Balle. Il piccolo bastardo è già scappato una volta; chi ci dice che non lo farà ancora? E in ogni caso, abbiamo bisogno di crocifiggerne uno, e lui ha avuto la sfortuna di farsi catturare. Ti sentiresti meglio se lui giacesse lì, pieno di frecce, e avessimo un vecchio da crocifiggere? Che differenza ci sarebbe? Devono morire tutti. Forza, tiriamolo su».

Vespasiano guardò il ragazzo ormai isterico che lo fissava con sguardo implorante e, rendendosi conto che Sabino aveva ragione, si girò dall'altra parte.

Pallo e Ierone sollevarono sulla croce il prigioniero urlante, che lottava con tutto ciò che aveva, anche se non era molto.

«Pietà, vi prego, pietà, vi imploro, padroni. Vi darò qualunque cosa. Farò qualunque cosa. Vi supplico!».

Pallo lo prese a schiaffi sul viso. «Piantala di piagnucolare, piccola merda. Cos'hai da dare, comunque? Un bel buco del culo stretto? Sono i delinquenti come te che hanno ucciso mio padre, quindi non ti darei neppure il piacere di un'ultima inculata».

Sputandogli addosso, gli tagliò i lacci e, insieme a Lico, gli tirò fuori le braccia e lo stese sulla croce mentre si dimenava. Ierone e Baseo gli tennero le gambe, mentre Ludovico si avvicinava con martello e chiodi. S'inginocchiò accanto al braccio destro del ragazzo e gli poggiò un chiodo sul polso, appena sotto la base del pollice. Con una serie di colpi tremendi glielo conficcò fino ad arrivare al legno, frantumando ossa e strappando tendini. Vespasiano non aveva mai pensato che una qualunque creatura, e ancor meno un essere umano, potesse fare il rumore che produsse il ragazzo nel suo tormento. Il suo grido gli perforò l'anima, trasformandosi da gutturale ruggito a urlo penetrante.

Ludovico passò all'altro braccio e lo infilzò rapidamente alla croce. Anche Pallo smise di divertirsi quando i chiodi vennero conficcati nei piedi del prigioniero che si contorceva. Il grido si era interrotto all'improvviso; il ragazzo era ora in uno stato di shock e si limitava a fissare il cielo, in iperventilazione, con la bocca immobile in una smorfia tormentata.

«Ringraziamo gli dèi per questo», disse Sabino. «Alzatelo, poi trascinate qui i due muli morti e lasciateli sotto la croce; dovrebbe essere un messaggio abbastanza chiaro».

Sollevarono la croce per infilarla nel buco e la sostennero mentre intorno alla base venivano fissate a martellate delle zeppe. Poco dopo che ebbero finito, le grida ricominciarono, ma stavolta a intermittenza, perché il ragazzo non aveva più fiato. L'unico modo in cui poteva respirare era tirandosi su per i polsi mentre spingeva sui chiodi che gli attraversavano i piedi; questo, però, divenne ben presto troppo doloroso da sopportare, e il ragazzo si accasciò di nuovo, soffocando. L'orrendo ciclo sarebbe continuato ancora per uno o due giorni, fino alla morte.

Cavalcarono su per la collina con le grida che riecheggiavano per la valle. Vespasiano sapeva che non avrebbe mai dimenticato il viso di quel ragazzo e l'orrore che gli si era dipinto sopra.

«E se i suoi amici arrivano e lo liberano, Sabino?»

«Potrebbero anche arrivare, ma non lo libereranno. Anche nella remota ipotesi che dovesse sopravvivere, non sarebbe mai più in grado di usare le mani, né di camminare senza zoppicare. No, se arriveranno gli pianteranno una lancia nel cuore e se ne andranno. Ma avranno imparato una lezione».

Le urla li seguirono per quella che sembrò un'eternità, e poi s'interruppero all'improvviso. Gli amici del ragazzo erano arrivati.

III

Era ancora buio quando il piede destro di Sabino incontrò la natica sinistra di Vespasiano, facendolo rotolare giù dal letto e sul pavimento.

«Alzati, legionario», urlò Sabino nel suo tono da ufficiale. «Devi accendere un fuoco adesso, se vuoi avere la possibilità di fare una colazione calda prima che ci mettiamo in marcia all'alba».

Vespasiano si alzò a sedere e si guardò intorno. «Cosa vuoi dire?», chiese, stordito.

«Voglio dire che, se vuoi la colazione, è meglio che la prepari ora, perché cominciamo la marcia all'alba. Ti è più chiaro adesso? Ora muoviti. Fuori sul retro ci sono la legna, i ramoscelli per accendere il fuoco, gli utensili da cucina del legionario e le razioni».

«E tu?», chiese Vespasiano, alzandosi in piedi.

«Oh, non preoccuparti per me, fratellino, io non sto facendo l'addestramento. Ho la colazione che mi aspetta nel triclinio». Detto questo, se ne andò, lasciando Vespasiano a lottare coi propri sandali al buio e a imprecare per il naso che gli pulsava. Al loro ritorno, gliel'aveva sistemato Cloe, una vecchia schiava greca della casa, il cui padre era stato medico. Era l'unica persona della tenuta dotata di qualche conoscenza medica; dopo aver assistito suo padre fino alla morte, si era venduta come schiava per scampare alla miseria. Aveva rimesso a posto la cartilagine con un procedimento che si era rivelato più doloroso del trauma originario, quindi ci aveva applicato sopra un impiastro di argilla bagnata mescolata con erbe e miele, e infine aveva coperto il tutto con delle bende. L'impiastro si era indurito durante la notte, e ora stava premendo sul gonfiore.

Quando Vespasiano uscì, trovò le sue scorte ammucchiate per terra. Si chiuse il mantello intorno alle spalle per ripararsi dall'aria gelida dell'ora antelucana e, nell'oscurità, cominciò a darsi da fare per accendere un fuoco meglio che poteva.

Una volta ottenuta una fiamma decente, poté finalmente vedere le sue razioni: una tazza d'orzo, una spessa fetta di pancetta, un pezzo duro di formaggio, mezzo litro d'acqua e una borraccia di vino acido; vicino, poi, c'era un'unica pentola. Non essendosi mai cimentato con nulla di più avventuroso dell'arrostire un coniglio o un pollo su un fuoco aperto, non sapeva cosa fare. Poiché aveva poco tempo, decise di mettere tutto insieme nella pentola, tranne il vino, e di farlo bollire.

Poco dopo, ne venne fuori un pasticcio indigesto che aveva un pessimo aspetto ma che risultò commestibile, sia pure a malapena. Aveva consumato metà di quella pappa, resa appena più accettabile dal vino, quando Sabino arrivò a cavallo. La prima luce del sole inondò le aspre colline color ocra con il suo morbido bagliore rosso, mentre le cicale, percependo l'arrivo del nuovo giorno, avevano cominciato a frinire senza tregua.

«Spegni quel fuoco e seppellisci tutte le tue tracce», urlò. «E metti qui i tuoi utensili da cucina». Gli tirò un robusto paletto con un'estremità a T, al quale era attaccato un grosso zaino.

«Che cos'è?», chiese Vespasiano.

«Questa, mio ardito fratellino, è la differenza tra una piacevole passeggiata in campagna e la marcia di un legionario. Ha più o meno lo stesso peso dello zaino di un legionario; io ho un ricordo vago di queste cose, perciò ho preferito sbagliare per eccesso». Sabino sfoderò un sorriso innocente.

«Ne sono certo», borbottò Vespasiano mentre buttava nel fuoco i resti della colazione, per poi coprire tutto con della terra. Legò gli utensili da cucina al lato dello zaino, quindi si mise sulla spalla il paletto, di modo che lo zaino pendesse dietro di lui. Il peso lo indusse a una smorfia.

Sabino guardò in basso verso suo fratello. «Ora sai perché i legionari vengono chiamati i "Muli di Mario". Considerando la tua predilezione per questi animali, dovresti essere contento di poter essere uno di loro. Arri, fratellino!». Ridendo della propria battuta, si allontanò a cavallo, lasciando Vespasiano a seguirlo a piedi.

«E tu perché non marci?», gli gridò dietro Vespasiano.

Sabino si guardò intorno con un ghigno ironico. «Come ti ho detto, non sono io che devo fare l'addestramento».

Avevano percorso un paio di chilometri quando Sabino rallentò il suo cavallo e lasciò che il fratello lo raggiungesse. Prese il corto zufolo di canna dal suo zaino e vi soffiò dentro; quindi fece una pausa, prima di soffiare di nuovo.

«Questo è un ritmo standard dell'esercito; tre passi costanti ad ogni battuta per cinque ore, con due brevi fermate per l'acqua, ti faranno percorrere più di trenta chilometri». Sabino si fermò, bevve un sorso d'acqua dalla sua borraccia, come per intensificare l'effetto delle sue parole, quindi continuò la lezione. «Questa è la velocità a cui viaggiano una legione o un piccolo distaccamento, se liberi da carri di salmerie e macchine da assedio. Se devono andare più veloci, il ritmo viene aumentato fino a poco più di tre passi e mezzo per ogni battuta, pari a quasi quaranta chilometri in cinque ore. Se però l'intero esercito, con tutti i suoi impedimenti logistici, sta marciando, allora il massimo che riuscirà a percorrere in cinque ore sarà dai quindici ai trenta chilometri, viaggiando alla velocità dei suoi componenti più lenti, ovvero i buoi che trascinano i carri con le salmerie e le macchine da assedio». Sabino guardò giù verso suo fratello, che stava cominciando a sudare in quel caldo crescente. «Ma per i tuoi scopi ci concentreremo sull'andatura di un distaccamento. Se riesci a mantenere questo passo, poi marciare in un'intera colonna ti sembrerà una vacanza». Sabino diede il via, fischiando il ritmo a cui suo fratello doveva marciare.

«Perché marciano soltanto per cinque ore?», chiese Vespasiano dopo qualche centinaio di passi. «Non che io voglia fare di più», aggiunse subito dopo.

«Cerca di arrivarci da solo. Dove si sveglia una legione al mattino?», disse Sabino, togliendosi il fischietto dalla bocca ma senza fermarsi.

«In un accampamento», rispose Vespasiano.

«Esatto. E dove dormirà quella notte?»

«In un altro accampamento».

«Proprio così. E chi costruirà quell'accampamento? O pensi che gli dèi lo facciano semplicemente apparire per magia?». Sabino si stava divertendo.

«Be', i legionari, naturalmente», rispose Vespasiano con un po' di stizza. La pelle sudata sotto l'impiastro stava cominciando a irritarlo.

«Ci sei arrivato, fratellino. Per scavare una trincea difensiva, tirar su una palizzata, piantare le tende e, cosa più importante, cucinare la cena ci vorrà la maggior parte delle ore di luce restanti. Sono questi gli elementi fondamentali della giornata di un legionario: svegliarsi, mangiare, levare il campo, marciare, costruire un nuovo accampamento, mangiare, dormire.

Naturalmente, ci sono anche molte altre cose: i turni di guardia, le esercitazioni, i saccheggi, le corvée, la manutenzione delle attrezzature e così via. Ma tutto questo serve soltanto a garantire che la legione arrivi, pronta e preparata, nel posto giusto per fare ciò per cui esiste, ossia per combattere e uccidere, che sia una piccola scaramuccia o una grande battaglia».

«Tu hai mai partecipato a una grande battaglia?», chiese Vespasiano, con una curiosità più forte dell'antipatia per il fratello.

«La ribellione in Africa non è stata una grande battaglia. L'esercito numida di Tacfarinate era formato prevalentemente da cavalleria leggera e da fanteria leggera. Sono degli infidi bastardi, che ti bersagliano con continui attacchi, uccidendo i soldati che rimangono indietro, assalendo i gruppi di saccheggiatori, senza mai farsi trascinare in battaglia. L'unica volta che hanno accettato la battaglia, all'inizio della ribellione, la III Augusta li ha travolti. Dopodiché hanno cambiato tattica e si sono tenuti ben lontani dalle legioni al completo e hanno cominciato a prendersela con avversari più piccoli. Qualche mese prima che arrivassimo, erano riusciti a distruggere un'intera coorte della III Augusta».

«Come avevano fatto?», chiese Vespasiano, mentre sforzava ulteriormente le gambe per marciare su quello che stava diventando un pendio piuttosto ripido.

«Li avevano presi mentre tornavano da un'incursione punitiva in una pianura aperta. La coorte si era allineata per un combattimento corpo a corpo, che però i numidi non volevano. La cavalleria cominciò ad accerchiarli, colpendoli con i giavellotti, mentre la loro fanteria lanciava da distanza di sicurezza con catapulte e archi sui nostri ragazzi. Ogni volta che la coorte cercava di caricarli, loro si limitavano a ritirarsi e continuavano a tirare. È stata una specie di battaglia di Carre in miniatura. La maggior parte dei nostri era già morta dopo poche ore; i pochi sfortunati prigionieri sono crepati nudi sotto il sole del deserto, con gli occhi cavati e gli uccelli tagliati.

Quando venne a sapere di quell'umiliazione il governatore Lucio Apronio s'infuriò a tal punto da punire il resto della legione con la decimazione, anche se non aveva partecipato alla battaglia».

«Questo non mi sembra giusto», disse Vespasiano. I sandali cominciavano a irritargli i calcagni.

«E chi l'ha detto che doveva essere giusto? La legione, nel suo insieme, aveva patito una ferita profonda. Perdere un'intera coorte di quattrocentottanta uomini per mano dei ribelli aveva disonorato la legione nel suo complesso. L'unico modo di riparare l'onta era con il sangue. Così Lucio Apronio li fece marciare davanti a sé disarmati, con indosso soltanto delle tuniche. Poi li fece contare, dividendoli per dieci. Al nono di ogni gruppo fu data una spada con cui doveva decapitare il decimo uomo, il suo compagno a sinistra. Poteva essere il suo migliore amico, una persona che conosceva da anni, con cui aveva condiviso una tenda, dei pasti, delle battaglie, delle donne. O magari era un perfetto estraneo, un giovane appena arruolato. Non importava: se qualcuno esitava, veniva decapitato anche lui».

Sabino fece una pausa e frugò in una borsa appesa alla sua sella. Ne tirò fuori un floscio cappello di paglia per il sole, del tipo tessalico reso popolare da Augusto durante il suo regno. Mettendoselo sulla testa, proseguì, indifferente al crescente disagio di Vespasiano.

«Me lo raccontò uno dei tribuni della III poco dopo il mio arrivo. Mi disse che era stata la cosa più terribile che avesse mai visto: un'intera legione coperta dal sangue dei propri commilitoni, sull'attenti, di fronte a una pila di più di quattrocento teste mozzate, a implorare perdono davanti al governatore. Dopo, però, quei soldati svilupparono un odio profondo e duraturo per Tacfarinate e i suoi ribelli, che consideravano i veri responsabili della loro sofferenza, e s'impegnarono a soggiogarli con furore. Alla fine, pochi mesi dopo che noi avevamo fatto il lavoro duro e ce n'eravamo andati, intrappolarono i superstiti dell'esercito di ribelli in una fortezza chiamata Auzera, che cadde dopo un assedio di tre mesi. Allora la III Augusta non risparmiò nessuno, nemmeno gli schiavi migliori. Purtroppo Tacfarinate cadde sulla propria spada prima che potessero raggiungerlo, ma trovarono le sue mogli e i suoi figli, con cui sono certo che si rifecero».

Avevano raggiunto la cima della collina quando Sabino fermò il suo cavallo e passò la borraccia a Vespasiano, che bevve con gratitudine.

«Quindi Lucio Apronio ha fatto bene a fare quel che ha fatto», disse, asciugandosi l'acqua in eccesso dal mento.

«Certamente», replicò Sabino. «Una legione non può combattere e vincere a meno che ognuno dei suoi uomini non abbia fiducia nei suoi commilitoni. Dimostrando di poter uccidere anche i propri compagni, quei soldati hanno dimostrato di poter uccidere chiunque, e questo ha ridato loro fiducia».

Vespasiano guardò il fratello e ricordò le parole di suo padre sul principio che teneva insieme una legione; se un giorno avesse dovuto farne parte, allora avrebbe voluto al suo fianco uomini come Sabino.

I fratelli si fermarono un momento a guardare verso le colline della loro tenuta. In lontananza, a nord-est, si stagliava la cima del monte Tetrico, in attesa delle nevi invernali che l'avrebbero incoronato entro la fine del mese. Molto sotto di loro, a sud, scorreva l'Avens, un affluente del quale attraversava la gola che, il giorno prima, avevano usato per intrappolare i fuggiaschi. Ad angolo retto rispetto al fiume, potevano scorgere la linea della via Salaria, che s'insinuava nella valle a est dell'Adriatico. Là dove attraversava il fiume era stato costruito un solido ponte di pietra verso cui, da est, correva un folto gruppo di cavalieri.

«Sembra che abbiano fretta», notò Vespasiano, riparandosi gli occhi dalla luce abbagliante.

«Non si può dire altrettanto di te. Andiamo». Sabino spronò

il suo cavallo e partì giù per la collina, riprendendo a fischiare. Vespasiano lo seguì stancamente, continuando sempre a tenere d'occhio i cavalieri sulla strada sotto di loro. Poteva contarne una ventina; sembravano armati e, senza dubbio, viaggiavano di gran carriera. Quando raggiunsero il ponte, rallentarono e lo attraversarono al trotto. Quindi, giunto dalla parte opposta, il primo cavaliere condusse il cavallo fuori dalla strada, girò a destra e cominciò a seguire il corso del fiume.

«Dove pensi che siano diretti?», chiese Vespasiano.

«Cosa?», replicò Sabino, che aveva la mente altrove.

«I cavalieri. Hanno abbandonato la strada e si stanno dirigendo lungo il fiume, verso di noi».

Sabino sollevò lo sguardo; anche se si trovavano forse a una decina di chilometri di distanza, riuscì a vedere chiaramente che erano armati: il sole luccicava sulle punte delle lance e sugli elmi.

«Be', non sono militari, questo è sicuro. Non sono in uniforme e cavalcano in formazione sparsa». Sabino lanciò un'occhiata interrogativa a suo fratello. «Se non sono militari, ma sono armati e si stanno dirigendo velocemente verso di noi, penso che dovremmo cominciare a supporre il peggio. Non sei d'accordo, fratellino?».

«Schiavi fuggiaschi?».

«Direi che hanno in mente una piccola vendetta per quel che è successo ieri. È meglio se torniamo in fretta; lascia il tuo zaino e sali qui dietro di me».

Con un brutto presentimento sempre più minaccioso, Vespasiano obbedì. Sabino fece girare il cavallo e, andando il più veloce possibile con suo fratello dietro, cominciò a ripercorrere a ritroso i dodici chilometri percorsi fino a quel momento. Vespasiano si aggrappò forte a Sabino, mentre il rapido movimento del cavallo sul terreno scabroso lo sballottava da una parte all'altra; sotto l'impiastro, il suo naso rotto sobbalzava a ogni passo, facendolo sussultare di dolore.

«Se riesco a mantenere quest'andatura», gli gridò Sabino, «dovremmo essere di ritorno alla villa una mezz'ora prima di loro. Sarà un tempo sufficiente per armare e appostare tutti lì dentro. Chi sta nei campi, invece, dovrà affidarsi alla dea Fortuna e cavarsela per conto proprio».

«Cos'hai in programma di fare?», chiese Vespasiano, sperando che Sabino gli rivelasse un piano ingegnoso.

«Ancora non lo so. Ci sto pensando». Non era una risposta confortante.

Mentre si affrettavano a tornare, Vespasiano immaginò la furia dei fuggiaschi dopo aver trovato il ragazzo appeso alla croce e i cadaveri dei loro compagni lasciati a marcire sotto il sole. Si chiese perché nessuno avesse preso in considerazione la possibilità di una rappresaglia, e si rese conto che avevano tutti sottovalutato i loro avversari. Erano stati accantonati come un gruppetto di ladri mal guidati e male armati, capaci soltanto di depredare e rubare muli. E invece, stavano tentando un attacco organizzato alla tenuta dei Flavi. Si rese conto che ci sarebbe stata una battaglia sanguinosa; i ribelli non si sarebbero aspettati e non avrebbero concesso alcuna grazia.

I due fratelli varcarono precipitosamente il cancello ed entrarono nel cortile, facendo fuggire polli e bambini in tutte le direzioni. Mentre smontavano, Pallo uscì di corsa dall'ufficio della tenuta.

«Pallo, svelto», gridò Sabino, «arma tutti gli uomini e tutti gli schiavi di cui ti puoi fidare e chiudi al sicuro le donne e i bambini, quindi porta qui dentro il più in fretta possibile tutti gli uomini che stanno lavorando nei campi più vicini. Sembra che tra una mezz'oretta avremo compagnia, una ventina di fuggiaschi decisi a vendicarsi. Volevano sorprenderci, quindi lasciamogli credere di poterlo fare. Lasceremo i cancelli aperti con un paio di uomini nascosti dietro. Se non ci sarà nessuno da attaccare all'esterno, attaccheranno subito nel cortile; i due uomini dietro i cancelli li chiuderanno, bloccandoli dentro, dove noi li prenderemo. Avremo bisogno di tutti i nostri ragazzi, armati di archi e giavellotti, sui tetti e nelle stanze sopra le stalle. Ierone, riempi più secchi d'acqua che puoi e portali sui tetti; quei bastardi potrebbero tentare di dar fuoco agli edifici. Vespasiano, va' a dire ai nostri genitori cosa sta succedendo».

Non molto tempo dopo, Vespasiano tornò nel cortile con suo padre. Avevano lasciato Vespasia e le schiave barricate nella casa principale con Varo, a cui Tito aveva ordinato di aiutare Vespasia a togliersi la vita in caso di disfatta. E il fatto che sua madre avesse accettato quel piano fece capire a Vespasiano la gravità della situazione.

Nel cortile, i difensori si erano dati da fare. Un carro era stato posto fuori dal cancello, pronto a bloccarlo. Si erano tirati fuori spade e pugnali, pile di giavellotti e mucchi di frecce, mentre tutt'intorno ai tetti erano stati disposti secchi d'acqua. L'accesso ai tetti avveniva attraverso scale che si potevano tirar su. Gruppi di schiavi dei campi venivano chiusi incatenati in magazzini per impedire che aiutassero gli assalitori, a cui avrebbero senz'altro voluto unirsi, se ne avessero avuto anche solo mezza possibilità.

Vespasiano aiutò Tito a salire sul tetto della casa principale e poi lo seguì.

«Non vedo l'ora di combattere», disse ridacchiando Tito a suo figlio. «Non tiro un giavellotto con rabbia da non so quanto tempo, e il fatto di avere un degno bersaglio raddoppierà il piacere».

Vespasiano guardò i tetti intorno a sé; poté contare quindici uomini, mentre altri tre stavano a guardia dalle finestre degli alloggi degli schiavi di casa sopra le stalle. Simeone e Ludovico erano nascosti dietro i cancelli, pronti a far scattare la trappola; Lico e Pallo erano appostati sopra di loro. Baseo e Atafane, invece, si stavano dirigendo fuori dal cancello a cavallo, tenendo pronti i loro archi senza darlo a vedere.

«Dove stanno andando?», chiese Vespasiano a Sabino, che stava un po' più avanti di lui sul tetto della casa principale; aveva in mano l'estremità di una corda che scendeva giù lungo il cortile e saliva su per la finestra al primo piano di fronte, attraverso cui si poteva intravedere Ierone.

«Dobbiamo avere qualcuno fuori, altrimenti l'eccessiva tranquillità apparirebbe sospetta. Non appena li vedranno, torneranno dentro, si spera portandosi dietro anche i cavalieri». Sabino alzò la voce, affinché tutti nel cortile potessero sentirlo. «Ora ricordate, tenetevi giù finché non entreranno dal cancello. Non vogliamo che vedano delle teste sui tetti e s'insospettiscano. Vogliamo che entrino qui dentro senza sapere cosa li attende. Gli schiavi che si comporteranno bene oggi si guadagneranno la libertà». Si alzò un piccolo grido di giubilo. «Pallo, tu stai di guardia; tutti gli altri si mettano giù e ci restino, per ora. Non cominciate a bersagliarli finché almeno dieci di loro non saranno nel cortile. A quel punto, avranno uno slancio troppo forte per fermarsi. Possano Fortuna e Marte mostrarci la loro benevolenza».

Si misero in attesa sotto il bruciante sole di mezzogiorno. Il tempo cominciò a trascorrere lento, e il lugubre silenzio intorno al cortile sembrava rallentarlo ulteriormente. Vespasiano prese in considerazione la possibilità che fosse stata soltanto la sua immaginazione e quella di Sabino a provocare il panico, e pensò all'umiliazione che avrebbero dovuto affrontare qualora fosse stato evidente che si trattava di un falso allarme. Quasi emise un sospiro di sollievo, dunque, quando sentì le prime deboli urla provenire dai campi in lontananza. I cavalieri si erano evidentemente imbattuti in un gruppo di lavoro troppo lontano per essere avvertito e si stavano scaldando massacrandone i componenti. Gli uomini nel cortile si tesero nell'udire le grida degli altri lavoratori della tenuta. Sapendo che avrebbero avuto presto l'opportunità di vendicarsi, controllarono le armi e fletterono i muscoli. Le urla s'interruppero. Il silenzio scese di nuovo sul cortile. Poi debolmente, in lontananza, si udì il rombo dei cavalli al galoppo. Quando cominciò ad aumentare, tutti si resero conto che i fuggiaschi si stavano dirigendo verso di loro e presto li avrebbero raggiunti.

«Riesco a vederli», gridò Pallo. «Sono a meno di un chilometro di distanza. Hanno delle torce accese».

«Bene. Pronti, ragazzi, tenetevi bassi», ringhiò Sabino.

«Hanno visto Baseo e Atafane; arrivano».

Il rombo dei cavalli si stava facendo più forte, e ora si riuscivano a sentire anche le grida dei cavalieri. Vespasiano pensò che, se volevano sorprenderli, lo stavano facendo nel modo sbagliato. Ma quel pensiero si eclissò dalla sua mente quando Baseo e Atafane varcarono precipitosamente i cancelli, uno scartando a sinistra e l'altro a destra, verso le ultime due scale lasciate per loro. Saltarono giù dai cavalli e si arrampicarono in fretta sul tetto, tirando su le scale dietro di sé, proprio mentre i primi cavalieri nemici irrompevano nel cortile, brandendo torce fiammeggianti, seguiti a ruota dal gruppo principale di fuggiaschi. I cavalieri che guidavano l'assalto passarono sopra la corda e lanciarono violentemente le loro torce contro le finestre aperte.

«Ora!», urlò Sabino.

Una grandinata di proiettili si abbatté sugli assalitori, colpendo cavalli e cavalieri. Quattro caddero subito. Gli altri dietro di loro andavano a velocità tale che non riuscirono a fermarsi. Attraversarono di corsa il cancello e arrivarono nel cortile, calpestando i corpi dei compagni caduti. Mentre gli ultimi superavano al galoppo i cancelli, Simeone e Ludovico saltarono fuori dai loro nascondigli e li richiusero. Irritato da quell'attacco alla sua casa, Vespasiano sentì il calore della sete di sangue salire in lui ancora una volta, ma adesso era pronto a uccidere. Le urla risuonavano nel cortile quando frecce e giavellotti raggiungevano i loro bersagli. Vespasiano lanciò un giavellotto direttamente al cavaliere più vicino, un uomo più vecchio con una folta barba, la faccia butterata e i capelli scuri raccolti in un alto chignon, secondo lo stile germanico. Il giavellotto lo colpì in pieno, al centro del petto, sfondandogli lo sterno e fermandosi contro la spina dorsale, recidendogli il midollo spinale. La paralisi della parte inferiore del corpo fu immediata, e le gambe dell'uomo si afflosciarono. Scivolò giù dal cavallo, cadde a terra e ci rimase, incapace di muoversi, con il sangue che gli saliva alla gola e l'orribile consapevolezza di dover esalare l'ultimo respiro.

Sabino tirò più forte che poté la corda, che saltò su dal terreno e prese alla gola due cavalli, facendoli impennare e scagliando i cavalieri sotto gli zoccoli degli altri cavalli che arrivavano alle loro spalle. Questi ultimi, a loro volta, andarono a impattare con forza sulla corda. L'urto la strappò dalle mani di Sabino, il quale non poté evitare di cadere giù dal tetto. Però riuscì ad atterrare carponi e a rialzarsi immediatamente, sguainando la spada. Due cavalieri disarcionati gli si lanciarono contro, armati di lance e di minacciosi pugnali ricurvi. Erano troppo vicini a Sabino perché i difensori della tenuta potessero rischiare un lancio. Vespasiano e Tito, che avevano ancora a disposizione soltanto un giavellotto a testa, corsero lungo il tetto, avvicinandosi a Sabino, e tentarono di trovare un angolo di lancio migliore.

Col braccio alzato, il primo uomo affondò la lancia contro il viso di Sabino. Abbassandosi a sinistra, quest'ultimo menò un fendente trasversale con la spada e colpì la pancia dell'avversario, che si aprì come un fico troppo maturo, spargendo sul terreno ciò che conteneva. L'uomo urlò, lasciando cadere la lancia mentre cercava di fermare con le mani il viluppo di budella che fuoriusciva dal suo addome aperto.

Subito dopo, un iberico tarchiato e muscoloso, rendendosi conto di avere di fronte un abile combattente, si avvicinò a Sabino con più prudenza. Nel frattempo, due dei pochi cavalieri a cavallo rimasti caricarono verso di lui, scagliandogli i loro giavellotti. Scorgendone con la coda dell'occhio la traiettoria, Sabino riuscì a schivare il primo, ma il secondo, diretto molto più in basso, gli trapassò il polpaccio destro. L'iberico pensò di approfittarne e saltò in avanti, spingendo la sua lancia verso il petto scoperto di Sabino, ma si bloccò all'improvviso, abbassando lo sguardo per guardare con sorpresa l'ultimo giavellotto di Tito che gli sporgeva dalla cassa toracica.

I due cavalieri avanzarono minacciosamente verso Sabino ferito, con le spade sguainate, urlando selvaggiamente. Senza pensarci su, Vespasiano si lanciò giù dal tetto e, prendendo la lancia dell'uomo sventrato, si mise al fianco di suo fratello, terrorizzato ma determinato. Un cavaliere, vedendo un nuovo bersaglio, puntò dritto su di lui, sporgendosi verso destra, con la spada diretta al suo petto e gli occhi feroci fissi sul bersaglio. La tensione che faceva pulsare le vene di Vespasiano sembrò rallentarne la percezione del tempo, mentre il giovane cercava di stimare la velocità dell'attacco. Il cuore gli batteva forte nelle orecchie ma, nonostante la paura, si sentì inondare da una sensazione di calma; aveva già ucciso, e ora l'avrebbe fatto di nuovo. All'ultimo momento, saltò alla sua destra, spinse l'estremità inferiore della lancia nel terreno e la tenne a quarantacinque gradi. Mezza tonnellata di cavallo andò a conficcarsi sulla punta della lancia, facendosela penetrare profondamente nel cuore, che esplose spruzzando sangue rosso scuro sui due fratelli. Il cavallo cadde stecchito, catapultando il suo cavaliere direttamente su Vespasiano. Il secondo cavaliere passando in velocità colpì Sabino che, con il giavellotto ancora conficcato nel polpaccio, non fu abbastanza agile da schivare il colpo; prese la punta della spada nella spalla destra e andò giù.

Vespasiano si riprese in fretta; liberandosi dal corpo del cavaliere disarcionato, sguainò la spada, tirò indietro per i capelli la testa dell'uomo prono per terra e gli tagliò la gola. Poi si mise sopra il corpo di suo fratello per proteggerlo, mentre il secondo cavaliere girava il suo cavallo e lo spronava di nuovo verso di lui. Si era avvicinato di non più di cinque passi quando due frecce lo colpirono simultaneamente alla schiena; l'uomo cadde da cavallo con un urlo e rotolò sul terreno, spezzando le aste delle frecce e fermandosi vicino a Vespasiano, con gli occhi spenti che fissavano il sole senza sbattere le palpebre.

Si levò un applauso; Vespasiano si guardò intorno e si rese conto di essere l'ultimo uomo rimasto in piedi. Tutti gli invasori erano morti o giacevano nella polvere, mentre i cavalli sopravvissuti aspettavano pazientemente in piccoli gruppi. Guardò in basso verso Sabino, che si teneva la spalla ferita, con il sangue che gli scorreva attraverso le dita.

«Hai combattuto bene, fratellino», borbottò a denti stretti. «Sembra che io ti debba ringraziare per avermi salvato la vita, anche se tu non mi hai ancora ringraziato per aver salvato la tua ieri».

Vespasiano gli tese la mano. «Be', ora puoi considerarti ringraziato», disse, tirando su Sabino.

«Puoi ringraziarmi come si deve tirandomi fuori questa stramaledetta cosa dalla gamba».

Vespasiano s'inginocchiò per esaminare la ferita. Tutt'intorno a loro, uomini festanti stavano scendendo dai tetti per spegnere i pochi fuochi che si erano propagati e per tagliare la gola ai ribelli che ancora respiravano.

«Bravi, ragazzi miei, vi siete fatti ammirare», gridò Tito mentre scendeva dalla scala. «Spero che tu non sia ferito troppo gravemente, Sabino».

«Non c'è problema, padre, ho bisogno di qualche punto da Cloe, e...». Emise un forte urlo di dolore: Vespasiano aveva approfittato della distrazione causata dal padre per rimuovere il giavellotto. Sabino impallidì e quasi svenne. «Per gli dèi, mi hai fatto male, piccola merda. Sono sicuro che a te è piaciuto molto, invece. Forza, portami in casa».

Procedettero a fatica verso la porta disserrata dalla madre, che aveva udito i festeggiamenti. Vespasia stava lì in attesa di aiutare il figlio a entrare in casa.

«Oh, a proposito, lana», borbottò Sabino.

«Cosa?», chiese Vespasiano, pensando che suo fratello stesse vaneggiando.

«Quello che dovremmo vendere in questo momento: lana. È richiesta perché si sta avvicinando l'inverno».

«Oh, sì, giusto. Sei stato bravo ad arrivarci», replicò Vespasiano.

«Non ci sono arrivato da solo, l'ho soltanto chiesto a Pallo ieri», sogghignò Sabino. «Oh, e fatti rifare quell'impiastro, che hai un aspetto ridicolo». Vespasiano guardò suo fratello con un mezzo sorriso e, scuotendo la testa, pensò che probabilmente non sarebbe mai cambiato. Lo lasciò alle cure delle donne.

Si voltò ed esaminò la scena nel cortile. Ormai i fuochi erano stati spenti; c'era soltanto qualche filo di fumo a indicare dove avevano attecchito. Gli schiavi incatenati che lavoravano nei campi venivano lasciati uscire dai magazzini e riportati al lavoro. Pallo stava organizzando i roghi dei cadaveri dei fuggiaschi ammassandoli su una pira fuori dal cancello. Vespasiano rimase a osservare mentre il suo giavellotto veniva estratto dal germanico con la crocchia, il cui corpo trascinato via lasciava una larga scia di sangue. Era stata la sua prima uccisione, e il pensiero non lo turbò. Aveva tagliato la gola del secondo uomo senza neppure pensarci; aveva fatto quel che doveva fare per sopravvivere e per proteggere suo fratello. E in ogni caso, quelli erano soltanto degli schiavi, la cui vita non valeva più di quel che avrebbero fruttato a una vendita all'asta.

Pallo lo vide assistere alla rimozione dei cadaveri e gli si avvicinò. «Hai combattuto bene oggi, Tito Flavio Vespasiano», disse solennemente, accordandogli il rispetto dovuto a un uomo. «Tuo padre dev'essere orgoglioso di te».

«Grazie, Pallo, abbiamo fatto tutti la nostra parte; e mio fratello ha escogitato un bel piano. Quanti dei nostri sono stati colpiti?»

«Un morto e quattro feriti, nessuno in modo troppo grave».

«Chi è morto?», chiese Vespasiano.

«Brenno, uno schiavo domestico gallico; è stato colpito all'occhio da un giavellotto. Suo figlio Drest è tra i feriti», rispose Pallo.

«Dovremmo liberarlo, sarà un buon messaggio per gli altri schiavi, se una cosa del genere dovesse ripetersi. Ne parlerò a mio padre».

Quando si voltò per andarsene, gli venne un pensiero. «Pallo?», chiese, abbassando la voce. «Sai niente di una profezia che mi riguarda? Qualcosa che è accaduto alla mia nascita; tu eri presente, no?». Vespasiano guardò Pallo negli occhi, ma l'amministratore della tenuta non riuscì reggere il suo sguardo e li abbassò.

«Perché non mi rispondi?»

«Mi è stato proibito parlarne», sussurrò Pallo, a disagio.

«Perché? Dimmi, Pallo, chi te lo proibisce?»

«Gli dèi», rispose Pallo, tornando a guardare Vespasiano negli occhi.

«Quali dèi? E perché?». Vespasiano, che si stava agitando sempre di più, afferrò Pallo per le spalle.

«Tutti quanti. Tua madre ha fatto giurare a tutta la casa, di fronte agli dèi, di non parlarne mai».

IV

A causa delle ferite di Sabino, per qualche giorno l'addestramento di Vespasiano fu più breve. Le marce non erano possibili, ma si potevano fare gli addestramenti ginnici, quelli per scavare la trincea e per utilizzare meglio le armi. Vespasiano trascorse ore ad attaccare una postazione alta poco più di uomo con una spada di legno e uno scudo di vimini, esercitandosi con i tagli, i colpi e le parate prescritti. La spada e lo scudo erano volutamente più pesanti di quelli veri. Questo, spiegava Sabino, serviva a rafforzargli le braccia, così poi gli sarebbe venuto molto più facile brandire armi regolamentari. Quando non attaccava la postazione con la sua spada di legno, gli lanciava contro pesanti giavellotti. Col passare dei giorni, gli esercizi cominciarono a sembrargli più facili e, benché mai divertenti, divennero meno pesanti.

In cambio, Vespasiano cominciò a dare a Sabino lezioni di amministrazione della tenuta. Una volta cominciate queste lezioni, Vespasiano scoprì di sapere molto di più sull'argomento di quanto si fosse reso conto e, nella premura di trasmettere le proprie conoscenze, finì per confondere il suo prostrato fratello con una sfilza di fatti e cifre. Inizialmente, a causa delle sue ferite, Sabino era costretto a stare seduto e non riusciva a sfuggire al flusso costante di informazioni; man mano che guariva, però, le lezioni cominciarono a tenersi mentre camminavano o cavalcavano per la tenuta. In quell'atmosfera più rilassata, Sabino aprì gli occhi sui complessi problemi logistici che l'amministratore di una tenuta doveva affrontare, cercando di sfruttare al massimo la propria terra e la propria manodopera ogni giorno dell'anno. Cominciò a rendersi conto che una tenuta era soltanto un microcosmo sul modello di un esercito, ovvero di Roma, e che comprenderne pienamente i meccanismi avrebbe migliorato molto le sue possibilità di successo nella vita pubblica. Vespasiano divenne allora una persona che valeva la pena ascoltare. E Vespasiano, da parte sua, trovò che condividere la propria conoscenza col fratello lo aiutava a riordinare i propri pensieri, aumentando la sua fiducia in ciò che già sapeva.

Questa sensazione di poter fare affidamento l'uno sull'altro, sommata alla consapevolezza di essersi salvati la vita a vicenda, provocò una sorta di disgelo nel loro rapporto.

Le settimane successive stupirono non soltanto gli stessi due fratelli, ma anche i loro genitori; la cena serale smise di essere un'occasione di scontri, diventando invece un esame dei temi appresi o delle prodezze compiute durante la giornata.

Novembre trascorse rapidamente in questo clima più piacevole. Sui picchi circostanti cominciò a cadere la neve, e l'attività della tenuta rallentò per l'inverno, entrando in un periodo di costruzione e riparazione. Si ripararono i muri, si forgiarono nuovi utensili, si costruì un nuovo granaio e si affrontarono e portarono a termine innumerevoli altri lavori, rimandati per tutta l'estate.

Sabino approfittò di tutta questa operosità per farsi costruire una leggera balista, in modo da poter insegnare a suo fratello i rudimenti del tiro d'artiglieria. Mise una testa di bue di fronte a un grande lenzuolo di pelle e istruì suo fratello nella scienza della variazione della traiettoria, della velocità e del vento. Nel giro di una settimana, Vespasiano riuscì a colpire la testa di bue in mezzo agli occhi da cento passi con la stessa facilità con cui Sabino riusciva a scrivere una lista dei turni di servizio per cinquanta schiavi e per i loro supervisori, oppure a registrare un resoconto dei profitti e delle perdite.

Arrivarono i Saturnali, stagione di benevolenza, e portarono feste e doni. Tre giorni dopo la loro chiusura, il 25 dicembre, Sabino aveva appena finito di celebrare la miracolosa nascita in una grotta, sotto gli occhi dei pastori, di Mitra, un nuovo dio dell'Oriente ai cui misteri era stato iniziato mentre prestava servizio nell'esercito, quando il padre chiamò i due fratelli nel suo studio.

«Be', ragazzi miei, gennaio è quasi arrivato», cominciò senza invitarli a sedersi. «Voi avete mantenuto la vostra parte del patto, quindi io manterrò la mia. Ho organizzato le cose in modo da poter stare, come facesti tu, Sabino, quattro anni fa, nella casa di mio cognato e vostro zio, Gaio Vespasio Pollione. Là potremo accedere agli ambienti sociali più elevati di Roma, e persino alla stessa casa imperiale. Gaio, infatti, conta tra i suoi protettori Antonia, cognata del nostro illustre imperatore.

Come sapete, Gaio non ha figli e pertanto desidera che voi, prole di sua sorella, facciate fortuna. Vi presenterà a persone ricche e influenti e vi scriverà molte lettere di raccomandazione e di presentazione. Dovete rispettarlo e onorarlo; chissà, potrebbe persino decidere di adottare uno di voi». Fece una pausa e guardò severamente i suoi due figli. «Sono rimasto molto impressionato dai progressi che avete fatto entrambi, nonché dalla capacità che avete dimostrato di accantonare le vostre piccole controversie personali per lavorare insieme. Questo è uno degli attributi più importanti di un nobile romano. Vi troverete in una società spietata e competitiva, in cui ognuno combatte per sé e per la propria famiglia. Verrete eletti a delle cariche, o presterete servizio nelle legioni, al fianco di uomini che, senza un motivo evidente, vi saranno nemici e vorranno soltanto superarvi. Tuttavia, per il bene di Roma, dovrete lavorare con questi uomini, come loro dovranno lavorare con voi. Teneteli d'occhio, non fidatevi mai di loro, ma collaborate con loro; se lo farete, renderete un buon servizio sia a Roma sia a voi stessi».

«Sì, padre», dissero i fratelli all'unisono.

Tito si alzò e accompagnò entrambi i figli fuori dallo studio fino all'atrio, oltrepassando la piscina di acqua piovana con la sua fontana zampillante, fino alla nicchia accanto all'altare domestico, dov'erano appese alle pareti le maschere mortuarie degli antenati di famiglia. Quindi si fermò di fronte al lugubre assortimento di immagini di cera.

«Ognuno di questi uomini ha avuto una vita costellata di successi e fallimenti, e ognuno di loro ha fatto del suo meglio per servire la nostra famiglia e la tribù sabina. Tutti poi, dopo aver conquistato per noi la cittadinanza, hanno servito Roma. Voi, figli miei, costruirete su quel che loro hanno fatto e solleverete la famiglia di Flavio dall'oscurità delle colline sabine fino alla grandezza nella città imperiale. Io farò quanto è in mio potere per aiutarvi; vi darò i soldi necessari e userò i contatti che ho, ma non potrò esserci per sempre. Quando non ci sarò più, voi dovrete sostenervi a vicenda. Per questo vi ho portato qui davanti ai nostri antenati. Qui giurerete di esservi fedeli per sempre l'un l'altro, di aiutarvi e, soprattutto, di sostenervi in qualunque impresa vi ritroviate».

«Ma padre, non è necessario essere legati da giuramento. Il nostro legame di sangue ci obbliga a fare tutto quello che viene chiesto nel giuramento», obiettò Sabino.

«Lo capisco, ma questo giuramento verrà fatto di fronte non soltanto a tutti i nostri antenati, ma anche a tutti i nostri dèi, compreso il tuo Mitra. Pertanto, sarà il giuramento più vincolante che abbiate mai fatto, e supererà ogni altro. Se mai verrà un momento in cui uno di voi non sarà in grado di aiutare adeguatamente l'altro a causa di un precedente giuramento, questo lo annullerà. Capisci, Sabino?».

Sabino guardò negli occhi suo padre per qualche istante, poi annuì e guardò Vespasiano, che fece finta di niente. Ora era certo che Sabino sapeva della profezia, dato che suo padre gli stava dando il modo di rompere il giuramento di sua madre. Tito voleva che, quando secondo Sabino fosse arrivato il momento giusto, Vespasiano venisse a conoscenza del contenuto della profezia e ora grazie a questo nuovo giuramento, Sabino avrebbe potuto rivelarglielo.

Quindi Tito guardò Vespasiano. «Questa è l'ultima volta che ci si rivolgerà a te come a un ragazzo». Sollevò il laccio di cuoio della *bulla* sulla testa di Vespasiano. «Decreto che, da ora in poi, figlio mio, tu, Tito Flavio Vespasiano, sei un uomo. Assumi i doveri, la dignità e l'onore di un uomo e vai per il mondo e fai fortuna secondo i tuoi meriti, per accrescere la tua gloria e quella della casa di Flavio».

Vespasiano chinò la testa in segno di assenso ai desideri di suo padre.

Quindi Tito si girò verso il larario, dove venivano tenute le immagini dei *lares domestici*, gli dèi della famiglia. Mise la *bulla* sull'altare e le dispose intorno cinque statuette di argilla prese da un vicino armadio. Si tirò un lembo della toga sulla testa, mormorò una breve preghiera, quindi riempì una ciotola poco profonda con del vino dalla brocca dell'altare. In piedi, con la ciotola nella mano destra, versò una libagione sull'altare di fronte alla figura più grande, il *lar familiaris*, che rappresentava il fondatore della famiglia. Quindi fece cenno ai suoi figli di unirsi a lui, ognuno su un lato dell'altare, e diede a ognuno un sorso di vino, prima di berne lui il resto e di posare la ciotola.

Nella luce calante, i tre uomini stettero di fronte all'altare mentre Tito, invocando gli dèi e gli spiriti degli antenati, fece prestare giuramento ai suoi figli. Le parole che usò per legarli tra loro rieccheggiarono tra le colonne dell'atrio mentre le maschere mortuarie, guardandoli dall'alto nella semioscurità con occhi incapaci di vedere, fecero da testimoni del solenne rituale.

Quando ebbe concluso la cerimonia, si tolse la toga dalla testa e abbracciò a turno entrambi i figli, augurando loro la benedizione di Fortuna e mettendo l'onore della famiglia nelle loro mani.

«Ricordate sempre da dove venite e a quale famiglia appartenete. Ogni volta che tornate a casa, fatelo con sempre maggiore *dignitas*, così che questa casa possa diventare sempre più grande attraverso la gloria dei suoi figli».

Stettero in piedi insieme in silenzio, ognuno impegnato a fare le proprie richieste agli dèi con una preghiera personale. Ormai la stanza era quasi completamente buia. Lo schiavo domestico che aveva il compito di accendere le lampade e il fuoco attendeva a rispettosa distanza in un angolo, non osando disturbare il *pater familias* mentre pregava con i suoi due figli. L'unico suono che si poteva udire era il delicato picchiettio della fontana.

Poco dopo, Tito batté le mani, spezzando il silenzio. «Varo, dove sei? Porta il vino. E perché stiamo al buio? Cosa sta succedendo in questa casa? Ti sei addormentato?».

Varo arrivò precipitosamente, dando per sicurezza un calcio al fondoschiena dello schiavo addetto alla lampada, che entrò subito in azione.

«Mi dispiace, padrone, stavamo aspettando…». Le parole gli morirono sulle labbra.

«Sì, sì, lo so, e hai fatto bene. Ma ora voglio vino e luce».

Poco dopo la stanza si riempì della luce di numerose lampade a olio sparse qua e là, mentre un fuoco ardeva nel focolare. Vespasia arrivò e trovò i suoi uomini seduti vicino a esso con delle coppe di vino in mano.

«Ah, mia cara», disse Tito, alzandosi, «sei arrivata giusto in tempo. Sto per proporre un brindisi; prendi una coppa». Gliene passò una già piena di ottimo Cecubo leggermente annacquato e, sollevando la propria, la alzò fin sopra la testa, facendone cadere alcune gocce per l'entusiasmo.

«Domani partiamo alla volta di Roma e della casa di tuo fratello. Prima di partire faremo un sacrificio agli dèi, di modo che favoriscano i nostri sforzi e garantiscano il nostro ritorno sani e salvi. A Roma e alla casa di Flavio».

«A Roma e alla casa di Flavio», gli fecero eco i suoi familiari, brindando tutti insieme.

PARTE SECONDA

Roma

V

La nuvola bruna all'orizzonte si stava allargando. Era la mattina del terzo giorno del loro viaggio e, mentre si avvicinavano alla più grande città del mondo, Vespasiano poteva già sentirne la ricchezza diffondersi per la campagna circostante e oltre. Se ne potevano scorgere le prove ovunque. I terreni agricoli e le case coloniche cedevano il passo a vaste aziende agricole nei cui campi migliaia di schiavi curavano le lunghe file di lattughe, porri, cipolle ed erbe. Guardiani armati lanciavano occhiate ai viaggiatori di passaggio, come se ognuno fosse un potenziale scassinatore, da dietro dei cancelli abbondantemente dorati che davano su imponenti ville con vedute magnifiche sui pendii soprastanti. La strada stessa era più trafficata di quanto Vespasiano avrebbe mai potuto immaginare; ogni mezzo di trasporto concepibile passava loro accanto, diretto su per la via Salaria, e i carri ribaltati con gli assi portanti rotti, i carichi parzialmente rovesciati e le lente colonne di prigionieri ammanettati significavano che sarebbero avanzati più velocemente e in modo meno dannoso per gli zoccoli dei loro cavalli mantenendosi al lato della strada.

Il loro gruppo era formato da Vespasiano, suo fratello e suo padre, tutti a cavallo; poi veniva Vespasia a bordo di una reda, un carro coperto a quattro ruote trainato da muli. La donna stava su dei morbidi cuscini sotto la copertura di tela, premurosamente servita da due domestiche, mentre il goffo veicolo procedeva sferragliando e sobbalzando giù per le colline. Dietro la reda c'era un carro che portava i loro bagagli, guidato da due schiavi domestici. Seguivano infine altri tre schiavi domestici, quelli addetti alla cura degli uomini, a cavallo di muli. Come guardie, Tito aveva ingaggiato tre ex legionari a cavallo, che fino a quel momento si erano dimostrati abbastanza minacciosi da garantire un viaggio senza problemi.

L'avanzamento lungo la via Salaria non era stato rapido, a causa soprattutto della straziante lentezza della reda. Questo però aveva i suoi vantaggi, nel senso che avevano trascorso in viaggio due notti invece che una, andando a stare presso famiglie con cui avevano legami di ospitalità. A cena le famiglie si erano scambiate dei favori con vantaggi reciproci. Tito aveva offerto promesse di intercessioni da parte di suo cognato Gaio, ex pretore, in procedimenti penali o civili in cambio di una lettera di presentazione a un magistrato o a un membro della famiglia imperiale. Era stato felice di poter approfittare del nome di suo cognato, perché Vespasia gli aveva assicurato che tutte le promesse ragionevoli sarebbero state onorate, naturalmente a un prezzo che lui stesso, un giorno, avrebbe dovuto pagare. Per Vespasiano era stato interessante vedere direttamente i capi di due famiglie che, per ottenere un beneficio, si sostenevano a vicenda, sapendo che il giorno successivo sarebbero potuti diventare rivali accaniti.

Mentre il piccolo gruppo si avvicinava alla sua destinazione, Vespasiano pensava a come si sarebbe fatto strada in questa società altamente competitiva in cui lo stavano inserendo per forza, dove le uniche forme di fedeltà permanenti erano nei confronti di Roma, della propria famiglia, dell'onore e della dignità personali. Mentre il suo cavallo continuava a risalire una collina, sollevò lo sguardo verso la nuvola bruna in lontananza e si chiese se si sarebbe rivelato adatto a una vita così competitiva, e se avrebbe voluto davvero esserlo. Ma fece prima il cavallo a raggiungere la sommità della ripida pendenza che lui a risolvere quel dilemma.

Vespasiano si fermò e restò senza fiato. Dimenticando tutto il resto, fissò incredulo il panorama più strepitoso che avesse mai contemplato. Per una decina di chilometri davanti a lui, coronata da un fitto alone bruno causato dal fumo di mezzo milione di fuochi di cottura e dallo scarico di innumerevoli fucine e concerie, con i suoi sette colli circondati da enormi mura di mattoni rossi interrotte da imponenti torri, si estendeva il cuore del più potente impero del mondo: Roma.

«Ricordo di essermi fermato e meravigliato proprio in questo posto quarant'anni fa, quando mia madre mi portò qui che avevo la tua età», disse Tito, fermandosi accanto a lui. «Quando un uomo vede Roma per la prima volta e ne sente il potere, si rende conto di essere insignificante di fronte a una città così magnifica e di avere solo due scelte: servirla o farsi annientare, perché ignorarla è impossibile».

Vespasiano guardò il padre. «In tal caso, la scelta non si pone neppure», disse a bassa voce. Tito sorrise e accarezzò il collo liscio del cavallo mentre contemplava la grandiosità della città sotto di loro.

«Se questa veduta riesce a sopraffare in questo modo noi, immagina come debba sentirsi un barbaro dal culo peloso proveniente dalle foreste della Germania o della Gallia di fronte a tanta potenza. C'è da stupirsi che adesso i capitribù facciano di tutto per diventare cittadini? Come i nostri alleati latini più di cento anni fa, che combatterono una guerra contro Roma per il diritto alla cittadinanza, anche loro vogliono servire Roma piuttosto che soccombere a essa. Roma ti inghiotte, figliolo, devi solo fare in modo che non ti risputi fuori».

«Non appena assaggerà quest'omuncolo, sono sicuro che la signora Roma scoprirà di essere una che sputa, non una che inghiotte». Sabino rise della propria spiritosaggine mentre li raggiungeva.

«Molto divertente, Sabino», scattò Vespasiano. Per quanto potesse divertirsi a una battuta volgare, si sentiva troppo insicuro di sé per apprezzare tanta disinvoltura. Spronò il suo cavallo in avanti e si diresse giù per la collina con Tito che sgridava Sabino per la sua scurrilità.

Mentre fissava il centro dell'impero che, immobile nella pianura sotto di lui, si lasciava inondare dal sole e si alimentava dalle strade e dagli acquedotti che gli pompavano dentro la vita, si sentì ispirato dalla sua magnificenza e dalla sua forza. Gli si calmarono i nervi. Forse non si sarebbe più accontentato di limitare i propri orizzonti alle colline che circondavano la sua casa rurale. Forse non si sarebbe più considerato appagato da occupazioni banali come coltivare la terra e allevare i muli, con soltanto il cambiamento delle stagioni a segnare il passaggio del tempo. Stava per entrare in un mondo più grande e più pericoloso, dove sarebbe sopravvissuto e avrebbe prosperato. Con un crescente senso di eccitazione, discese la collina, senza far caso alle raccomandazioni di rallentare che gli stava dando suo padre. Si fece strada tra gli altri viaggiatori, pensando soltanto ad arrivare il più presto possibile.

Dopo un paio di chilometri, il traffico necessariamente rallentò, compresso da tombe, grandi e piccole, su entrambi i lati della strada. Vespasiano si fermò e sentì su di sé la mano della storia mentre leggeva i nomi scolpiti su quelle tombe. C'erano famiglie famose accanto a nomi che non aveva mai sentito. Alcune tombe erano molto antiche, altre costruite da poco, ma avevano tutte una cosa in comune: contenevano i resti di uomini e donne che, in vita, avevano contribuito all'ascesa di Roma da gruppo di capanne di fango sul Campidoglio, quasi ottocento anni prima, a metropoli di marmo e mattoni davanti alle cui mura erano ora sepolti. Tutte le gioie e le delusioni di questi romani del passato, le cui anime risiedevano ora nelle ombre, tutte le loro conquiste e i loro fallimenti facevano ormai soltanto parte della somma totale della gloria della loro città. Avevano avuto tutti il loro tempo, e lui sperava che l'avessero sfruttato al massimo perché, una volta traghettati al di là dello Stige, non c'era possibilità di ritorno da quella terra oscura. Giurò a se stesso che, prima di compiere lo stesso viaggio, avrebbe fatto il massimo per rendere in qualche modo migliore e più grande la città in cui stava per entrare per la prima volta.

Emergendo dalla propria fantasticheria, si rese conto di essere andato molto più avanti del suo gruppo e decise di aspettare gli altri là, tra le tombe. Smontò e legò il cavallo a un piccolo albero, quindi si tirò il mantello intorno alle spalle, si sedette e attese, guardando oziosamente il traffico di passaggio. Dopo poco, un carro si fermò fuori dalla strada vicino a lui e scaricò una famiglia con i suoi schiavi domestici. Costoro cominciarono immediatamente a montare un tavolo e degli sgabelli di fronte a una piccola tomba che pareva di recente costruzione. Il *pater familias* versò una libagione e recitò una preghiera, dopodiché la famiglia si sedette e ai suoi componenti venne servito un pranzo al sacco che loro sembravano voler condividere con l'occupante della tomba, mettendogli di fronte cibo e bevande. Vespasiano assistette a quel curioso rituale mentre la famiglia mangiava e beveva col proprio congiunto deceduto, parlandogli come se fosse ancora vivo, apparentemente incurante del traffico che passava rumorosamente sulla strada a pochi metri di distanza. Sembrava che neppure la morte potesse impedire di rendere onore a un uomo, se questi se l'era guadagnato, in vita, al servizio della sua famiglia e di Roma.

Il pasto stava per terminare quando Vespasiano udì la voce di suo fratello che gli urlava rabbiosamente: «Cosa pensi di fare, merdina, seduto al lato della strada senza curarti di nulla? Pensi di poter dare filo da torcere ai tagliagole o peggio che vivono tra queste tombe?». Sabino saltò giù da cavallo e diede un forte calcio sulla coscia a suo fratello. «Hai fatto quasi impazzire di preoccupazione tua madre scappando via in quel modo».

Tito si fermò accanto a loro. «Cosa diavolo volevi fare, Vespasiano? Non ti rendi conto di quanto sia pericoloso viaggiare da solo su queste strade, anche se sono affollate? Quali di questi viaggiatori pensi che si fermerebbe ad aiutare un giovanotto che viene rapinato, eh? Soltanto i più stupidi, ecco chi, e a che servono? Nessuno sano di mente rischierebbe la propria vita per uno come te, ammesso che si accorga che sei stato aggredito dietro una tomba».

«Mi dispiace, padre», disse Vespasiano, massaggiandosi la gamba contusa mentre si alzava zoppicando. «Non pensavo… Sabino mi ha appena detto…».

«Torna sul tuo cavallo e va' a scusarti con tua madre», disse suo padre in tono brusco.

Vespasiano montò a cavallo e fece quel che gli era stato detto, ma non riusciva a smettere di pensare al defunto in quella tomba. Sarebbe mai riuscito lui, Vespasiano, a meritarsi un simile onore?

La strada si faceva ancora più affollata avvicinandosi all'incrocio con la via Nomentana, a poco più di mezzo chilometro da Porta Collina, quella attraverso cui sarebbero entrati in città. Le tombe che ancora fiancheggiavano la strada erano diventate baraccopoli in cui vivevano la teppaglia e i poveracci che non potevano permettersi una sistemazione all'interno della città. Il puzzo dei loro malsani alloggi, fatti di pezzi di legno coperti da strisce di tela da sacco, permeava un'atmosfera già densa del fumo dei fuochi accesi per cucinare, in cui respirare era un compito spiacevole ma necessario.

Le mura di Roma distavano ormai solo qualche centinaio di passi. Erano imponenti montagne di blocchi di tufo che dominavano l'orizzonte e mettevano in soggezione chiunque. A nord della città, tre chilometri alla sua destra, Vespasiano poteva vedere gli eleganti archi alti venti metri dell'*Aqua Virgo*, il nuovo acquedotto che entrava in Campo Marzio alla fine del suo viaggio di trentasette chilometri, portando acqua dolce da una sorgente che, secondo la leggenda, era stata mostrata ai vittoriosi e assetati soldati romani da una giovane fanciulla dopo chissà quale antica battaglia, ormai dimenticata da tempo.

Il rumore della folla, abbinato allo stridore delle ruote ferrate senza molle di innumerevoli carri e carretti tirati da ansanti bestie da soma, raggiungeva il massimo laddove le due strade letteralmente si scontravano. Vespasiano osservava il caos di quella mischia di veicoli, esseri umani e animali che spingevano in tutte le direzioni, cercando di lasciare una strada e di prendere l'altra. Nessuno era disposto a dare la precedenza all'altro, perché ciò avrebbe comportato un maggiore ritardo e, senza dubbio, un brutale tamponamento da parte del veicolo di dietro.

Ora gli ex legionari che proteggevano la famiglia stavano guidando il gruppo, facendosi strada tra la folla con dei robusti pali mentre percorrevano lentamente e a fatica la via Nomentana. Una volta passati su una nuova strada, l'avanzamento si fece più agevole quando, a destra e a sinistra, i carri pieni di mercanzia, che non potevano entrare in città durante il giorno, si fermarono fuori strada per aspettare il tramonto del sole. Con il buio, avrebbero continuato il viaggio verso le loro destinazioni finali, facendo in modo, con il rumore delle ruote e le urla dei guidatori, che la pace non scendesse mai sulle strade e sui vicoli di Roma, in nessuna ora del giorno e della notte.

Tito si era appena assicurato i servizi di una lettiga perché Vespasia vi si trasferisse, vicino a Porta Collina, quando da dietro di loro si udì il muggito profondo di una tromba e delle urla così forti da sovrastare il baccano circostante. Guardandosi alle spalle, Vespasiano poté vedere gli elmi dal pennacchio di pelo di cavallo tinto di rosso di una *turma*, uno squadrone di cavalleria di trenta uomini, che procedeva a stento tra la folla.

«Meglio se aspettiamo che passino», disse Tito. «Sembrano della cavalleria della guardia pretoriana, e non sono tipi molto gentili, soprattutto se stanno scortando una persona importante».

Sgombrarono la strada mentre la *turma* si avvicinava, con i cavalieri disposti in file di quattro. I loro bianchi stalloni, che si muovevano sollevando bene le zampe, con gli occhi roteanti e le bocche schiumanti all'altezza del morso, si facevano strada a forza tra la folla, senza fermarsi per nessuno. Qualunque sciocco abbastanza sventurato da avvicinarsi veniva allontanato dai cavalieri con dei colpi sferrati con il piatto della spada o con l'impugnatura della lancia.

«Fate strada, fate strada, affari imperiali, fate strada!», gridava il loro decurione. Il trombettiere soffiò ancora una volta nella sua tromba. Le corazze e gli elmi di bronzo delle guardie, intarsiati d'argento, luccicavano alla luce del sole; i mantelli rossi bordati d'oro fluttuavano gonfiandosi dietro di loro; tutto esprimeva la ricchezza e il potere della famiglia imperiale che avevano il dovere di proteggere. Mantennero la loro formazione con rigida disciplina, con le cosce e i polpacci muscolosi che stringevano i fianchi sudati dei cavalli, guidandoli in linea retta lungo il centro della strada. In mezzo allo squadrone viaggiava una lettiga di legno e avorio riccamente intarsiata, i cui occupanti erano nascosti da sontuose tende marrone rossiccio, decorate da segni astrologici ricamati con fili d'oro e d'argento. Da ogni angolo sporgeva un palo sostenuto all'altezza della vita da tre imponenti schiavi negri che marciavano veloci e con tanta abilità da riuscire a far scorrere via la lettiga senza un sussulto che potesse disturbarne il prezioso carico. La disinvoltura con cui portavano la lettiga potevano averla imparata soltanto con anni di pratica, sotto gli occhi attenti di supervisori pronti a punire qualunque errore con un generoso uso della frusta.

Vespasiano osservò il corteo imperiale farsi strada con la forza giù per la via Nomentana. «Chi pensi che ci sia lì dentro, padre? L'imperatore?»

«No, ne dubito. Quando non è a Roma, Tiberio trascorre sempre più tempo a sud, quindi non entrerebbe mai in città da questa direzione. Dev'essere qualcuno della famiglia imperiale con delle proprietà su per le colline a est», rispose Tito mentre la lettiga si affiancava a loro.

Proprio in quel momento un cane rabbioso, con la bava schiumosa che gli colava dalle fauci, spaventato dalla tromba e dal forte scalpitio dei cavalli, saltò fuori da sotto un carretto vicino a Vespasiano e si lanciò verso il gruppo principale di negri. Affondò i denti nella coscia sinistra dell'uomo più vicino alla lettiga. Quello cadde urlando e cercando disperatamente di strapparsi di dosso la bestia furiosa. I suoi compagni si fermarono bruscamente, facendo ondeggiare da un lato all'altro il loro fardello. Le guardie circondarono immediatamente la lettiga immobile, con le lance puntate all'infuori verso la folla che assisteva alla scena, mentre il loro decurione correva a valutare la situazione. Lanciò un'occhiata allo sfortunato schiavo e al cane arrabbiato contro cui lottava e, con due rapidi colpi di lancia, li fece fuori entrambi. Urlò un rapido comando, dopo il quale le guardie ripresero l'ordine di marcia e la colonna si apprestò a procedere.

Un attimo prima, però, le tende della lettiga si aprirono leggermente e da esse spuntò una ragazza. Vespasiano trattenne il fiato; non aveva mai visto una bellezza del genere. I folti capelli neri, in perfetto contrasto con la pelle d'avorio, scendevano in riccioli che le si posavano sulle spalle magre. Dei gioielli le pendevano dalle orecchie e intorno alla gola. Le sue labbra, piene e dipinte di rosa scuro, erano poste tra un naso dalla punta delicata e un mento fermo e orgoglioso. Ma furono gli occhi della ragazza, due lucenti stelle azzurre, a paralizzarlo quando si posarono sui suoi, per due attimi emozionanti, prima che lei si ritirasse di nuovo all'interno e la lettiga ricominciasse ad avanzare.

Una sonora sbuffata lo riportò alla realtà.

«Guarda, padre, il tuo figlio più piccolo fermo lì con la bocca aperta come una carpa appena finita nella rete di un pescatore», gridò Sabino. «Credo che quel poveretto sia stato appena colpito da una freccia di Cupido. Scommetto che darebbe la mano destra per sapere chi sia quella ragazza. Ma la cosa non lo aiuterebbe comunque, perché lui non è neanche lontanamente alla sua altezza».

Vespasiano arrossì mentre suo padre si univa alla risata. «Ragazzo mio, non ti ho mai visto con un'espressione così assente. Non è che ti piaceva quella ragazza, vero?». Ridacchiando ancora, si voltò per ordinare alle guardie di ripartire.

Vespasiano venne lasciato lì a fissare esterrefatto il cane morto con le fauci ancora strette sul cadavere dello schiavo nero. Era stato raggiunto da due colpi di fulmine nel giro di altrettante ore: l'improvviso, istantaneo e inspiegabile amore per una città che aveva visto solo da lontano e quello per una ragazza che aveva scorto solo per un istante. Chi era? Probabilmente non l'avrebbe mai più rivista. Ricomponendosi con difficoltà, girò il cavallo per seguire la sua famiglia. Ma quando attraversò Porta Collina ed entrò a Roma, il suo cuore batteva ancora forte.

VI

Oltre la porta, la via Nomentana si restringeva in mondo tale che due carri riuscivano a malapena a passare. Le capanne di fortuna e le tombe a ogni lato della strada erano sostituite da *insulae* di tre, quattro o addirittura cinque piani che impedivano al sole di raggiungere il livello della strada, se non per un'ora circa intorno a mezzogiorno. Ogni edificio aveva, al piano terra, negozi sempre aperti che esponevano ogni genere di prodotti. I venditori ambulanti di frutta s'intrufolavano tra i macellai di maiali e i venditori di merci in pelle; i negozi che vendevano pollame vivo stavano accanto a taverne, barbieri, indovini e fornitori di piccole statuette di dèi ed eroi. Fabbri sudati battevano il ferro in fucine aperte accanto a sarti che cucivano ricurvi e panettieri che riempivano i loro scaffali di pagnotte, paste e focacce dolci.

Le grida dei negozianti che pubblicizzavano la loro merce risuonavano nell'aria, già satura degli aromi, sia dolci sia disgustosi, che una simile varietà di attività umane produceva. Vespasiano si sentì sopraffatto da quella calca di persone, libere, liberate e schiave, che svolgevano le proprie faccende quotidiane spingendosi a vicenda nel tentativo di restare sui pavimenti rialzati per non sporcarsi i piedi nella melma, fatta perlopiù di escrementi umani e animali, che copriva la strada.

All'esterno degli edifici più bassi, per massimizzare lo spazio affittabile all'interno, delle traballanti scalinate di legno conducevano su terrazzini altrettanto precari, da cui si accedeva alle stanze al primo e al secondo piano. Questi livelli superiori erano popolati prevalentemente da donne che strofinavano indumenti su tavole di legno sotto biancheria quasi pulita stesa e fluttuante nella brezza, oppure preparavano il pasto serale da cuocere nel forno del panettiere locale, mentre spettegolavano con le vicine e i figlioletti se ne stavano accovacciati ai loro piedi a giocare ai dadi. Prostitute imbellettate con colori accesi gridavano i loro servizi e le loro tariffe a chi passava di sotto e si scambiavano battute lascive, sghignazzando senza vergogna, mentre gli anziani e i malati se ne stavano semplicemente lì seduti a osservare con avida nostalgia quella vita a cui non potevano più partecipare attivamente.

Una feccia di ladri, imbroglioni, ciarlatani e truffatori viveva alle spalle degli imprudenti e dei fessi, facendosi strada furtivamente tra la folla alla ricerca di possibili bersagli e scegliendoli con un'astuzia frutto di una vita di disonestà. I profitti che non riuscivano a intascare li lasciavano ai più infimi di tutti: i mendicanti. Ciechi, malati, menomati o deformi, lottavano con una disperazione che solo chi non ha nulla conosce, per procurarsi qualche avanzo o una piccola moneta di bronzo dai pochi che si degnavano di notarli.

Insomma, si potevano trovare tutte le forme dell'esistenza umana, a parte i ricchi. Quelli vivevano sui colli di Roma, dove l'aria era più pulita, sopra le masse brulicanti che vedevano solo quando, dovendo attraversare la città per andare o tornare dalle loro fragranti tenute di campagna, si trovavano a passare accanto a tanto squallore.

Intanto la famiglia Flavia procedeva lungo la strada che scendeva, dritta come una freccia, verso il cuore di Roma.

«Dobbiamo mantenerci su questa strada finché non si biforca; poi, al bivio, andiamo a destra», disse Tito alle guardie che aveva ingaggiato, e che stavano facendo un buon lavoro, facilitando il passaggio tra la folla. Si voltò a guardare suo figlio più piccolo. «Be', ragazzo mio, cosa ne pensi?», gli chiese.

«È molto più grande di Reate, padre», rispose Vespasiano con un largo sorriso. «Anche se, in verità, non so cosa dire... è tutto quel che mi aspettavo, però moltiplicato per dieci. Ero pronto a vedere tanta gente, ma non così tanta. Sapevo che gli edifici sarebbero stati alti, ma non così alti! Come fanno a restare in piedi?»

«Be', qualche volta non ci restano, in effetti», rispose Tito. «I padroni di casa costruiscono queste *insulae* nel modo più rapido ed economico possibile, quindi le riempiono con più inquilini che possono. Spesso allora crollano, e loro ne costruiscono semplicemente delle altre, lasciando all'Ade i poveracci morti schiacciati dalle macerie. Ci saranno sempre delle persone felici di pagare un affitto per vivere nella città, sia pure in una trappola mortale; l'alternativa sono le baraccopoli nei cimiteri fuori dalle mura. Almeno in città i poveri ricevono gratuitamente il grano; l'imperatore non vuole che il suo popolo muoia di fame, perché sarebbe un suicidio politico. Chiunque abbia un po' di soldi ti dirà che siamo sempre a un granaio vuoto di distanza dalla rivoluzione». Tito rivolse un sorriso a Vespasiano. «Ma tu non devi preoccuparti affatto di questo, non è una cosa che ti riguarda; lascia che siano gli altri a prendersi cura del loro come facciamo noi del nostro».

Arrivarono alla biforcazione della strada. Al suo culmine sorgeva una taverna, fuori dalla quale oziava un gruppo di uomini dall'aspetto ruvido, che bevevano e giocavano a dadi sulle panche di legno grezzo. Quando la famiglia Flavia prese la strada di destra, uno del gruppo si alzò per avvicinarsi a Tito.

«Avrai bisogno di protezione, signore, se pensi di andare per quella strada», disse con voce bassa e minacciosa. Aveva il fisico e le orecchie a cavolfiore tipici del pugile; le cicatrici sul viso testimoniavamo la sua professione. Rimase lì piantato di fronte a Tito e non accennò neppure a spostarsi mentre questi cercava di oltrepassarlo a cavallo.

«Ho detto che avrai bisogno di protezione su quella strada. Il mio nome e Marco Salvio Magno, e la mia confraternita degli incroci è in grado di offrirla a te e al tuo gruppo», insistette. «Un denaro a testa per me e due dei miei ragazzi vi permetterà di viaggiare sicuri».

«E da chi abbiamo bisogno di essere protetti, Magno?», chiese Tito, con la voce piena di rabbia repressa. «Senza dubbio da te e dal tuo gruppo di compari assassini».

«Non c'è bisogno di essere scortesi, signore», ripeté il pugile. «Semplicemente non ti consiglierei di procedere senza una scorta che conosca la zona. Chi può sapere dove andare e dove non andare, se capisci cosa voglio dire».

Tito si sforzò di controllarsi; l'ultima cosa che voleva era perdere la propria dignità davanti a un semplice malvivente. «Perché proprio noi in particolare abbiamo bisogno di protezione?», chiese, indicando un gruppo di viaggiatori di passaggio. «E loro? Perché non offri a loro la vostra protezione?»

«Loro non sembra che possano permettersela, signore. E quelli che non possono permettersela non ne hanno bisogno, perché se sei troppo povero per poter pagare una protezione, sei troppo povero anche per essere derubato. Il tuo gruppo, invece, sembra che possa permettersi di comprare la protezione di cui ha chiaramente bisogno». Magno sembrò compiaciuto della logica della sua argomentazione.

«Ah, ma noi abbiamo la nostra protezione: tre guardie armate ben capaci di proteggere loro stesse e noi», disse Tito, facendo cenno verso i tre ex legionari che erano smontati da cavallo e avevano sguainato le spade.

«Sembrano anche molto carini, ma sono soltanto tre, e giù per quella strada ci sono un sacco di persone molto cattive, posso assicurartelo».

«Ne sono sicuro», ribollì Tito, «ma cosa succede se decidiamo di non accettare il tuo benintenzionato consiglio?»

«Questo sarebbe molto rischioso, signore, e anche un po' sciocco, se posso permettermi». Magno fece un sorriso che non gli raggiunse gli occhi. Dietro di lui, i suoi compari avevano cominciato ad alzarsi; l'intera situazione stava rapidamente degenerando.

«Paga quest'uomo, padre», sussurrò Sabino, rendendosi conto che ci avrebbero rimesso se ci fosse stata una lotta.

«Sul mio cadavere», rispose Tito con forza.

«Speriamo di non arrivare a questo, signore. È proprio per prevenire una cosa del genere che ti sto offrendo i nostri servizi. Dicci dove state andando e noi faremo in modo che ci arriviate sicuri», insistette Magno. Le guardie armate l'avevano ormai circondato, ma lui non dava segno di volersi ritirare.

«Cosa sta succedendo qui, Tito?». Vespasia si era alzata dalla sua lettiga per mettersi accanto a suo marito.

«Questi malviventi vogliono...».

«Come ho detto, non c'è bisogno di essere scortesi», lo interruppe Magno.

«Scortesi? Tu, disgustosa scimmia ignorante!», gridò Vespasia.

«Come osi farci perdere tempo? Ne parlerò con mio fratello non appena lo vedrò».

«Sta' zitta, mia cara, temo che il tuo intervento non ci aiuti in questo momento». Tito guardò i compari di Magno, che ormai stavano bloccando completamente la strada sia davanti che dietro. Si rese conto che litigare era inutile, e si appuntò mentalmente di prendersi una dolorosa vendetta, un giorno. «Stiamo andando alla casa di Gaio Vespasio Pollione», disse, «al Quirinale».

«Chi? L'ex pretore? Perché non l'hai detto subito, amico mio? Questo cambia tutto. Lo conosco bene; non vi faremo pagare nulla. Uno stupido malinteso; vi prego di accettare le mie scuse, signore e signora, e di portare i nostri saluti all'onorevole senatore».

«Non lo farò affatto, omuncolo impertinente», disse cupamente Vespasia mentre si voltava per tornare alla sua lettiga.

«Nondimeno, sarà nostro piacere scortarvi alla sua casa, signore. Sesto, Lucio, venite con me, scorteremo questa nobile famiglia fino alla sua destinazione». Detto questo, s'incamminò lungo il ramo destro della biforcazione, lasciando il resto del gruppo a seguirlo.

«Cos'è successo, padre?», chiese Vespasiano a Tito non appena furono ripartiti.

«Devo dirti, ragazzo mio, che abbiamo incontrato la maggiore forza di Roma dopo l'imperatore e i suoi pretoriani: le confraternite degli incroci», rispose Tito, ancora stupefatto per l'improvviso capovolgimento degli eventi. «Sono delle bande che si mettono in tutti i principali incroci di strade nelle zone più povere della città per estorcere denaro ai mercanti locali, ai residenti e alle persone di passaggio vendendo loro protezione. Se la compri, non ti derubano, se non la compri sì. È semplice».

«Ma è sicuramente illegale», disse Vespasiano inorridito. «Perché l'imperatore non fa qualcosa?»

«Be', potrà suonarti strano, ma vengono tollerati perché fanno anche molte cose buone».

«Cosa può fare di buono un mucchio di malviventi specializzati nel chiedere soldi con minacce?», chiese Vespasiano in tono di scherno.

«Paradossalmente, tanto per cominciare, la sola loro presenza riduce il tasso di criminalità nelle zone che occupano. Altri ladri che vengono presi a operare sul loro terreno vengono puniti piuttosto duramente. Se ci pensi, hanno tutto l'interesse a mantenere sicure le loro zone per far prosperare gli affari; più ci sono commercianti e più soldi riescono a racimolare. E poi si prendono cura degli altari agli incroci. Tuo zio evidentemente li tollera, quantomeno, se addirittura non li incoraggia, giudicando dalla reazione che hanno appena avuto a sentir pronunciare il suo nome».

«Li stai facendo sembrare una cosa buona, padre, un bel gruppetto di ragazzi devoti che operano soltanto nell'interesse della comunità».

«Be', in un certo senso lo sono», disse Tito mentre abbandonavano la strada principale per risalire il colle Quirinale. «In ogni caso, hanno la bruttissima abitudine di vendicarsi delle bande rivali, e tendono anche a scontrarsi con altre fazioni che, al circo, tifano per una squadra diversa dalla loro».

Mentre risalivano il colle, le *insulae* sparivano, sostituite da case a un solo piano e senza finestre frontali, solo un'entrata. Stretti vicoli le separavano l'una dall'altra, con un effetto simile a quello di un lungo muro con molte porte. Sulla strada lassù c'era assai meno gente, e i passanti indossavano abiti molto più ricercati; persino gli schiavi erano ben vestiti. Potevano già cogliere una differenza nella qualità dell'aria; la leggera brezza stava spazzando via i fumi della città sottostante, il cui baccano si era ormai ridotto a un debole mormorio.

Dopo qualche svolta a sinistra e a destra, Magno si fermò di fronte a una casa dipinta di giallo. «Questa è la casa del senatore Gaio Vespasio Pollione, cari signori», disse, tirando la catena legata al campanello. «Vi lascerò qui. Se c'è qualcosa che posso fare per voi, per compensare lo spiacevole malinteso, chiedetemela pure».

Fece per aiutare una torva Vespasia a scendere dalla lettiga, ma lei gli diede uno schiaffo sul viso. Magno s'inchinò per scusarsi con lei, augurò a tutti una buona giornata e se ne andò coi due compari, lasciando i suoi sorvegliati ad attendere l'apertura della porta.

«Parlerò a mio fratello di quell'uomo orrendo, Tito», disse Vespasia mentre raggiungeva suo marito. «Come osa un poco di buono così minacciare persone tanto al di sopra di lui?»

«Non credo che a loro interessi la posizione sociale delle vittime, se non per valutare quanto possono estorcergli, mia cara», replicò Tito. Vespasia guardò suo marito con cipiglio, rendendosi conto che la stava prendendo in giro, ma non poté ribattere perché la porta si aprì, rivelando un uomo così vecchio e fragile da essere quasi piegato in due. Li scrutò con occhi umidi, iniettati di sangue.

«Chi devo annunciare?», chiese con voce fina.

«Tito Flavio Sabino con sua moglie Vespasia Polla e i suoi due figli Sabino e Vespasiano», rispose Tito.

«Ah, sì, mi è stato detto di aspettarvi. Vi prego di entrare e attendere nell'atrio. Vi annuncerò al mio padrone», ansimò l'anziano servitore, piegandosi ancora di più mentre gli ospiti gli passavano davanti. Vespasiano temeva che non sarebbe riuscito a risollevarsi, e invece lui lo fece con l'aiuto di un bastone, chiuse la porta e andò zoppicando a cercare il senatore, a una velocità tale da rendere inevitabile un'attesa abbastanza lunga.

Vespasiano esaminò la stanza intorno a sé. Era quasi il doppio dell'atrio di casa sua e arredata molto più sontuosamente. Affreschi dai colori vivaci di giovani uomini nudi impegnati in scene di caccia e di lotta, in mezzo ad altre attività meno nobili, adornavano le pareti. Statue di dèi ben formati, dipinti in modo così realistico da non lasciare nulla all'immaginazione, occupavano delle nicchie tra gli affreschi. Il pavimento era coperto da un bellissimo mosaico raffigurante un Achille dalla muscolatura superba che uccideva un Ettore dagli occhi da cerbiatto, entrambi misteriosamente nudi anche loro. Mentre si guardava intorno, Vespasiano notò la smorfia di sua madre, e si rese conto che lei era l'unica presenza femminile nell'intera stanza.

«Non sono sicura di approvare i gusti di mio fratello in fatto di arredamento», sussurrò Vespasia a Tito. «Sono molto volgari e per niente adatti ai nostri ragazzi. Perché non me l'hai detto, Tito? Dopotutto, sei già stato qui».

«C'è stato già anche Sabino, non te lo scordare, e non sembra che questo abbia influito negativamente su di lui», le fece notare Tito, anche lui sottovoce, dando una pacca sulla spalla di suo figlio maggiore. «Tra l'altro, cosa avresti fatto se l'avessi saputo? Avresti modificato i tuoi piani? Hai sempre saputo delle stravaganze di tuo fratello, quindi questa non può essere una gran sorpresa. In ogni caso, ora siamo qui e non possiamo andarcene senza offenderlo gravemente».

«Stravaganze?», sbuffò Vespasia. «È così che le chiami?».

Sabino colse lo sguardo di Vespasiano. «Tieni le spalle contro il muro quando sei in presenza dello zio Gaio, fratellino».

«Ora basta, Sabino», sibilò Tito. «Ricordati che bisogna onorare e rispettare tuo zio».

«Sì, ma non piegarsi davanti a lui», mormorò Vespasiano sottovoce, incapace di non sorridere al proprio doppio senso, accolto con un'occhiataccia da sua madre.

«Indipendentemente da cos'altro possa essere, mio fratello è molto influente, quindi fate come dice vostro padre e tenetevi per voi i vostri pensieri».

Vespasiano annuì e cercò di non fissare gli affreschi.

«Vespasia, che bello rivederti», tuonò una voce profonda con un accento che Vespasiano riconobbe molto simile al suo. «E tu, Tito, amico mio, che piacere».

Vespasiano sollevò lo sguardo e vide un uomo enormemente grasso entrare ondeggiando nella stanza. Indossava una tunica bianca con un spessa striscia purpurea sul davanti, che ne attenuava a stento la mole; la cintura, comunque fosse, era sparita nei rotoli di grasso che tremolavano mentre lui camminava. La sua faccia rotonda mostrava segni di trucco, una sorta di fard sulle guance e polvere di kohl intorno agli occhi. Era incorniciata da una serie di ciuffi castani arricciati con cura, che gli coprivano le orecchie e la fronte. Ai piedi, che sembravano di gran lunga troppo piccoli per quel corpaccione, indossava un piccolo paio di pantofole di cuoio rosse. Vespasiano non aveva mai visto un tipo così bizzarro in vita sua, e dovette sforzarsi di trattenere un sussulto.

Gaio si fece avanti e abbracciò sua sorella. Malgrado l'avversione per lo stile di vita del fratello e l'ovvia sorpresa per le sue dimensioni ragguardevoli, Vespasia parve davvero contenta di vederlo, sottoponendosi di buon grado al suo saluto affettuoso.

«Gaio, è passato troppo tempo», disse dopo essersi liberata dalle pieghe di quel corpo enorme. «Spero che tu stia bene».

«Mai stato meglio, mai stato meglio», rispose lui, afferrando saldamente il braccio di Tito. «Tu hai una buona cera, amico mio;

evidentemente l'aria di campagna ti fa bene. È per questo che non vieni a Roma più spesso? Be', adesso sei qui, e sarà mio piacere ospitare tutti voi. E tu, Sabino, sono passati quattro anni da quando sei venuto qui l'ultima volta, mentre ne saranno passati dieci da quando ho visto Vespasiano».

I fratelli si fecero avanti e chinarono la testa di fronte allo zio, che mise a entrambi una mano sulla spalla e li squadrò dalla testa ai piedi. «Bei ragazzi, Tito, bei ragazzi. Devi esserne molto orgoglioso. Sabino, non vedo l'ora di sentire del tuo servizio militare. Sono sicuro che ti ha formato».

«Mi ha formato davvero, zio», rispose Sabino. «E ora desidero un incarico da edile».

«Certo, e l'avrai, ragazzo mio, l'avrai». Gaio si rivolse a Vespasiano. «E cosa vuole il fratello minore, eh?»

«Cercare di servire Roma e la mia famiglia», rispose lui.

«Ben detto, ragazzo mio, andrai lontano con questo atteggiamento». Gaio strizzò il braccio di Vespasiano. «Ma in che ruolo, all'inizio, eh? L'esercito?»

«Sì, zio, come Sabino, tribuno militare».

«Eccellente, sono certo che si può fare, ho ancora delle conoscenze nelle due legioni in cui ho prestato servizio». Gaio vide gli occhi di Vespasiano spalancarsi increduli, e rise. «Oh, caro ragazzo, pensi che abbia sempre avuto queste dimensioni?».

Vespasiano arrossì, mortificato per essersi fatto leggere nel pensiero dallo zio.

«No, un tempo ero in forma come voi due, e vostra madre potrà confermarvelo. Ho scelto di essere così adesso; o meglio, ho scelto la bella vita che mi rende così. Attualmente Roma ha un imperatore che tollera stili di vita come il mio, a differenza del suo predecessore, il divino Augusto, un moralista che conduceva una vista austera e si aspettava che tutti gli altri facessero altrettanto. Che gli dèi benedicano Tiberio, perché mi consente di soddisfare i miei desideri e di essere grasso e felice». Sorrise a Vespasiano. «Bene, spero di potervi essere utile favorendo le vostre carriere in questa nostra bella città. È per questo che siete qui, dopotutto, vero, ragazzi?», ridacchiò Gaio.

«Sì, zio, grazie», dissero i fratelli all'unisono.

«No, non ringraziatemi ancora, non ho fatto niente. Aspettate di avere un buon motivo per ringraziarmi, dopodiché sono sicuro che troverete un modo per farlo», disse Gaio, voltandosi di nuovo verso sua sorella. «Ora, Vespasia, vi farò vedere le vostre stanze, poi sono certo che apprezzerete tutti un bel bagno e un cambio d'abiti dopo il vostro viaggio; io ho una serie di ottime terme qui, a meno che, naturalmente, non preferiate andare in quelle pubbliche».

«No, Gaio, saremmo felicissimi di poter usare le tue», replicò Vespasia.

«Come volete. Ve le farò portare immediatamente alla temperatura giusta».

Batté le mani e, dagli angoli della stanza, apparvero quattro schiavi domestici. Erano tutti giovani adolescenti dai lunghi capelli biondi fino alle spalle. Indossavano tuniche d'un rosso acceso che, all'occhio di Vespasiano, parvero molto corte.

«Questi ragazzi vi mostreranno i vostri alloggi», disse Gaio. Rivolse uno sguardo di scuse a sua sorella: «Temo, Vespasia, che vi sia carenza di schiave donne in questa casa. Spero che tu abbia portato le tue».

«In effetti, fratello, sono di fuori con il resto delle nostre cose».

«Eccellente. Darò a Prisco, il mio amministratore, il compito di sistemarle tutte. Ora, vi prego di mettervi comodi. Farò in modo che possiate ristorarvi, dopodiché faremo dei piani per questi vostri ragazzi».

Il bagno era stato davvero rinfrescante, anche se Vespasiano e Sabino si erano sentiti un po' imbarazzati a essere massaggiati con grande esperienza e poi strofinati da due giovani molto carini che, nonostante la loro età, sembravano non avere alcun pelo sul corpo, a parte i lunghi riccioli biondi.

Poi avevano raggiunto i loro genitori, che se ne stavano seduti all'ombra nel giardino del cortile, dominato, al centro, da una vasca con in mezzo una statua di Apollo troppo grande. Vespasiano era seduto al bordo del laghetto a giocare oziosamente con le dita della mano nell'acqua, quando arrivò Gaio.

«Non fare così, caro ragazzo», lo avvertì. «In quel laghetto ci sono le mie lamprede; ti conficcheranno i denti nelle dita in un batter d'occhio, se ne avranno l'occasione. Purtroppo amano mangiarci come noi amiamo mangiare loro», disse allegramente mentre si sedeva su uno sgabello offertogli da un altro schiavo bello e giovane. «L'anno scorso uno dei miei schiavi è caduto dentro ed è morto prima che potessero tirarlo fuori. Sembrava che l'intero laghetto ribollisse mentre i pesci si lanciavano per morderlo. Credo sia morto per lo shock. Io mi sono infuriato, perché quel ragazzo mi piaceva molto, e l'avevo anche comprato da poco».

Vespasiano si allontanò in fretta dall'acqua e si sedette vicino a Tito. Apparvero altri due giovani schiavi, uno con un tavolo e un altro con un vassoio di dolci.

«A quest'ora è mia abitudine mangiare qualcosa di dolce», disse Gaio mentre uno dei ragazzi preparava la tavola. «Spero che vi uniate a me, ci vorrà un po' prima che venga servita la cena».

Il ragazzo col vassoio s'inchinò davanti a Vespasia e le offrì un dolce, mettendo in mostra, così facendo, un paio di natiche lisce e ben formate e uno scroto teso e senza peli, a cui Gaio lanciò un'occhiata di apprezzamento. Vespasiano sentì suo padre, seduto vicino a lui, spostarsi a disagio sulla sedia a quella vista, e si chiese come avrebbe reagito sua madre quando sarebbe stata servita la parte opposta del tavolo. Per fortuna Gaio si rese conto del disagio dei suoi ospiti e, prima che anche Vespasia fosse sottoposta a quella dura prova, diede uno schiaffo sul sedere del ragazzo.

«Arminio, come osi servire i miei ospiti così svestito? Va' subito a metterti il tuo perizoma».

Il ragazzo fissò il suo padrone senza capire, visto che ovviamente non gli era mai stato detto di indossare quell'indumento, ammesso che ce l'avesse.

«Vai!», urlò Gaio. «E lascia i dolci sul tavolo».

Il povero ragazzo fece come gli veniva ordinato e corse via. Gaio sorrise ai suoi ospiti. «Devo scusarmi, questi germanici possono essere molto smemorati. Bravi lavoratori, ma un po' sciatti».

«Non ti preoccupare, Gaio», replicò Tito. «Nessun problema. I tuoi schiavi sono tutti germanici? Credo che siano molto costosi».

«Oh, sì, ma valgono ogni denaro che costano», disse Gaio con sguardo assente. «Ho molti germanici, ma anche un paio di mesopotamici e un britanno».

«Da dove vengono i britanni?», chiese Vespasiano.

«Dalla Britannia, un'isola a nord della Gallia. Avrai letto Cesare, no? Lui ci andò due volte più di settant'anni fa, ma erano tremendi e lui non riuscì mai a sottometterli; toccherà farlo a qualcun altro in futuro, senza dubbio. Ma andiamo, Tito, non hai dato un'istruzione ai tuoi ragazzi? Avranno letto i classici, o no?»

«Temo che Vespasiano fosse più interessato all'agricoltura che alla storia, e che non abbia letto molto».

«A questo bisognerà rimediare. Vespasiano, ti presterò la copia del *De bello gallico* di Cesare; là ti informerai sulla Britannia, la Gallia e la Germania. Devi sapere queste cose come soldato; chissà dove ti manderanno? Voi ragazzi potete usare liberamente la mia biblioteca finché sarete miei ospiti».

«Sei molto gentile, caro fratello», disse Vespasia. «Farò in modo che i ragazzi sfruttino al meglio questa tua cortesia».

Gaio fece un gesto verso i dolci. «Vi prego, in assenza di un ragazzo che vi serva, fate da soli: questi dolci di mandorla e cannella sono particolarmente buoni. Mangiate pure, ragazzi miei, domani avremo una giornata molto piena, quindi avrete bisogno di tutte le vostre forze».

«Cos'hai programmato per domani, Gaio?», chiese Vespasia.

«I tuoi ragazzi dovranno essere mostrati e presentati», rispose Gaio, ficcandosi un tortino tra le labbra paffute e umide. «Domani sarà un'altra festa pubblica, quindi quale posto migliore per farsi vedere che le corse di quadrighe al Circo Massimo?».

VII

All'alba l'anziano custode aprì la porta d'ingresso e fece entrare la folla di clienti che attendeva all'esterno della casa per rendere l'omaggio mattutino al loro patrono. Gaio stava seduto su uno sgabello vicino al focolare e salutava ognuno dei suoi quaranta e più clienti in ordine di precedenza. Vespasiano e Sabino, che gli sedevano ai lati, furono presentati soltanto a quelli considerati abbastanza degni. Un giovane segretario stava in piedi dietro di loro a prendere nota, su una tavoletta di cera, di qualunque richiesta verbale, e a ricevere petizioni scritte dai clienti afflitti da problemi che ritenevano risolvibili soltanto dal loro patrono.

A coloro che quel giorno tornavano utili a Gaio fu chiesto di aspettare nel suo studio per un colloquio privato. Gli altri ricevettero qualcosa da mangiare e da bere, per poi attendere vicino alla porta, in rispettoso silenzio, l'uscita del loro patrono. Ognuno teneva un borsellino pieno di monete che, essendo un giorno di corse, erano state date loro per scommettere. Finiti i saluti, Gaio sparì nel suo studio e si occupò dei favori di cui aveva bisogno da coloro che erano in debito con lui. Vespasiano rimase impressionato dalla silenziosa dignità con cui sia i clienti sia il patrono si comportavano, sfruttando al massimo il loro rapporto simbiotico.

Conclusi gli affari, Gaio uscì dal suo studio ondeggiando come al solito e vide Vespasiano. «Caro ragazzo, sii così gentile da andare a chiamare i tuoi genitori. È ora che ce ne andiamo; la calca sarà spaventosa».

Dopo aver riunito tutti nell'atrio, Gaio fece un'offerta ai suoi lari, mormorò una preghiera, quindi uscì, seguito prima dalla sua famiglia e poi dai clienti. Al che Vespasiano vide con sorpresa che, in attesa di scortare quel grande gruppo attraverso Roma fino al circo, c'erano Magno e sei dei suoi "fratelli" degli incroci, tutti armati di robusti bastoni.

«Cosa ci fanno qui questi uomini, Gaio?», chiese Vespasia. «Ieri ci hanno minacciato e non hanno mostrato alcun rispetto nei confronti dei loro superiori. Volevo proprio parlarti di loro, ieri sera».

«Buongiorno, signora, ti prego di accettare le mie scuse per ieri…», esordì Magno.

«Gaio, insegna le buone maniere a costui con la frusta», chiese Vespasia.

«Stai calma, mia cara», la blandì Gaio, «Magno è…».

«Magno!», esclamò Vespasia. «Davvero un nome altisonante per un banditucolo come lui».

«Mio padre ha combattuto per Pompeo Magno a Farsalo. È stato lui a chiamarmi…».

«Non m'interessa affatto la storia della tua sordida famigliola».

Gaio s'intromise. «Vespasia, ti prego. Magno è un mio amico fidato e una preziosa fonte di informazioni. Per il mio bene, vuoi sorvolare su questo errore di valutazione da parte sua e lasciarci continuare verso il circo? Lui e i suoi compagni dimostreranno il loro valore facendosi largo tra la folla a bastonate».

Vespasia si fermò a guardare dall'alto in basso Magno e i suoi uomini che, in estremo atto di scuse, se ne stavano lì davanti a lei con la testa china.

«Va bene, fratello, lo farò per te», rispose altezzosamente.

Magno annuì in segno di riconoscenza, quindi si rivolse a Gaio. «Immagino che siate diretti ai soliti posti riservati ai senatori, alla sinistra del palco imperiale».

«Proprio così, mio buon uomo; ho mandato cinque schiavi a tenere i posti da prima dell'alba».

Gaio partì alla volta del colle Quirinale circondato dalla sua famiglia, dai suoi clienti e dalle sue guardie del corpo. Mentre scendevano, Vespasiano vide molti gruppi simili formati da personaggi eminenti scortati da folle di parassiti; più l'uomo era importante e più grande era la folla. Andavano tutti nella stessa direzione: verso i giochi.

Nei pressi del circo la calca si fece davvero spaventosa, come Gaio aveva predetto. Magno e i suoi fratelli sudavano per farsi strada a spintoni tra le orde di appassionati delle corse, che sfoggiavano i colori della loro squadra preferita: rosso, verde, bianco o azzurro. Applaudivano i gruppi della stessa fazione di passaggio, mentre fischiavano e schernivano i sostenitori degli avversari, e urlavano canzoni che esaltavano la loro squadra mentre ne sventolavano le bandiere colorate. Qua e là scoppiavano dei tafferugli, quando la pressione della folla costringeva due gruppi rivali a scontrarsi, ma in genere l'umore era bonario; era infatti ancora troppo presto perché qualcuno avesse già ecceduto nel bere.

Gaio e il suo gruppo superarono cavalli da corsa, ma anche carri e attrezzature varie, trasportati dalle stalle delle quattro squadre in Campo Marzio, fuori dalle mura settentrionali della città, fino alle loro basi per il giorno della corsa.

«Faranno entrare e uscire cavalli tutto il giorno», disse Gaio, gridando per superare il frastuono. «Con dodici corse, ognuna da dodici carri, faranno entrare un sacco di animali».

«Cinquecentosettantasei», disse Vespasiano quasi senza pensarci. Sabino lo prese in giro, ma non osò criticare i suoi calcoli, nel caso fossero giusti.

«E almeno altri duecento di riserva», disse Gaio, sollevando un sopracciglio per la rapidità di suo nipote nei calcoli. «Più le cavalcature degli *hortatores*, i cavalieri che corrono a fianco delle quadrighe».

Vespasiano assaporò l'atmosfera. La sua mente si riempì di immagini della città che avevano appena attraversato per un paio di chilometri: gli archi sulla Via Sacra; il tempio di Giove, appollaiato sul colle capitolino, sopra il foro romano, e risplendente al sole del primo mattino; l'edificio del Senato e, accanto a esso, i rostri, adornati con gli speroni delle navi cartaginesi catturate molto tempo prima nelle battaglie di Milazzo e di Capo Ecnomo, durante la prima guerra di Roma contro il suo antico nemico. Poi aveva visto il nuovo foro di Augusto, il foro di Cesare e altri edifici pubblici sia religiosi sia civili, di cui aveva soltanto sentito parlare e che non aveva mai visto, ed era rimasto intontito dalle loro dimensioni, dal loro splendore e dalla loro bellezza.

E adesso erano finalmente in vista le mura del circo. Alte quattro piani, si ergevano maestose sugli sciami di persone che si facevano largo a spintoni per attraversarne gli archi ed entrare nel ventre dell'edificio. Una volta al suo interno, avrebbero percorso l'interno colonnato, pieno di venditori di cibi caldi, cuscini, vino e altri generi di prima necessità, per poi salire una delle molte serie di gradini di marmo che conducevano all'interno dell'enorme stadio, in cui potevano entrare quasi duecentocinquantamila persone.

Alla sua destra, Vespasiano poteva vedere gli accampamenti temporanei delle fazioni in gara, allestiti all'interno del Foro Boario, di fronte all'estremità stretta e dritta del circo, attraverso cui entravano tutti i concorrenti. Alcune guardie, con un tale aspetto da delinquenti da far sembrare Magno e i suoi amici assistenti alle cerimonie religiose, mantenevano la zona al sicuro dalla teppaglia desiderosa di dare in anteprima un'occhiata alle squadre che si preparavano per la giornata di gare.

Il gruppo di Gaio passò sotto un arco per entrare nelle viscere palpitanti del circo, dopodiché cominciò ad assottigliarsi, man mano che i clienti porgevano gli ossequi al loro patrono e gli auguravano buona fortuna, prima di tentare l'accesso da uno dei numerosi ingressi pubblici. Il lavoro di Magno divenne sempre più difficile tra i corridoi colonnati, dove si faceva largo a bastonate tra masse compresse di umanità, fermandosi di tanto in tanto per cedere il passo a un altro gruppo di rango più elevato, per poi seguirne la scia. Lentamente, riuscirono ad arrivare agli ingressi riservati ai senatori e ai loro ospiti.

Gaio urlava saluti ai conoscenti che gli passavano vicino in quella mischia palpitante: «Buona giornata a te, Lucio, possano gli dèi sorriderti e portarti fortuna... Postumo, spero che i tuoi Bianchi vadano meglio oggi. Farò il tifo per loro nella seconda corsa...». E intanto spiegava brevemente a Vespasiano e Sabino chi fossero quelle persone, e se fossero influenti o no.

Nelle vicinanze scoppiò una rissa: uno dei settori era pieno e l'entrata era stata chiusa, lasciando centinaia di persone bloccate fuori e costrette a cercare di entrare da un altro cancello, anche se erano tutti già intasati di spettatori alla disperata ricerca di un posto all'interno. Le urla riempivano l'aria mentre braccia, gambe e teste venivano spaccate da guardie armate di mazze che, intente a chiudere i cancelli, respingevano indietro con forza i molti delusi arrivati troppo tardi per entrare.

Alla fine, Magno e i suoi confratelli riuscirono a varcare con la forza il molto meno congestionato ingresso per i senatori.

«Vi lascerò qui, signore», disse Magno mentre, insieme ai suoi compagni, si voltava per andarsene. «Possa la fortuna favorire te e i tuoi compagni».

«E te e i tuoi, Magno», rispose Gaio, allungandogli un pesante portamonete. «Ti raccomando di usare bene questi soldi, anche se non dubito che ti limiterai a puntarli sui tuoi amati Verdi, senza curarti di chi li guidi e del loro stato di forma attuale».

«Be', signore, una volta che si è Verdi, lo si resta per sempre», disse seriamente Magno mentre se ne andava.

Gaio sorrise e tirò fuori una tessera di legno dalle pieghe della sua toga per mostrarla alla guardia davanti al cancello, che s'inchinò e lasciò entrare il gruppo in un lungo passaggio che sfociava nello stadio.

Nulla avrebbe potuto preparare Vespasiano alla vista che l'accolse quando dal tunnel uscì nel circo inondato dal sole. Più di duecentomila persone, un quarto della popolazione di Roma, erano stipate sugli enormi spalti che circondavano la pista, larga un centinaio di passi e lunga mezzo chilometro. Verso la metà di essa, leggermente decentrata da un lato e più vicina a un'estremità dell'arena che a un'altra, correva la *spina*, un basamento basso e lungo di otto passi di larghezza, a ogni estremità del quale si trovavano le mete, basi semicircolari intorno a cui i carri giravano. Lo spazio tra le mete e la spina era decorato con un obelisco che Augusto aveva portato dall'Egitto, oltre che con enormi statue degli dèi, poste a distanza tale da permettere la vista del lato opposto della pista. Sopra gli spalti, correvano per tutta la lunghezza dello stadio lunghi passaggi colonnati in cui altre migliaia di persone che non erano riuscite a trovare un posto a sedere trascorrevano la giornata in piedi, comunque contente di essere riuscite almeno a entrare. Dietro i colonnati, da entrambi i lati, si potevano vedere i ricchi edifici e i giardini lussureggianti sul Palatino e sull'Aventino, dato che il Circo Massimo era situato nella valle che divideva i due colli.

Per tutto lo stadio riecheggiavano le urla della folla che apprezzava le prodezze dei *desultores*, gli acrobati a cavallo che indossavano soltanto un perizoma e degli strani copricapi conici e che, prima delle corse, sfrecciavano sulla pista al galoppo, saltando a tempo da un cavallo all'altro. Facevano schioccare le loro lunghe fruste ogni volta che atterravano su un nuovo cavallo, suscitando il roco apprezzamento della folla. Per il finale, si misero in piedi sui dorsi dei cavalli e, all'unisono, fecero una capriola all'indietro per atterrare di nuovo in groppa alle loro cavalcature; la folla era in estasi.

«Riesco a vedere i miei ragazzi laggiù», urlò Gaio sopra il frastuono. «Seguitemi». Quindi li condusse giù per i gradini tra due zone di posti, riuscendo a mantenere un passo che smentiva la sua stazza. A metà della discesa, svoltò a destra lungo uno stretto vialetto tra varie file di senatori seduti, tutti intenti a godersi lo spettacolo quanto le masse che li circondavano, applaudendo i cavalieri mentre lasciavano l'arena per essere rimpiazzati da un piccolo esercito di schiavi che, con delle scope, cominciarono a spianare la sabbia in preparazione della prima corsa.

«Ben fatto, ragazzi!», gridò Gaio a cinque schiavi domestici dall'aspetto angelico seduti tutti allineati alla fine di una fila. «Davvero degli ottimi posti». Diede a ognuno di loro una moneta d'argento. «Andate a divertirvi, miei cari. Vi aspetto di nuovo a casa dopo la fine dell'ultima corsa».

I ragazzi se ne andarono, lasciando cinque cuscini ben imbottiti e un grosso sacco contenente cibo e bevande sufficienti per l'intera giornata.

«Si vociferava che l'imperatore in persona oggi potrebbe assistere alle corse», disse Gaio mentre tutti prendevano i loro posti. «Un fatto eccezionale, perché Tiberio odia apparire in pubblico e non ha interesse per le corse. Forse vuole soltanto ricordare al pubblico com'è fatto».

«Dove si siederà?», chiese Vespasiano.

«Perbacco, ma lì, nel palco imperiale», rispose suo zio, indicando un recinto riccamente decorato, in linea con la meta corrispondente all'estremità più larga della pista, venti passi a destra e leggermente più sotto rispetto a loro. Un tetto di marmo, sostenuto da colonne dipinte, sporgeva dal corpo principale dello stadio, facendo ombra a una zona dotata di sedie, divani e morbidi tappeti. «Lo vedremo benissimo, ma soprattutto lui potrà vedere noi, se lo vorrà. Ora, però, occupiamoci di scommettere sulla prima corsa». Gaio fece una pausa per sistemare il cuscino in modo da poterci poggiare sopra tutto il suo ampio posteriore; poi, soddisfatto, continuò: «Noterete che ci sono un sacco di schiavi che se ne vanno in giro in mezzo alla folla con delle borse di cuoio legate intorno alla vita; sono i procacciatori degli allibratori, appostati intorno alla pista sopra e sotto di noi.

Prima di ogni corsa, le squadre vengono annunciate e fatte sfilare una volta lungo la pista, affinché la folla possa passarle in rassegna. Di solito, ognuno dei quattro colori fa partecipare tre squadre a una corsa, quindi puoi scegliere tra non più di dodici. Ora, puoi scommettere su qualunque cosa tu voglia, sul vincitore, sul primo e sul secondo, che qualcuno non finirà la corsa o persino che tutte e tre le squadre di un colore non la finiranno... Insomma, su qualunque cosa. Una volta che hai deciso la tua scommessa, attiri l'attenzione di uno di questi schiavi, e lui ti dice le quotazioni che offre il suo padrone; tu scegli la migliore e gli dai i soldi, e in cambio lui ti dà una ricevuta già firmata dal suo padrone. Se vinci, lo schiavo torna e, in base alla ricevuta, ti paga la vincita».

Ci fu un po' di fermento tra il pubblico quando un gruppo di venti uomini, la metà dei quali portava delle grosse trombe che s'incurvavano intorno ai corpi, e gli altri lunghe trombe dritte, marciarono fin sul tetto del palco imperiale. A un segnale del loro capo, si portarono gli strumenti alle labbra e soffiarono una profonda e sonora fanfara che sembrò durare un secolo. La folla si zittì e un uomo in luccicante uniforme militare avanzò sulla parte frontale del palco imperiale.

«Quello è Seiano, prefetto dei pretoriani», bisbigliò Gaio, «una vipera in mezzo all'erba alta, se mai ce n'è stata una».

Seiano sollevò le sue armi. «Popolo di Roma», gridò. La sua voce era forte, e risuonò in tutta l'enorme struttura. «Oggi siamo fortunati ad avere con noi il nostro glorioso imperatore, che è qui per sostenere Marco Asinio Agrippa, grazie alla cui generosità si tengono questi giochi. Ave, Tiberio Cesare Augusto».

Un uomo alto, dalle spalle larghe e con radi capelli grigi, che portava corti davanti e più lunghi dietro, in modo da coprire la nuca, raggiunse a grandi passi il fronte del palco imperiale con la sicurezza di chi è abituato al potere supremo. La folla si alzò come un'unica persona urlando con forza una serie di "Ave, Tiberio". Vespasiano si unì con convinzione al coro quando vide per la prima volta l'uomo più potente del mondo. Vestito con tunica e toga purpuree, Tiberio alzò le mani in segno di riconoscimento per l'ovazione, quindi fece cenno a un uomo dietro di lui di farsi avanti.

«Quello è Asinio Agrippa», gridò Gaio sopra il frastuono, «uno degli uomini più ricchi di Roma. Sta finanziando questi giochi per ingraziarsi l'imperatore. Alla fine dell'anno, scadrà il suo mandato come console, e si dice che miri al governatorato della Siria. I soldi che ha speso per questi giochi sembreranno spiccioli rispetto a quanto riuscirà a intascare laggiù, se Tiberio lo nominerà governatore».

Asinio sollevò le braccia e i grandi cancelli a ogni estremità dell'arena si aprirono. Ne uscirono marciando un centinaio di schiavi con secchi pieni di monete di ogni taglio, che gettarono in ogni direzione alla folla in delirio.

«Capisco cosa vuoi dire, zio», urlò Vespasiano, prendendo un sesterzio da quella pioggia di metallo, «ma questo è sicuramente eccessivo».

«Certo che lo è, ma fa felice la gente, e forse Tiberio se ne ricorderà quando si tratterà di nominare i nuovi governatori».

Vespasiano notò che, intorno a lui, diversi senatori non tentavano affatto di raccogliere le monete che cadevano tra loro e si erano seduti con espressioni molto scontente sul viso. Con un così prodigo sfoggio di munificenza, Asinio era evidentemente riuscito a offendere molti dei suoi pari. Lui però non se ne curava e, crogiolandosi nella gloria riflessa del suo imperatore e nell'adulazione della folla, diede un altro segnale. I corni e le trombe risuonarono di nuovo e la folla fece silenzio e si risedette. I cancelli alla destra di Vespasiano si aprirono, rivelando le dodici quadrighe che avrebbero gareggiato nella prima corsa.

Per prime entrarono le tre della squadra Rossa. Tutti i cavalli avevano piume tinte di rosso sulla testa, mentre legati alle loro code c'erano dei nastri dello stesso colore. I carri, piccoli e leggeri, fatti di un resistente tessuto rosso teso su un telaio di legno, avevano delle lunghe aste leggermente curvate verso l'alto, che finivano nella testa intagliata di un ariete. Benché fossero tutti e quattro attaccati l'uno al fianco dell'altro, solo i due cavalli all'interno erano legati insieme all'asta all'altezza dei garresi, mentre i due più esterni erano attaccati alla quadriga da tirelle. Due piccole ruote a otto raggi, munite di cerchioni di ferro, davano ai veicoli un centro di gravità basso, rendendoli più facili da controllare. Gli aurighi sfoggiavano tutti tuniche senza maniche d'un rosso acceso, e avevano delle cinghie di cuoio intrecciate intorno al tronco per proteggersi le costole in caso di scontro. Per impedire che venissero trascinati a morte, portavano anche un pugnale curvo che avrebbero usato, in caso di caduta, per tagliare le redini avvolte intorno alla vita. Una copertura di cuoio intorno alle gambe, un casco di pelle indurita e delle lunghe fruste a otto sferzini completavano la loro uniforme.

Gli araldi sparsi per lo stadio, le voci tonanti per farsi sentire, chiamarono i nomi degli aurighi e dei cavalli della prima squadra. Furono accolti dagli applausi dei tifosi dei Rossi sparsi tra la folla e dai fischi di tutti gli altri. Poi fu la volta degli Azzurri.

«A guidare la quadriga Azzurra», urlarono i nunzi, «c'è Euprepe, figlio di Telesforo. La quadriga è tirata da Argutus all'esterno, Diresor e Degno nel mezzo e Linon all'interno».

Gli Azzurri tra la folla gridarono la loro approvazione.

Gaio si sporse verso Tito. «Questa è la squadra che secondo me vincerà; Euprepe ha vinto più di settecento corse, almeno duecento delle quali per gli Azzurri, e già tre volte nell'ultimo anno con questa squadra di cavalli maschi iberici; e Linon, nelle curve, è il più stabile dei cavalli all'interno».

«In tal caso seguirò il tuo consiglio, amico mio, e punterò dieci denari sulla prima squadra degli Azzurri», rispose Tito, facendo segno a un paio di schiavi degli allibratori di passaggio.

«Padre, sono un sacco di soldi da buttar via per una scommessa», disse Vespasiano, aggrottando le ciglia. Sempre attento coi soldi per natura, aveva difficoltà a entrare nello spirito della giornata.

«Non essere così parsimonioso, fratellino», lo schernì Sabino mentre i nunzi cominciavano ad annunciare le squadre Bianche. «Siamo qui per scommettere, non per risparmiare. Punterò anch'io dieci denari sulla prima squadra degli Azzurri».

«Dèi cari», disse Gaio con aria preoccupata, «speriamo che vinca, altrimenti sarò nei guai. Questa è la mia ultima dritta per oggi, i miei nervi non mi permetteranno di andare oltre».

Vespasia gli rivolse un mezzo sorriso. «Lo spero proprio, Gaio, non sono sicura di approvare tutte queste scommesse». Poi, rivolgendosi agli schiavi degli allibratori, chiese: «Quali sono le quotazioni della terza squadra dei Bianchi?»

«Il mio padrone ti darà dodici a uno su Gentius, o cinque per la vittoria di un Bianco», rispose il primo.

«Il mio offre quindici, o sei per la vittoria di un Bianco», disse il secondo.

«In tal caso, punterò due denari quindici a uno su Gentius».

«Madre!», esclamò Vespasiano, indignato.

«Oh, non essere così moralista, è solo per divertirsi un po'», disse lei, dando le due monete e ottenendo in cambio una ricevuta. «Forse dovresti provare a fare una scommessa anche tu; potresti scoprire che la corsa ti piace di più se ci sono sopra i tuoi soldi».

«Non ho bisogno di scommettere su una corsa per godermela», replicò stizzosamente Vespasiano.

Tito, Sabino e Gaio riuscirono a ottenere tre a uno su Euprepe dallo schiavo del primo allibratore. A Gaio sembrò una quota ragionevole per il favorito.

Gli annunciatori avevano appena finito di presentare le squadre dei Verdi quando ci fu un po' di fermento sul palco imperiale. Tiberio si alzò in piedi e salutò con evidente affetto una donna alta ed elegante avvolta in una *palla* nera che le copriva i capelli e ricadeva in pieghe oltre il ginocchio. Sotto si poteva vedere una stola di un rosso intenso che le arrivava alle caviglie; sembrava in tutto e per tutto una potente e rispettabile matrona romana della vecchia scuola.

«Quella è Antonia», disse Gaio con una certa eccitazione, «la cognata di Tiberio. Come parte dell'accordo raggiunto con Augusto quando fu adottato, Tiberio aveva fatto del figlio maggiore di lei,

Germanico, il proprio erede. Germanico, però, è morto sei anni fa. Quattro anni dopo è morto anche Druso, il figlio naturale di Tiberio, che era sposato con la figlia di Antonia, Livilla, quindi ora la successione è tutt'altro che chiara», concluse, guardando Vespasiano, al quale tanto chiara la faccenda non era apparsa mai. «Ad ogni modo, l'altro figlio di Antonia, Claudio, è talmente sciocco che la porpora, dicono, salterà una generazione e andrà a Gemello, nipote di Tiberio, o a uno dei figli di Germanico». Poi Gaio si guardò intorno nervosamente e aggiunse con un sussurro: «Si dice addirittura che potrebbe essere ristabilita la vecchia repubblica».

Vespasiano guardò la matrona con interesse mentre Gaio continuava la sua lezione. Quella donna sembrava trovarsi proprio al centro della politica imperiale.

«Si dà il caso che io sia riuscito a farle un paio di favori notevoli quand'ero governatore di Aquitania, e ora godo del suo favore. Con un po' di fortuna, riuscirò a presentarle voi due ragazzi». Guardò Vespasiano, aspettandosi una risposta entusiastica, ma si accorse che suo nipote stava fissando, a bocca semiaperta, il palco imperiale.

«Caro ragazzo, che cos'hai? Sembra che tu abbia visto un fantasma».

Sabino, notando lo stato di stupore in cui versava il fratello, ne seguì lo sguardo e rise. «No, zio, non è un fantasma, è una ragazza. C'è un'enorme differenza».

«Be', io non sono un esperto né di fantasmi né di ragazze, come sapete».

Vespasiano non riusciva quasi a credere ai suoi occhi; sul palco imperiale, ad aiutare Antonia a prendere posto, c'era la ragazza sulla lettiga che lo aveva guardato con tanta intensità, solo il giorno prima, sulla via Nomentana. Era la schiava della donna più potente di Roma.

VIII

Le quadrighe avevano completato un giro della pista e stavano aspettando di essere collocate nelle gabbie di partenza su entrambi i lati del cancello da cui erano entrate. Le gabbie erano disposte in linea obliqua, in modo che nessuno patisse uno svantaggio mentre incanalato cercava di guadagnare la parte destra della spina. Il mossiere tirò a sorte delle palle numerate da un'urna rotante; man mano che veniva chiamato il numero di ogni squadra, il suo auriga sceglieva da quale delle dodici gabbie partire.

«Questa è la parte più delicata», disse Gaio. «Tatticamente sarebbe meglio per la nostra squadra avere le altre due quadrighe Azzurre ai lati, come protezione dagli avversari alla prima curva. Potete scommettere che le altre squadre cercheranno di spingerla contro la spina o contro il muro esterno».

«Possono farlo?», chiese Vespasiano, fissando ancora la ragazza, nella speranza che lo notasse.

«Certo. Possono fare tutto quello che vogliono; non ci sono regole. Il vincitore è quello che completa per primo i sette giri; ognuno può decidere come farlo».

La seconda squadra dei Rossi aveva già scelto la gabbia esterna e la terza squadra dei Bianchi, guidata da Genzio, quella interna, quando venne chiamata la prima squadra Azzurra; Euprepe si diresse dritto verso la seconda gabbia a sinistra, accanto a Genzio; la folla competente applaudì.

«È stata una mossa molto coraggiosa», disse Gaio. «Sta sacrificando la possibilità di una copertura da un lato per avere la parte interna della pista; evidentemente sta scommettendo di arrivare alla prima curva davanti a Genzio».

Con le quadrighe tutte sistemate nelle gabbie, le doppie porte a molla vennero chiuse e serrate con un paletto di ferro, lasciando le squadre, impossibilitate a vedere fuori dalla propria temporanea prigione, in attesa della fanfara che avrebbe preceduto l'inizio della corsa.

La tensione tra la folla s'intensificò mentre gli *hortatores* – di nuovo dodici di numero, tre per ogni colore – entrarono al galoppo nell'arena. A ognuno di essi era affidato il compito di guidare una squadra intorno alla pista, attraverso la polvere e la confusione della corsa, indicandole le migliori opportunità e avvertendola di ostacoli e pericoli.

«Conosci quella ragazza, zio?», trovò finalmente il coraggio di chiedere Vespasiano.

«La schiava di Antonia? Sì, la conosco», rispose Gaio, guardando Asinio alzarsi in piedi e dirigersi verso il fronte del palco reale.

«Ebbene?»

«Ebbene cosa?»

«Be', come si chiama?»

«Cenis. Ma accetta il mio consiglio: dimenticala. Non solo è una schiava, ma è la schiava di qualcun altro, e per giunta di un qualcun altro potente, che non la prenderebbe bene se si insidiasse la sua proprietà».

«Cenis», ripeté Vespasiano, girandosi all'indietro verso il palco imperiale. Mentre lo faceva, la ragazza si guardò intorno e, per la seconda volta in due giorni, i loro sguardi s'incontrarono. Cenis trasalì, urtando contro la sua padrona, che ne seguì lo sguardo per vedere cosa la turbasse. Antonia studiò Vespasiano per un breve istante e poi, vedendo che era seduto accanto a Gaio, fece un cenno di saluto a suo zio, che contraccambiò con un gesto plateale e melodrammatico. Antonia si voltò di nuovo e disse qualcosa a Cenis, che le sorrise in risposta, prima di cimentarsi in una conversazione a bassa voce con Asinio. Vespasiano, che non riusciva a distogliere lo sguardo dal palco imperiale, si accorse che, da sopra le spalle di Antonia, il console lo osservava.

Risuonò un altro segnale e Asinio interruppe la conversazione, andò davanti al palco imperiale e sollevò un fazzoletto bianco; la folla tacque, e tutti puntarono gli occhi su di lui. Vespasiano poteva sentire lo sbuffare e il nitrire dei cavalli nelle gabbie di partenza, ansiosi di essere liberati. Gli *hortatores*, che si erano posizionati in fila circa cinquanta passi davanti alle rispettive gabbie, cercavano di controllare le loro vivaci montature, innervosite dall'improvviso silenzio.

Asinio fece una pausa per ottenere un effetto drammatico; poi, dopo quello che parve un secolo, lasciò cadere il fazzoletto. Il mossiere tirò una corda che aprì simultaneamente tutti i lucchetti posti a chiusura delle porte. Un paletto dietro ogni porta, con un'estremità inserita in un fascio molto teso e contorto di nervi, scattò in avanti, e tutte e dodici le porte si aprirono come una soltanto con un gran fragore, liberando le squadre che, al gioioso ruggito della folla, si scagliarono in avanti in una nuvola di povere.

Le quadrighe sfrecciarono rombando in linea retta verso la parte destra della spina. Là, a centosettanta passi di distanza, c'era una riga bianca che andava dalla meta sulla fine della spina al muro esterno; una volta superata quella, erano libere di prendere qualunque corsia volessero. Il fatto che le gabbie di partenza fossero scaglionate faceva sì che tutte e dodici le quadrighe la superassero quasi simultaneamente a una velocità di più di sessanta chilometri orari.

La scommessa di Euprepe non aveva pagato; infatti, era ancora appaiato a Genzio mentre superavano la barriera d'un soffio, sfiorandone il bordo. Invece di girare immediatamente a sinistra e di dirigersi verso la pista, Genzio seguì una linea retta, costringendo Euprepe ad allontanarsi ulteriormente dal centro della pista e ad avvicinarsi al Verde che gli stava all'esterno e che ora cercava di tagliargli la strada. Poiché correva il rischio di venire schiacciato tra i due, Euprepe afferrò le redini all'altezza della vita e, con tutta la sua forza, le tirò all'indietro e verso sinistra; il suo carro rallentò nettamente. Mentre Genzio lo superava a gran velocità, Euprepe virò verso sinistra, mancando di un soffio la parte posteriore della quadriga Bianca, e rimase in pista stringendo verso la spina. Gli Azzurri in mezzo alla folla si scatenarono di fronte a quell'audace manovra, menando i pugni in aria e gridando fino a diventare rauchi.

Per non farsi distrarre dalla tattica dell'avversario, Genzio si mantenne in linea retta, costringendo il Verde alla sua destra a rinunciare al tentativo di tagliargli la strada e spingendolo verso il carro che sopravveniva all'esterno e che, a sua volta, sbandò a destra, provocando una reazione a catena lungo la linea. Nella parte più esterna, il secondo auriga dei Rossi si rese conto del pericolo che l'effetto domino gli stava scagliando addosso e rallentò subito, mentre la prima squadra Bianca vicino a lui fu costretta a tagliargli la strada, con l'auriga che cercava disperatamente di passare dietro a sinistra, senza però riuscirci per la presenza dei carri all'interno. Il suo cavallo più esterno colpì il muro, strappandosi un grosso pezzo di muscolo dalla spalla. Quindi inciampò e andò a sbattere pesantemente la testa per terra; lo slancio degli altri cavalli della squadra gli fece finire la quadriga sui garretti e lo mandò con la groppa per aria. Il nitrito terrorizzato che l'animale emise mentre si ribaltava fu troncato quando il peso delle sue terga gli spezzò il collo. La bestia cadde giù stecchita. La quadriga ne investì il corpo e si sbilanciò di lato, sbalzando via l'auriga, che fu trascinato per l'arena dai tre cavalli rimanenti, terrorizzati. L'uomo stava freneticamente cercando di prendere il coltello quando le tirelle che attaccavano la quadriga rovesciata al peso morto del cavallo senza vita cedettero e, con un secco *crac*, spaccarono in due il fragile veicolo. Un istante dopo, lo sfortunato auriga fu trascinato in avanti da tre delle redini legate intorno alla sua vita; la quarta, ancorata all'animale morto dietro di lui, improvvisamente si tese, scagliandolo per aria, mentre le due forze opposte gli distruggevano la cassa toracica e gli strappavano il bacino dalla spina dorsale. I tre cavalli in preda al panico furono frenati per un attimo, ma poi il loro slancio troncò la briglia posteriore e permise loro di fuggire via di corsa, trascinandosi dietro il rottame della quadriga e l'auriga dal corpo spezzato e ormai esanime.

«Adoro la prima curva», gridò Gaio ai suoi compagni sopra il frastuono. «Il tuo Genzio ha fatto una mossa astuta, Vespasia; pensavo che avremmo perso i nostri soldi già all'inizio della corsa».

«Sì, ma ha anche fatto fuori uno della sua squadra, e ora i tuoi Azzurri sono avanti di due lunghezze rispetto agli altri», replicò Vespasia mentre la squadra Azzurra, favorita, seguiva il suo *hortartor* per affrontare la prima curva a centottanta gradi.

Euprepe rallentò i suoi cavalli per prendere la curva il più vicino possibile alla meta; tirò le redini all'indietro e all'esterno verso sinistra, per evitare che la quadriga si ribaltasse. Fece cambiare direzione agli animali e, schioccando la frusta sui loro garresi, li spronò ad andare più veloci lungo il lato più stretto della spina, con le dieci quadrighe rimanenti a rincorrerli con accanimento.

«Non deve stancare troppo presto le sue bestie, Gaio, ci sono ancora cinque chilometri da fare», gridò Tito.

«No, ma i Bianchi di Vespasia e la seconda squadra dei Rossi lo stanno incalzando, e anche la Verde in testa sta prendendo velocità», sbuffò Gaio, col viso molle tutto rosso per l'eccitazione.

La seconda e terza quadriga degli Azzurri sfrecciarono fuori dalla stretta curva appena dietro la Verde. Gli aurighi facevano schioccare le fruste sulle orecchie dei loro cavalli e, urlando, li incitavano; l'ulteriore cambiamento di velocità quasi appaiò tutte le squadre. Determinato a non farsi prendere tra la spina e le due squadre rivali, l'auriga della Verde tirò le redini verso destra, facendo urtare pesantemente la sua squadra contro gli Azzurri accanto. Impossibilitato ad accostare a causa del collega che gli stava all'esterno, l'auriga degli Azzurri decise di rischiare anche lui invece di indietreggiare e, tirando fuori il coltello pronto a tagliare le redini, diresse i suoi cavalli verso sinistra, spingendo contro la spina la quadriga Verde, la cui delicata ruota si frantumò nell'impatto facendo inclinare il carro contro il muro. L'auriga tirò fuori il coltello, tagliò le redini in un istante e, senza guardare indietro, si spostò sul percorso della quadriga Bianca che seguiva, sparendo sotto gli zoccoli in un turbine di polvere e sangue. Privata del proprio peso, la sua quadriga saltò per aria e ruotò, trascinando tutta la squadra di cavalli in un parossismo di zampe che si dimenavano e di groppe che s'inarcavano, prima di colpire l'auriga Azzurro, facendogli cadere il coltello dalle mani e sbalzandolo dal suo veicolo. La squadra Bianca successiva finì dritta sul rottame, e i due cavalli all'interno si spezzarono le zampe mentre cercavano, senza riuscirvi, di saltare la barra della quadriga colpita, che sbarrava loro la strada. Le ultime quattro quadrighe riuscirono a evitare lo scontro girandoci intorno. Una squadra di schiavi corse fuori per togliere i pezzi dei carri prima che le squadre compissero un altro giro.

Euprepe si stava avvicinando alla seconda curva a centottanta gradi con cui avrebbe completato il suo primo giro; poteva vedere davanti a sé il proprio *hortator*, il quale gli segnalava che non c'erano rottami intorno alla curva cieca, mentre lui rallentava per prenderla. Sia Genzio sia la squadra Rossa più vicina a lui lo superarono, scegliendo di prendere il percorso più lungo a maggiore velocità.

«Cercheranno di superarlo all'esterno», gridò Vespasia, dimenticando per un momento il proprio decoro quando il primo dei sette delfini di bronzo, disposti in fila sopra un'estremità della spina, si piegò verso il basso per segnare il completamento del primo giro.

Nonostante l'eccitazione frenetica, lo sguardo di Vespasiano continuò a vagare verso il palco imperiale, sperando nella possibilità di un altro fugace sguardo di quei bellissimi occhi, che però restavano fissi sulla corsa, anche se lui sentiva che lei si stava trattenendo dal guardarsi intorno.

Allora tornò a guardare la corsa. Le otto squadre superstiti avevano superato la curva più stretta all'estremità più lontana dell'arena, e ora correvano di nuovo verso il recinto dei senatori. I loro *hortatores* stavano segnalando alla disperata la posizione dello scontro tra Verdi e Bianchi e del gruppo che lavorava freneticamente nella polvere per cercare di portar via una quadriga ormai priva di cavalli. Gli schiavi videro con terrore le altre quadrighe avvicinarsi a gran velocità e, per salvarsi la vita, scattarono verso la sicurezza dei lati della pista, abbandonando il rottame a dieci passi di distanza dalla spina. Due degli *hortatores* saltarono l'ostacolo, guadagnandosi il forte ruggito di approvazione della folla. Euprepe, rendendosi conto che c'era spazio sufficiente al passaggio di una quadriga soltanto tra il rottame e la balaustra centrale, sterzò dritto nel mezzo di quell'apertura. Mezza lunghezza dietro di lui, alla sua destra, il Rosso, un celta dai capelli d'ottone, guardò nervosamente Genzio appena al suo esterno, ma mentre l'ostacolo si avvicinava, Genzio rifiutava di fare spazio, non lasciando al celta altra scelta se non quella di rallentare e di attraversare lo stretto passaggio dietro a Euprepe. La sua perdita di slancio non solo consentì a Euprepe e a Genzio di allontanarsi, ma permise anche all'inseguitore Azzurro, che era passato all'esterno dietro a Genzio, di raggiungerlo mentre giravano intorno alla meta, alla fine del secondo giro.

Venne abbassato il secondo delfino e Vespasiano azzardò un altro sguardo verso il palco imperiale. Lei non c'era più. Vespasiano guardò meglio; c'era Tiberio, che faceva alcune osservazioni ad Asinio alla sua destra; al di là di loro sedeva Antonia. Le sole altre persone sul palco erano Seiano e quattro dei suoi pretoriani, tutti in piedi verso il fondo.

Gaio notò la distrazione di suo nipote. «Smetti di cercarla, caro ragazzo, probabilmente è andata a fare una commissione per la sua padrona. Forza, ti stai perdendo la corsa. È arrivata quasi a metà».

Un urlo della folla, mentre cadeva la seconda squadra Verde, riportò l'attenzione di Vespasiano sulla pista mentre veniva abbassato il terzo delfino. La quadriga Azzurra di Euprepe riusciva appena a tenere a distanza quella Bianca di Genzio, con il celta dei Rossi bloccato dal compagno di squadra di Euprepe mentre correvano sul lontano rettilineo. Solo sette quadrighe erano ancora in corsa mentre Euprepe prendeva la curva, mancando di poco quattro schiavi che stavano portavano fuori pista l'auriga dei Verdi, privo di sensi.

Con Genzio, il celta dei Rossi e il suo collega della squadra Azzurra impegnati in un serrato inseguimento, Euprepe fece schioccare la frusta e spronò senza pietà i suoi cavalli affaticati ad andare ancor più veloci. Fu abbassato il quarto delfino, e Vespasiano si voltò di nuovo verso il palco imperiale; la figura snella di Cenis era tornata. Porse una scatola di legno ad Antonia, lanciando contemporaneamente un'occhiata in direzione di Vespasiano, prima di risedersi dietro un tavolino accanto alla sua padrona. Lui sentì il cuore sobbalzargli ancora una volta nel petto; lei sapeva di essere guardata.

«Non credo che Euprepe ce la farà a reggere la sfida ancora per molto», gridò Gaio a Tito, riuscendo a malapena a farsi sentire sopra l'ondata crescente di frastuono che stava inghiottendo il circo. «Ha portato già la propria squadra al limite; i cavalli sono quasi senza forze».

Giù in pista i corridori presero la curva stretta per la quinta volta. Genzio, quasi appaiato a Euprepe, stava mantenendo alta la pressione. Dietro di lui l'altro auriga degli Azzurri, contento che la quadriga Rossa fosse bloccata dietro i due protagonisti, si era allontanato e stava cercando di appaiarsi a Genzio per stringerlo e farlo uscire di pista alla curva successiva. Accorgendosi della minaccia, Genzio tirò verso destra, colpendo con la ruota il cavallo più vicino degli Azzurri. La creatura s'impennò per il dolore e continuò a correre sulle zampe posteriori nel tentativo di eliminare la sofferenza, costringendo il resto della squadra a deviare. I cavalli caddero l'uno sull'altro, sollevando nuvole di polvere e facendo ribaltare la quadriga, che si staccò dall'asta. L'auriga ebbe appena il tempo di tagliare le redini, prima che i cavalli impazziti si rialzassero e partissero a rotta di collo, percorrendo la pista contromano verso le ultime tre quadrighe in arrivo. La folla balzò in piedi gridando il proprio entusiasmo di fronte a quella nuova svolta. L'*hortator* della squadra fuori controllo non aveva alcuna possibilità di riprendere i cavalli, che continuavano ad avvicinarsi, privi di conducente, alla catastrofe imminente.

Riconoscendo il pericolo che gli si faceva incontro a una velocità paurosa, i tre aurighi che inseguivano ruppero la formazione nella speranza che i cavalli che avevano perso la direzione passassero tra loro, ma la squadra fuori controllo si spaventò e virò verso sinistra, incrociando il percorso di quella che stava in mezzo. Otto cavalli si scontrarono frontalmente, producendo uno scricchiolio di ossa rotte e di legno spezzato. L'auriga fu catapultato oltre l'ammasso nitrente di carne che si dibatteva in un mucchio informe, e atterrò con un forte rumore sordo sulla sabbia rimescolata dell'arena. Rimase immobile. Ammaliati dalla scena, gli spettatori emisero urla di apprezzamento.

Mentre il quinto delfino si abbassava, Vespasiano guardò nel recinto imperiale e vide Tiberio che dava una pacca sulla spalla ad Asinio, congratulandosi con lui per l'eccellente spettacolo. Più in là, Antonia stava dettando una lettera a Cenis; si meravigliò di come la matrona riuscisse a concentrarsi in tutta quell'agitazione, ma pensò che gli affari di Stato non potevano certo aspettare.

«È stato fantastico», gridò Sabino, mentre un altro gruppo di schiavi armati di coltelli si affrettava a liberare i cavalli che valeva la pena di salvare e metteva fine alla sofferenza degli altri.

«Il mio Genzio vincerà, vedrete». Vespasia aveva l'aria trionfante, mentre i due aurighi in testa prendevano la curva stretta per la penultima volta. Coperti di polvere e sudore, si combattevano tra loro sulla vicina pista. Erano entrambi stanchi e lo sapevano. La spietata determinazione sulle loro facce sporche di sabbia s'indurì fino a trasformarsi in una smorfia, mentre si avvicinavano per l'ultima volta alla curva larga e lanciavano i loro cavalli; un errore adesso e tutto ciò per cui avevano combattuto negli ultimi sei giri sarebbe andato perduto: non c'erano premi per chi arrivava secondo.

Quando il sesto delfino si piegò e cominciò l'ultimo giro, gli strepiti degli spettatori rimbombarono per i sette colli di Roma. Cenis non stava più vicino alla sua padrona e Vespasiano si sforzò di individuarla sopra le teste dei senatori intorno a sé. Ma poiché non riuscì ad avere una visione chiara di quel che stava accadendo sul palco imperiale, si voltò di nuovo verso la corsa.

Euprepe, spingendo la sua squadra con la tutta la furia di un uomo disperatamente voglioso di vincere, mantenne la prima posizione a un centinaio di passi dall'ultima curva. Genzio, rendendosi conto di non poterlo superare all'esterno, si guardò sopra la spalla sinistra. Il celta della squadra Rossa era direttamente dietro il leader della corsa, a quasi una lunghezza di distanza; era uno spazio abbastanza ampio per le sue mire. Rallentando leggermente, Genzio spinse la sua squadra a sinistra, nello spazio tra le due quadrighe, costringendo il celta a rallentare. Mentre la curva si avvicinava rapidamente, spronò la sua squadra, così che le zampe anteriori dei cavalli andassero quasi sopra alla quadriga in testa. Euprepe, nel timore che, in caso di frenata troppo brusca, Genzio potesse schiantarsi su di lui uccidendo entrambi, fu costretto a prendere la curva più velocemente di quanto fosse opportuno fare. La sua squadra perse coesione, mentre i cavalli cercavano di mantenere l'equilibrio, facendo sbandare la quadriga verso destra. Genzio spinse la sua squadra all'interno degli Azzurri, strinse la curva e accelerò via in un ultimo scatto.

In quel momento, chiunque nella folla si fosse seduto si ritrovò di nuovo in piedi a incitare urlando la propria squadra. Con una mezza lunghezza di vantaggio, Genzio spremette al massimo i cavalli, mentre Euprepe frustava senza pietà i suoi animali esausti, ma inutilmente. Genzio oltrepassò a gran velocità l'ultima meta, facendo cadere anche il settimo delfino. Menò i pugni per aria in segno di trionfo e passò al giro d'onore. I Bianchi avevano vinto la prima corsa, e i loro sostenitori acclamavano urlando l'eroe del momento.

Vespasia era in estasi. «Trenta denari a me, che equivalgono a quanto voi uomini avete perso tutti insieme», gongolò. Gaio e Tito la presero bene, ma Sabino, che non sopportava l'idea di perdere, s'infuriò.

«Quell'Euprepe dovrebbe essere appeso per le palle per aver perso in quel modo. Aveva la gara in pugno».

«Non credo proprio», disse Gaio. «È andato troppo veloce sin dall'inizio; la sua squadra era sfinita».

Genzio fermò la sua quadriga davanti agli scalini che conducevano alla parte frontale del palco imperiale. Tra le entusiastiche ovazioni della folla, li salì e ricevette la sua palma della vittoria, oltre a un grosso borsello da un Asinio molto compiaciuto; la giornata era cominciata bene.

La folla si risedette per guardare i giocolieri e i ginnasti che l'avrebbero distratta mentre la pista veniva ripulita dai cavalli morti e dai carri rotti per essere pronta per la corsa successiva. Vespasiano tornò a guardare all'interno del palco imperiale, ma Cenis non si vedeva.

«Se cerchi quella ragazza», gli bisbigliò Gaio nell'orecchio, «stai guardando nella direzione sbagliata, caro mio, perché si trova laggiù».

Vespasiano girò bruscamente la testa e vide Cenis entrare dallo stesso ingresso che avevano usato loro. Raggiunse il fondo della scalinata e, quando si voltò a destra per dirigersi verso di loro, Vespasiano trattenne il fiato. Non poteva credere ai suoi occhi: lei si fermò di fronte a suo zio e, mantenendo lo sguardo verso il pavimento, gli passò un biglietto di pergamena. Gaio lo prese e ne lesse rapidamente il contenuto, prima di restituirlo alla ragazza.

«Di' alla Signora Antonia che ne saremmo felici».

Cenis s'inchinò e, senza alzare lo sguardo, si voltò e se ne andò. Tutti gli occhi si puntarono su Gaio, che aveva un'espressione stupefatta sul viso.

«Be'?», gli chiese Vespasia.

«È davvero straordinario», disse Gaio. «Sembra che la buona signora abbia voluto invitare me e i ragazzi a cena».

«Quando?», sbottò Vespasiano.

«Domani, caro ragazzo. Un grande onore; ma cosa può volere da voi due?».

IX

Vespasiano si era svegliato con il movimento e il mormorio degli schiavi domestici che accendevano le lampade e il fuoco e apparecchiavano la tavola per la colazione. L'odore del pane appena sfornato e l'aspettativa di vedere Cenis lo convinsero facilmente a uscire dal letto.

Nell'atrio, trovò Gaio seduto vicino al larario a gustare la colazione mentre gli schiavi gli infilavano i sandali.

«Buongiorno, caro ragazzo», tuonò Gaio, strofinando uno spicchio d'aglio su un grosso pezzo di pane. «Spero che tu abbia dormito bene». Inzuppò il suo pane in una scodella di olio d'oliva posta accanto a lui sul tavolo e ne prese un grosso morso.

«Grazie, zio, ho dormito bene», rispose Vespasiano, notando con sollievo che il giovane ai piedi di Gaio indossava un perizoma. «Spero anche tu».

«Sì, caro ragazzo, davvero bene», replicò lo zio, arruffando i capelli del giovane schiavo inginocchiato ai suoi piedi che, allacciati i sandali, sorrise timidamente al suo padrone, s'inchinò e se ne andò. «Siediti con me a fare colazione. Ci sono pane, olive, acqua, olio e un po' di formaggio. Vuoi del vino nella tua acqua?»

«No, grazie, zio, va bene così», disse Vespasiano sedendosi.

«Come vuoi, come vuoi». Gaio diede un altro morso al suo pane e, mentre masticava, si mise a guardare Vespasiano con aria pensierosa. «Dimmi, Vespasiano, quale strada ti piacerebbe prendere?», gli chiese. «L'imperatore ha un gran bisogno tanto di buoni amministratori quanto di buoni generali».

«Ma io pensavo che, per scalare il *cursus honorum*, bisognasse prestare servizio in cariche sia militari sia civili, per comprendere come entrambe siano collegate», rispose Vespasiano, leggermente confuso da quella domanda.

«Certo e, come giustamente suggerisci, le cariche sono intercambiabili. Tuttavia, sia nel civile sia nel militare esistono vari gradi. Vedila così: se tu fossi Cesare, manderesti un uomo a fare il governatore di un'irrequieta provincia di frontiera come la Mesia se la sua unica esperienza con le legioni consistesse in quattro anni da tribuno militare con la VII Macedonica a supervisionare la costruzione di strade e lo scavo di latrine in Dalmazia, e in due anni come legato della IV Gallica ad assaggiare le inebrianti gioie di Antiochia dove, grazie a un recente trattato di pace con i Parti, l'obbligo più marziale è quello di ispezionare la legione una volta al mese nel giorno di paga? Naturalmente non lo faresti, a meno che la persona in questione non ti stesse particolarmente antipatica e non fossi pronto a perdere una provincia e un paio di legioni per liberartene. Sarebbe molto più facile ordinargli di suicidarsi nel bagno di casa sua, non credi?»

«Certo, zio», rispose Vespasiano.

«Quest'uomo, però, potrebbe rivelarsi un governatore adeguato in un posto come l'Aquitania, dove la costruzione di strade va fortissimo e non ci sono legioni da ispezionare. Invece, un uomo che abbia prestato servizio come tribuno militare per la I Germanica nella Germania Inferiore a combattere i Catti o qualche altra tribù ugualmente sanguinaria, per poi ricoprire la carica di legato della IV Scitica, a frenare le incursioni dei Geti e a difendere il confine settentrionale, quest'uomo otterrà la carica di governatore di Mesia e la possibilità di conquistarsi la gloria in campo militare, con tutte le ricompense finanziarie che l'accompagnano. Dunque, Vespasiano, vedi bene la differenza. Tu che strada vuoi prendere?», gli chiese nuovamente Gaio.

«Sceglierei di essere il secondo uomo, zio. Elevando la mia posizione personale e la mia *dignitas*, farei aumentare il prestigio della mia famiglia».

«Richiameresti anche l'attenzione dell'imperatore e di tutti coloro che gli stanno intorno e custodiscono gelosamente il proprio potere mantenendo il suo. Né a lui né a loro piace vedere un altro uomo conquistarsi troppa gloria personale; perciò, stai attento a servire Roma troppo bene, Vespasiano. Dopotutto, cosa ci fa un imperatore con un generale di successo?». Gaio fece una pausa e prese un altro grosso pezzo di pane prima di offrire il resto della pagnotta a suo nipote. «Il primo uomo, invece», continuò, facendo girare il pane nell'olio, «va effettivamente in Aquitania, una provincia amministrata dal senato, non dall'imperatore, e vi trascorre un anno molto conviviale, costruendo strade a volontà, vivendo nella bambagia e arricchendosi in silenzio con le belle bustarelle che gli abitanti del posto gli offrono per dei favori di media entità».

«Ma questo è senz'altro sbagliato», lo interruppe Vespasiano. «Perché?»

«Be', quest'uomo sta abusando della propria posizione di autorità per arricchirsi».

«Mio caro ragazzo, ma dove hai vissuto finora?», disse Gaio con una fragorosa risata. «In realtà, non sta facendo nulla del genere; sta soltanto usando la propria posizione di autorità per recuperare i suoi soldi. Lo sai quanto costa far carriera in questa città con tutte le tangenti, le opere per il bene pubblico e le organizzazioni di giochi, feste e roba del genere che servono per comprarsi la popolarità presso il senato e il popolo? Fortune, caro ragazzo, intere fortune; e se non le hai dalla nascita queste fortune, che fai? Prendi dei prestiti, ma poi il denaro lo devi restituire con gli interessi. Non si viene pagati al servizio di Roma. Oh no, quel che facciamo per Roma lo facciamo per amore». Gaio scrutò attentamente Vespasiano per vedere se le sue parole fossero state recepite, quindi continuò. «Così, il primo uomo torna a Roma coperto d'oro. Viene notato a malapena mentre si ristabilisce a casa propria con una cassa piena di denari. Non costituisce alcuna minaccia né per l'imperatore né per coloro che lo circondano, perché non ha comandato truppe.

Anche il secondo uomo torna a casa, ma è coperto d'oro e di gloria; riceve decorazioni trionfali dall'imperatore che gli è grato, e si guadagna il sospetto di tutti coloro che gli stanno intorno. Per lui non c'è la possibilità di un ritiro tranquillo; oh no, l'imperatore vuole che tutte le potenziali minacce al suo potere gli stiano vicine, in modo da poterle osservare, controllare». Gaio fece una pausa e guardò di nuovo suo nipote. «Ora, ragazzo mio, desideri ancora essere il secondo uomo?»

«Sì, zio», rispose Vespasiano, «perché almeno ha la soddisfazione di sapere di aver fatto tutto il possibile per servire Roma e aumentare il prestigio della propria famiglia».

«E io invece non l'ho fatto?»

«Cosa?»

«Oh, Vespasiano, non l'hai indovinato? Sono io il primo uomo», gridò Gaio, dandogli dei colpetti sulla spalla. «No, no, non sentirti a disagio; io ho fatto le mie scelte, come tu devi fare le tue. Io ho scelto l'anonimato che, per inciso, è il motivo per cui ho mantenuto il mio accento provinciale. L'élite patrizia mi guarda dall'alto in basso, e quindi non mi considera una minaccia». Fissò negli occhi suo nipote. «Questa sera incontrerai una delle donne più potenti di Roma; se le farai una buona impressione, potrebbe usare la propria considerevole influenza per metterti su un cammino pericoloso. Voglio che tu sia consapevole delle conseguenze del farti notare da lei e dell'esserle debitore; i potenti non ci vanno leggeri con noi, esseri mortali inferiori».

Il tempo non poteva passare abbastanza in fretta per Vespasiano mentre attendeva d'incontrare Cenis; né poteva trascorrere con sufficiente lentezza quando ricordava la temibile prospettiva di conversare con Antonia. Cenis non lo aveva più guardato durante le corse, fino alla breve occhiata che gli aveva lanciato mentre se ne andava con la sua padrona a mezzogiorno. Questo era bastato a impedirgli di concentrarsi sullo spettacolo per il resto della giornata, che era trascorsa in un miscuglio confuso di rumore, velocità e polvere.

Alla fine, arrivò l'ora designata. Tito e Vespasia li salutarono.

«Ricordatevi di parlare solo quando vi rivolgono la parola», ricordò la donna ai suoi figli. «Un ospite silenzioso e cortese ha molte più probabilità di essere invitato di nuovo di uno troppo loquace e invadente».

Gaio condusse i due fratelli giù per il Quirinale e su per gli esclusivi pendii del Palatino. Le case erano più grandi di qualunque altra Vespasiano avesse mai visto; alcune erano alte due piani e avevano lunghe scalinate di marmo che salivano fino a grandi ingressi salvaguardati da porte dorate. Costruite ognuna nella propria zona di giardino contornata da alberi, lì le case erano molto più rade che sul Quirinale, e ciò faceva sembrare quella zona quasi un parco sotto il sole del tardo pomeriggio.

Gaio si fermò davanti a un'enorme casa a un piano che, per quanto alta e di stile lussuoso, pareva meno pomposa delle altre. Aveva le mura, prive di finestre, dipinte semplicemente di bianco, e non presentava né un ingresso stravagante né decorazioni frivole.

Gaio bussò. La feritoia della porta si aprì e due occhi scuri esaminarono brevemente lui e i suoi compagni. Un giovane guardiano dall'aspetto florido, senza dire una parola, aprì immediatamente la porta per lasciarli entrare. Si ritrovarono in un alto, ampio atrio dove li stava aspettando un uomo robusto sulla trentina, dalla barba e dai capelli scuri, che indossava una tunica greca.

«Buona giornata a voi, padroni», disse con un profondo inchino.

«E a te, Pallas», rispose Gaio, che rimaneva sempre impressionato dalle buone maniere del giovane amministratore.

«Cenerete presto; siate così gentili da seguirmi».

Li condusse lungo l'atrio; il suo interno spazioso aveva un pavimento lucidato rosa e bianco, ed era decorato con statue e busti eleganti di marmo dipinto e bronzo. Dei mobili dall'aria costosa decoravano le pareti e i bordi della piscina centrale; divani di legno intarsiati d'avorio erano disposti intorno a tavoli di marmo poggiati su zampe dorate di leone o di grifone. Ampi corridoi si dipartivano dall'atrio su entrambi i lati, conducendo a stanze da ricevimento ufficiali, a una biblioteca e a delle terme private.

Uscirono in un freddo giardino porticato le cui piante e i cui cespugli attentamente curati, anche durante l'inverno, attendevano che la primavera li incoraggiasse a fiorire in una festa di colori. All'estremità più lontana, Pallas bussò a una porta pannellata e laccata di nero.

«Avanti», disse dall'interno un'autoritaria voce femminile.

Pallas aprì la porta e si rivolse con rispetto alla sua padrona: «Domina, il senatore Gaio Vespasio Pollione e i suoi nipoti, Tito Flavio Sabino e Tito Flavio Vespasiano».

«Gaio, sei stato gentile a venire». La signora Antonia si fece avanti per stringergli la mano. Da vicino era molto più bella di quanto Vespasiano potesse aspettarsi da una donna di sessant'anni. I suoi capelli castano scuro, con riflessi ramati, erano acconciati ben alti sulla testa, con onde intrecciate fissate da spille ingemmate. Aveva la pelle liscia, con soltanto qualche ruga intorno ai luminosi occhi verdi. Era truccata pochissimo; i suoi zigomi alti, il suo mento forte e le sue labbra piene non avevano bisogno di ritocchi.

«Siamo onorati di essere stati invitati, domina», replicò Gaio, chinando la testa. Antonia rivolse la sua attenzione ai due fratelli; Sabino sostenne il suo sguardo.

«Benvenuto, Sabino; mio cognato, l'imperatore, mi dice che ti sei congedato con merito dalla recente guerra in Africa». Gli sorrise mentre lui risplendeva vistosamente d'orgoglio. «Devi esserti comportato davvero bene per farti notare dall'imperatore».

«Sono onorato già dal fatto che conosca il mio nome», rispose Sabino, «figuriamoci se poi parla anche bene di me».

«Il dovuto riconoscimento dei meriti è uno dei suoi princìpi guida. Deve tenere gli occhi aperti per trovare nuovi ufficiali che si distinguano. Altrimenti, come potrebbe sapere chi promuovere al comando delle legioni che mantengono sicuro il nostro impero?»

«Proprio così, domina», disse Gaio, «l'imperatore è molto assiduo nel leggere tutti i dispacci provenienti dai legati legionari. Sabino onora la nostra famiglia per il solo fatto di essere stato menzionato».

Antonia si rivolse a Vespasiano. «Allora è questo il ragazzo che fa trasalire la mia cameriera», disse, guardandolo con finta severità. Vespasiano fissò il pavimento, incapace di trovare qualcosa di sensato da dire. Antonia alleviò il suo imbarazzo sollevandogli delicatamente il mento con la mano affusolata. «Non preoccuparti, Vespasiano; sospetto che un bel ragazzo come te faccia battere il cuore di un bel po' di ragazze».

Vespasiano le sorrise; mai nessuno prima gli aveva detto che era bello. «Grazie, domina», riuscì a dire.

«Venite e mettetevi comodi mentre aspettiamo che arrivino gli altri nostri commensali per la cena».

Li introdusse nella stanza, dominata da un enorme bovindo che, per lo stupore di Vespasiano, era anche vetrato. Il sole del tardo pomeriggio filtrava copioso dal vetro quasi trasparente, tenuto fermo da una cornice di lattice, oltre la quale si poteva scorgere una veduta stranamente distorta dei giardini. All'interno, tre divani tappezzati di pelle un po' scura, e con testate di legno di noce graziosamente incurvate, poggiavano su gambe affusolate. Il basso tavolo, intorno al quale stavano tutti, era fatto anch'esso di legno di noce lucidato in modo da riflettere il sole sul soffitto affrescato. All'estremità più lontana della stanza stava un ampio scrittoio di quercia drappeggiato di stoffa marrone e coperto di pergamene. Sul pavimento accanto, di fronte a un affresco pastorale, c'era una cassaforte di ferro, decorata con del rame e chiusa a ogni estremità da robusti lucchetti.

Antonia batté le mani; da dietro una tenda alla loro sinistra apparvero tre giovani schiave che attesero mentre gli uomini si toglievano le toghe, per riporle altrove.

Qualcun altro bussò alla porta.

«Avanti», disse di nuovo Antonia.

Entrò Pallas. «Domina, il console, Marco Asinio Agrippa».

«Console, mi fai un grande onore», disse Antonia mentre la figura sorprendentemente bassa e stempiata di Asinio faceva il suo ingresso nella stanza.

«Come tu lo fai a me», replicò Asinio. I suoi scuri occhi guizzanti lanciarono rapide occhiate agli altri ospiti; la sua reazione dimostrò che tutti quelli che si aspettava di vedere erano presenti. «Senatore, spero che tu stia bene».

«Grazie, console, mai stato meglio», rispose Gaio. «Posso presentarti i miei nipoti Sabino e Vespasiano?»

«Sono felice di fare la vostra conoscenza». Asinio rivolse ai due fratelli un cenno della testa, mentre passava la sua toga a una schiava.

«Signori, stendiamoci e mangiamo», disse Antonia, dirigendosi verso il divano centrale. «Console, tu e Gaio da questa parte», disse indicando il più prestigioso divano sulla destra, «e i due giovanotti alla mia sinistra».

Pallas tirò la tenda e le schiave apparvero di nuovo per togliere i sandali agli ospiti e lavare loro i piedi. Sostituirono i sandali con le pantofole che ogni uomo aveva portato con sé e poi, dopo che i commensali si furono accomodati sui loro divani, stesero un grosso tovagliolo bianco di fronte a ognuno di loro.

Le ragazze se ne andarono con i sandali, passando davanti a un gruppo di altre cinque schiave che portavano coltelli, cucchiai, piatti e tazze. Vespasiano sentì un'ondata di eccitazione quando Cenis entrò per ultima a servire la sua padrona. Cercò di non fissarla quando si chinò sul tavolo e il suo semplice abito si scostò dal petto, rivelando due seni bellissimi con i capezzoli rosa, che ondeggiavano lateralmente mentre disponeva piatti e posate di fronte alla sua padrona. Vespasiano sentì il sangue affluirgli all'inguine e fu costretto a cambiare posizione sul divano per non trovarsi in imbarazzo. Antonia notò il suo disagio e, indovinandone la causa, sorrise tra sé e guardò Asinio.

«Console, mi trovo nella scomoda posizione di dover fare l'ospite da sola. Ti sarei grato se volessi scegliere tu quanto debba esser forte il vino».

«Ma certo, cara signora, lo farò con piacere». Asinio guardò Pallas. «Cominceremo con quattro parti d'acqua e una di vino».

Pallas annuì, quindi fece cenno agli schiavi, in paziente attesa dietro ognuno dei commensali, di servire la prima portata. Vespasiano si sforzò di non guardare Cenis che se ne andava, per timore di aggravare un problema già considerevole, e si maledì per essersi infatuato di una semplice schiava che non poteva certo sperare di possedere, dato che neppure poteva parlarle quando si trovavano nella stessa stanza.

La cena proseguì in modo formale e pacato. La *gustatio* fu seguita da un piatto di enormi aragoste con contorno di asparagi; poi fu la volta di triglie della Corsica, di un fegato d'oca con tartufi e funghi, e infine di un cinghiale arrosto con una salsa a base di cumino e vino.

Antonia guidò la conversazione verso una serie di argomenti non controversi, lasciando sempre ai suoi ospiti il tempo di esprimere le loro opinioni e rimettendosi a quelle di Asinio in caso di disaccordo. Senza rinunciare a lanciare qualche sguardo in direzione di Cenis, Vespasiano riuscì a rilassarsi e a godersi il pasto, partecipando anche alla conversazione, di tanto in tanto, anche se in maniera leggermente goffa. Trascorsero gradevolmente il tardo pomeriggio in piacevole compagnia, costantemente serviti da schiavi deferenti che camminavano intorno a loro senza far rumore. Quando furono serviti i piatti a base di pere, mele e fichi, il sole era ormai tramontato, ed erano state accese le lampade. Vennero portati anche due bracieri per integrare l'impianto di riscaldamento sotto i pavimenti. La stanza, privata della sua fonte principale di luce, assunse un aspetto più intimo e la conversazione si fece più animata, anche perché Asinio riduceva sempre di più la quantità d'acqua nel vino.

Pallas, vedendo che i commensali avevano tutto ciò di cui necessitavano, fece segno agli schiavi di ritirarsi. Si assicurò che non ci fosse nessuno ad ascoltare nella stanza di servizio, dietro la tenda o fuori dalla porta, quindi fece un cenno ad Antonia e si ritirò in un angolo buio ad aspettare eventuali ordini della sua padrona.

Antonia prese una pera e cominciò a sbucciarla col coltello. «Be', questa serata è stata molto piacevole; però, Gaio, e sono certa che lo sai, non ho invitato te e i tuoi incantevoli nipoti soltanto per parlare della recente campagna in Africa, delle corse e del prezzo spaventoso dei buoni schiavi. C'è una crisi politica molto più pressante, al cui inizio abbiamo già assistito con l'ascesa di Seiano nel favore dell'imperatore che, se non verrà contrastata, provocherà una crisi decisiva nei mesi a venire». Fece una pausa, sbucciò la pera, ne tagliò un piccolo pezzo e se la mise in bocca. «Credo che il nostro stimato console qui presente possa illustrare meglio la situazione».

Asinio annuì ed emise un forte rutto. «Certo. E grazie per il pasto delizioso». Bevve un sorso di vino, assaporò la delicatezza dell'annata, quindi cominciò. «Quando il Divino Augusto creò la Guardia Pretoriana, dopo le devastazioni di anni di guerra civile, fu per salvaguardare la città dalla minaccia esterna delle eventuali legioni sediziose e da quella interna del genere di sobillatori a cui ci eravamo abituati negli ultimi giorni della repubblica. Una cosa le teneva a bada, ed era il potere dell'imperatore, che nella sua saggezza nominò *due* prefetti pretoriani, così che nessuno di loro potesse diventare troppo potente. Seiano fu nominato alla carica nell'ultimo anno di impero di Augusto e la condivise con suo padre, Lucio Seio Strabone. Un uomo onesto sotto tutti i punti di vita; così onesto, in effetti, che uno dei primi atti di Tiberio come imperatore fu quello di mandarlo a governare l'Egitto. Purtroppo, però, Tiberio tralasciò di nominare un sostituto per Strabone, e così Seiano, finora, ha comandato la Guardia da solo per più di dieci anni, durante i quali è riuscito a conquistarsi la completa fiducia dell'imperatore». Si fermò per bere un altro sorso di vino, quindi continuò. «E ora, a causa delle sfortunate morti del tuo amato Germanico, domina, e di Druso, il figlio dell'imperatore, Seiano sente di poter diventare l'erede di Tiberio».

«Sfortunate? *Puah*!». Antonia sputò, e Vespasiano sbatté le palpebre per la sorpresa. Per tutto il pomeriggio, la signora era stata un'ospite perfetta, gentile, calma e sollecita, ma in quel momento il giovane vide in lei il fuoco che la rendeva la donna più formidabile della sua generazione, una che non era consigliabile far arrabbiare. «Mio figlio Germanico è stato avvelenato in Siria dal governatore Calpurnio Pisone, per ordine di Seiano e forse con la connivenza dello stesso Tiberio, anche se quest'ultima parte non posso provarla. In ogni caso, il suicidio di Pisone prima che potesse difendersi dalle accuse mi dimostra la sua colpevolezza. Quanto a Druso, sua moglie Livilla, quell'infida arpia di una figlia che ho nutrito al mio petto, l'ha avvelenato, ne sono sicura, pur non avendo neanche qui alcuna prova. Lei e Seiano sono amanti; lui ha chiesto all'imperatore il permesso di sposarla quest'anno. Tiberio gliel'ha rifiutato e ha impedito loro di vedersi. Comunque, lei è ancora l'amante di Seiano, ma tutti e due sono troppo intelligenti per farsi scoprire da Tiberio».

«Questa è davvero una notizia, domina», disse Gaio, cercando di digerire le implicazioni di quella rivelazione. «Ciò significa che Seiano non esiterebbe a tentare di uccidere l'imperatore».

«No, è troppo furbo per azzardare una cosa del genere», replicò Antonia. «Sa che, se lo facesse e cercasse di prendersi la porpora, il senato e metà delle legioni si solleverebbero contro di lui e noi ripiomberemmo tutti quanti nella guerra civile».

«È stato molto più intelligente», disse Asinio, sorridendo. «È riuscito a liberarsi di Tiberio senza ucciderlo».

«Ma era al Circo Massimo appena ieri», sbottò Vespasiano, dimenticando completamente il proprio posto.

«Certo che c'era, giovanotto, ma per l'ultima volta». Asinio beve un altro sorso di vino. «Nell'ultimo paio d'anni, abbiamo assistito a una ripresa dei processi per tradimento che, sebbene basati perlopiù su accuse inventate, hanno portato a delle condanne. Questo ha permesso a Seiano di convincere il nostro imperatore dell'esistenza di cospirazioni dietro ogni angolo. Lui sa di non essere mai stato popolare; è nervoso da quando le legioni lungo il Reno si sono sollevate contro di lui al momento della sua ascesa. Ha cercato d'ingraziarsi il senato, sottomettendosi ai senatori per le decisioni di politica estera e interna, accettando voti contrari ai suoi voleri e persino cedendo il passo ai consoli quando li incontrava per strada. Ma ora sente che questa politica gli si è ritorta contro, e che il senato ha considerato il suo comportamento conciliante una debolezza e che sta cercando di destituirlo».

«E per Tiberio», aggiunse Antonia, «la prova di tutto questo sta nel successo dei processi per tradimento».

«Montati da Seiano?», arrischiò Gaio, ammirando la bellezza di quella strategia.

«Proprio così. E visto che ormai i due eredi legittimi non ci sono più, Seiano è riuscito a convincere l'imperatore che il senato cercherà di ripristinare la repubblica, cosa per cui Tiberio denunciò suo fratello, il marito della signora Antonia, ad Augusto, quando questi glielo suggerì in una lettera privata molti anni fa. Seiano ha manipolato benissimo Tiberio, offrendogli le prove della sua più grande paura e celando la vera fonte della minaccia contro di lui. Per la sua sicurezza, lo ha convinto a ritirarsi da Roma con l'anno nuovo, dopo il giuramento dei prossimi consoli, e di prendere residenza permanente a Capri».

«Ma se se ne va l'imperatore, che è l'unica persona a proteggerlo, Seiano non sarà esposto agli attacchi del senato?», osservò Gaio, pensando di aver trovato una pecca nel piano.

«In circostanze normali, sì», disse Antonia, tornata calma, «ma in qualche modo Seiano è riuscito a convincere Tiberio a nominare al consolato Gneo Cornelio Getulico e Gaio Calvisio Sabino».

«Sì, lo so. Nessuno dei due è un uomo straordinario: Getulico scrive poesie licenziose ed è popolare tra i soldati, mentre Calvisio Sabino è un po' tardo».

«Tardo?», rise Antonia. «Fa sembrare mio figlio Claudio un acuto avvocato difensore».

«Allora, chi controllerà il senato l'anno prossimo?», chiese retoricamente Asinio. «Un idiota, e un uomo gradito alle truppe, la cui figlia, guarda un po', è stata promessa in matrimonio al figlio maggiore di Seiano».

«Ah!», esclamò Gaio.

«E già, vecchio amico mio», disse Antonia, «ma Seiano ha fatto anche altro».

Vespasiano e Sabino si guardarono, chiedendosi entrambi a quali bassezze potesse essere arrivato Seiano, ma anche perché a due inesperti ragazzi di campagna come loro si stesse offrendo il privilegio di venire a conoscenza di dettagli del genere.

«Cos'altro ha bisogno di fare? Non è tutto perfetto così com'è?», chiese Gaio, sinceramente perplesso. «Tiberio si è ritirato in un'isola protetta dai pretoriani e può venire a sapere soltanto le notizie che Seiano desidera fargli conoscere. Intanto il senato è nelle mani di uno sciocco, uno troppo stupido persino per pulirsi il sedere senza un diagramma, e di uno che è praticamente di famiglia. È fantastico. Di cos'altro deve preoccuparsi?»

«Dell'esercito», disse tranquillamente Vespasiano.

«Hai assolutamente ragione, giovanotto, dell'esercito», disse Asinio, guardando Vespasiano con un nuovo rispetto, per poi lanciare uno sguardo d'approvazione in direzione di Antonia. «L'esercito sarà il suo problema, ma ha già cominciato ad affrontarlo».

«Come?», chiese Vespasiano.

«Chi c'era dietro la rivolta di Tacfarinate l'anno scorso, a fornirgli le decine di migliaia di denari freschi di conio che sono stati trovati nel suo tesoro? Gli agenti di chi hanno incoraggiato la ribellione in Tracia contro il nostro re cliente, Remetalce, che sta avendo luogo in questo momento? Perché i messi parti inviati a Roma quest'anno hanno avuto un incontro segreto con Seiano dopo aver concluso i loro affari con l'imperatore e il senato? I problemi alla frontiera tengono impegnato l'esercito. Più ci sono problemi e più sarà impegnato; abbastanza impegnato, forse, da non notare quel che sta accadendo a Roma. Potete scommettere su qualche incursione lungo il Reno e il Danubio quest'anno. Forse la Partia comincerà a rimettere il naso in Armenia, e non mi sorprenderei se presto un'invasione della Britannia rientrerà nella politica dell'imperatore, perché terrebbe occupate almeno quattro legioni, mentre Seiano consolida il proprio potere. Poi, quando Tiberio morirà, l'onnipotente Seiano si troverà nella posizione migliore per fare da reggente a uno dei giovani nipoti imperiali che probabilmente succederanno al trono».

«E quando sarà reggente, con l'appoggio dei pretoriani, riuscirà a ottenere poteri tribunizi e a diventare intoccabile», concluse Gaio, sorridendo tristemente. «È un piano intelligente, molto intelligente. Quell'uomo è ammirevole».

«Oh, e io l'ammiro», affermò Asinio, «e, cosa ancor più importante, lo rispetto. È un uomo lungimirante. Ha una pazienza all'altezza della sua astuzia e una sagacia all'altezza della sua spietatezza. È un avversario formidabile e, per il bene di Roma, dev'essere distrutto. Il problema è che non abbiamo ancora prove concrete contro di lui; abbiamo bisogno di tempo per raccoglierle. Ed è qui che Antonia e io pensiamo che tu possa tornare utile».

«Senza prove, Tiberio non mi ascolterà, penserà che sto solo cercando di vendicarmi di Seiano perché lo considero responsabile della morte di mio figlio».

Gaio inclinò la testa in segno di riconoscenza. Asinio si versò dell'altro vino, ma trovò la scodella per mescolarlo vuota. Antonia guardò verso Pallas, che stava in piedi silenzioso in un angolo. «Pallas, dell'altro vino, per favore».

Pallas chinò la testa e sparì oltre le tende. Un istante più tardi, si udirono un grido e il fracasso di una brocca che si rompeva sul pavimento. Vespasiano e Sabino saltarono immediatamente in piedi e si precipitarono nella stanza di servizio, dove trovarono Pallas impegnato a lottare, nella penombra, con una figura sul pavimento. Afferrando l'uomo da dietro, Sabino lo strappò dal greco e lo bloccò con la faccia per terra. Mettendogli un ginocchio sui reni, gli tirò rapidamente la testa indietro per i capelli e gli schiacciò la faccia giù sul pavimento di pietra. Il naso e la mascella del prigioniero si frantumarono con l'impatto. L'uomo emise un breve grido e giacque immobile.

«Chi è?», chiese Antonia quando arrivò sulla soglia.

«Non lo so», ansimò Pallas, senza fiato, «è troppo buio».

«Portatelo qui, allora». Tirò di nuovo le tende. Sabino e Vespasiano trascinarono l'uomo per i piedi, lasciandosi dietro una pozza di sangue disseminata di denti rotti. Tornati alla luce della lampada nella stanza di Antonia, lo girarono.

«Non lo conosco», disse Antonia, «ma credo che neanche sua madre lo riconoscerebbe in questo stato».

In effetti, la sua faccia insanguinata era un disastro: aveva il naso appiattito da una parte, nelle labbra tumefatte gli si erano conficcati frammenti di denti rotti e la mascella molle gli pendeva da una curiosa angolazione.

«Pallas! Pallas, vieni subito qui».

«Sì, padrona, scusami», gemette il greco dalla soglia. Entrò zoppicando nella stanza e guardò giù verso il suo assalitore.

«Allora, chi è?», insistette Asinio.

«È Eumene, il guardiano».

«Uno dei miei schiavi!», esclamò Antonia, indignata. «Quanto tempo fa l'ho comprato?»

«Meno di un anno fa, padrona; ha cominciato come schiavo domestico. Lui e suo fratello erano caduti in disgrazia, così hanno lasciato la natia Creta e sono venuti qui per vendersi come schiavi. Immagino che sperassero di potersi guadagnare, un giorno, la libertà e la cittadinanza. Io ho ammirato il suo spirito d'iniziativa e l'ho promosso a guardia della porta circa tre mesi fa. Mi dispiace tanto, padrona, probabilmente ha passato elenchi dei tuoi ospiti a qualcuno di cui è l'informatore».

«Be', per ora non ci preoccuperemo di questo. Da quant'è che ascoltava?»

«Non da molto, padrona. Controllavo regolarmente dietro la porta e dietro la tenda».

«Bene, allora cerchiamo di scoprire cos'ha sentito e per conto di chi fa la spia».

X

Quando riprese conoscenza, Eumene si ritrovò legato nudo a un tavolo della stanza di servizio. Gemeva forte, ma smise all'improvviso perché qualunque movimento intensificava il dolore della mascella fratturata. Si sentì una mano vicino allo scroto e aprì gli occhi spaventato. Attraverso un velo di sangue, vide la sua padrona sporgersi su di lui.

«Ora, sporco traditore», sibilò Antonia tra i denti serrati, «mi dirai perché mi stavi spiando». Gli strizzò i testicoli con tutta la sua forza, tirandogli fuori un lungo strillo; simpatizzando inconsciamente con la vittima, i cinque uomini intorno a lei fecero una smorfia.

Incredulo e scioccato, Vespasiano guardò Antonia mentre continuava a stringere per poi allentare la presa; sul suo viso non si leggeva alcun piacere, solo una fredda determinazione. Non era il caso di farla arrabbiare. Alla fine lasciò la presa e l'urlo si attenuò. Il sangue le aveva sporcato le unghie, e lei prese un panno per pulirsi. Guardò giù verso il petto ansante del suo schiavo.

«Bene, Pallas», disse cupamente, «non vuole risolvere la questione nel modo facile, allora vediamo se preferisce quello difficile».

Pallas annuì alla sua padrona e, con un paio di tenaglie, tirò fuori da un braciere un pezzo di carbone incandescente. Lo mostrò al custode terrorizzato, che girò la testa dall'altra parte. Pallas guardò la sua padrona.

«Fallo», gli ordinò lei.

Vespasiano sentì odore di carne bruciata mentre il carbone sfrigolava, penetrando attraverso la pelle dell'uomo fino a raggiungere il muscolo sottostante. Le urla riecheggiarono per tutta la casa.

«Lascia lì quello e mettigliene un altro».

Pallas eseguì, stavolta lasciando cadere il pezzo di carbone sulla pancia del custode, che si contorceva e gemeva ma continuava a rifiutarsi di parlare.

«E un altro!», gridò Antonia, sempre più in preda alla frustrazione.

Vespasiano ricordò il ragazzo crocifisso. Com'era facile infliggere dolore a una persona priva di diritti. Si guardò intorno per osservare gli altri; Sabino aveva un ghigno selvaggio sul viso, mentre Asinio e Gaio erano attenti e cupi. Entrambi si rendevano conto che la loro vita poteva dipendere dal fatto di riuscire a far parlare quello schiavo.

Mentre il carbone ardente gli mangiava il capezzolo destro, Eumene svenne. Il silenzio riempì la stanza. Tutti fissavano quel corpo contorto e fumante e si chiedevano meravigliati quale lealtà o terrore oltre quelle mura potesse indurlo a sopportare una simile agonia.

«Togli i carboni e fallo rinvenire», disse Antonia con voce decisa. «Vedremo se preferisce che la carne gli venga tagliata, invece che bruciata».

Pallas gli tirò addosso una secchiata d'acqua, facendo salire del vapore dalle ferite che bruciavano.

«Dobbiamo stare attenti a non strafare», disse ansiosamente Gaio. «Non vogliamo che ci muoia tra le mani».

«Pensi che io non abbia mai torturato uno schiavo prima?», sbottò Antonia.

«Le mie scuse, domina».

Altre due secchiate d'acqua fecero rinvenire l'uomo, che cominciò a gemere.

«Mostragli il coltello», disse lentamente Antonia.

Pallas sfoderò una lunga lama sottile, curva e affilata come un rasoio, e la tenne davanti agli occhi di Eumene, che si spalancarono per l'orrore mentre il lucente strumento gli rifletteva il bagliore del braciere sul viso.

«Credimi, parlerai», disse Antonia con voce bassa, minacciosa. «Dipende da te quante orecchie, dita e palle avrai quando lo farai».

«Non posso», sussurrò lo schiavo.

«Perché no?»

«Hanno mio fratello».

«Chi ce l'ha?».

Eumene scosse la testa.

«Comincia con le orecchie».

Pallas gli afferrò la testa con la mano sinistra e la tirò verso di sé.

«No! No!», implorò Eumene.

Il coltello luccicò e l'orecchio cadde con un leggero tonfo sul tavolo, che fu subito coperto di sangue.

«Ora l'altro».

Pallas spinse la testa di Eumene, scoprendo l'altro lato del suo viso.

«Circa un mese fa», gridò Eumene con la bocca martoriata, «un uomo venne alla porta».

Antonia alzò la mano e fece segno a Pallas di fermarsi. «Chi?», lo pressò.

«Asdro, il liberto di Seiano. Mi diede un pacchetto e mi disse di aprirlo in privato. Disse che sarebbe tornato e mi avrebbe detto cosa fare. Io lo aprii in seguito, nei miei alloggi, come mi era stato detto». Gli uscì del sangue dalla bocca e lungo le guance, mentre si sforzava di formare le parole.

«Ebbene? Continua», lo incalzò Antonia.

«Conteneva una mano, su cui c'era un anello che ho riconosciuto come quello di mio fratello», ansimò Eumene; nonostante il dolore, impallidì al ricordo.

«E cosa ha detto quand'è tornato?», lo pressò Asinio, con una smorfia schifata del labbro. Non vedeva l'ora di farla finita.

«Mi ha detto di memorizzare tutti i visitatori che ricevi. Non potevo fare liste, perché non so scrivere, capisci».

«Sì, sì, va' avanti». Antonia non era interessata alle capacità letterarie di un semplice schiavo.

«Qualcuno sarebbe passato ogni tanto, e io dovevo dargli le informazioni. Solo così mio fratello avrebbe mantenuto l'altra mano». Eumene singhiozzò al pensiero.

«Ma questo non spiega perché tu ci stessi spiando stasera. Ti ha detto soltanto di raccogliere dei nomi», fece notare Asinio.

«Quando ieri è venuto l'uomo, gli ho dato il tuo nome per la terza volta in cinque visite. Allora lui mi ha detto di ascoltare quando saresti venuto di nuovo e di carpire qualche informazione interessante, altrimenti sarebbe finita male per mio fratello».

«Chi è il proprietario di tuo fratello?», chiese Antonia.

«È uno schiavo della casa di tua figlia, Livilla».

«Quella piccola serpe velenosa», scoppiò Antonia. «Spiare la propria madre, ficcare il naso nei miei affari privati per poi raccontare tutto, senza dubbio, a quel mostro di Seiano, mentre lui per gratitudine le ficca il cazzo nel culo, pompandola letteralmente per avere informazioni. Avrei dovuto strangolare quella puttanella alla nascita».

Dopo questo sfogo, gli uomini nella stanza rimasero in silenzio.

Antonia tremava di rabbia; sforzandosi di star calma, guardò Eumene singhiozzante. «Dovremmo andare nella stanza accanto a discutere la situazione», disse. «Signori, vi prego». Indicò la soglia ornata da tende e si voltò indietro per guardare Pallas, facendogli un leggero cenno con la testa.

Quando attraversò la soglia, Vespasiano udì il rumore di un taglio netto e un gorgogliante rantolo di morte. Provò un po' di pietà per Eumene, ma immaginò che Antonia avesse calcolato di non poterlo né tenere né vendere. Se Eumene avesse aperto la porta all'agente di Livilla in quelle condizioni, l'uomo avrebbe senz'altro capito che aveva parlato e il fratello avrebbe perso l'altra mano, o peggio. E anche se l'avesse venduto, sarebbe stato ovvio che aveva parlato. La sua morte era probabilmente l'unica speranza per suo fratello, anche se si trattava di una speranza molto debole.

Si distesero nuovamente sui divani, e Antonia guardò il console. «Be', Asinio, cosa ne pensi?»

«Penso che siamo stati fortunati». Fece per prendere dell'altro vino, ma si ricordò che la scodella era vuota e che Pallas aveva altro da fare. «Se Seiano ti sta spiando, probabilmente sta tenendo d'occhio chiunque sia collegato alla casa imperiale; non ha ragione di sospettare che tu più degli altri stia complottando contro di lui. Se Eumene avesse riferito della conversazione di stasera, allora ci sarebbe stato motivo di preoccupazione, ma per fortuna non potrà farlo, e nemmeno la presenza dei tuoi altri ospiti verrà notata, il che significa che siamo ancora al sicuro e possiamo attuare i nostri piani».

I fratelli lanciarono delle occhiate allo zio, il quale, a sua volta, cercò di rassicurarli con lo sguardo.

«Penso che tu abbia ragione, console», disse Antonia dopo una breve pausa. «L'unica cosa che sa con certezza di te e di me è che tu mi hai fatto qualche visita nell'ultimo mese o giù di lì. Dobbiamo continuare le visite, affinché lui pensi che non ci siamo accorti delle sue attenzioni. Nel frattempo, muoviamoci con circospezione». Si rivolse a Gaio e sorrise. «Ora, Gaio, ho una richiesta da farti».

«Qualunque cosa, domina».

«Ho bisogno di mettere al sicuro una cosa».

Si alzò, si diresse verso la cassaforte e, prendendo due chiavi da una catena che portava intorno al collo, le inserì nelle serrature poste alle estremità e le girò simultaneamente. I lucchetti si aprirono con uno scatto, e Antonia sollevò il coperchio.

«Per riuscire nel suo intento, Seiano dovrà eliminare tutte le persone a cui l'imperatore dà retta. Non ho alcuna intenzione di essere eliminata, ma se dovesse succedere, sono sicura che rovisterebbero tra i miei documenti, eliminandone alcuni». Prese dallo scrigno quattro rotoli. «Ecco due copie, una per il senato e una per l'imperatore. Se ve ne sarà bisogno, ti prego di fare in modo che questi documenti vengano letti».

Gaio prese i rotoli. «Prego di non dover fare mai quel che mi chiedi. Li terrò finché vorrai in un luogo sicuro che soltanto io conosco».

Antonia si risedette. «Ora credo sia arrivato il momento di concludere i nostri affari», disse, lanciando un'occhiata ad Asinio mentre Pallas ritornava, ancora scarmigliato.

«Giusto. Pallas, grazie agli dèi, dell'altro vino», gridò Asinio; l'amministratore annuì. «Ora, non disponiamo di modi diretti per combattere Seiano senza prove concrete contro di lui, che ci vorrà tempo per raccogliere. Nel frattempo, bisogna ostacolarlo in senato. Ti chiederei, Gaio, di essere presente il più possibile e di esprimere più opinioni che puoi, parlando molto. Troverai altri che lo faranno, anche loro dietro mia richiesta, e lo farò io stessa, quindi non spiccherai come sobillatore. Potremmo riuscire a ritardare i suoi piani a lungo termine prolungando la discussione su quelli a breve termine. Nel frattempo, Antonia e io, con l'aiuto dei nostri agenti, raccoglieremo le prove concrete di cui abbiamo bisogno per convincere Tiberio della doppiezza di Seiano. Quando ci riusciremo, sono certo che il tuo tanto atteso consolato sarà imminente».

Gaio sorrise. «Naturalmente farò come chiedi, console», rispose, segretamente sollevato del fatto di non dover fare nulla di più pericoloso del semplice parlare molto. «Ma cos'hai in mente per i miei nipoti? Stasera hanno sentito abbastanza da condannarli agli occhi di Seiano, se mai dovesse venire a sapere di questo incontro».

«Sì, stavo arrivando a loro». Si fermò quando Pallas tornò con il vino e gli riempì la scodella, poi rivolse lo sguardo verso i due giovani in attesa. «Si dà il caso che io sia in grado di aiutare ognuno di voi due a fare carriera in un modo che gioverà a tutte le parti in causa. Sabino, immagino che tu, avendo completato il tuo periodo da tribuno militare, desideri una delle posizioni di magistrato inferiore dei *Vigintiviri*; io posso farti prendere all'interno della zecca imperiale. Da lì avrai accesso al tesoro e potrai controllare l'uso che Seiano fa dei fondi pubblici».

Sabino capì la logica di quel ragionamento; lui sarebbe stato estremamente utile ad Asinio, e al tempo stesso avrebbe acquisito una preziosa esperienza che lo avrebbe messo in una buona posizione quando, di lì a quattro anni, avrebbe fatto richiesta per diventare questore, una volta superata l'età prescritta di ventiquattro anni.

«Grazie, console, ti sono debitore».

«Lo so, e non me ne dimenticherò. Spero che non te ne dimenticherai neanche tu».

Sabino chinò la testa. «Non me ne dimenticherò».

«Quanto a te, Vespasiano, hai bisogno di fare esperienza in campo militare».

Vespasiano si sentì stringere lo stomaco; non aveva osato sperare che gli venisse data l'opportunità di servire Roma così poco tempo dopo il suo arrivo.

«Scriverò al mio congiunto Pomponio Labeone, il legato della IV Scitica; sta prestando servizio con Gaio Poppeo Sabino, il governatore di Mesia, Macedonia e Acaia, che al momento sta reprimendo la ribellione del vicino regno cliente di Tracia. Non so se simpatizzi per la nostra causa, ma mi deve dei favori e ti prenderà nella sua legione come tribuno militare. Abbiamo bisogno di prove che Seiano sta dando sostegno alle tribù ribelli che cercano di spodestare il nostro amico Remetalce. Deve avere un agente nelle legioni laggiù; smascheralo e porta le prove a Roma».

«Io ho un interesse privato in questa vicenda», interloquì Antonia. «La madre di Remetalce, la regina Trifena, è mia cugina e amica. Il mio defunto padre Marco Antonio era suo bisnonno. Conoscevo Remetalce da bambino; ha vissuto qui nella mia casa per tre anni, e io mi sono affezionata a lui. Lo considererei un favore personale se tu potessi scoprire le prove del fatto che Seiano ha messo a repentaglio i miei parenti».

Vespasiano deglutì forte. Come sarebbe riuscito lui, senza alcuna esperienza militare, a smascherare un agente di Seiano, che doveva senz'altro essere scaltro e abile come il suo padrone?

Antonia, leggendogli nel pensiero, gli sorrise. «Mi serve uno come te, Vespasiano. Proprio perché sei giovane e inesperto, la spia ti considererà solo uno dei tanti giovani tribuni che cercano di ambientarsi nelle legioni. Non ti vedrà affatto come una minaccia, anzi potrebbe addirittura cercare di manipolarti. Perciò, non fidarti di nessuno e tieni gli occhi aperti».

«Sì, domina», disse Vespasiano, che non si sentiva affatto rassicurato.

«Spero di ricevere conferma degli appuntamenti entro la fine del mese». Asinio bevve un altro sorso di vino. «Come sapete, tra due giorni lascerò la carica di console, poi dovrò aspettare qualche mese prima di andare nella provincia a cui verrò assegnato. Quindi dobbiamo lavorare in fretta, signori: abbiamo un serpente da catturare».

XI

«Tito, devi ordinare ai tuoi figli di dirci di cosa hanno parlato davvero durante la cena», chiese Vespasia a colazione la mattina seguente. Non credeva affatto ai figli né al fratello che gli dicevano che si era trattato semplicemente di una cena amichevole, che il console era capitato lì per caso come unico altro ospite e che, sempre per caso, aveva dato ai fratelli quel che volevano, senza chieder loro nulla in cambio, se non di diventare suoi clienti. «Le promozioni non vengono mai date senza la promessa di qualcosa in cambio, e io voglio sapere in cosa si sono cacciati i miei figli».

«Calmati, mia cara. Se ci stanno nascondendo qualcosa, come credo anch'io», rispose Tito, rivolgendo un'occhiata penetrante ai suoi ragazzi, «dobbiamo supporre che sia per la nostra sicurezza. Antonia e Asinio operano in un mondo molto lontano dal nostro, e probabilmente è meglio non conoscere i dettagli dell'accordo che hanno preso, perché sarebbe troppo pericoloso».

«Ma è proprio questo il punto: se è troppo pericoloso, voglio saperne qualcosa! E se i ragazzi si stanno mettendo in una situazione molto più grande di loro?»

«Qualunque cosa abbiano accettato di fare, ormai è troppo tardi per tornare indietro. Non puoi cambiare idea con una persona come Antonia e aspettarti di far fortuna a Roma. L'accordo è fatto. Dovremmo essere grati che Sabino e Vespasiano abbiano ottenuto entrambi così in fretta quel che siamo venuti qui a organizzare per loro. Ora dovremmo concentrarci sul come presentarli al maggior numero di persone influenti che possiamo, prima che Vespasiano vada a nord. E io a lui fornirò anche un'uniforme».

Con ciò l'argomento fu chiuso. Vespasiano e Sabino erano soddisfatti che il padre avesse preso le loro parti; se invece gli avesse ordinato di rivelare i termini del patto, si sarebbero trovati in una situazione impossibile. Ora a Vespasia non restava che tormentare inutilmente il fratello per avere informazioni. Lo stesso Gaio doveva andare in senato ogni giorno, per adempiere all'obbligo, assunto nei confronti di Asinio, di parlare a lungo di vari argomenti che in precedenza aveva snobbato o ignorato, per poi cedere il passo ad altri senatori colti da un analogo zelo improvviso. Nel tardo pomeriggio, organizzava una serie di cene, invitando i pretori, gli edili e i questori di quell'anno, insieme ad altri senatori ed *equites* – cavalieri – considerati potenzialmente utili per le carriere dei suoi nipoti, oppure pericolosi e quindi più da coltivare che da ignorare.

Un paio di giorni dopo le idi di gennaio, una di queste cene si era appena conclusa e gli ospiti si erano congedati, quando si sentì bussare alla porta. Gaio, pensando che fosse uno dei suoi ospiti che tornava per prendere qualcosa che aveva dimenticato, aprì la porta lui stesso, e vide Pallas.

«Buonasera, padrone, mi dispiace disturbarti così tardi», disse l'amministratore greco nel suo latino perfetto.

«Buonasera a te, amico mio. Entra. Suppongo che tu sia qui per conto della tua padrona».

«Sì, padrone». Pallas si guardò rapidamente intorno, per poi entrare nell'atrio. «Sono stato molto attento a non farmi seguire. È una questione della massima urgenza ed altamente confidenziale».

«In tal caso, parleremo privatamente nel mio studio. Seguimi».

Condusse l'amministratore fino al suo studio, nell'angolo più lontano a sinistra. Attraverso la porta aperta del triclinio, con un cenno del capo Pallas rese omaggio a Sabino e Vespasiano, che erano ancora distesi a tavola con i loro genitori, e poi sparì nel settore privato di Gaio.

«Chi è quello?», chiese Vespasia ai due fratelli. «È ovvio che vi conosce».

Incapace di negare, Sabino rispose: «È l'amministratore della signora Antonia; ma non so cosa ci faccia qui», aggiunse, anticipando la domanda successiva.

Vespasia guardò suo marito. «Non mi risulta che possa venir fuori qualcosa di buono da un incontro notturno segreto», disse con aria cupa. «Suppongo che abbia a che fare con quanto avete discusso a quella cena».

Come per dimostrare la validità di quella supposizione, Gaio apparve sulla porta del triclinio. «Vespasia, mia cara, e Tito, potete scusare un momento i vostri figli? C'è una cosa di cui devo parlare con loro».

«Te l'avevo detto», fece Vespasia.

«Ma certo, Gaio, con piacere. Andate, ragazzi», rispose Tito con gentilezza.

«Davvero con piacere!». Mentre lasciava la stanza, Vespasiano sentì sua madre sbuffare.

Lo studio di Gaio era sorprendentemente spazioso. La parete più lontana era munita di scaffali, dal pavimento al soffitto. Centinaia di cilindri di pelle contenenti i libri di Gaio erano accatastati in ordine fra i tramezzi verticali. Nel mezzo della stanza stava un pesante scrittoio di legno, dietro al quale sedeva Gaio. Alla luce fioca di due lampade a olio e di un braciere, Vespasiano riuscì a distinguere le statuette e l'apparato decorativo che si aspettava dallo zio, conoscendo ormai fin troppo bene i suoi gusti.

«Dovete andare subito con Pallas a casa di Antonia», disse Gaio senza chiedere loro di sedersi. «Dovete fare qualunque cosa vi chieda, e credetemi quando vi dico che è di vitale importanza».

«Di cosa si tratta, zio?», chiese Sabino.

«Sarà meglio che ve lo spieghi Antonia in persona. Farò venire Magno e i suoi colleghi a scortarvi, è troppo pericoloso viaggiare da soli a quest'ora della notte. Come hai fatto ad arrivare qui illeso, Pallas, non lo so proprio».

«Io sono un semplice schiavo, padrone, cosa potrebbero volere da me?»

«Semplice, davvero!». Gaio sorrise, quindi guardò i suoi nipoti. «Ora andate a prendere i vostri mantelli e viaggiate indossando i cappucci».

Magno arrivò più rapidamente del previsto, come se si fosse aspettato una chiamata del suo padrone.

«Ho portato sei dei miei ragazzi, signore», disse a Gaio mentre usciva, «perché se si tratta di un affare urgente a quest'ora della notte, non sarà certo un'occasione conviviale per socializzare, se capisci cosa voglio dire».

«Sì, sì, molto saggio, anche se spero che non si arrivi a questo».

«Non si arrivi a cosa, Gaio?». Vespasia stava indugiando vicino alla porta, nel disperato tentativo di scoprire cosa stesse succedendo. «E cosa ci fa di nuovo qui quell'uomo?»

«Buonasera, signora», disse Magno, chinando il capo.

«Va tutto bene, Vespasia; è qui per scortare Pallas, Sabino e Vespasiano fino alla casa di Antonia», disse Gaio, ansioso di evitare una ripetizione del loro ultimo incontro.

«A quest'ora della notte?»

«Certo, è proprio per questo che c'è Magno, perché è molto tardi».

«Ma cos'è così importante da non poter aspettare fino a domattina, quando non ci sarà bisogno di andare in giro furtivamente con un mucchio di ruffiani poco di buono?».

Il volto di Magno rimase imperscrutabile; si stava abituando a essere insultato da "quella donna", come ora la chiamava dentro di sé.

«Vespasia, lascia perdere», ordinò Tito. «Qualunque cosa Antonia voglia dai nostri figli sono affari suoi. Noi dovremmo soltanto essere onorati del fatto che sono utili a una così grande signora».

Vespasiano e Sabino riapparvero nell'atrio con i loro spessi mantelli di lana, ognuno con una lunga spada legata alla cintura.

«Perché dovete essere armati?», chiese Aspasia, sospettosa.

«È meglio essere prudenti, madre», disse Sabino con un sogghigno. «Buonasera, Magno, andiamo?»

«Buonasera, giovani signori, andiamo se siete pronti. Ma dove?»

«Alla casa della signora Antonia sul Palatino».

«Ah! Be', se dovete…». Magno sembrava incerto.

«Sì, dobbiamo».

«State attenti, cari ragazzi, ho la sensazione che vi aspetti una lunga nottata. Possano gli dèi essere con voi». Gaio mise a entrambi una mano sulla spalla e diede loro un'affettuosa stretta.

«Non so cosa vi si chiederà di fare, ma penso che "state attenti" sia una raccomandazione adeguata», disse Tito, mettendo un braccio intorno a sua moglie.

«Staremo attenti, padre», rispose Vespasiano. «Madre, non preoccuparti, non succederà nulla a Sabino. Baderò io a lui».

Sabino lanciò un'occhiataccia al fratello minore. «Molto divertente, piccolo pezzo di merda».

«Sabino!».

«Scusa, madre. Ci vediamo domattina. Arrivederci».

I due fratelli uscirono seguiti da Pallas e da Magno, mentre Vespasia rimproverava di nuovo Gaio per aver coinvolto i suoi figli in affari che loro, e soprattutto lei, non capivano e non potevano controllare.

Fuori, gli uomini di Magno li stavano aspettando con un paio di torce accese. Una lieve pioggia cominciò a cadere mentre si dirigevano giù per la collina. I loro passi riecheggiavano nella strada deserta, e la luce della torcia si rifletteva arancione scuro sulle pietre bagnate e luccicanti del pavimento.

«Ho preso la precauzione di lasciare un uomo nascosto dietro di noi per vedere se qualcuno ci segue», disse Magno a Sabino e Vespasiano. «Gli ho detto di contare fino a cinquecento, per poi farsi strada attraverso i vicoli secondari e incontrarci sulla strada principale».

«Potrebbe volerci un po' di tempo», rifletté Vespasiano.

Magno lo guardò con aria interrogativa, quindi rise. «Oh, capisco. Sì, hai ragione, non è il più intelligente dei fratelli, ma credo che ce la farà a contare fino a cinquecento in un tempo ragionevole; se fosse stato Sesto, gli avrei detto di contare solo fino a duecento». Diede una gomitata scherzosa al compagno chiamato in causa che, per tutta risposta, prese a ridere divertito.

Raggiunsero la strada principale e dovettero aspettare solo poco tempo prima che la loro retroguardia, un omone calvo con un moncherino al posto della mano sinistra, li raggiungesse.

«Non c'è nessuno dietro di noi, Magno», ansimò, a corto di fiato dopo la veloce corsa per le stradine secondarie.

«Ben fatto, Mario. Come è andato il conteggio?»

«Cosa?». Mario sembrava perplesso. «Ah, sì, tutto bene».

Il resto dei suoi confratelli scoppiò a ridere. Rendendosi conto di essere il bersaglio di qualche battuta fatta alle sue spalle, Mario sorrise un po' impacciato e borbottò: «Sì, sì, molto divertente»; quindi si unì di nuovo al gruppo che si dirigeva verso il Palatino.

La pioggia cadeva senza sosta quando arrivarono alla casa di Antonia. Dopo che il custode li ebbe fatti entrare, Pallas ordinò che Magno e i suoi compagni venissero portati nelle cucine per rinfrescarsi, quindi accompagnò i due fratelli nella stanza privata di Antonia, dove avevano cenato a dicembre.

Antonia stava seduta dietro il suo scrittorio ed era sola. Le speranze di Vespasiano di vedere Cenis rimasero frustrate.

«Sabino, Vespasiano, grazie per essere venuti a un'ora così tarda».

«Buonasera, domina, come possiamo esserti utili?», chiese Sabino.

«Vi prego di sedervi». Indicò le due sedie poste di fronte a lei. Vespasiano sentì una lieve brezza. Guardò la finestra e vide che l'angolo in basso a sinistra era stato rotto e chiuso con delle assi. «Pallas, un po' di vino per i miei ospiti».

Pallas s'inchinò e lasciò la stanza. Antonia studiò i fratelli per un momento, come per valutare se avessero o meno la tempra di cui aveva bisogno. Apparentemente soddisfatta, cominciò a parlare. «La notte scorsa qualcuno è entrato da quella finestra e ha cercato di aprire la mia cassaforte. Per fortuna, gli intrusi sono stati disturbati, ma purtroppo sono riusciti a fuggire, infilzando con la spada uno dei miei schiavi. Ora, le uniche persone che hanno ufficialmente il permesso di portare delle spade in città sono la coorte urbana e la guardia pretoriana; i classici ladruncoli normalmente si accontentano di portare un pugnale o un randello. Ma, pure se fosse stato soltanto un ladruncolo ben armato, come faceva a sapere dove si trova esattamente la mia cassaforte? Non posso fare a meno di sospettare che si trattasse di un pretoriano che, agendo per conto di Seiano, aveva saputo dove si trova la cassaforte da mia figlia Livilla. Lei conosce la disposizione della casa».

Antonia fece una pausa quando Pallas rientrò e versò il vino per i suoi ospiti, per poi ritirarsi al suo posto, accanto alla porta. «Se l'irruzione fosse stata orchestrata da Seiano, allora lui sospetterebbe dell'esistenza in questa casa di documenti pericolosi per lui in mio possesso, e avrebbe ragione a farlo. I due documenti di cui ho affidato delle copie a vostro zio perché le custodisca sarebbero molto interessanti, anche se spiacevoli, da leggere per Seiano. Uno delinea sia i sospetti che Asinio e io abbiamo condiviso con voi l'altra sera a proposito dei suoi piani a lungo termine per ottenere il potere, sia dei provvedimenti che stiamo prendendo per contrastarli. L'altro descrive punto per punto le prove che ho finora del suo coinvolgimento nelle morti di mio figlio Germanico e del figlio dell'imperatore, Druso».

Vespasiano bevve un sorso di vino e si chiese quale sarebbe stato il suo ruolo in tutto questo.

«Avevo bisogno di accertare, in un modo o nell'altro, che Seiano sospettasse una mia cospirazione contro di lui, e questo mi ha portato a fare una cosa che, col senno di poi, si è rivelata molto stupida. Ho deciso di invitare Livilla qui per cena domani, in apparenza per far pace con lei, ma in realtà per vedere la sua reazione alla finestra rotta, che avrebbe potuto confermare i miei sospetti. Perciò questa sera ho mandato la mia cameriera Cenis da Livilla con un invito, ma né lei né la schiava che l'accompagnava sono tornate».

Vespasiano fece un brusco respiro, facendo sorridere Antonia.

«Hai ragione a essere preoccupato, ma a preoccuparci, più che la sicurezza di Cenis, dovrebbe essere quel che lei sa».

«Che informazioni utili per Livilla e Seiano potrebbe avere una schiava?», chiese Sabino.

«Sarà pure una schiava, ma mi è molto cara. Anche sua madre era una mia schiava, e morì quando Cenis aveva solo tre anni. Io ho cresciuto Cenis nella mia famiglia; è quasi come la figlia che mi sarebbe piaciuto avere. Come tale, sono in confidenza con lei; è non soltanto la schiava addetta alla cura della mia persona, ma anche, come Livilla sa molto bene, la mia segretaria. Conosce il contenuto di quei due documenti perché è stata lei a farne delle copie».

Un'espressione scioccata attraversò i volti di Vespasiano e di Sabino, quando si resero conto della terribile verità della situazione. Livilla, capace di sbalorditivi atti di crudeltà, era senz'altro in grado di torturare Cenis per conoscere il contenuto di quei documenti e poi passarli a Seiano, il quale a sua volta avrebbe agito con spietata efficienza per proteggersi.

«Perciò capite, signori, che non abbiamo tempo da perdere. Dobbiamo salvare Cenis prima che la sua resistenza venga spezzata».

«Come facciamo a sapere che non è già successo, domina?», chiese Vespasiano; si sentiva male al pensiero di quella bellissima ragazza costretta a subire quel che avevano patito Eumene e forse suo fratello.

«Stasera Livilla è con l'imperatore per la sua cena di commiato; vorrà essere presente all'interrogatorio. L'imperatore cena sempre tardi e va a letto alle prime ore del mattino, perciò abbiamo un po' di tempo.

È più probabile che Cenis venga tenuta in una cantina sul retro della casa; vi si può accedere non solo dall'interno, ma anche dal giardino, attraverso una piccola galleria, probabilmente protetta dai pretoriani. Ho chiesto a mio nipote Gaio di guidarvi; lui conosce bene la casa e odia Seiano, perché sa che ha ordinato l'assassinio di suo padre. È anche uno dei preferiti di Tiberio, quindi nessuna guardia oserebbe giustiziare lui o i suoi compagni nel caso venisse catturato, anche se speriamo che non si arrivi a questo».

Antonia si alzò e si mosse verso la porta. «Pallas vi porterà tutto ciò di cui avrete bisogno. Dovete muovervi in fretta, signori. Abbiamo soltanto un paio d'ore prima che torni Livilla».

XII

Antonia ricondusse Vespasiano e Sabino nell'atrio, dove trovarono Magno e i suoi colleghi, che parevano decisamente fuori luogo in quella sontuosa stanza, e che ridevano e scherzavano tra di loro, masticando grossi pezzi di pane e tracannando vino da un otre condiviso. Scattarono sull'attenti non appena videro Antonia.

«Domina», disse Magno mentre masticava un pezzo di pane.

Antonia spalancò gli occhi. «Ti conosco, vero?»

«Sono Magno, domina».

«Magno, certo. Che ci fai qui?», rispose lei, mostrandosi non del tutto lieta di vederlo.

«Io e i miei compagni qui stiamo scortando i giovani padroni, tenendoli d'occhio, se capisci cosa voglio dire», rispose lui oscuramente, toccandosi il pugnale sulla cintura.

«Be', se farete bene il vostro lavoro stanotte, riceverete una bella ricompensa».

Magno s'inchinò in segno di riconoscenza, riuscendo finalmente a ingoiare il resto del suo pane.

Vespasiano udì dei passi scendere da uno dei corridoi che portavano all'atrio e, quando si voltò, vide un giovane di non più di quattordici anni entrare nella stanza. Era alto e magro con le gambe affusolate; i capelli castani gli cadevano a riccioli sulla fronte ampia, pallida, sotto la quale due occhi luminosi e intelligenti scrutavano da orbite incavate.

«Gaio, tesoro, questi sono Sabino e Vespasiano, i due giovani a cui devi mostrare la galleria», disse Antonia, baciando suo nipote sulla guancia.

Gaio sorrise ai due fratelli. «Sarà una bella avventura, eh? Non vedo l'ora di salvare delle fanciulle schiave dalle grinfie della raccapricciante Livilla e degli ignobili pretoriani nel bel mezzo della notte».

«Speriamo che si riveli davvero una bella avventura come dici te, Gaio», commentò Vespasiano, sorridendogli di rimando, subito conquistato dalla natura amichevole e luminosa di quel ragazzo.

«Ti prego, chiamami Caligola. Lo fanno tutti tranne mia nonna, qui, che lo considera un soprannome non adatto al figlio del grande Germanico».

Antonia rise e arruffò i capelli di Caligola con sincero affetto.

«Sono questi i nostri uomini?», chiese Caligola, guardando verso Magno e il suo seguito.

«Magno, al tuo servizio, signore», disse Magno, chinando il capo.

«Eccellente», esclamò Caligola. «Con un così valido drappello a proteggerci, come possiamo fallire? Partiamo in fretta. Ci vediamo più tardi, nonna».

Il ragazzo uscì nella notte bagnata. Sabino e Vespasiano lo seguirono, con Magno e i suoi che scherzavano sul fatto di essere stati definiti "un valido drappello"; Pallas, col suo sacco apparentemente pesante, rimase per ultimo. Tutti si sentivano incoraggiati dall'entusiasmo di Caligola.

«Non vorrei sembrare scortese, signore, ma dove stiamo andando? E cosa faremo quando arriveremo a destinazione?», chiese Magno a Sabino.

«Come ha detto Caligola, stiamo andando alla casa di Livilla per liberare una schiava di Antonia tenuta prigioniera lì».

«Livilla, eh? Una brutta bestia, a tutti gli effetti. Be', sono sicuro che la signora Antonia sappia cosa fa».

«Cosa c'è tra te e Antonia?», chiese Vespasiano, incuriosito dagli improbabili contatti altolocati di Magno. «Ti conosceva, ma sembrava imbarazzata di vederti».

«Preferirei non dirlo. Speravo che non mi riconoscesse», bofonchiò Magno.

«Penso di poter indovinare», azzardò Caligola. «Giudicando dal tuo aspetto, sei un ex pugile, vero?»

«È vero, signore».

«Mia nonna è molto appassionata di pugilato, a tal punto che era solita andare a guardare i pugili mentre si allenavano». Caligola sorrise maliziosamente. «Ora, ho sentito dire che alcune ricche vedove organizzano incontri di pugilato come intrattenimento per il dopocena e poi, quando gli ospiti se ne sono andati, fanno rimanere uno o due pugili per un intrattenimento di tipo diverso. Ci sono andato vicino?».

Dall'espressione di Magno, si capì che Caligola aveva colto nel segno.

«Certo che no, vero Magno?». Vespasiano rimase a bocca aperta, incredulo, meravigliato anche dalla franchezza con cui Caligola riusciva a parlare delle preferenze sessuali di sua nonna, e resistendo alla tentazione di chiedere a Magno come fosse Antonia.

«Oh, succede molto spesso con le signore delle classi elevate», continuò allegramente Caligola. «Pugili, gladiatori, aurighi, persino attori. Personalmente non ci vedo nulla di male. Dopotutto, abbiamo tutti i nostri bisogni, anche mia nonna, e sono sicuro che Magno sia stato ben ricompensato per i suoi sforzi».

«I soldi sono stati un qualcosa in più», disse Magno. «Lei era una bellissima donna, e lo è ancora. Non posso dire che sia stato difficile. Anzi, forse da un certo punto di vista lo è stato, se capite cosa voglio dire».

«Sono sicuro di capirlo». Caligola gli sorrise sotto la pioggia. «Ad ogni modo, adesso dovremmo concentrarci sulla questione da affrontare. Spegnete le torce; la casa di Livilla è a mezzo chilometro di distanza. L'entrata della galleria è nei giardini sul retro, perciò dovremo camminare intorno alle mura perimetrali per trovare il posto giusto per scavalcarle; io credo di ricordarne uno».

Proseguirono in silenzio su per la collina; il vento si era alzato e la pioggia cadeva pesantemente su di loro. Caligola si fermò quando raggiunsero uno stretto vicolo che si dipartiva dalla strada principale tra due muri, ognuno alto circa tre metri e mezzo.

«Questa è la parte posteriore della proprietà di Livilla, i giardini sono oltre il muro di sinistra», sussurrò Caligola. «Circa cento passi giù per il vicolo c'è un albero che lo sovrasta, quindi possiamo gettare una corda sui suoi rami e scalare il muro lì».

«Hai portato della corda, Pallas?», chiese Sabino, preoccupato che l'avventura potesse interrompersi prima ancora di cominciare.

«Non preoccuparti, signore», lo rassicurò Pallas, «ne ho una nella mia borsa; il padrone Gaio mi aveva preavvertito».

«Oh, eccellente, ben fatto, Caligola», borbottò Sabino, sperando che quel ragazzino dall'aspetto molle non gli facesse fare brutte figure per tutta la notte. «Magno, lascia due dei tuoi uomini a difendere la nostra via di fuga; non vogliamo farci intrappolare in questo stretto vicolo».

«Hai ragione, signore. Mario, è meglio che resti tu. Immagino che ormai non possa più arrampicarti sulle funi».

«Immagini fin troppo bene». Mario sorrise, guardando il moncherino all'estremità del suo braccio sinistro.

«Sesto, stai qui anche tu; quando ci vedrete tornare, nascondetevi entrambi nell'ombra dall'altra parte della strada. Se ci saranno i pretoriani a inseguirci, voi seguirete loro, così se ci sarà da combattere potrete prenderli da dietro».

«Nascondersi nell'ombra, prenderli da dietro. Hai ragione, Magno», ripeté Sesto, digerendo lentamente i suoi ordini.

«Probabilmente queste potrebbero tornare utili». Pallas tirò fuori dal suo sacco un paio di spade.

«Cos'altro hai là dentro, Pallas?», chiese Vespasiano guardando il sacco gonfio.

«Soltanto roba di cui potremmo aver bisogno, signore», rispose il greco con tono mellifluo.

«Forza, non abbiamo tutta la notte». Sabino si diresse verso il vicolo buio.

L'albero si trovava proprio dove Caligola ricordava. In pochi istanti, fissarono la fune intorno a un ramo, pronta per la salita.

«La casa principale è a circa duecento passi sulla nostra destra», disse Caligola, «e l'entrata della galleria è da questa parte, accanto a un piccolo tempio rotondo dedicato a Minerva».

«Giusto», disse Sabino. Ormai era inzuppato fino al midollo, come tutti gli altri. «Magno, lascia altri due dei tuoi uomini quaggiù a respingere chiunque provenga dalla direzione opposta, e appostane un altro in cima al muro, per tener ferma la corda e aiutarci a riscavalcare quando torneremo».

Magno diede gli ordini, mentre Pallas distribuiva altre tre spade agli uomini che dovevano rimanere indietro. Sabino si arrampicò per primo su per la corda fino alla sommità del muro; si guardò intorno ma non riuscì a vedere nulla dall'altra parte, nei giardini bui inzuppati di pioggia.

«Be', si va», borbottò tra sé prima di saltar giù nel buio. Atterrò con un tonfo attutito in mezzo all'erba che cresceva sotto l'albero.

«Non ci sono problemi», disse piano a Caligola, che stava apparendo proprio in quel momento in cima al muro. Il ragazzo saltò senza esitazione. Vespasiano, Pallas, Magno e l'ultimo fratello rimasto, Cassandro, seguirono a ruota.

«Siamo fortunati con questo tempo», sussurrò Caligola. «Se ci sono delle guardie all'entrata della galleria, si staranno riparando all'interno. Possiamo avvicinarci di lato, così non riusciranno a vederci».

«Va' avanti tu, Caligola», disse Sabino, «poi quando saremo all'entrata, Magno e io faremo fuori le guardie. Si spera che una di loro abbia la chiave della porta della cantina. Altrimenti dovremo forzarla».

«Questo potrebbe tornarti utile, signore». Pallas tirò fuori dal suo sacco un pesante palanchino.

«Bene. C'è qualcos'altro di cui potremmo aver bisogno, Pallas?»

«Soltanto queste, signore», rispose lui, tirando fuori altre sei spade. «Meglio dei vostri corti pugnali, direi».

«Intendevo soltanto metterli al tappeto, non ucciderli».

«Ci vuole un colpo molto forte per abbattere un pretoriano, signore», fece notare seriamente Magno. «Non vanno giù facilmente. Meglio facilitargli la caduta con una lama decente, se capisci cosa voglio dire».

Sabino non aveva pensato di uccidere nessuno, ma si rese conto che Magno aveva ragione: meglio metterli a tacere una volta per tutte, piuttosto che rischiare che scappassero e dessero l'allarme.

«D'accordo, ma cerchiamo di colpirli rapidamente alla gola, per impedire che gridino».

«Lo so, signore», replicò Magno.

Sabino lo guardò. «Sì, sono certo che lo sai. Allora, cominciamo. Guidaci tu, Caligola».

Attraversarono strisciando i cespugli del giardino, facendo attenzione a non camminare sui sentieri ghiaiosi e mantenendosi vicini tra loro, in modo da non perdersi nel buio fitto e nella pioggia battente. Dopo un centinaio di passi, tra gli alberi apparvero un paio di pallidi punti luminosi.

«Là, quella dev'essere la casa principale», sussurrò Caligola in favore di vento. «Ci dirigeremo verso di essa; presto, alla nostra sinistra, dovremmo vedere il tempio».

Con le luci a guidarli, l'avanzata divenne più facile; presto si accorsero che un minuscolo bagliore era la luce riflessa sull'acqua che scorreva giù da un muro di pietra.

«Ecco il tempio; la galleria è dall'altra parte, a circa venti passi di distanza. Seguitemi».

Caligola cominciò a guidarli intorno all'edificio circolare. Vespasiano tenne ben stretta l'elsa della sua spada mentre lo seguiva; sentì il suo cuore accelerare e dovette concentrarsi per respirare lentamente. Una volta arrivati dall'altro lato, Caligola prese la spalla di Sabino e indicò, a pochi passi di distanza, un tenue bagliore che emanava da una bassa entrata. Sabino annuì e fece cenno a Magno di seguirlo.

Vespasiano trattenne il fiato guardando le sagome appena visibili di suo fratello e di Magno strisciare lentamente verso l'apertura. All'improvviso una sonora risata superò il rumore costante del vento che soffiava tra gli alberi e della pioggia che cadeva sulle foglie. Sabino e Magno si fermarono. Una figura apparve sulla soglia, si fermò a sua volta e guardò su verso il cielo pieno di pioggia, per poi scrutare nella notte buia. Si sollevò la tunica, allentò il perizoma da una parte e cominciò a pisciare. Quella pisciata sembrò durare un secolo. Sabino e Magno rimasero immobili, ad appena sei passi di distanza dal pretoriano. Dopo aver finalmente terminato i suoi bisogni, questi rientrò dicendo qualcosa al suo compagno. Sabino e Magno cominciarono ad avanzare di nuovo. Una volta arrivati vicino all'entrata, si fermarono per scambiarsi un'occhiata, quindi fecero irruzione all'interno. Vespasiano si lanciò in avanti, seguito dal resto del gruppo, e caricò all'interno della galleria, dove trovò Sabino e Magno intenti a perquisire i corpi delle due guardie stese per terra, con il sangue che usciva da dei tagli sulla gola, mentre i loro occhi esanimi fissavano atterriti il soffitto.

«Maledizione, non hanno le chiavi», disse con rabbia Sabino. «Guardatevi intorno per vedere se sono nascoste da qualche parte».

Una rapida ricerca alla luce incerta dell'unica lampada a olio si dimostrò vana.

«Passami il palanchino, Pallas; faremo il più in fretta e il più silenziosamente possibile».

«E se c'è una guardia con lei?», chiese Vespasiano.

«Che cavolo ne so? Porta la lampada, Caligola». Sabino strappò il palanchino a Pallas e andò per primo su per la galleria, deciso a farla finita il più rapidamente possibile.

La massiccia porta di legno di quercia era attraversata da una spessa sbarra per impedire a qualcuno di uscire, non di entrare. Sabino la fece scivolare via dai suoi alloggiamenti, producendo il minimo rumore possibile, e infilò delicatamente il palanchino nella fessura tra la porta e il suo telaio, vicino alla serratura.

«Bene», sussurrò, «Pallas e Cassandro, proteggete l'ingresso della galleria. Caligola, tieni in alto la lampada. Magno e Vespasiano, mettete il vostro peso contro la porta e accompagnate il mio colpo».

«E se è sprangata dall'interno e non riusciamo a spostarla?», chiese Vespasiano. Si stava agitando sempre di più per quel tentativo di salvataggio; la preoccupazione per la situazione di Cenis gli rodeva le viscere. Suo fratello lo guardò con il fuoco negli occhi.

«Non lo è, va bene? Non lo è. Ora, al mio tre, spingete come se vi inseguissero le arpie».

Magno e Vespasiano puntarono le braccia contro la porta e Sabino impugnò saldamente il palanchino.

«Uno, due, tre». Spinse sul palanchino con tutto il suo peso mentre i compagni si lanciavano verso la porta; si sentì un forte *crac* e Vespasiano e Magno finirono per ruzzolare nell'oscurità.

Vespasiano atterrò sul freddo pavimento di pietra, escoriandosi le ginocchia. Riuscì a udire un piagnucolio soffocato, come di qualcuno che stesse cercando di non gridare, proveniente da qualche punto nell'oscurità. Sabino entrò di slancio, tenendo ancora stretto il palanchino.

«Svelto, Caligola, porta qui dentro quella lampada».

Caligola lo fece. La stanza era bassa e umida. Sulla parete di fronte c'era un'altra porta: dava sulla scala che saliva fino alla casa. Alla sua sinistra Vespasiano riuscì a vedere un corpo piccolo e tremante, completamente avvolto da una coperta. Lo raggiunse di corsa e lo liberò.

«Cenis», sussurrò, guardando quella forma tremante sepolta da un piccolo mucchio di paglia sul pavimento; aveva il volto coperto da un braccio. Vespasiano le toccò delicatamente i capelli e il piagnucolio s'interruppe.

Lei si guardò intorno, e i suoi occhi rivelarono incredulità. «Tu! Cosa ci fai qui?»

«Antonia ci ha mandato a liberarti. Vieni, svelta».

«Hai la chiave?»

«Quale chiave?»

«Per questa». Cenis sollevò il braccio sinistro; intorno al polso c'era una manetta attaccata al muro da una grossa catena.

«Maledizione! Sabino, guarda qua».

«Dannazione!».

«Che facciamo?»

«Be', dobbiamo procurarci la chiave, oppure tagliarle via la mano».

Gli occhi di Cenis si spalancarono per l'orrore davanti a quel suggerimento.

«Molto divertente, Sabino», sibilò Vespasiano.

«Dico sul serio. In quale altro modo possiamo farla uscire di qui?»

«C'è una guardia in cima alle scale. Ha le chiavi», bisbigliò rapidamente Cenis.

«Non possiamo abbattere quella porta per raggiungerla senza allertare l'intera casa, e dobbiamo fare in fretta». Sabino si stava spazientendo.

«Allora la faremo venire qui», sussurrò Vespasiano, pressante. «Magno, chiudi la porta della galleria. Caligola, spegni la lampada».

Nella stanza ridiscese il buio totale.

«Cenis, voglio che cominci a gridare e non ti fermi finché la guardia non aprirà la porta. Speriamo che ce ne sia soltanto una».

Cenis non ebbe problemi a gridare. Presto si sentì un colpo alla porta.

«Smetti di fare rumore, piccola cagna», gridò una voce roca dall'altra parte. Cenis continuò a strillare. Ci furono altri due colpi, quindi si udì il suono di una chiave inserita nella serratura; la porta si aprì rapidamente e un uomo con una torcia irruppe nella stanza, finendo dritto sulla punta della spada di Vespasiano. Il braccio di quest'ultimo si tese mentre spingeva la punta nella gola della guardia, che cadde a terra gorgogliando e spirò.

Vespasiano afferrò la torcia accesa. «Sabino, prendi la chiave».

«Presa!». Sabino strappò la chiave da una cordicella insanguinata intorno al collo della guardia morta. Aprì in fretta il lucchetto della manetta e aiutò Cenis ad alzarsi.

Dai gradini arrivarono altri passi rumorosi, e dentro la cella irruppe una specie di toro umano, con lunghi capelli oliati che gli cadevano sulle enormi spalle. La faccia assai ammaccata e butterata era del colore della quercia e ornata di una corta barbetta a punta.

Cenis urlò di nuovo. Magno si lanciò verso la porta e la sbatté con forza contro la faccia del bruto, facendolo cadere all'indietro privo di sensi sui gradini di pietra.

«Magno, Caligola, serrate la porta della scala e metteteci contro tutta la paglia che riuscite a trovare», sibilò Vespasiano.

Ci vollero solo pochi istanti per farlo.

«Andiamo!».

Nessuno di loro se lo fece ripetere; tutti quanti uscirono di corsa dalla porta della galleria. Vespasiano lanciò la torcia sul mucchio di paglia e si affrettò a rincorrere i suoi compagni. Trovarono Pallas e Cassandro in nervosa attesa. Si potevano sentire delle urla provenire dalla casa.

«Ci stanno dando la caccia. È stata davvero una bella idea la tua, fratellino, tutte quelle urla. Veloce più che puoi, Caligola», incitò Sabino.

«Da questa parte», disse Caligola, dirigendosi verso la notte inzuppata.

Vespasiano afferrò Cenis per il braccio e lo seguì. Da dietro di sé, all'interno della casa, poteva sentire le urla intensificarsi.

Incespicando, attraversarono il giardino senza chiaro di luna, scontrandosi con alberi e cespugli che strappavano vesti e graffiavano epidermidi. Ora le urla venivano da fuori; voltandosi rapidamente a guardare in quella direzione, Vespasiano vide, in lontananza, tre o quattro torce provenienti dal lato della casa.

«Si stanno dirigendo verso la galleria. Dopo aver trovato le guardie morte ci inseguiranno», ansimò mentre continuava a tenere Cenis, cercando di impedire che inciampasse.

Caligola si fermò bruscamente. «Ecco il muro. L'albero dovrebbe essere a destra, forza».

Era appena un po' più facile procedere ora che avevano il muro da seguire, ma a Vespasiano sembrava che le urla si stessero avvicinando; non osava guardare di nuovo indietro, per paura di inciampare. Cenis respirava affannosamente al suo fianco mentre continuava a correre, terrorizzata per la propria vita. Il vento scagliava loro la pioggia sul viso, rendendo quasi impossibile tenere gli occhi aperti.

Dopo un lasso di tempo straziante, Caligola rallentò. «Grazie agli dèi, siamo qui».

Il fratello degli incroci, che si trovava in cima al muro, calò la fune.

«Sale per prima la ragazza», sibilò Sabino.

Cenis si attaccò alla corda e, con sorprendente agilità, si tirò su oltre il muro. Mentre era il turno di Caligola, Vespasiano si guardò intorno; le torce non erano a più di cento passi di distanza e si stavano avvicinando rapidamente. Pallas e Cassandro salirono in fretta, seguiti da Magno.

«Svelti, svelti», incitò Sabino. Una volta arrivato in cima, Magno afferrò Vespasiano. «Forza, sali».

Vespasiano si arrampicò con difficoltà sulla corda e arrivò in cima al muro; poteva vedere le torce ormai a soli trenta passi di distanza, e nei loro aloni arancioni riuscì a distinguere una trentina di figure. Si sporse per aiutare suo fratello a salire fino in cima al muro, per poi tirar via la corda dietro di lui che saltava giù.

«Sono là, prendeteli», gridò qualcuno dal giardino. Vespasiano sollevò lo sguardo; i loro inseguitori li avevano quasi raggiunti, e la luce delle loro torce illuminava l'albero. Un istante prima di saltare, incrociò lo sguardo del loro capo; l'aveva visto soltanto una volta prima, da lontano, ma lo riconobbe immediatamente.

"Seiano", pensò, mentre toccava terra.

XIII

Vespasiano si alzò e corse giù per il vicolo sulla scia di suo fratello. Trovarono i loro compagni ad attenderli sulla strada principale. A parte loro, era completamente deserta; il tempo sempre più inclemente stava tenendo al riparo all'interno anche la guardia notturna. Nel vicolo riuscivano a vedere le torce apparire sopra il muro che i primi pretoriani erano già riusciti a scavalcare.

«Correte», gridò Sabino, «correte come se v'inseguisse il cane a tre teste dell'Ade».

Svoltarono precipitosamente l'angolo e corsero giù per la collina verso la casa di Antonia, che distava circa mezzo chilometro. Quella velocità sfrenata risultò eccessiva per Cenis, che finì per scivolare sulla superficie di pietra bagnata, cadendo per terra con un urlo. Vespasiano le afferrò le braccia, la tirò su, se la caricò sulle spalle e proseguì più veloce che poteva, sapendo che i pretoriani avevano ormai girato l'angolo del vicolo e si stavano precipitando giù per la collina dietro di loro.

Caligola si fermò slittando di fronte alla porta di Antonia e vi batté sopra ripetutamente.

«Continueremo giù per la collina e cercheremo di sviarli», gridò Magno a Sabino.

«Buona fortuna», rispose quest'ultimo, mentre i fratelli degli incroci sparivano gridando nella notte.

Lo spioncino si aprì un istante prima che la porta venisse aperta e che loro potessero attraversarla in gruppo. Vespasiano guardò su per la collina e vide le torce a circa trecento passi di distanza. Erano salvi. In una notte buia e piovosa come quella, i pretoriani non avrebbero mai potuto vedere in quale casa fossero entrati;

potevano soltanto cercare di indovinare, e non sarebbe stato facile. Entrò nell'atrio e posò Cenis. La porta si chiuse dietro di lui. Completamente senza fiato, si appoggiò alla parete e inspirò forte.

Caligola s'inginocchiò sul pavimento accanto a lui, affannato anch'egli. «È stato fantastico, divertente», ansimò, guardando verso Vespasiano con un sorriso compiaciuto. «Che ti avevo detto? Proprio una bella avventura. Dovremmo farne più spesso, amico mio».

Vespasiano gli sorrise di rimando e gli porse la mano per aiutarlo a rialzarsi, mentre Antonia entrava di corsa nella stanza.

«Grazie, signori», disse, vedendo Cenis e abbracciandola. «Spero che non abbiate avuto troppi problemi».

Caligola le rivolse un ampio sorriso. «Facile come tagliare la gola a un maialino».

«Parla per te», sbuffò Sabino, con il petto ancora palpitante per lo sforzo. Fuori potevano sentire i pretoriani che passavano di corsa, seguendo i passi di Magno e dei suoi uomini giù per la collina.

Cenis si girò verso Vespasiano. «Grazie», disse. «Grazie a tutti voi».

I suoi bellissimi occhi lo guardarono con ammirazione. Il suo vestito bagnato aderiva ai contorni del corpo, e Vespasiano provò un impeto di desiderio per lei.

Antonia doveva averlo sentito, perché smise di abbracciare Cenis. «È meglio che vada a metterti qualcosa di asciutto. Fa' presto, e vieni da me quando ti sarai riscaldata».

«Sì, padrona». La ragazza chinò la testa e lasciò la stanza. Gli occhi di Vespasiano la seguirono avidamente mentre si ritirava.

Antonia ruppe l'incantesimo. «Dov'è Magno?»

«Lui e i suoi compagni hanno continuato a correre giù per la collina per fare allontanare i pretoriani».

«Bene», disse lei, anche se a Vespasiano parve di cogliere nei suoi occhi un accenno di delusione. «Hanno visto qualcuno di voi?»

«Io potrei essere stato visto», ammise Vespasiano.

Sabino gemette.

«Ho riconosciuto Seiano mentre scavalcavo il muro, anche se non so se per lui ci fosse abbastanza luce da permettergli di vedermi chiaramente».

«Be', non ti conosce, quindi non può averti riconosciuto, anche se ti ha visto chiaramente», ribatté lei. «Ma per sicurezza sarà meglio che ti facciamo uscire da Roma il più presto possibile. Tu, Sabino e Gaio dovreste rimanere qui per la notte. Non sarebbe saggio per voi cercare di tornare a casa adesso. Immagino che molto presto riceveremo una visita del nostro stimato prefetto; io negherò tutto, naturalmente, e questo lo irriterà molto. Però mi farà sorvegliare la casa, quindi domani dovrò farvi uscire di nascosto in qualche modo». Guardò Pallas che se ne stava grondante sulla porta. «Ordina che il pavimento venga asciugato, poi mettiti una tunica pulita. Quando arriverà Seiano, non dovranno esserci prove che qualcuno è uscito. E accompagna questi signori alla stanza degli ospiti e dagli dei vestiti asciutti».

«Sì, domina», disse lui e batté le mani. Quattro schiavi domestici apparvero dall'altro capo dell'atrio. In pochi istanti, erano arrivati secchi e scope, e Vespasiano, Sabino e Caligola si ritrovarono a essere accompagnati lungo un imponente corridoio fino all'ala della casa riservata agli ospiti.

«Cambiatevi in fretta», disse Caligola mentre venivano accompagnati alle loro stanze, «voglio vedere come farà mia nonna con Seiano. Lo accoglierà nella sala dei ricevimenti ufficiali; conosco un posto da cui possiamo sentire tutto quel che accade là dentro».

Non molto tempo dopo, Vespasiano e Sabino s'incontrarono con Caligola nel corridoio. Questi li condusse rapidamente per un paio di passaggi e si fermò fuori da una porta pannellata dipinta di rosso con intarsi neri.

«Questa porta non ha una serratura», disse, aprendola ed entrando in una piccola stanza con una tenda sulla parete più lontana. «La stanza dei ricevimenti è dall'altra parte della tenda; diamo un'occhiata».

Tirò un po' la tenda e, insieme agli altri, si mise a guardare dall'apertura. Dall'altra parte c'era una bellissima stanza con un soffitto così alto da restare quasi al buio, nonostante gli sforzi delle numerose lampade a olio sparse per i tavoli e sui banchetti più in fondo. Delle sedie di legno dipinte con schienali e gambe delicatamente intagliati e dei divani con l'imbottitura dai tessuti sontuosamente colorati erano pronti a ricevere i visitatori ufficiali di Antonia. Uno schiavo si affrettò nella stanza e si guardò intorno, controllando che tutto fosse in ordine; fece un paio di aggiustamenti, riposizionando due sedie in modo che stessero l'una di fronte all'altra ai lati di un basso tavolo di marmo, e poi se la svignò.

Sì sentì un rumore di passi che si avvicinavano. Entrò l'imperscrutabile Pallas accompagnando Seiano, completamente fradicio. Un leggero vapore si levava dalla sua tunica bagnata, e i folti capelli neri pendevano in ciocche flosce intorno alla faccia dalla mascella quadrata. Non sembrava contento.

«Ti prego di sederti, padrone», disse Pallas in tono basso e sommesso, sfruttando al massimo ogni oncia della sua cortesia greca. «La signora Antonia ti raggiungerà al più presto; è a letto da due ore».

«Ci scommetterei», grugnì Seiano.

«Mi ha detto di dirti che si vestirà il più in fretta possibile per non farti aspettare troppo. Vuoi qualcosa per rinfrescarti, padrone?»

«No! Ora esci di qui e lasciami in pace, piccola e untuosa macchia di sperma greco».

Pallas s'inchinò e batté una dignitosa ritirata, lasciando Seiano a guardarsi intorno. Il prefetto prese in mano e ammirò un paio di statuette di bronzo che si trovavano sul tavolo e poi, rimettendole a posto, cominciò a passeggiare lentamente per la stanza. Lo guardarono mentre esaminava il mobilio e toccava con apprezzamento statue e busti. Si trovava direttamente di fronte a loro, quando notò la tenda e cominciò ad avvicinarcisi.

«Fuori, veloci», sibilò Caligola, saltando all'indietro. Scivolarono oltre la porta proprio mentre le tende vennero strappate, e si lanciarono nella stanza più vicina.

«Sarebbe stato brutto ritrovarsi faccia a faccia con Seiano così di cattivo umore», disse Gaio, chiudendo rapidamente la porta della stanza non illuminata. Udirono dei passi fuori nel corridoio.

«Ade! Non c'è un lucchetto neanche in questa», disse, facendo scorrere le mani su e giù per la porta al buio. «Svelti, appoggiamoci sopra».

Premettero forte i loro corpi contro la porta; qualche istante dopo, sentirono aprirsi e chiudersi la porta della stanza da cui erano appena corsi via. Quando dei passi risoluti si avvicinarono alla loro porta, sentirono la pressione di qualcuno che cercava di aprirla dall'esterno. Per contrastare quella pressione crescente, vi si appoggiarono contro con ancora più forza.

«Prefetto, eccoti qui». La voce di Antonia giunse dal fondo del corridoio.

La pressione cessò all'improvviso, e i tre ragazzi si accasciarono contro la porta.

«Mio caro Seiano, perché stai cercando di entrare in quella stanza?»

«Non m'incanti col tuo "caro Seiano". Qualcuno mi stava spiando ed è scappato qui dentro».

«Impossibile, quella stanza viene sempre tenuta chiusa».

«E come? Non vedo un buco della serratura».

«È sprangata dall'interno. Ci si può accedere soltanto dalla libreria dall'altra parte. Ma ora basta con queste sciocchezze; dimmi, perché mi hai trascinato fuori dal letto nel mezzo della notte?»

«Lo sai benissimo perché, se eri veramente a letto dopo quello che hai tramato questa sera».

«Tramare, mio caro prefetto? Dovrai illuminarmi. Ho trascorso la serata con la mia segretaria Cenis a scrivere delle lettere».

«Cagna bugiarda, lei era prigioniera nella casa di Livilla e tu hai mandato lì un gruppo di persone per liberarla».

«Se questo fosse vero, saresti in grado di provarlo senza ammettere che, tanto per cominciare, tu e Livilla l'avevate rapita? Sono certa che l'imperatore sarebbe molto interessato a sapere perché tu e mia figlia vorreste tenere prigioniera Cenis».

«Tre dei miei uomini sono morti».

«Questo, prefetto, non ha nulla ha che fare con me. Come ti ho detto, ho scritto lettere con la mia segretaria per tutta la sera, a meno che tu non preferisca che la tua versione degli eventi giunga alle orecchie dell'imperatore. Ti senti abbastanza forte da ammettere di fronte all'imperatore che stai ancora avendo una relazione con Livilla, una principessa imperiale, sorella del grande Germanico, che Tiberio ti ha già proibito di sposare, sapendo che, se lo facessi, diventeresti un possibile erede al trono e quindi un suo rivale? Non penso proprio, Seiano. E ora vattene».

«La faccenda non finisce qui. Ho visto uno dei tuoi assassini stanotte e, se mai lo troverò, userò tutti i mezzi possibili per collegarlo a te».

«Una vuota minaccia, prefetto, perché non riusciresti a provare nulla».

«Può darsi, ma questo non m'impedirebbe di divertirmi». Per la frustrazione, colpì la porta che, senza più molto peso dietro, si aprì leggermente.

«Sprangata dall'interno, dici? Be', sembra che ora si sia misteriosamente aperta».

Caligola fece segno a Sabino e Vespasiano di stare dietro alla porta e ci girò intorno. Alla luce fioca della soglia, Seiano afferrò Caligola per l'orecchio e lo tirò bruscamente a sé, facendolo inginocchiare.

«Cos'abbiamo qui, allora? Una piccola spia?»

«Ahi! Toglimi le mani di dosso, bastardo».

«Questo, Seiano, come tu dovresti ben sapere, è mio nipote Gaio Cesare Germanico. Faresti bene a lasciarlo andare immediatamente e a chiedergli di perdonare una simile aggressione a un componente della famiglia imperiale».

Seiano lasciò andare l'orecchio di Caligola come se fosse di ferro incandescente, lanciò ad Antonia uno sguardo di estremo odio e se ne andò via precipitandosi lungo il corridoio. Antonia sorrise, poi entrò nella stanza e guardò dietro la porta.

«Lo immaginavo», disse, vedendo Sabino e Vespasiano nella semioscurità. «Venite fuori, voi due».

I fratelli obbedirono, con aria particolarmente imbarazzata.

«Be', immagino che abbiate sentito tutto».

«Sì, nonna; e io penso che tu lo abbia trattato in modo fantastico».

«L'ho detto che sarebbe stata un'esperienza irritante per lui, e me la sono goduta fino in fondo. Tu però, Vespasiano, decisamente non sei al sicuro. Se dovesse prenderti, finiresti con il desiderare la morte per tutti i lunghi giorni di vita che farebbe in modo di lasciarti».

Vespasiano impallidì leggermente. «Sarà meglio che io vada a nord, dunque; Asinio ha fissato il mio appuntamento?»

«Lo scoprirò in mattinata. Ora vado davvero a letto, come dovreste fare anche voi, signori. Buonanotte a tutti». Detto questo, se ne andò, sparendo in fondo al corridoio.

Vespasiano chiuse la porta della sua stanza, si sedette sul letto e valutò la situazione. Doveva andarsene da Roma per un bel po', finché l'immagine che Seiano aveva di lui non si fosse sbiadita. Quattro anni di servizio militare sarebbero dovuti bastare, ma sarebbero stati quattro anni senza alcuna possibilità di vedere Cenis. In ogni caso, lei era una vana speranza e lui avrebbe fatto meglio a dimenticarla. Quattro anni sarebbero bastati anche per quello.

Presa quella decisione, si spogliò, tirò indietro la coperta, entrò nel letto e chiuse gli occhi, cercando di non sentire il ruggito del vento di fuori. Poi però sentì bussare alla porta.

«Chi è?», chiese.

La porta si aprì e Vespasiano inspirò bruscamente. «Cenis, cosa ci fai qui?». Si sentì la bocca secca.

«La mia padrona mi ha detto di venire a ringraziarti per quel che hai fatto stasera». Si avvicinò al letto.

«Be', questa è una buona cosa da parte tua, ma ci hai già ringraziato tutti prima», replicò lui, con il cuore che gli batteva forte, facendogli tremare leggermente la voce.

Lei si sedette all'estremità del letto. «Lo so, ma la mia padrona mi ha detto di venire a ringraziarti davvero».

«Oh, capisco», disse con voce flebile.

Aveva già avuto delle donne, e anche un bel po', ma erano state sempre delle schiave di proprietà dei suoi genitori o di sua nonna. Ragazze schiave che non potevano dire di no per paura di essere punite. Cenis era diversa. Era una schiava anche lei, certo, ma era anche la prima persona che lo inebriava solo a pensarla. La voleva più di qualunque altra cosa, ma non contro il suo volere; e la sua padrona le aveva ordinato di andare da lui.

Cenis fece scivolare la sua ampia tunica dalle spalle, scoprendo il mirabile seno che lui aveva già intravisto una volta, a cena. Sentì lo scroto tirargli e il sangue affluirgli all'inguine.

«Cenis, non devi», sussurrò.

«Perché no?», chiese lei, alzandosi in modo da lasciarsi cadere la tunica fino alle caviglie. Alla luce fioca dell'unica lampada a olio,

Vespasiano poteva vedere la sinuosa rotondità della sua pancia, la curva armoniosa dei suoi fianchi e la delicata morbidezza delle sue labbra intime completamente depilate. La ragazza uscì dalla sua tunica e si avvicinò.

«Perché non voglio che tu faccia qualcosa contro la tua volontà», rispose lui, senza fiato.

«Chi ha detto che sono qui contro la mia volontà?». Cenis si sedette sul letto accanto a lui e gli mise una mano sul petto.

«Antonia ti ha ordinato di venire».

«La mia padrona ha suggerito di venire qui a ringraziarti, ma mi ha dato anche il permesso di restare. Io sono di sua proprietà; non mi darei a te senza il suo consenso, ma ora che ce l'ho, non c'è niente che io desideri di più che stare con te stanotte».

Passò la mano sullo stomaco e sull'erezione di Vespasiano e sorrise. «Mmm, penso che anche tu sia disposto a dare il tuo consenso».

Lui sollevò una mano e le accarezzò leggermente i capezzoli con il dorso; lei ebbe un brivido involontario e sospirò di piacere.

«Sì, do il mio consenso», mormorò lui, mettendo una mano dietro la testa di Cenis e avvicinandola a sé. Lei strinse le dita intorno al suo pene e lo guardò negli occhi.

«Vespasiano, sei bellissimo», gli sussurrò.

«Anche tu, Cenis».

Lui le sorrise e, accarezzandole i capelli folti e profumati, la trasse a sé per baciarla. Un bacio che lui desiderò potesse durare per sempre.

XIV

Vespasiano si svegliò dopo un sonno breve ma ristoratore. Il vento si era calmato e aveva smesso di piovere. Sentì il calore del corpo di Cenis distesa accanto e si voltò dalla sua parte per ammirarne la bellezza alla fioca luce dell'alba. Le passò una mano sulla schiena e sulle natiche, afferrandone leggermente una, lasciando che le sue dita esplorassero la calda fenditura che le divideva. Lei emise un leggero gemito, quindi riprese a respirare piano. Pensando di svegliarla nel modo preferito dagli amanti, le strofinò la bocca sul lato del collo e lavorò con le dita più in basso. Lei si voltò e lo abbracciò, tirandosi più vicina a lui, e lo baciò sulla bocca. Aprendo gli occhi, lo guardò con amore.

«Come hai dormito?», gli chiese con dolcezza; poi, all'improvviso, si guardò intorno nella stanza e si alzò a sedere. «Minerva! La mia padrona sarà furiosa». Saltò fuori dal letto e si tirò su la tunica.

«Cosa c'è che non va?»

«L'alba è passata da un pezzo, e io dovrei assistere la mia padrona, presentarle gli abiti da scegliere per la giornata e preparare le cose per acconciarle i capelli».

«Ci vedremo ancora prima che io me ne vada?», chiese Vespasiano, rendendosi conto che con ogni probabilità sarebbero passati quattro anni prima di poterla rivedere.

«Non lo so, ma anche se ci vedremo non potremo parlare». Lei lo guardò con occhi così pieni d'amore che lui sentì il proprio cuore saltare qualche battito. «Ti aspetterò, Vespasiano. Non si sa con certezza, ma tra quattro anni, se lavorerò duramente per la mia padrona, potrei essere liberata; lei non è certo ingenerosa».

«Ma Augusto ha fissato a trent'anni l'età minima per liberare uno schiavo».

Cenis s'infilò le scarpe e si chinò sul letto; lo baciò brevemente ma con passione. «Lo so, ma vivo nella speranza che la legge faccia qualche eccezione per le persone di potere». Gli accarezzò la guancia. «Ora devo andar via».

«Aspetta! Prima che tu vada, la notte scorsa nella cella un uomo è sceso dalle scale e tu hai gridato. Perché?».

Lei impallidì al ricordo e fece un respiro profondo. «Era lì per torturarmi. Provava grande piacere a mostrarmi gli strumenti che avrebbe usato. Mi ha terrorizzato, soprattutto perché sembrava non vedesse l'ora di farlo».

«Chi è?», chiese Vespasiano, abbracciandola protettivo.

«È il liberto di Seiano. Si chiama Asdro».

Cenis baciò Vespasiano ancora una volta e corse fuori dalla stanza. Lui si mise una mano sul viso, chiuse gli occhi e, gustando il sapore di lei sulle dita, contemplò la prospettiva di quattro anni senza vederla, toccarla, odorarla o assaporarla.

Alla fine si alzò dal letto e si lavò il viso in una bacinella di acqua fredda che era stata messa sulla cassapanca la sera precedente. Sentì bussare alla porta ed entrò Caligola, sorridendo come sempre sembrava fare.

«Che nottata, eh? Quanto ci siamo divertiti! E poi mi pare che tu abbia coronato il tutto con una ragazza molto grata».

«Cosa? Come facevi a saperlo?», chiese Vespasiano, turbato.

«A me piace quando sono grate, a te no?», continuò Caligola, ignorando la domanda. «Ecco perché spesso me ne faccio una brutta. Le brutte ti sono così grate che fanno qualunque cosa tu gli chieda, con qualunque cosa tu voglia, in modo molto entusiastico».

«Ti ho fatto una domanda», insistette Vespasiano.

«Oh, sì. Stavo tornando dopo aver chiesto a Pallas di portarmi una schiava della cucina molto formosa che da tempo desideravo provare – a proposito, mi è stata molto grata anche lei – quando ho visto la deliziosa Cenis bussare alla tua porta ed entrare».

Vespasiano arrossì e cercò di nasconderlo asciugandosi il viso con un panno.

«Oh, andiamo». Caligola gli sorrise. «Non c'è bisogno di essere imbarazzati; come ho detto, abbiamo tutti i nostri bisogni, e credo che ignorarli sarebbe un crimine nei confronti degli dèi; sono stati loro a darceli, dopotutto. Prova a immaginare quanto sarebbe monotona la nostra vita se la passassimo tutta a reprimere i nostri desideri. Sei un tipo fortunato, sai, mia nonna mi ha proibito anche soltanto di pensare a Cenis e mi ha minacciato di terribili rappresaglie se ci provassi con lei. Lo sapevi che ha persino dato a Cenis il permesso di colpirmi? Di colpire me? Te l'immagini?»

«Mi fa piacere sentirlo». Vespasiano si sentì rincuorato dal fatto che Antonia avesse preso dei provvedimenti per proteggere la sua schiava preferita dall'apparentemente insaziabile appetito sessuale del giovane nipote.

«Andiamo a fare colazione? Sono affamato, come credo anche tu».

«Sì, la gratitudine ti mette appetito», osservò Vespasiano, allacciandosi il perizoma. Indossò la tunica da sopra la testa, strinse la cintura e, infilandosi le pantofole, seguì Caligola fuori dalla stanza.

Trovarono Sabino che già mangiava nel triclinio. Si unirono a lui per consumare con calma una colazione a base di pane appena sfornato, formaggio, olive e vino dolce annacquato, discutendo gli eventi della notte precedente; Caligola disse anche a Sabino chi aveva visto entrare nella stanza di suo fratello.

«Bene, bene, fratellino, così finalmente hai lasciato perdere i muli e sei passato alle schiave; ben fatto. Presto, un giorno, potresti anche infilare l'uccello in qualcosa che abbia una possibilità di scelta».

Vespasiano sapeva che era inutile cercare di tener testa a suo fratello, quindi si accontentò di tirargli un pezzo di pane.

Dopo un po' arrivò anche Antonia. «Buongiorno, signori, spero che abbiate dormito bene».

Vespasiano non poté non percepire, in quella frase, un accenno di ironia rivolto proprio a lui. Antonia si sedette e uno schiavo le versò una coppa di vino annacquato. Guardò i due fratelli. «Le cose stanno come temevo: Seiano ha appostato un gruppo di pretoriani un po' più su sulla collina a tenere d'occhio la parte frontale della casa, e un altro gruppo lungo il vicolo laterale a guardare il cortile della stalla. Perciò dovremo stare attenti». Fece un gesto allo schiavo senza guardarlo. «Va' a cercare Pallas».

Lo schiavo s'inchinò e lasciò la stanza.

«Ci sono notizie da Asinio, domina?», chiese Vespasiano.

«Gli ho mandato un messaggio stamattina, e lui mi ha promesso di venire non appena avrà finito con i suoi clienti della giornata; speriamo che ci porti delle buone notizie».

Pallas entrò nella stanza.

«Pallas, voglio che tu faccia preparare due lettighe coperte nel cortile della stalla. Non farle mandare davanti alla casa finché là dentro, nascosti, non ci saranno Sabino e Vespasiano».

«Sì, padrona». L'amministratore s'inchinò e si affrettò a dare gli ordini necessari.

Antonia si voltò di nuovo verso Sabino e Vespasiano. «Quando vi troverete ognuno in una lettiga, entrambe usciranno dal cortile della stalla per arrivare di fronte alla casa, dove Gaio e io entreremo in fretta, per poi dirigerci verso la collina, prima che gli amici che ci osservano abbiano il tempo di reagire».

«Un bel piano, nonna», disse Caligola, riscaldandosi all'idea di un'altra avventura. «Ma come li tiriamo fuori dalle lettighe? Non possiamo semplicemente portarli a casa; ci seguiranno senz'altro».

«Andremo al foro. È un giorno di mercato; molta gente sarà venuta in città, quindi sarà molto affollato a metà mattinata; lì dovrebbero riuscire a venir fuori senza farsi notare».

«Grazie, domina», disse Sabino.

«Sono io che dovrei ringraziarvi», replicò Antonia. «Quel che voi tutti avete fatto la notte scorsa non solo ha salvato la vita di Cenis, ma ci ha anche fatto guadagnare del tempo per costruire un'accusa contro Seiano abbastanza forte da convincere l'imperatore».

Pallas entrò di nuovo. «Tito Flavio Sabino e sua moglie Vespasia Polla sono qui e chiedono un colloquio con te, padrona; vogliono sapere dove si trovano i loro figli».

«Maledizione!», esclamò Sabino. «Perché non sono rimasti a casa ad aspettarci con pazienza?».

«Non credo che possiamo dare la colpa di questo a nostro padre», disse Vespasiano, con aria preoccupata. «Ma temo che, venendo qui, abbiano fatto inconsapevolmente un grosso errore; i pretoriani li avranno visti e, se li seguiranno fino a casa, Seiano sarà un passo più vicino a noi».

«Temo che tu possa aver ragione», disse Antonia, alzandosi. «Però sono qui e devo incontrarli. Venite con me, tutti voi».

Lei li accompagnò fuori nell'atrio, dove un'ansiosa Vespasia e un assai imbarazzato Tito stavano aspettando.

«Domina!», esclamò Vespasia, venendo avanti con le mani aperte in segno di supplica. «Grazie per aver acconsentito a riceverci. Dove sono i nostri... Oh!». Vespasia scorse Sabino e Vespasiano.

«Madre, non saresti dovuta venire», disse fermamente Sabino. «Perché non l'hai fermata, padre?»

«Minacciava di venire da sola, non accompagnata. Non potevo farmi disonorare in quel modo, quindi ho dovuto scegliere il male minore».

Antonia guardò severamente Vespasia. «Hai fatto una cosa molto sciocca a venire qui. In futuro dovresti seguire l'esempio di Cornelia, la madre dei Gracchi, e aspettare a casa filando la lana mentre i tuoi figli servono Roma».

«Io... Mi dispiace, domina», disse Vespasia. Chinò la testa in segno di riconoscimento della posizione sociale molto superiore di Antonia. «Ce ne andremo immediatamente».

«Temo che sia troppo tardi per questo; per il momento dovete restare qui entrambi; Pallas, accompagnali nella stanza dei ricevimenti ufficiali, dove li raggiungeremo quanto prima».

«Con piacere. Padrona, padrone, vi prego di seguirmi».

Tito e Vespasia vennero condotti via. Antonia si rivolse a Caligola. «Preparati a uscire. Ce ne andremo non appena avremo parlato con Asinio».

«Sì, nonna».

«Sabino, va' a tenere compagnia ai tuoi genitori; Vespasiano, tu magari vorrai controllare di non aver lasciato nulla nella tua stanza».

«Ma non ho portato nulla... Oh, capisco. Grazie, domina».

«Non metterci troppo».

«No, domina».

Vespasiano corse verso la sua stanza con un nodo allo stomaco;

la sua eccitazione di fronte alla possibilità di vedere Cenis per salutarla era temperata dalla consapevolezza che, con ogni probabilità, avrebbe dovuto separarsi da lei per molto tempo.

Aprì la porta; Cenis saltò fuori dal letto e lo abbracciò. Lui la strinse forte, godendosi il dolce profumo della sua pelle e dei suoi capelli.

«Non posso stare tanto», disse lui quando sciolsero l'abbraccio.

«Lo so. Ti ho portato questo». Cenis gli mostrò una piccola figura d'argento con un laccio di cuoio.

«Che cos'è?»

«Me l'ha lasciata mia madre; è un'immagine di Ceneo, un guerriero della Tessaglia, il guardiano della nostra tribù. Nacque da una donna di nome Cenis. Un giorno Cenis si allontanò da casa verso nord, fino alle terre selvagge prima dell'Asia, dove Poseidone la vide davanti al mare. Colpito dalla sua bellezza e incapace di controllarsi, la violentò. Dopo che lui ebbe finito, lei s'inginocchiò e gli chiese di trasformarla in un uomo, così da non poter più essere violentata. Poseidone si vergognava così tanto di quello che aveva fatto che, per espiare il proprio crimine, fece quel che lei gli aveva chiesto. Ma non si limitò a trasformarla in un uomo, perché la rese anche invulnerabile alle armi».

«Allora dev'essere vissuta fino a un'età molto avanzata».

«Purtroppo no, c'è sempre una fregatura. Cadde in battaglia contro i centauri, che la sconfissero con ceppi e pietre. Mentre moriva, si ritrasformò in donna e fu sepolta come Cenis. Prendila e indossala, amore mio, e io pregherò Poseidone perché ti garantisca la stessa invulnerabilità alle armi. Ma starà a te evitare i centauri armati di ceppi».

Lui sorrise. «Penso di poterci riuscire».

Lei si allungò, gli fece scivolare il laccio intorno al collo e lo baciò. «Stai attento».

«Grazie. Lo indosserò sempre, sapendo che tu mi stai pensando». La trasse delicatamente al suo petto e la sentì singhiozzare. La tenne lì per un instante, poi lei si tirò via con le lacrime agli occhi.

«Vai», disse, e si voltò.

Vespasiano la guardò per l'ultima volta e uscì rapidamente dalla stanza, sentendo il proprio cuore lacerarsi.

Entrò nella sala di ricevimento ufficiale e trovò Sabino impegnato in una fitta conversazione con i loro genitori. Quando entrò, suo padre alzò lo sguardo.

«Vespasiano, ragazzo mio, tuo fratello ci ha detto abbastanza di quel che sta succedendo da farmi vergognare molto di me stesso. Posso soltanto scusarmi per la nostra avventatezza nel venire qui. Vorrei ci fosse qualcosa che posso fare per rimediare».

«Non importa, padre, capisco che la mamma dev'essere stata molto in pensiero quando non siamo tornati la notte scorsa; avremmo dovuto farvi mandare un messaggio da Magno, ma le cose sono semplicemente accadute troppo in fretta».

«Preoccupata!», gridò Vespasia. «Sono rimasta sveglia tutta la notte, non sapendo dove foste né cosa stesse accadendo. Gaio non diceva nulla e...».

«Basta, donna!», gridò Tito, alzandosi in piedi. Non ne poteva più del comportamento caparbio di sua moglie. «Certe volte non devi sapere, certe volte devi soltanto aspettare, e faresti bene a ricordarlo, come ha detto la signora Antonia. E ora tieni la lingua a posto».

Tito si risedette e si aggiustò energicamente la toga.

Non avendo mai sentito prima il padre parlare in quel modo a sua moglie, Vespasiano e Sabino si prepararono a un'esplosione che però non arrivò. Al contrario, Vespasia incrociò le braccia in grembo e abbassò lo sguardo verso il pavimento, in tutto e per tutto come una riservata e rispettosa matrona romana.

Sentirono la voce di Antonia nel corridoio, e gli uomini si alzarono quando la signora entrò nella stanza con Asinio al seguito.

«Il nostro stimato ex console ha delle ottime notizie per noi», annunciò sorridendo.

«Le ho davvero», disse bruscamente il piccolo ex console, facendo loro cenno di risedersi. «Sabino, mi sono procurato la tua carica alla zecca. Supervisionerai la battitura di tutte le monete di bronzo e d'argento. È una posizione esposta a molte tentazioni, alle quali non dovrai soccombere. E se lo farai, almeno non farti beccare. Voglio che tu controlli l'erario, non che languisca su qualche isola perché bandito da Roma per piccoli furti».

«Sì, console, grazie».

«Non sono più console, quindi chiamami per nome».

«Le mie scuse, Asinio».

Vespasiano sorrise dentro di sé per il passo falso del fratello, godendosi il suo disagio.

«Vespasiano, Pomponio Labeone ha accettato di prenderti nella IV Scitica come *tribunus angusticlavius*. Un tribuno militare dalla "fascia sottile", senza comando, è al livello più basso, ma tu presterai servizio nello stato maggiore di Pomponio, il che è perfetto per i nostri scopi. Quando arriverai in Tracia, farai rapporto prima a Gaio Poppeo Sabino, che ha il comando generale».

«Grazie, Asinio».

«Sì, bene, fai quel che ti ho chiesto e vedrai che sarò io a ringraziare te. Ora c'è una colonna di nuove reclute per la legione che si raduna su a nord, a Genua; dovrai essere lì all'inizio del mese prossimo. Questo ti dà quattordici giorni di tempo, che dovrebbero esserti più che sufficienti». Consegnò a Vespasiano due rotoli. «Questi sono la tua lettera di presentazione e un permesso militare, non perderli».

«Non li perderò», disse Vespasiano, dispiegando i rotoli e leggendoli.

Asinio fece una pausa e guardò Tito e Vespasia. «Antonia mi ha informato che siete i genitori di questi uomini. Sono lieto di conoscervi». Porse il braccio a Tito, che lo strinse con gratitudine.

«È un onore, Asinio».

«Mi pare ci sia il problema che vi hanno visto venire qui?»

«Posso soltanto scusarmi, siamo stati sciocchi a immischiarci in questioni che non capiamo».

«Be', troppo tardi, ormai è fatta. Ma non potete tornare alla casa del senatore Pollione; se vi vedessero lì, lo collegherebbero a noi, mettendo sia lui sia i vostri figli in grave pericolo».

«Non possiamo tornare immediatamente a casa nostra, alle Terme di Cotilia?», chiese Vespasia.

«Temo di no. Dovrete restare con me per un po', finché non riuscirò a farvi uscire di nascosto dalla città».

Tito lanciò un'occhiataccia a sua moglie.

«Devo andare». Asinio si rivolse a Vespasiano. «Buona fortuna; e ricordati: non fidarti di nessuno e non scrivere niente».

«Sì, Asinio, grazie».

«Bene. Vi lascerò tutti ai vostri saluti. Antonia, vorrei parlarti in privato, se posso».

Quando se ne furono andati, Tito guardò i suoi figli. «Non so per quale di voi dovrei essere più preoccupato, Vespasiano nell'esercito o Sabino sotto il naso di Seiano qui a Roma». Prese il braccio di Vespasiano. «Prendi la via Aurelia per Genua, non la strada interna; poi potrai stare qualche giorno con tua nonna. È vecchia e tu starai via per tanto tempo. Portale i miei saluti».

«Lo farò, padre», rispose Vespasiano, rallegrato al pensiero.

Tito abbracciò a turno entrambi i suoi figli. «Addio, figli miei. Sono orgoglioso che stiate servendo Roma».

Vespasia li baciò entrambi. «Essere incapace di aiutarvi a prendere le vostre decisioni non è stato facile per me. Perdonatemi. E abbiate cura di voi stessi, figli miei. Che gli dèi siano con voi».

Vespasiano e Sabino si congedarono dai loro genitori e raggiunsero Pallas, che li aveva attesi nel corridoio. Attraversò con loro la casa per farli uscire nel cortile della stalla. Là trovarono pronte due lettighe coperte, con le squadre di portantini nubiani pazientemente in attesa nell'ombra. Sei corpulente guardie del corpo, armate di randelli e bastoni, parlavano tranquillamente tra loro.

«Uno di voi in ognuna, prego, padroni», disse Pallas, inchinandosi appena per rivolgere loro un cenno verso le lettighe; riusciva a essere cortese e formale anche nell'organizzare una fuga. «Assicuratevi che le tende siano ben chiuse all'interno e sedetevi esattamente nel mezzo, così che il vostro peso sia distribuito equamente tra la squadra davanti e quella dietro. Vogliamo che le lettighe sembrino vuote quando si porteranno davanti alla casa».

Vespasiano salì sulla sua lettiga, la stessa in cui aveva visto Cenis qualche giorno prima, e affondò sui sontuosi cuscini e i morbidi tessuti all'interno. Con le tende completamente tirate, ben presto cominciò a sentirsi soffocare là dentro, quindi tirò un sospiro di sollievo quando, non molto tempo dopo, udì un grido e si accorse che la lettiga veniva alzata dai portantini. Un altro grido e quelli cominciarono a muoversi. Sentì la lettiga girare verso destra e udì i cancelli cominciare a chiudersi dietro di sé. La lettiga rimaneva molto stabile e quindi, non potendo vedere dove stesse andando,

Vespasiano non aveva quasi per niente la sensazione di movimento o di velocità. Si rese conto di un'altra svolta a sinistra, quindi dopo poco di un lieve sobbalzo, quando la lettiga venne poggiata a terra; Antonia vi salì quasi immediatamente e si sedette di fronte a lui; poi sentì la lettiga alzarsi di nuovo.

«I nostri amici che ci guardano ci seguiranno soltanto a distanza», disse, accomodandosi su un cuscino per il viaggio. «Comunque, non oserebbero mai tendermi un agguato in pubblico».

Vespasiano sperò che avesse ragione.

La lettiga sembrava leggermente inclinata, e Vespasiano immaginò che stessero andando giù per la collina. Antonia tirò leggermente indietro le tende e sbirciò fuori di lato, guardando sia avanti sia indietro. Si ritirò rapidamente.

«Altri sei pretoriani sono apparsi davanti a noi; devono essere rimasti in attesa ai piedi della collina. Siamo circondati, sarà quasi impossibile farti uscire senza che ti vedano».

«Sabino e Caligola sono dietro o davanti a noi, domina?», chiese Vespasiano.

«Dietro. Perché?»

«In tal caso, fai andare i portantini più velocemente», rispose Vespasiano. «Le guardie di fronte dovranno accelerare o restare dietro di noi».

Antonia mise la testa fuori dalla tenda davanti. «Andate più in fretta», gridò. Ci fu un leggero rollio quando i portantini cominciarono ad accelerare.

«Guarda se i pretoriani e l'altra lettiga stanno tenendo entrambi il passo».

Lei sbirciò ancora. «Sì, lo stanno tenendo».

«Bene, andiamo ancora più veloce».

Antonia diede l'ordine e i portantini cominciarono a correre. La lettiga cominciò a ondeggiare un poco, e Vespasiano riuscì finalmente a sentirne il movimento. Decise di rischiare una rapida occhiata. Aprì appena le tende e guardò attraverso quell'apertura. Davanti poteva veder correre i pretoriani che li scortavano, con il capo che di tanto in tanto si guardava alle spalle. Dietro, la lettiga di Sabino e Caligola stava tenendo il passo, seguita da altri sei pretoriani. Su entrambi i lati correvano le guardie del corpo di Antonia, brandendo randelli e bastoni, pronti a impedire a chiunque di avvicinarsi troppo alle lettighe.

«Dove porta questa strada?», chiese Vespasiano.

«Giù alla Via Sacra, a circa mezzo chilometro di distanza; poi gireremo a destra, verso il foro».

«C'è un'altra strada parallela a questa?»

«Sì, alla nostra sinistra».

«Bene, falli andare più velocemente, domina».

Lei gridò ancora e la lettiga accelerò. Ora stava diventando un viaggio decisamente accidentato.

«Ecco, abbiamo raggiunto la velocità massima», disse Antonia, tenendosi mentre la lettiga ondeggiava e sobbalzava, con i portantini in difficoltà a mantenere il passo a quella velocità.

«Al mio ordine, falli girare a sinistra, domina», disse Vespasiano, guardando fuori dalla parte sinistra. Poteva vedere i pretoriani di fronte che correvano per mantenersi davanti, determinati a continuare a circondarli.

Sui marciapiedi affollati, i passanti saltavano per togliersi di mezzo alla vista di quella piccola falange di guardie armate che veniva giù dalla collina con due lettighe portate da enormi negri sulla sua scia.

Vespasiano vide che stava per arrivare una brusca svolta a sinistra; guardò Antonia e sollevò il braccio sinistro. «Ci siamo quasi… quasi».

I pretoriani superarono correndo la svolta; quando anche l'ultimo l'ebbe oltrepassata, Vespasiano alzò il braccio.

«Girate a sinistra!», gridò Antonia.

I portantini davanti reagirono rapidamente e, inclinandosi verso sinistra, fecero girare i loro compagni dietro di loro. In qualche modo, la lettiga scivolò intorno all'angolo e tutti i portantini riuscirono a mantenere l'equilibrio. Vespasiano e Antonia ondeggiarono all'interno mentre la lettiga girava. Guardarono fuori dietro di loro, in tempo per vedere la lettiga di Sabino e Caligola svoltare in extremis con tutti i pretoriani dietro.

«Non lasciate che ci raggiungano», gridò alle guardie del corpo di Antonia accanto a loro. Quelle annuirono e indietreggiarono per impedire ai pretoriani di accostarsi.

Attraversarono di corsa lo stretto vicolo; arrivati alla fine, Antonia urlò: «Girate a destra».

I portantini si aspettavano quell'ordine, per cui le lettighe girarono a destra sulla strada principale con relativa facilità, percorrendo a tutta velocità l'ultimo centinaio di passi lungo l'affollata Via Sacra.

Vespasiano si guardò indietro e riuscì a vedere che le guardie del corpo stavano avendo difficoltà a trattenere i pretoriani. Se non fosse stato per la folla di persone sui marciapiedi da entrambi i lati, sarebbero stati già raggiunti.

Vespasiano guardò Antonia. «Salterò fuori dal lato destro mentre voi girate a sinistra sulla Via Sacra. Speriamo che la lettiga copra la visuale dei pretoriani».

«Buona fortuna, Vespasiano. Vai via da Roma prima che puoi». Si voltò e guardò attraverso le tende per prevenire la svolta a sinistra.

Vespasiano si preparò al salto.

«Girate a sinistra», urlò Antonia. Vespasiano sentì i portantini rispondere a quel comando e saltò attraverso le tende sul marciapiede affollato. Quando atterrò, fece qualche capriola sul terreno, travolgendo un paio di ragazzi.

Rimessosi rapidamente in piedi, si fece strada spingendo tra la folla, allontanandosi dalla via mentre passava la lettiga successiva.

Vespasiano tirò un sospiro di sollievo. Guardò le lettighe sparire verso il foro e sperò che là suo fratello potesse trovare un'opportunità per saltar giù anche lui. Per quanto fosse preoccupato per Sabino, si rese conto che non poteva aiutarlo in alcun modo. L'unica cosa che poteva fare per lui era mescolarsi alla folla, tornare in fretta alla casa di suo zio e chiedergli di mandare la fratellanza degli incroci di Magno a cercare Sabino. Poi avrebbe fatto le valigie; aveva deciso di lasciare Roma quella notte stessa.

S'infilò in una strada laterale che si allontanava dalla Via Sacra e cominciò a camminare il più rapidamente possibile lungo lo stretto vicolo affollato. Trovò che era più facile farlo giù dal marciapiede, nonostante gli strati di escrementi che gli facevano *cic ciac* tra le dita dei piedi.

Alla fine della strada girò a sinistra, in quella che sperava fosse la direzione del Quirinale. All'improvviso sentì una mano tappargli la bocca e la punta affilata di un pugnale premergli sulla parte bassa della vita.

«Il mio padrone sarà molto contento di fare la tua conoscenza», gli sibilò all'orecchio una voce dal forte accento. L'alito dell'uomo aveva l'odore pungente della cipolla cruda e del vino.

Vespasiano stette immobile. Guardò i passanti in cerca di aiuto, ma quelli lo ignorarono, non volendo essere coinvolti nei litigi di qualcun altro.

«Ora, se fai il bravo, lo incontrerai tutto intero. Metti le mani dietro la schiena».

Lentamente, Vespasiano obbedì. Sentì il pugnale che si ritirava per rientrare nel fodero. Colse al volo quell'occasione. Spingendo indietro le mani tra le gambe del suo assalitore, gli afferrò i testicoli e glieli strinse. Immediatamente sentì dei denti mordergli la spalla e la mano sulla sua bocca scendere verso la gola per afferrargliela. Strinse più forte. Un enorme ruggito di dolore esplose dietro Vespasiano, che si liberò e si lanciò in avanti. Una rapida occhiata alle spalle, mentre girava l'angolo successivo, gli disse che il suo assalitore era piegato in due, coi lunghi capelli neri oliati che gli coprivano completamente il volto.

Asdro.

Vespasiano corse via.

XV

Gaio stava aspettando a casa sua.

«Caro ragazzo, come stai?», disse, uscendo dal suo studio con la solita andatura ondeggiante, mentre l'anziano custode, con la consueta lentezza, lasciava entrare Vespasiano. «Dov'è Sabino? I tuoi genitori ti hanno trovato? Io ho detto loro di non andare, ma temo che quando mia sorella vuole qualcosa non ci sia modo di fermarla. Siediti e raccontami cos'è successo».

Gaio batté le mani e ordinò al giovane schiavo in attesa di portare un po' di vino. Vespasiano si sedette e riprese fiato. Quando gli fu servito il vino, fece a suo zio un rapido resoconto degli eventi delle ultime dodici ore.

«Quanto a Sabino», disse, concludendo la sua storia, «spero che presto sarà di nuovo qui».

«Sembra che tu abbia avuto una nottata molto particolare; è stata una fortuna che nessuno di voi sia rimasto ferito. Asdro ha visto la tua faccia?»

«Non avrebbe potuto, è stato sempre dietro di me».

«Prega gli dèi di aver ragione». Gaio sembrò improvvisamente perplesso. «Quel che non capisco è perché Seiano non sia andato direttamente a casa di Antonia, invece di seguire Magno giù per la collina».

«Non ha visto in quale casa siamo entrati, era troppo buio e c'era troppa pioggia».

«Sì, ma solo un'altra persona sapeva che Cenis era a casa di Livilla e doveva essere salvata, ed era Antonia. Una volta scoperto il tentativo, perché non è andato direttamente a casa di Antonia?»

«Non lo so, forse è semplicemente stupido».

«Non pensare mai questo di Seiano. Ma guardati, devi essere stanco, ragazzo mio, direi che hai bisogno di un bagno e di un bel massaggio. Te li farò preparare».

«Non preoccuparti, zio, devo fare i bagagli. Parto per il Nord stasera».

«Il mio intendente li farà per te. Ora va' e rilassati. Devo insistere, caro ragazzo; hai tempo in abbondanza, non è ancora neanche mezzogiorno».

Tutt'a un tratto, Vespasiano si sentì troppo stanco per discutere e si diresse verso le terme.

Un'ora dopo, con indosso una tunica pulita, e con la pelle che ancora formicolava per il massaggio che aveva ricevuto dalle mani di uno dei ragazzi germanici di Gaio, tornò nell'atrio e scoprì che Sabino era appena tornato con Magno.

«Il tuo amico Caligola mi ha dato questo per te». Sabino gli tirò una pesante borsa che tintinnò quando Vespasiano la prese. Quindi la aprì. Dentro c'erano una trentina di *aurei*, ossia di monete d'oro. «Mi ha detto che pensava potessi aver bisogno di un tesoro di guerra. Perciò usalo bene, e non spenderlo in muli o schiave, o in qualunque altra cosa ti stia facendo in questi giorni».

«È molto gentile da parte sua, ringrazialo per me quando lo vedi la prossima volta», rispose Vespasiano, ignorando l'insulto del fratello. «Suppongo che tu sia riuscito a fuggire senza essere visto».

«Solo per poco, ma poco è sufficiente. Mi hanno visto uscire dalla lettiga, ma le guardie del corpo di Antonia hanno impedito loro di raggiungermi prima che sparissi in mezzo alla folla. Sono riuscito ad arrivare da Magno inosservato, e lui mi ha portato qui per delle vie secondarie».

«Sono riusciti a vederti in faccia?»

«No. Caligola mi ha dato il suo mantello per nascondermi il viso».

«Sabino, sei tornato. Bravo, caro ragazzo mio», tuonò Gaio, che rientrava dal giardino del cortile. «Non sei ferito, spero».

«No, sto bene, grazie, zio».

«Bene, bene. Ah, Magno, anche tu ne sei uscito bene come al solito. Sei nato fortunato, ne sono certo».

«Non saprei, signore, siamo solo riusciti a correre più veloci dei pretoriani l'altra notte. Io e i miei ragazzi non siamo più in forma come un tempo. Solo quando si tratta di correre, voglio dire, se capisci cosa intendo», aggiunse, toccandosi leggermente la regione inguinale con un sogghigno.

«Lo capisco senz'altro». Gaio sorrise. «Ora, cosa avete fatto per farvi seguire da quei pretoriani la notte scorsa?»

«Be' in realtà niente, signore, abbiamo soltanto corso giù per la collina più veloci che potevamo, facendo più baccano che potevamo, per attirare quei bastardi lontano dai signori a casa di Antonia».

«È proprio questo il punto, secondo me; Seiano sapeva dove fossero diretti con la ragazza, quindi perché si sono lasciati attirare via?»

«Ah, be', non era Seiano a seguirci, no?»

«Ma io l'ho visto mentre saltavo il muro», disse Vespasiano con decisione.

«E potete benissimo averlo visto, signore, ma lui non ha mai oltrepassato quel muro, come Mario e Sesto possono giurare. Hanno visto tutti i bastardi uscire dal vicolo e li hanno seguiti giù per la collina. Quel nuovo tribuno, che si è recentemente trasferito dalla guardia notturna, era lui a guidarli».

«Chi è questo nuovo tribuno?», chiese Gaio, incuriosito.

«Un altro tipaccio, che fa solo i suoi interessi, come tutti del resto. Io lo conosco soltanto come Macrone».

«Nevio Sertorio Macrone», disse Gaio lentamente. «Bene, bene».

«Lo conosci, zio?», chiese Vespasiano.

«Sì, è stato mio cliente finché non gli è parso evidente che non avrei potuto aiutarlo a ottenere quel che voleva».

«E cos'era?»

«Cosa pensi che fosse? Un trasferimento alla guardia pretoriana, naturalmente; e ora l'ha ottenuto».

«Be', non andrà lontano, se è così stupido da seguire Magno nella notte invece di andare dritto da Antonia», disse Vespasiano per concludere la questione.

«Oh, no, non è stupido neanche lui; ormai avrà giurato a Seiano di essere stato abbastanza vicino da vedere che nessuno è entrato nella casa di Antonia, e di aver continuato per questo a seguire voi».

«E perché avrebbe fatto una cosa del genere?», chiese Sabino.

«Perché non voleva prendere la ragazza, che era preziosa per Seiano. È contento che Seiano sia all'oscuro di cospirazioni contro di lui».

«E perché?». Sabino sembrava perplesso.

«Non capisci? Non vuole aiutare Seiano ad assicurarsi la sua carica. Vuole diventare prefetto della guardia», ridacchiò Gaio. «Seiano farebbe meglio a stare attento, ha un serpente nel suo nido; e in base al fatto che il nemico del tuo nemico è tuo amico, potremmo anche usare questo serpente contro di lui».

Vespasiano era pronto a partire entro la penultima ora del giorno. Aveva indossato per la prima volta la sua uniforme da tribuno militare e sentiva una nuova spavalderia nel proprio passo, mentre camminava dalla sua stanza all'atrio col mantello rosso che gli ondeggiava dietro. La corazza di bronzo muscolare gli pesava sul petto, mentre il gonnellino protettivo, fatto di strisce di cuoio rinforzate con ferro lucido, gli sbatteva sulle cosce attraverso la bianca tunica di lana mentre camminava. I luccicanti gambali di bronzo, sulla parte inferiore delle gambe, sfregavano leggermente, ma lui sapeva che, col tempo, avrebbe smesso di farci caso. Si mise sull'attenti di fronte a suo zio, con l'elmo di bronzo, munito di pennacchio di crine di cavallo, nell'incavo del braccio sinistro.

«Be', zio, come ti sembro?»

«Probabilmente come ti senti, ovvero un bell'esemplare di uomo; ma non lasciare che la cosa ti dia alla testa. E togliti la spada; non ti è permesso portarla in città».

«Oh già, certo, me n'ero dimenticato».

Sentendosi leggermente ridimensionato, slacciò il corto gladio da mezzo metro che gli pendeva dal fianco destro e lo ficcò nella bisaccia da sella che aspettava accanto alla porta, vicino al suo piccolo zaino.

«Ho assunto Magno e due dei suoi amici per farti arrivare sano e salvo a Genua», disse Gaio, sollevando la mano e fermando l'obiezione di Vespasiano prima ancora che lui potesse pronunciarla.

«Non essere sciocco, certo che hai bisogno di una scorta, che cosa pensavi di fare? Trecento chilometri su per la via Aurelia da solo?»

«Mi fermerò nella tenuta di mia nonna a Cosa per quattro o cinque giorni, non devo essere a Genua prima delle calende di febbraio».

«Oh, bene, così almeno sarai al sicuro per qualche notte. Caro ragazzo, non vogliamo che tu ti metta nei guai prima ancora di lasciare l'Italia; e sono certo che a tua nonna piacerebbe molto incontrare Magno».

Vespasiano trasalì al pensiero, ma Gaio era deciso.

«Non un'altra parola. Magno tornerà tra poco. E ora, in assenza di tuo padre, eccoti un po' di soldi per il viaggio». Gli passò un borsellino di pelle. «Non usare l'oro che ti ha dato Caligola per pagare le locande, altrimenti attrarrai compagnie spiacevoli».

«Grazie, zio».

Si sentì bussare forte; l'anziano custode si alzò dal suo sgabello e, con qualche difficoltà, aprì la porta. Magno entrò avvolto in uno spesso mantello da viaggio non tinto.

«Dovremmo andare, signore, bisogna che attraversiamo il ponte Emilio e ci mettiamo in viaggio prima che si faccia buio; avremo meno probabilità che ci facciano delle domande durante il giorno».

«Naturalmente; dov'è mio fratello, zio?»

«Eccolo qui», disse Sabino, entrando nella stanza. Guardò Vespasiano e gli rivolse un cenno di approvazione. «Be', fratellino, devo ammettere che hai l'aspetto giusto per la parte, quindi speriamo che tu abbia anche le palle per recitarla fino in fondo».

«Lo considererò un complimento, visto che viene da te».

«Fallo, sarà l'ultimo che riceverai».

«Spero di no», disse Gaio, serio. «Ora, se il vostro commosso saluto fraterno è tutto qui, è meglio che tu parta. Buona fortuna, caro ragazzo».

Prese Vespasiano per le spalle e gli diede un umido e appiccicoso bacio per ogni guancia. «Scrivimi quando arrivi là. Niente che riguardi i nostri affari, solo tue notizie».

«Lo farò; arrivederci, zio, e stammi bene. E anche tu, fratello». Si svincolò da Gaio, prese le sue due borse e uscì dalla porta per trovare Mario e Sesto che lo aspettavano con quattro cavalli. Attaccò le borse al cavallo, mentre Gaio scambiava qualche rapida battuta con Magno, battendogli la mano sulla spalla.

Quando tutto fu pronto, condussero i loro cavalli giù per il colle Quirinale, lungo lo stesso percorso che avevano preso per arrivare al Circo Massimo il primo giorno di Vespasiano a Roma.

Vespasiano lanciò un'occhiata a Mario e Sesto dietro di sé, poi si sporse verso Magno. «Non voglio fare lo spiritoso, Magno», disse piano, «ma a che serve Mario su un cavallo?».

Magno scoppiò a ridere. «Hai sentito, Mario? Il giovane signore si sta chiedendo come farai a combattere a dorso di cavallo».

Mario e Sesto si unirono alle risate.

«Cosa c'è di così divertente?»

«Be', la semplice idea», disse Magno nella sua ilarità.

«Di cosa?»

«Di combattere a dorso di cavallo come dei selvaggi in pantaloni. No, signore, i cavalli sono per viaggiare o per fuggire; se c'è da combattere, noi lo facciamo sui nostri piedi; siamo soldati di fanteria, signore, e ne siamo fieri. Tu, invece, appartieni a una classe diversa di romani, sei un *eques*, un cavaliere: se farai bene nei primi due anni, potrebbero darti il comando di un'unità di cavalleria ausiliaria, quindi dovrai combattere a cavallo, e possano gli dèi aiutarti a farlo».

Vespasiano ricordò il combattimento con gli schiavi fuggiaschi di appena quattro mesi prima, e pensò che non fosse una brutta cosa combattere in groppa a un cavallo.

Continuarono in silenzio, facendosi largo tra la folla di persone che si dirigevano verso le loro abitazioni, quali che fossero, finché non entrarono nel Foro Boario. Si stava ripulendo il mercato di bestiame che si teneva lì nei giorni stabiliti. Il puzzo di letame invase le loro narici, mentre le grida delle bestie condotte ai mattatoi riempiva l'aria. Dei ragazzini con dei bastoni battevano selvaggiamente le docili creature per farle spostare nella direzione giusta, mentre gli allevatori e gli agenti dei mattatoi facevano accordi dell'ultimo momento e contavano i soldi. A un tavolo su una pedana sedeva un edile, il magistrato che sovrintendeva al mercato, accogliendo reclami sia dai compratori sia dai venditori e giudicando subito in merito. Mentre il bestiame veniva portato via, centinaia di miserabili schiavi pubblici cominciarono a spalare il letame in sacchi, smontando i recinti provvisori e impilandoli su dei carri perché fossero portati via e messi da parte, pronti per il mercato successivo, otto giorni dopo.

Mentre attraversavano il foro in direzione del Tevere, passarono accanto al piccolo tempio circolare di Ercole Vittorioso, con il suo tetto coperto di tegole e sostenuto da colonne. Era vecchio quasi quanto la città stessa; accanto a esso si ergeva l'imponente altare a Ercole. Vespasiano guardò quegli antichi luoghi e desiderò di avere più tempo per visitare la città; non aveva visto quasi niente di Roma durante il suo breve soggiorno.

Con il ponte in vista, un nuovo, potente odore assalì i loro sensi. A monte, su entrambi i lati del fiume, c'erano molte delle concerie di Roma. Là trovavano acqua in abbondanza e uno sbocco per i loro scarichi. Il processo di trasformazione di pelli secche e rigide in cuoio – che venivano innanzitutto immerse nell'urina umana, per ammorbidire il pelo abbastanza da poterlo togliere con un coltello, e poi battute con un miscuglio di cervella e feci di animali per renderle flessibili – produceva un puzzo di tale orribile intensità che Vespasiano dovette tirarsi il mantello sul viso mentre attraversava il ponte. Guardò giù verso il fiume e, con grande stupore, vide dei ragazzini giocare e nuotare in mezzo a tutto quel sudiciume.

A metà del ponte, un forte grido li fece fermare di colpo.

«Voi con i cavalli, laggiù, fermatevi dove siete».

Vespasiano guardò nella direzione del grido. All'estremità opposta del ponte, vicino a un corpo di guardia, era appostata un'unità della coorte urbana. Un centurione si era staccato e stava camminando verso di lui, fiancheggiato da due soldati.

«Non dargli il tuo vero nome», sibilò Magno al suo fianco, facendo contemporaneamente cenno a Mario e Sesto di ritirarsi leggermente.

«Cos'hai da nascondere, allora, coprendoti la faccia in quel modo?», chiese il centurione, raggiungendoli.

Vespasiano si tirò immediatamente via il mantello dalla faccia. «Niente, stavo solo cercando di proteggere il mio naso dall'odore terribile», rispose sinceramente.

«Non raccontare scuse, ragazzo, siamo tutti abituati a quest'odore. Vedi qualcun altro coprirsi il viso come una canaglia che si nasconde? Non credo».

Vespasiano guardò la folla di persone che passavano, tutte apparentemente incuranti del puzzo delle concerie. «Mi dispiace, centurione, ma io non ci sono abituato».

«Balle, direi invece che stavi agendo in modo sospetto, e io ho l'ordine di trattenere chiunque agisca in modo sospetto. Come ti chiami? E dove stai andando?»

«Mi chiamo Gaio Emilio Rufo, e sto andando in Pannonia a prestare servizio presso la IX Ispanica». Vespasiano tirò indietro il mantello per rivelare la sua uniforme.

«Davvero? Be', con quell'accento sabino non mi sembri uno degli Emili, e poi stai andando nella direzione sbagliata, tanto per cominciare. Dove sono i tuoi documenti?»

«Me li daranno a Genua, ecco perché sto prendendo la via Aurelia».

«Una storia verosimile. E chi sono questi malviventi dall'aspetto spiacevole che ti accompagnano?»

«Tullio Prisco, signore, al tuo servizio, e questi sono i miei colleghi Crispo e Sallio», disse Magno, camminando verso il centurione. «Il giovane gentiluomo ci ha ingaggiati per scortarlo verso nord».

«Bene, non andrete da nessuna parte prima che i pretoriani vi abbiano esaminato». Il centurione si rivolse a uno dei suoi soldati. «Vai al corpo di guardia e fai venire qui immediatamente il tribuno».

Il soldato salutò e tornò di corsa verso i suoi compagni. Magno fece un rapido gesto a Sesto e Mario e poi, avanzando e piegandosi in un unico, rapido movimento, colpì il centurione con una testata all'inguine. Questi si piegò in due dal dolore. Con uno sforzo monumentale, Magno si raddrizzò con il centurione sulle spalle e lo scagliò sopra il parapetto e giù nel fiume, dove affondò come un sasso. Sesto e Mario saltarono sul soldato rimasto che, prima di avere il tempo di reagire, si ritrovò a seguire il suo superiore nell'acqua marrone.

«Montate e cavalcate», gridò Magno, saltando sul suo cavallo e spronandolo al galoppo. Vespasiano saltò in sella e spronò la propria cavalcatura tra la folla in preda al panico, verso il resto dei soldati della coorte urbana che, avvertiti del problema, si stavano disponendo in linea all'estremità opposta del ponte. La folla si apriva man mano che il cavallo di Vespasiano acquistava velocità. Lui poteva vedere Magno davanti a sé e sentire i fratelli dietro che spronavano i loro cavalli. I soldati, privi di scudo e armati solo di spade perché in servizio all'interno della città, diedero un'occhiata ai quattro cavalli che li caricavano a soli dieci passi di distanza e ruppero le righe, azzuffandosi fra di loro nella fretta di evitare di essere calpestati dagli zoccoli.

«Fermi!». Un tribuno pretoriano uscì in strada dal corpo di guardia; aveva la spada alzata, puntata verso il petto di Magno. Questi, con un rapido movimento, sguainò la propria spada e, di rovescio, colpì quella del tribuno. La forza del colpo fece cadere l'arma dalla mano dell'uomo, costringendolo a inginocchiarsi.

Reagendo in fretta alla perdita dell'arma, il tribuno prese dalla cintura il suo *pugio*, un corto pugnale con cui affrontò Vespasiano. Rendendosi conto di non poter far altro che abbatterlo caricandolo, Vespasiano tirò fuori la spada dalla sua bisaccia da sella. Prese a rotearla vorticosamente, facendone volar via il fodero, e avanzò al galoppo verso il tribuno. All'ultimo momento, prima del contatto, tirò il suo cavallo verso sinistra e mirò un colpo di taglio al collo del tribuno. Questi si abbassò e, mentre Vespasiano passava in velocità, spinse la propria spada verso la pancia del cavallo, colpendo invece la gamba di Vespasiano. La lama perforò il gambale, conficcandosi nel muscolo e nel bronzo. Lo slancio di Vespasiano aveva tolto il pugnale di mano al tribuno, mandando quest'ultimo a rotolare nella polvere. La gamba gli bruciava dal dolore, ma sapeva di dover continuare. Abbassò la testa e spinse il suo cavallo in avanti, con il pugnale incuneato saldamente nella gamba che premeva sul fianco dell'animale.

Magno si guardò alle spalle e vide i suoi tre compagni cavalcare all'impazzata dietro di lui. «Continua ad andare avanti più che puoi», gridò a Vespasiano.

Vespasiano digrignò i denti e si concentrò sulla cavalcata, cercando di non sentire il dolore del polpaccio ferito, ma ogni sobbalzo faceva vibrare il pugnale, la cui punta affilata sembrava penetrare sempre di più. Si piegò e cercò di estrarre la lama dalla ferita.

«Lascialo lì», gridò Magno, rallentando per avvicinarglisi e nascondere il pugnale ai viaggiatori di passaggio, che guardavano con sospetto i quattro cavalieri al galoppo per la via Aurelia. «Se lo tiri fuori adesso, perderai troppo sangue. Lo faremo per bene più tardi».

Vespasiano annuì debolmente e sperò che quel più tardi arrivasse presto.

Passarono la seconda pietra miliare da Roma mentre il sole cominciava a dorarsi e ad affondare verso l'orizzonte. Non sembrava che qualcuno li stesse inseguendo, ma Magno incitava ancora tutti i suoi compagni ad andare avanti. Più si allontanavano dalla città e più il traffico si diradava. Quando calarono le tenebre, si ritrovarono da soli.

«Bene, ragazzi, usciamo dalla strada e troviamo un posto per accamparci», disse Magno. «Dobbiamo occuparci della tua gamba, signore».

Rallentò il suo cavallo, lo tirò verso destra e cominciò a salire per un lieve pendio. Vespasiano lo seguì insieme agli altri; aveva la testa leggera per tutto il sangue che aveva perso e la gamba pulsava incessantemente. Ce l'aveva fatta a uscire da Roma, ma in quello stato non sapeva proprio quanto sarebbe riuscito ad andare lontano.

PARTE TERZA

La via Aurelia

XVI

Vespasiano scivolò dal suo cavallo nelle braccia di Magno e si sentì deporre delicatamente contro un albero.

«Riposa qui, signore. I ragazzi si stanno procurando della legna per fare un fuoco; quando l'avremo acceso, riusciremo a rimuovere quel pugnale e a rattopparti un po'». Raddrizzò con cautela la gamba ferita di Vespasiano e subito il dolore diminuì, mentre il terreno sosteneva il peso del pugnale.

«Dove siamo?», chiese debolmente Vespasiano.

«Vicino a un torrente, un paio di chilometri a est rispetto alla strada; non sembra che ci sia nessun altro qui intorno, perciò rischieremo e accenderemo un fuoco». Magno mise una coperta dietro la testa di Vespasiano, quindi gli portò alla bocca una borraccia. Vespasiano bevve avidamente; la perdita di sangue gli aveva messo una sete terribile. Sentì l'acqua fresca fluirgli dentro e migliorargli l'umore.

«Sono stato stupido sul ponte a coprirmi la faccia in quel modo; non ci ho pensato».

Sesto e Mario tornarono con le braccia piene di legna e si prepararono ad accendere il fuoco.

«Non è stata la cosa più stupida che hai fatto, signore, se non ti dispiace che lo dico», disse Magno, passandogli un pezzo di pane e un po' di carne di maiale salata. «Dire al centurione che stavi andando a Genua, ecco, quello è stato stupido».

«Ma lui sarà senz'altro affogato nel fiume sotto il peso della sua armatura, no?»

«È molto probabile, e come lui anche il suo compagno; ma quello che lui ha mandato a chiamare il tribuno non credo proprio che sia affogato, e ha sentito tutto quel che hai detto e l'accento con cui l'hai detto».

«Oh».

«Già. E ora ci cercheranno lungo la via Aurelia e terranno d'occhio Genua per l'arrivo di un tribuno militare che ha una ferita recente alla gamba destra e parla come un agricoltore sabino».

«Faremmo meglio ad andare più veloci di loro, dunque».

«E questo sarebbe particolarmente stupido... signore. Prima di tutto, hai bisogno di recuperare e, in secondo luogo, proprio mentre parliamo, loro staranno superando il punto in cui abbiamo lasciato la strada».

«E come l'hai calcolato?»

«Be', ci sarà voluta una mezz'ora per far arrivare un messaggio al campo pretoriano dall'altra parte della città, poi un'altra mezz'ora per far andare un distaccamento della cavalleria sulla via Aurelia. Tutto ciò fa sì che siano in ritardo di un'ora rispetto a noi, e noi abbiamo lasciato la strada un'ora fa. Ecco fatto, è facile».

«Capisco. Be', allora, la cosa migliore per noi è continuare come ho previsto io: dirigiamoci verso la tenuta di mia nonna a Cosa, a un giorno di cavalcata veloce da qui. Possiamo nasconderci lì per un po', mentre la mia gamba guarisce e la situazione si tranquillizza. Dopodiché, vedremo».

«Be', sembra una specie di piano, signore, ed è l'unico che abbiamo, quindi si va a Cosa. Ma prima dobbiamo occuparci del pugnale di Macrone».

«Macrone?»

«Sì, è Macrone che hai cercato di colpire, per poi rubargli il pugnale; sono sicuro che lo rivorrà indietro».

«Non l'ho rubato».

«Be', ce l'hai tu e lui no, e probabilmente è meglio che sia così. Una cosa è certa, però: lui mi ha sicuramente guardato per bene. A Roma non sarò più al sicuro per un po', quindi sarebbe meglio che venissi con te, signore, se sei d'accordo».

«Be', immagino di sì, ma come? Ti arruolerai nella legione?»

«Col cavolo. No, verrò come tuo liberto. I giovani gentiluomini portano spesso con sé uno schiavo personale o un liberto durante la campagna militare; non sembrerò fuori posto».

Vespasiano era troppo stanco per discutere. E neanche voleva farlo, d'altronde: gli sarebbe stato di conforto avere Magno con sé.

«Lo prendo come un sì, allora. Ora mettiti comodo, signore, perché ti farò male».

Vespasiano appoggiò la testa sulla coperta e guardò la luna quasi piena. La sua luce delicata si diffondeva tra i rami senza foglie degli alberi che costeggiavano la sponda del fiume, ai quali dava un contorno argenteo riempito, da sotto, dal guizzo aranciato del fuoco che Mario e Sesto avevano acceso.

Magno sguainò la spada e la conficcò nel cuore delle fiamme, quindi tornò da Vespasiano e s'inginocchiò per esaminare alla luce del fuoco la sua gamba destra. Il pugnale gli aveva perforato il polpaccio per circa otto centimetri, ma era il gambale di bronzo, attraverso cui era passato, a tenerlo ben saldo dov'era. Magno ne tirò delicatamente il manico per testare la forza della presa che il bronzo aveva sulla lama di ferro. Sembrava ben piantato.

«Ah!», urlò Vespasiano.

«Scusa, signore, sto solo cercando di vedere cosa bisogna fare; però posso dirti che sei stato molto fortunato. Se non avessi portato i gambali, il pugnale ti avrebbe attraversato la gamba e avrebbe sventrato il tuo cavallo. Saresti stato arrestato e non avresti mai più camminato. Anche se, comunque, non avresti avuto molta voglia di camminare, con quel che Seiano ti avrebbe fatto».

Vespasiano fece una smorfia. «Allora stiamo esaminando il lato positivo, eh?»

«Senz'altro, signore». Magno si girò verso Sesto e Mario. «Ora, ragazzi, questo sarà un lavoro per tre uomini. Sesto, tu tieni il gambale. Dopo che io ho tirato fuori il pugnale, strappalo via».

«Tienilo e poi strappalo via. Hai ragione, Magno», ripeté Sesto, attento a non sbagliare nulla.

«Mario, non appena il gambale è stato tolto, prendi la spada dal fuoco e premi la punta di piatto sulla ferita finché non ti dico basta».

«Ho capito, Magno», disse Mario, contento di avere un compito che richiedesse una mano soltanto.

«Bene, signore, faremo molto in fretta». Passò a Vespasiano un bastoncino di un paio di centimetri di spessore. «Mordi questo».

Vespasiano fece come gli era stato detto e si preparò.

«È meglio se non guardi, signore. Pronto?», chiese Magno.

Vespasiano chiuse gli occhi e annuì.

«Bene, ragazzi», disse Magno, mettendo un piede sulla caviglia di Vespasiano e afferrando il manico del pugnale con entrambe le mani. «Dopo il tre. Uno, due, tre».

Vespasiano udì lo stridore del metallo che raschiava contro l'altro metallo e sentì una scossa alla gamba, poi un lampo accecante di dolore lo colpì; si alleviò leggermente quando il gambale venne strappato via, poi aumentò fino a diventare un'agonia rosso fuoco. L'odore della carne che bruciava gli colpì le narici, e svenne.

«Svegliati, signore, dobbiamo partire».

Vespasiano si sentì tirar fuori da un sonno senza sogni. Aprì gli occhi; era ancora buio. Magno stava inginocchiato su di lui e gli scuoteva una spalla.

«Come ti senti?»

«Meglio, grazie Magno, ma la mia gamba è rigida come una tavola». Mise cautamente la mano sul polpaccio ferito e sentì una fasciatura rudimentale che lo proteggeva. «Come sta?», chiese.

«Non troppo male; la bruciatura ha fermato l'emorragia e ha chiuso la ferita. Ci abbiamo pisciato sopra a turno. Mia nonna lo faceva sempre quando non riusciva a trovare dell'aceto».

Vespasiano fece una smorfia di disgusto. «Sono sicuro che, con tutto quello che bevete, l'effetto sarà stato lo stesso dell'aceto».

«Più che probabile, signore. Ora dovremmo mangiare qualcosa ed esser pronti per partire alle prime luci dell'alba».

Sesto portò loro un po' di pane e di formaggio, quindi cominciò a seppellire ogni traccia del fuoco, mentre Mario cercava di riempire le borracce al ruscello.

«Da che parte dovremmo andare?», chiese Vespasiano masticando del formaggio.

«Secondo me, i pretoriani sanno che sei ferito e si sono resi conto che ci siamo dovuti fermare poco dopo l'arrivo del buio per prenderci cura di te, come abbiamo fatto. Così avranno calcolato che, cavalcando per altre due o tre ore nella notte, ci avrebbero superato senz'altro. E ora devono soltanto bloccare la strada e mantenere delle pattuglie per impedirci di evitarli».

«Sembra che ci abbiano intrappolato, dunque», disse Mario, ancora impegnato con le borracce. «Forse dovremmo dirigerci a est, verso la via Emilia Scauri; non sarà a più di trenta chilometri da qui e porta anch'essa a Genua».

«Ci ho pensato anch'io, amico, ma loro sanno dove siamo diretti, quindi sono sicuro che sorveglieranno anche quella strada».

«Allora che dobbiamo fare, Magno?», chiese Sesto. «Tornare a Roma?»

«Neanche per sogno. Controlleranno chiunque entri in città nei prossimi giorni. No, ragazzi, dobbiamo soltanto continuare ad attraversare la campagna, stando molto in guardia, e cercare di oltrepassarli di nascosto». Magno si alzò in piedi. I primi raggi di sole erano apparsi all'orizzonte, proiettando lunghe ombre nei boschi. «Forza, ragazzi, a cavallo. È meglio che non ti metta quel mantello rosso, signore, perché ti tradirebbe, se capisci cosa voglio dire. Ecco, prendi il mio».

Vespasiano non si mise a discutere e si avvolse sulle spalle quel caldo mantello di lana, riponendo il proprio mantello militare nello zaino. Riuscì a risalire in sella da solo, ma lo sforzo gli fece girare la testa, e dovette aggrapparsi al collo del suo cavallo per non perdere l'equilibrio.

«Stai bene, signore?», chiese Magno, preoccupato.

«Sono a posto, grazie», rispose Vespasiano quando gli si stabilizzò di nuovo la vista.

«Almeno andremo piano, perché non vogliamo imbatterci per caso in una delle loro pattuglie. Perciò tieni duro, signore, e grida se hai bisogno di fermarti».

Magno spronò il suo cavallo e partì; Vespasiano lo seguì, pregando gli dèi di dargli la forza per resistere a quel giorno.

Tenendo la via Aurelia a un paio di chilometri di distanza sulla sinistra, si fecero strada per la campagna. Il paesaggio ondeggiante era fatto prevalentemente di terreno agricolo intersecato da piccoli sentieri e punteggiato di foreste e di boschetti di ulivi. Qua e là vedevano una fattoria o una villa di campagna e ci giravano intorno, tenendosi il più lontano possibile da occhi indiscreti, ma sempre mantenendo la direzione verso nord-est. Le rare volte che lo vedevano di sfuggita, a qualche chilometro alla loro sinistra, il mare li aiutava a mantenere la giusta direzione, col sole visibile ormai solo a intermittenza, attraverso le nuvole che si addensavano sempre di più. Dopo un paio d'ore, durante le quali avevano coperto più di quindici chilometri, Magno si fermò e si rivolse ai suoi compagni.

«Secondo i miei calcoli, dovremmo essere quasi all'altezza del blocco stradale, quindi state attenti alle loro pattuglie. D'ora in avanti, cercheremo di restare il più possibile nelle foreste, nei boschetti di ulivi e nei letti dei fiumi». Guardò Vespasiano, che sembrava molto pallido. «Sesto, prendi qualcosa da mangiare per il giovane signore».

Una breve ricerca nello zaino fruttò dell'altro maiale salato; l'uomo lo diede a Vespasiano, che lo mangiò con riconoscenza, mentre il viaggio proseguiva con molta cautela.

A metà mattinata, il cielo si era fatto completamente nuvoloso e era cominciata a cadere una leggera pioggerellina. Si stavano facendo strada attraverso un bosco di ontani, quando una serie di urla li fece fermare.

«Cos'è stato?», sussurrò Vespasiano, improvvisamente attento, uscendo dallo stato di seminconscienza in cui era caduto.

«Che cavolo ne so?», rispose Magno, guardandosi intorno. «Ma qualunque cosa fosse, era vicina».

Un altro urlo, che sembrava provenire da destra, davanti a loro, riecheggiò per il bosco. All'improvviso, a una cinquantina di passi, tre cavalieri con indosso scialbi abiti da viaggio attraversarono il bosco da destra a sinistra, inseguiti da una mezza dozzina di pretoriani dal mantello rosso, armati di spada.

Vespasiano e la sua scorta rimasero immobili, con il cuore che batteva forte, mentre i pretoriani attraversavano al galoppo il bosco all'inseguimento delle loro prede. Erano così impegnati a orientarsi attraverso gli alberi e il sottobosco che non riuscivano a guardare né a destra né a sinistra. Spinsero furiosamente i loro cavalli mentre sparivano alla vista di gran carriera, avviluppati dalla vegetazione.

«I bastardi avranno pensato che quelli fossimo noi», disse Magno quando vide sparire l'ultimo mantello rosso.

«Allora non sono molto bravi a contare, no?», osservò Sesto.

Magno lo guardò con le sopracciglia alzate. «Questa è bella, detta da te. A ogni modo, chi se ne importa? La cosa più importante è che sono occupati, quindi approfittiamone». Si mosse con rapidità; gli altri lo seguirono. Quando attraversarono la linea dell'inseguimento, arrivarono altre grida dalla loro sinistra, poi uno strillo più forte.

«Sembra che ci abbiano presi», disse Mario, sorridendo lugubremente.

«Poveracci; però probabilmente quelli non stavano facendo niente di buono se, quando gli hanno intimato di fermarsi, sono scappati», osservò Vespasiano, sentendosi molto rinvigorito dal suo cuore che batteva forte.

«Anche se fossi innocente come una vergine vestale, credo che scapperei da una pattuglia di pretoriani che volesse farmi delle domande; non sono molto noti per la loro cortesia, sapete», disse Magno, accelerando il passo mentre la foresta si diradava.

Quando raggiunse l'ultimo albero, si fermò e guardò davanti a sé. A circa otto chilometri di distanza si ergeva una fila di colline, ma prima c'era perlopiù un'ondulata prateria usata come pascolo per le pecore. Qua e là si scorgevano le piccole capanne di pietra dei pastori, collegate da sentieri delimitati da file di alberi e di cespugli.

Magno smontò e passò le sue redini a Sesto. «Tieni queste, amico, io vado a esplorare un po' in giro per controllare se possiamo lasciare il bosco senza pericoli».

Si lanciò a sinistra, lasciando i suoi compagni a chiedersi come avrebbero potuto attraversare un'area così vasta di prateria aperta senza farsi notare da una pattuglia.

Vespasiano prese una lunga sorsata d'acqua, per poi dare un altro morso alla striscia di carne di maiale salata. Si sentiva un po' più in forze, ma era ancora lontano dall'essersi rimesso del tutto. Si avvolse strettamente il mantello intorno alle spalle, nel tentativo di coprirsi dalla pioggia, e tremò appena. Si rivolse a Mario, che aveva le redini avvolte intorno all'avambraccio sinistro, mentre usava il destro per grattarsi la schiena.

«Come hai perduto la mano, Mario?»

«Nella marina, signore, ero un…».

Magno tornò di corsa, interrompendo Mario. «Hanno ucciso uno di quei poveri bastardi e tre delle guardie stanno riportando gli altri due sulla strada. Le altre tre guardie sono a un chilometro e mezzo di distanza e stanno tornando verso il bosco, credo per cercare quello che pensano sia il quarto componente mancante del gruppo».

«Siamo in trappola, allora», disse Mario. «Se andiamo avanti ci vedranno, e se cerchiamo di nasconderci probabilmente ci troveranno».

«Se non puoi batterli, unisciti a loro», disse Vespasiano.

I fratelli dell'incrocio lo guardarono con aria interrogativa.

«Cosa?», chiese Magno, non comprendendo affatto.

«Ci uniremo a loro; li faremo fuori e prenderemo i loro mantelli, elmi, scudi e lance. In questo modo, da lontano sembreremo soltanto un'altra pattuglia, e così dovremmo riuscire ad attraversare quel terreno aperto senza problemi», spiegò Vespasiano.

«Ma sono soltanto tre», disse Magno.

«Io ho già un mantello e un elmo militari; il pennacchio è più lungo di quello di un pretoriano, ma da lontano potrà andare. E Mario non potrebbe tenere una lancia o uno scudo in ogni caso; funzionerà, perché non è che stiamo cercando di oltrepassare un blocco stradale spacciandoci per pretoriani, no?»

«Hai ragione, signore», concordò Magno, contento di avere un piano. «Ma prima di spiumare un pollo gli devi torcere il collo. Quindi torniamo più indietro nel bosco e cerchiamo un posto per tendere loro un'imboscata».

Tornarono sui loro passi fino alla linea dell'inseguimento, girarono a sinistra lungo il sentiero e lo seguirono per un paio di centinaia di passi fino a quando, sulla loro destra, videro una piccola valle boscosa di circa quindici passi di profondità e trenta passi di larghezza.

«Questa andrà bene per noi», disse Magno, mentre un piano cominciava a formarsi nella sua testa. «Ora, signore, loro staranno cercando un giovane tribuno militare, e tu sei l'unico di noi che corrisponda a questa descrizione, così devi essere tu a condurli qui. Torna indietro lungo il sentiero e, quando ti vedono, ritorna giù per la valle e su per l'altro lato lì». Indicò un'apertura tra due grandi ontani appollaiati in cima a una ripida altura all'estremità più lontana della valle. «Mentre loro ti seguono su per l'altura, noi li disarcioneremo e li finiremo».

«E come?»

«Non lo so, non ci sono ancora arrivato, ma saremo a piedi, quindi leviamo di torno questi cavalli, ragazzi. Sesto, fai tu gli onori». Lui e Mario smontarono e passarono le loro redini a Sesto, che portò via i cavalli.

«Buona fortuna, signore», disse Magno. «Saremo pronti quando tornerai».

«Lo spero», rispose Vespasiano con un debole sorriso. Girò il suo cavallo e tornò indietro verso i pretoriani.

Gli pulsava la gamba e gli faceva male la testa, ma si sentiva sicuro di avere abbastanza forze da poter restare a cavallo e attraversare il bosco al galoppo per un breve periodo di tempo. Era sicuro anche che non avrebbero cercato di abbatterlo con le loro lance; Seiano lo voleva vivo, e questo, date le circostanze, gli parve confortante.

Tenendo gli occhi ben aperti, avanzò con prudenza, prendendo mentalmente nota di qualunque ostacolo avrebbe incontrato al ritorno, finché non vide uno sprazzo di rosso tra gli alberi davanti a sé. Si fermò e attese che si facessero avanti, preparandosi a scattare all'indietro. Non dovette aspettare a lungo.

«Eccolo!», urlò un soldato a circa cinquanta passi di distanza.

Vespasiano girò il cavallo e lo spronò al galoppo. Mentre percorreva di gran carriera l'ormai familiare sentiero, evitando alberi, saltando ceppi e piegandosi sotto i rami più bassi, provò ammirazione per la bravura dei cavalieri dietro di lui, che prima avevano cavalcato sullo stesso percorso, ma senza poter fare una ricognizione. Raggiunse l'estremità della valletta e rallentò. Si guardò brevemente intorno per assicurarsi che i suoi inseguitori potessero vedere dove stava andando e poi, soddisfatto, si lanciò giù per l'altura e attraversò la piccola valle verso i due alberi che Magno gli aveva indicato sul lato lontano.

I pretoriani discesero la prima altura mentre il cavallo di Vespasiano si arrampicava su quella molto più ripida di fronte. Ne raggiunse la cima con le zampe anteriori; poi, mentre cercava di arrampicarsi sul terreno pianeggiante, grattò per terra con le zampe posteriori nel tentativo di far presa sulla terra allentata dell'altura. Vespasiano cercò di aggrapparsi al suo cavallo quando l'animale, con un enorme sforzo, riuscì a tirarsi su. Subito dopo, però, la velocità delle zampe posteriori che si dimenavano a contatto con la terra più ferma del terreno boscoso fece sbilanciare e incespicare la bestia, scaraventando Vespasiano a terra.

«L'abbiamo preso!», disse qualcuno da dietro mentre lui rotolava sulla schiena e sguainava la spada per difendersi. I primi due pretoriani avevano quasi scalato l'altura quando un paio di macchie scure passarono davanti agli occhi di Vespasiano; due grossi rami colpirono in faccia i soldati, facendoli ruzzolare giù dai loro cavalli, che a loro volta s'impennarono e caddero all'indietro lungo il pendio sul terzo soldato dietro di loro. Magno e Sesto caricarono giù per l'altura dalle loro posizioni d'imboscata dietro gli alberi, scagliando i rami contro i soldati disarcionati. Saltarono su di loro con le spade sguainate, mentre Mario scivolava giù dall'altura dietro i soldati per impedire loro qualunque possibilità di ritirata. I cavalli schiacciarono e scalciarono i loro cavalieri che cercavano di rialzarsi, lasciando i pretoriani a terra come selvaggina indifesa. Tre spade balenarono quasi simultaneamente, e il sangue sgorgò dalle gole dei soldati, che morirono sotto i loro cavalli terrorizzati.

«Veloci, ragazzi, cercate di calmare quei cavalli, poi cominciate a prendere quel che ci serve», disse Magno, mentre cercava di risalire l'altura verso Vespasiano. «Stai bene, signore? Sembrava una brutta caduta».

«Sto bene. Sono tutti morti?»

«Certo. Altrimenti non starei qui a parlare con te, no?», rispose Magno, aiutandolo a rialzarsi. «Forza, andiamo».

Si affrettarono giù per l'altura, fino al punto in cui Mario stava spogliando i pretoriani dei loro mantelli ed elmi, mentre Sesto cercava di controllare i cavalli.

«Prendi le selle e le briglie, Sesto», disse Vespasiano, «poi lasciali andare».

Con i corpi, le briglie e le selle ben nascosti nel folto sottobosco, lontano dal sentiero, indossarono i mantelli e gli elmi dei pretoriani, recuperarono i propri cavalli, salirono in sella e si diressero verso il limitare del bosco. Guardando il terreno aperto, non riuscirono a scorgere segni di altre pattuglie.

«Cavalcheremo due a due», disse Vespasiano, «ma non troppo velocemente, altrimenti un'altra pattuglia, se ci vedesse, potrebbe pensare che stiamo inseguendo qualcuno e venire ad aiutarci».

«Hai ragione, signore», concordò Magno, «arriviamo piano fino a quelle colline. Forza, ragazzi, andiamo».

Lasciarono il bosco e cominciarono ad attraversare il pascolo a un galoppo leggero e costante. Per un po' Vespasiano ebbe difficoltà a controllare il suo cavallo con la sola mano destra, tenendo una lancia e un pesante scudo con la sinistra, ma dopo un paio di chilometri capì come fare e fu in grado di compensare il maggior peso inclinandosi leggermente verso destra mentre continuava a far andare dritto il proprio cavallo.

«Signore, guarda, dietro di noi a destra», gridò all'improvviso Sesto.

«Non accelerate», disse Vespasiano, guardandosi alle spalle. Indubbiamente diretta verso il bosco che avevano appena lasciato, c'era un'altra pattuglia di mantelli rossi.

«Che facciamo?», chiese Mario.

«Niente, amico», disse Magno fissando dritto davanti a sé. «Non guardateli; continuate semplicemente ad andare avanti. Speriamo di essere abbastanza lontani da ingannarli».

Vespasiano trattenne il fiato mentre continuavano al piccolo galoppo. Rischiò un'altra rapida occhiata alle sue spalle. La pattuglia stava costeggiando il bosco, diretta verso la via Aurelia, apparentemente senza notare i presunti commilitoni a qualche chilometro di distanza sul pascolo.

«Sta funzionando. Non sono interessati a noi, stanno tornando sulla strada», urlò Vespasiano. «Mantenete quest'andatura, ragazzi, e pregate gli dèi che vi sono più cari perché ci facciano uscire presto dalla loro visuale».

Dopo un'altra mezz'ora, avevano cominciato a salire la prima delle colline. L'improvviso urlo che avevano temuto, quello che avrebbe intimato loro di fermarsi, non era arrivato. Quando il sole raggiunse lo zenit dietro le nuvole piene di pioggia, oltrepassarono la cima della collina e discesero verso la relativa sicurezza della valle sottostante.

XVII

Era calata la notte e aveva smesso di piovere. Avevano cavalcato abbastanza velocemente tra le colline, per poi rallentare al trotto mentre attraversavano la steppa rocciosa. La luna piena risplendeva attraverso la sottile coltre di nubi, dando ai cavalli luce sufficiente per scegliere la strada in quel terreno impervio. Sotto di loro, a sinistra, si poteva scorgere a tratti il percorso della via Aurelia, evidenziato dalle torce di occasionali carri o gruppi di viaggiatori di passaggio. Al di là di essa, in alto su uno strapiombo, si vedevano le luci di una città in cima alla collina.

«Quella è Cosa», disse Vespasiano a Magno. «La tenuta di mia nonna è appena a nord della città e dà sul mare. Dobbiamo attraversare la via Aurelia e trovare la strada che si arrampica fin su in città. Circa a metà strada, c'è un sentiero verso destra che porta alla sua terra».

«Be', ora mi sembra un buon momento per farlo, signore», replicò Magno. «Sembra piuttosto tranquillo, e anch'io non vedo l'ora di poter avere un pasto caldo e un letto accogliente. Tra l'altro, mi sorprende che riesci ancora a stare in sella. Smontate, ragazzi, guideremo i cavalli giù per la strada».

Si fermarono in un boschetto di ulivi a cinquanta passi dal punto di congiunzione della via Aurelia con la strada che s'inerpicava su per la collina fino a Cosa. In lontananza, potevano udire l'acciottolio di un grande reparto di cavalleria proveniente da sud.

«Quanto sono lontani?», chiese Vespasiano.

«Non saprei», rispose Magno.

«Potrebbero anche non essere dei pretoriani».

«Scommetto che lo sono; se fossero stati soltanto ausiliari dell'esercito, si sarebbero accampati prima della notte. Sono senz'altro dei pretoriani; devono essersi resi conto da qualche ora che siamo riusciti a superarli, quindi credo che si dirigeranno più a nord per preparare un altro blocco stradale».

«Pensi che dovremmo semplicemente correre?», bisbigliò Mario.

«Meglio di no; li lasceremo passare».

Le torce, in testa alla colonna in rapido movimento, erano ormai in vista; Vespasiano e i suoi compagni le guardavano avvicinarsi trattenendo il fiato. Quando la colonna, forte di più di cento elementi, arrivò alla congiunzione tra le due strade, il comandante si fermò.

«Clemente, prendi la metà degli uomini, continua per un'altra quindicina di chilometri su per la strada e bloccala lì. Cerca in tutte le locande, fattorie e stalle che incontri. Io prenderò il resto dei ragazzi e perquisirò la città; se non troverò nulla, ti raggiungerò in mattinata. Fa' uscire le pattuglie all'alba, ma solo a gruppi di più di quattro; non voglio ripetere il fiasco di stamattina».

«Farò tutto il necessario, Macrone». Il giovane decurione salutò; la luce delle torce brillò sul suo elmo mentre lui si rivolgeva alla colonna. «I primi due squadroni mi seguono», ordinò, prima di cominciare a risalire la strada al rapido trotto.

Quando l'ultimo soldato del distaccamento di sessanta uomini lo superò, Macrone chiamò a gran voce il resto della colonna: «Bene, ragazzi, metteremo sottosopra questa città; voglio che chiunque sia arrivato oggi venga portato nel foro per essere interrogato, insieme a tutti i magistrati locali e i proprietari di taverne. Non permettete a nessuno di dirvi di no, capito?». Si voltò verso una figura familiare dietro di sé. «Bene, Asdro, prevedo che ci sarà del lavoro per te stasera. Sono certo che alcuni degli interrogati apprezzeranno un piccolo incoraggiamento prima di parlare». Detto questo, girò il suo cavallo e lo spronò a salire la strada verso la città.

Vespasiano e i suoi compagni osservarono la colonna, illuminata dalle torce, inerpicarsi al buio per un paio di chilometri su per la collina, fino alla città ignara.

«Poveracci», sussurrò Magno. «Non dormiranno molto stanotte, con Macrone e i suoi uomini scatenati in giro per la città».

«Ma questo va a nostro favore», replicò Vespasiano, sentendosi ormai disperatamente stanco. «Continuiamo ad andare avanti mentre i pretoriani sono impegnati a terrorizzare dei provinciali innocenti».

Guidarono i loro cavalli giù per la strada, li montarono e seguirono la colonna verso la città. Trovarono il sentiero che portava alla tenuta di Tertulla mentre per le colline già riecheggiavano le prime urla provenienti dalla città.

«Dobbiamo seguire questo sentiero per un paio di chilometri, fino alla cima della collina», disse Vespasiano, sforzandosi di distinguere la linea del sentiero alla fioca luce della luna. «Poi dobbiamo mantenerci a destra verso il mare».

Dalla città provenne un'altra serie di urla, e i quattro uomini si affrettarono sulla loro strada, non perché si trovassero in una situazione di pericolo immediato, ma per sfuggire a quei suoni strazianti di cui, in un certo senso, si sentivano responsabili.

Il rumore delle onde distanti che s'infrangevano sotto di loro li raggiunse quando arrivarono in cima. L'odore dell'acqua salmastra ravvivò Vespasiano, che l'aspirò avidamente. Amava il mare da quando, all'età di sette anni, lui e Sabino avevano trascorso lì con Tertulla i cinque anni in cui i loro genitori erano stati in Asia.

Considerava quel periodo il più felice della sua vita, nonostante le continue prepotenze di suo fratello. Ma sua nonna lo aveva protetto da Sabino, infliggendo severe punizioni a quest'ultimo ogni volta che sul corpo di Vespasiano apparivano nuove contusioni e assicurandosi che Attalo, il suo amministratore, tenesse d'occhio i due ragazzi quando lei non c'era. Poi, un bel giorno, quando Vespasiano aveva undici anni, Sabino era partito per Roma per farsi aiutare dallo zio Gaio a trovare una carica di tribuno militare. Allora Vespasiano aveva avuto tutta l'attenzione di Tertulla per più di un anno e si era beato del suo amore. Ogni giorno, dopo che lui aveva finito le lezioni col suo *grammaticus*, trascorrevano del tempo insieme. Lei gli raccontava delle storie mentre camminavano lungo le scogliere e gli insegnava ad annodare una rete mentre pescavano sulla spiaggia; ma la cosa più importante era che la nonna gli aveva insegnato come funzionava la tenuta che lei stessa dirigeva, poiché suo marito era morto prima ancora che Vespasiano nascesse.

Al ritorno dei suoi genitori, lui non voleva assolutamente lasciare Tertulla e la sua tenuta, che ormai considerava la propria casa. Perciò la nonna lo accompagnò nella tenuta appena acquistata dai suoi genitori alle Terme di Cotilia e vi rimase per sei mesi mentre lui si ambientava. Tertulla se n'era andata il giorno dopo il tredicesimo compleanno di Vespasiano, che da allora non l'aveva più rivista.

Sapendo di avere meno di un chilometro da percorrere prima di arrivare a casa, per restare cosciente concentrò la mente sull'ultimo sforzo. Percorse confusamente ancora qualche centinaio di passi, ma alla fine riuscì ad arrivare con i suoi compagni fino al familiare bosco e all'altrettanto familiare cancello di ferro che aveva attraversato per l'ultima volta quasi quattro anni prima. Si accasciò in avanti sul suo cavallo e riuscì a smontare trascinando la gamba destra sopra il dorso dell'animale. Sentì il braccio di Magno sostenerlo mentre avanzava incespicando, e picchiò sul battente di ferro con la poca forza che gli restava.

«Penso che sarebbe meglio farlo un po' più forte, signore», disse Magno, tirando al battente quattro forti colpi.

«Chi è?», disse una voce proveniente dall'altra parte.

«Di' a mia nonna che c'è Vespasiano con tre amici».

Attesero per un po', poi dal cancello arrivò una voce familiare.

«Se sei Vespasiano, dimmi come mi chiamavi».

Vespasiano sorrise tra sé e guardò Magno con espressione di scusa. «Tute».

Il cancello si aprì e Tertulla, ormai ultraottantenne, si precipitò verso il nipote.

«Vespasiano, tesoro mio, sei davvero tu». Gli mise le braccia intorno al collo e lo abbracciò. «Oh, t'è venuta una pelle ben dura da quando ti ho visto per l'ultima volta».

«Ora sono un tribuno militare, Tute. Dovremmo parlare all'interno, però; sono stato ferito e ho bisogno di riposare. Questi sono miei amici».

«Ma certo, entrate, entrate tutti quanti».

Vespasiano si distese su un divano nel triclinio a bere vino annacquato caldo mentre Tertulla esaminava la sua gamba ferita alla luce fioca di una lampada a olio tenuta da uno schiavo.

«Non male, Magno, non male davvero», disse con ammirazione mentre passava le dita rugose sulla ferita gonfia, coperta di vesciche.

«Grazie», replicò Magno dall'altra parte della stanza, da dove lui e i suoi fratelli degli incroci guardavano la scena con una certa apprensione.

«Con cosa l'hai pulita?»

«Piscio».

«Molto bene, è la cosa migliore se non puoi procurarti dell'aceto. La ferita si è chiusa, perciò non mi resta che bendarla per impedire che si apra, dopo aver applicato un unguento per la bruciatura. Attalo!».

Un uomo alto e robusto sulla cinquantina entrò nella stanza. «Non c'è bisogno di gridare, sono qui», disse con tono di voce fin troppo paziente.

«Eccoti qua, stupidone. Prendi Magno e i suoi colleghi e trova loro qualcosa da mangiare, poi porta qui un po' di pane e prosciutto. E già che ci sei, portami la mia coppa; non capisco perché Vespasiano stia bevendo e io no».

«Probabilmente perché tu non avevi ancora chiesto una coppa».

«Devo pensare a tutto io?»

«Sì, perché sei la padrona e tutti gli altri sono tuoi schiavi».

«Be', allora comportati come tale».

«Lo faccio sempre. È tutto?»

«Ti ho dato già tre ordini; non credo che riusciresti a ricordarne di più».

Attalo guardò Vespasiano con un largo sorriso. «Benvenuto a casa, padrone Vespasiano, sarà bello avere di nuovo una persona sensata qui dentro».

«Grazie, Attalo. Vedo che tu e mia nonna andate ancora d'accordo».

«Io la tollero», disse con un bisbiglio scherzoso.

«Io invece non capisco perché tollero te. Avrei dovuto farti crocifiggere».

«In tal caso, chi ci sarebbe a ricordarti che giorno è e come ti chiami?»

«Continua, continua così», disse Tertulla, dandogli un forte schiaffo sul sedere e cercando di non ridere.

Attalo lasciò la stanza massaggiandosi il didietro e portando con sé i fratelli degli incroci, che sorridevano divertiti.

Tertulla unse delicatamente la ferita con un balsamo dall'odore terribile, poi la fasciò accuratamente. Mentre stava finendo, Attalo ritornò con il cibo e una coppa d'argento.

«Ce ne hai messo di tempo; ti sei perso di nuovo?», disse Tertulla bruscamente, mentre annodava la benda di lino.

«Mi sorprende che ti ricordi che me n'ero andato», replicò Attalo, appoggiando il vassoio di cibo con un plateale inchino. «La padrona gradirebbe dell'acqua nel vino, oppure pensa di ubriacarsi di nuovo questa sera?»

«Mi verserò il mio vino da sola, così potrò essere sicura che non ci hai sputato dentro. Vattene e mettiti a fare qualcosa di utile, tipo scoparti una delle mie schiave personali, così sarà di buon umore quando dovrà pettinarmi i capelli domattina».

«Per farti un favore, padrona, me le farò tutte e tre, così domattina, quando ti vestirai, sarai circondata da facce felici e sorridenti».

«Sparisci, vecchio caprone, e prendi con te il tuo giovane amico. Probabilmente avrai bisogno del suo aiuto, alla tua età».

Tertulla congedò lo schiavo della lampada, che sapeva bene di non dover ridere quando la padrona canzonava il suo superiore.

Mentre i due schiavi lasciavano la stanza, Vespasiano si abbandonò a una lunga risata. «Mi ero quasi dimenticato di quanto fosse divertente vivere qui, Tute. È così bello vederti».

«Attalo mi aiuta a mantenere le mie facoltà mentali; un bene impagabile, non sei d'accordo?», disse lei, ridendo insieme al nipote. Prese la brocca di vino e se ne versò una bella quantità nella coppa d'argento, che poi cominciò ad accarezzare con entrambe le mani. Intanto, Vespasiano la guardava con amore.

«Quando penso a te, ti vedo sempre con quella coppa in mano; non bevi mai da nient'altro, vero?»

«Tuo nonno, Tito Flavio Petrone, mi regalò questa coppa il giorno del nostro matrimonio. Io avevo tredici anni e fu la prima cosa che potessi definire mia; fino ad allora, tecnicamente tutti i miei possedimenti erano appartenuti a mio padre. Questa coppa mi è molto cara, così come mi era caro quel brav'uomo, di trent'anni più vecchio di me, che me la diede tanti anni fa». Sorrise tristemente tra sé, ricordando l'uomo che aveva amato, poi sollevò la sua preziosa coppa. «Agli amici che non ci sono più».

«Agli amici che non ci sono più».

Bevvero e rimasero in socievole silenzio per un po'. Poi la gamba di Vespasiano ricominciò a pulsare, ricordandogli della ferita.

«Quanto mi ci vorrà per guarire, Tute?»

«Dai dieci ai quindici giorni, se starai a riposo. Forza, devi mangiare», rispose Tertulla, offrendogli il piatto di prosciutto.

«Devo partire entro sette giorni al massimo, perché dovrò essere a Genua tra dodici giorni, e non potremo prendere la strada principale».

«Perché?».

Vespasiano raccontò brevemente gli eventi degli ultimi giorni. Cercò di mantenere vaghi i dettagli per nascondere fino a che punto fosse coinvolto nella cospirazione contro Seiano, ma non era facile imbrogliare Tertulla.

«E così sei coinvolto con persone ricche e potenti e ti sei già schierato con una parte».

«Ho scelto la parte più onorevole, quella al servizio di Roma».

«Devi stare attento, Vespasiano; la parte che sembra al servizio di Roma può non essere sempre la più onorevole; e anche se lo fosse, è possibile che non vinca».

«Allora mi consiglieresti di scegliere la parte che penso vincerà, indipendentemente dal fatto che cerchi di servire Roma?»

«Ti consiglio di star fuori dalla politica che non comprendi, e di tenerti alla larga dai potenti, perché in genere hanno soltanto un obiettivo, quello di acquisire maggior potere. Tendono a usare le persone della nostra classe come strumenti di cui sbarazzarsi dopo l'uso. Siamo molto utili per fare il lavoro sporco, ma diventiamo pericolosi una volta che l'abbiamo fatto, perché sappiamo troppo».

«Tute, io devo ad Asinio e ad Antonia la mia nomina alla IV Scitica; sono tenuto a fare quel che mi hanno chiesto, tutto qui».

Tertulla guardò suo nipote e sorrise. Era così simile a suo marito, quando si erano sposati quasi settantacinque anni prima: aveva lo stesso fervore e lo stesso desiderio di fare quel che considerava giusto.

«Ricorda soltanto quel che accadde a tuo nonno Petrone; era obbligato nei confronti di Pompeo Magno, avendo prestato servizio con lui durante le campagne in Oriente, perciò si riarruolò nelle sue legioni come centurione anziano quando scoppiò la guerra civile contro Cesare. Aveva già fatto i suoi venticinque anni di servizio con le legioni, ma all'età di quarantaquattro anni, un anno dopo il nostro matrimonio, si ritrovò a Farsalo a combattere contro dei concittadini che avevano un senso del dovere altrettanto forte, ma verso una causa romana diversa. Pompeo perse tutto contro Cesare a Farsalo, ma Petrone riuscì a sopravvivere alla battaglia e a tornare a casa da me. Si appellò a Cesare a Roma e ottenne un perdono completo; gli fu concesso di vivere e di diventare un esattore, pur sapendo che non si sarebbe più potuto aspettare una promozione.

Poi, quando Augusto salì al potere con il secondo triumvirato, dopo l'assassinio di Cesare, si arruolò di nuovo e combatté per Cassio e Bruto, gli assassini di Cesare, contro il triumvirato a Filippi, dove morirono le ultime speranze dei repubblicani. Augusto proscrisse più di duemila *equites* che avevano combattuto contro di lui o contro suo padre adottivo, Cesare; tuo nonno era uno di loro. Piuttosto che essere giustiziato e vedersi confiscare la sua proprietà, si suicidò qui, proprio in questa stanza, mentre i soldati picchiavano sul cancello».

Vespasiano si guardò intorno nella stanza e immaginò suo nonno cadere sulla propria spada nel disperato tentativo di salvare famiglia e proprietà prendendo la via d'uscita più onorevole. Guardò sua nonna; era evidente che stava immaginando anche lei la scena. «Ogni volta che ti ho chiesto come fosse morto mio nonno, tu mi hai detto che era morto per Roma».

«E così è stato. Però è morto per la sua idea di Roma, la vecchia Roma, la repubblica, non la Roma che è emersa dagli anni di guerra civile, la nuova Roma, l'impero».

«Tu ripensi mai alla repubblica desiderando che fosse sopravvissuta, Tute?»

«Sì, ma soltanto per il bene di mio marito. Se la repubblica fosse sopravvissuta, lo avrei avuto con me per più tempo. Quanto a come è governata attualmente Roma, non me ne importa, purché mi lascino in pace; ma penso che più tardi stanotte Roma tornerà a bussare alla mia porta, quindi è meglio che vi nascondiamo tutti quanti».

«Pensi che verranno qui?», chiese Vespasiano. L'ambiente familiare gli aveva fatto provare un falso senso di sicurezza.

«Senz'altro; quando non troveranno niente a Cosa, cercheranno per forza nelle campagne circostanti verso nord. Ma è tutto a posto, ho dato ordini ad Attalo di mischiare i tuoi cavalli con i miei, e temo che tu debba passare la notte nella soffitta, sopra gli alloggi degli schiavi».

«Non sapevo che ci fosse una soffitta lì».

«Perché è molto ben nascosta; tuo nonno la usava per dare asilo ai simpatizzanti di Pompeo che, non volendo vivere a Roma sotto Cesare, fuggivano verso nord, fuori dall'Italia».

«Stasera sto apprendendo tante cose che non ho mai saputo su mio nonno».

«Perché avresti dovuto saperle? Eri solo un bambino quando vivevi qui, perché ti saresti dovuto interessare di politica? Ora che sei un uomo, e ti stai facendo coinvolgere in questi affari, è importante che tu capisca il pericolo che accompagna qualunque scelta politica. Tuo nonno lo capì, ma nel suo caso la parte che sembrava servire Roma in modo più onorevole perse. Quindi scegli bene, perché per realizzare il tuo destino non devi perdere».

Vespasiano guardò sua nonna con una certa ansia. «Cosa intendi quando parli del mio "destino"? Ho sentito per caso i miei genitori parlare di presagi alla mia nascita che profetizzavano che dovessi andare lontano, ma nessuno vuole dirmi cosa ciò significhi. Mia madre ha fatto giurare il silenzio a tutti».

Tertulla sorrise di nuovo. «Allora dovresti sapere che nemmeno io posso dirti nulla, perché ho fatto anch'io quel giuramento. Posso dirti soltanto che i presagi per te erano molto favorevoli, talmente favorevoli che, in questo periodo di potere imperiale, era meglio non renderli pubblici. In ogni caso, i presagi degli dèi possono avverarsi soltanto se un uomo fa la sua parte e compie le scelte giuste».

Vespasiano si era aspettato una risposta prudente, ma ne trasse comunque conforto. «Grazie. Mi hai aiutato a capire qualcosa che non ero mai riuscito a esprimere a parole prima; quando sento che una cosa è giusta, devo avere la forza di carattere necessaria per perseguirla».

Tertulla si chinò in avanti e lo baciò sulla guancia. «Sei cresciuto sotto tanti aspetti da quando ti ho visto per l'ultima volta, mio caro ragazzo. Ma adesso dovremmo trovare i tuoi amici e farvi salire tutti in soffitta; i pretoriani si stancheranno presto di non trovare nulla a Cosa».

«Anche se non ci troveranno qua, dovremo comunque oltrepassarli in qualche modo da qui a Genua», disse Vespasiano, sforzandosi di alzarsi in piedi.

«No, non è necessario», replicò Tertulla, sostenendolo per il braccio mentre uscivano dalla stanza. «Il modo migliore di arrivare a Genua, evitando blocchi stradali e pattuglie e consentendoti, al tempo stesso, di rimanere di più qui con me mentre fai riposare la tua gamba, è per mare».

XVIII

«Insomma, si riduce tutto a chi ha la fedeltà dell'esercito, vero, Tute?», chiese Vespasiano, resistendo all'impulso di grattarsi la crosta formatasi sulla sua ferita. «Tutti questi alti ideali per cui gli uomini hanno dato la vita ormai sono soltanto una copertura, perché il potere non è più garantito dal diritto costituzionale ma dalla forza militare».

Stavano distesi nel triclinio, la notte prima di quella prevista per la partenza di Vespasiano. Gli ultimi undici giorni erano passati troppo rapidamente per lui, che aveva trascorso la maggior parte del tempo a far riposare la gamba mentre parlava con Tertulla. Durante la giornata, stava sdraiato su un divano nel giardino del cortile, e poi di sera cenava da solo con sua nonna nel triclinio. Tertulla gli raccontava storie di imprese di suo marito per la causa repubblicana. Gli disse dell'odio che egli aveva nutrito per Cesare e poi per Augusto, e per tutto ciò che essi rappresentavano; poi della sua disillusione nei confronti del senato e della parte repubblicana, che erano stati sconfitti, alla fine, dalle lotte intestine e dalla mancanza di decisione, provocando l'ascesa del potere autocratico sostenuto dalla forza militare dei pretoriani. Per fortuna, Petrone non era vissuto abbastanza da vedere fino a che punto sarebbe giunta quell'ascesa.

I pretoriani erano arrivati, proprio come Tertulla si aspettava. Lei era stata cortese, e loro se n'erano andati un'ora dopo, convinti che la casa ospitasse soltanto una vecchia eccentrica, incapace di far del male a qualcuno, se non a se stessa e ai suoi pazienti schiavi.

Vespasiano guardò la nonna ottantasettenne, che i pretoriani avevano considerato innocua; lei era uno degli ultimi sopravvissuti del periodo più turbolento della storia recente. I suoi ricordi in proposito erano ancora chiari, ed era stata in grado di rispondere alle molte domande di Vespasiano. Aveva conosciuto Pompeo, aveva sentito parlare Cesare e aveva visto Cleopatra quando questa era venuta a Roma come ospite e amante di Cesare. Dopo la sua morte, aveva nascosto Marco Bruto in casa, mentre le legioni di Antonio marciavano verso nord lungo la via Aurelia per combattere contro l'altro cospiratore, Decimo Bruto. Il giorno seguente, aveva salutato con un bacio suo marito che partiva per la Grecia con Marco Bruto per unirsi a Cassio e all'esercito repubblicano. Dieci anni dopo, da vedova, lei e il suo unico figlio, il padre di Vespasiano, avevano guardato dalle scogliere la flotta settentrionale che passava sul mare diretta a Brindisi, sulla costa orientale, per unirsi a Ottaviano prima della fatale battaglia di Azio, che avrebbe segnato la fine di Antonio e della sua amante Cleopatra e portato l'impero sotto il controllo di un uomo solo: Ottaviano, l'imperatore Augusto.

La tavola era stata sparecchiata, a parte una brocca di vino e un po' d'acqua. Le lampade a olio tremolavano al soffio delle correnti d'aria che s'infiltravano nella casa come estensioni, simili a lunghe dita striscianti, del vento che infuriava all'esterno. Il rumore di Magno e dei suoi amici che gozzovigliavano si poteva sentire appena sopra quello del vento che portava pioggia dal mare. I fratelli degli incroci avevano trascorso il loro tempo a cavalcare per la tenuta, col pretesto di cercare eventuali pattuglie, ma in realtà per cacciare. La sera arrostivano e mangiavano la preda di giornata, ubriacandosi chiassosamente con il vino di Tertulla, per poi ritirarsi a letto con qualunque schiava volessero.

«Più che altro, il diritto costituzionale è garantito dalla forza militare», replicò Tertulla, bevendo un sorso dalla sua amata coppa. «Tiberio era il figlio adottivo di Augusto, quindi aveva il diritto di essere imperatore, anche se molti avrebbero preferito Germanico. La fedeltà dell'esercito lo aiuta a mantenere questo diritto. Dobbiamo sperare che chiunque egli nomini suo successore possa ispirare la stessa fedeltà».

Un colpo alla porta li interruppe; alzarono lo sguardo e videro Attalo che, bagnato e in disordine, teneva una custodia di pelle per i rotoli di pergamena.

«Non sei caduto di nuovo nell'impluvio, spero?», gli chiese Tertulla con finta sorpresa.

«Se non avessi trascorso tutta la serata a esercitare i ben formati muscoli del braccio che usi per bere», replicò Attalo, togliendosi il mantello bagnato e lanciandolo a un subalterno, «forse ricorderesti che mi hai mandato tu giù al porto a vedere se era arrivata la nave».

Il giorno dopo la visita dei pretoriani, Attalo era stato inviato a Cosa alla ricerca di una nave mercantile pronta, senza fare troppe domande, a portare dei passeggeri a Genua. Era tornato la sera stessa dicendo di averne trovata una per l'esorbitante prezzo di duecentocinquanta denari; stava partendo per Ostia, ma sarebbe tornata a Cosa in giornata.

«E allora?», chiese Vespasiano, sperando che il maltempo lo tenesse lì per un altro paio di giorni.

«È arrivata a metà del pomeriggio, prima che si alzasse il vento; se il vento si calma entro domattina, il capitano ha promesso di trovarsi sulla spiaggia sotto di noi all'ora terza».

Vespasiano non riuscì a nascondere il suo disappunto.

«So che avresti preferito prima, padrone», disse Attalo, fraintendendolo di proposito, «ma temo che dovrai sopportare un'altra ora o due dei ricordi atrocemente inesatti di tua nonna».

«E tu come faresti a sapere che sono inesatti, vecchio satiro?», disse Tertulla, ridendo. «Non hai mai ascoltato una parola di quel che ti ho detto sin dal giorno disgraziato in cui ti ho comprato».

«Cosa? Oh, questo era nell'ufficio dell'edile giù al porto», disse Attalo, porgendole il tubo di pelle. «È un congegno moderno; se togli il coperchio, puoi…».

«Esci e vai a giocare con i tuoi compagni», rise Tertulla, cercando di colpire il suo amministratore con la custodia di pelle.

Attalo se ne andò dopo aver rivolto a Vespasiano un sorriso da cospiratore.

«Che cos'è, Tute?», chiese Vespasiano mentre sua nonna tirava il rotolo fuori dal suo contenitore.

«Una lettera di tuo padre», rispose lei, srotolandola.

Mentre sua nonna leggeva, Vespasiano sorseggiava il vino e ricordava le conversazioni che avevano avuto negli ultimi giorni. Lei lo aveva aiutato a sviluppare opinioni formate solo in parte e aveva corretto molte delle sue convinzioni sulla differenza tra i due sistemi politici: la repubblica e l'impero. Gli aveva dimostrato come le libertà di cui godevano i singoli cittadini durante la repubblica fossero state lentamente eliminate dall'ascesa di Roma come potenza coloniale. L'esercito non poteva più essere composto soltanto da qualche legione di cittadini contadini arruolati per delle brevi campagne vicino a casa loro. Le conquiste della Grecia, dell'Asia, della Spagna e dell'Africa avevano fatto sì che gli uomini dovessero stare lontani da casa per vari anni di seguito, mentre i loro raccolti si seccavano e morivano nei campi. Tornavano a casa e trovavano i campi incolti e le famiglie indigenti. Le loro terre venivano comprate a prezzi bassissimi dai ricchi proprietari terrieri; se erano in affitto, invece, i padroni li cacciavano via. Così si erano formate le grandi tenute che ora Vespasiano poteva vedere, coltivate dalle moltitudini di schiavi che erano il sottoprodotto dell'impero di Roma. Spodestati, i cittadini soldati potevano andare soltanto a Roma, dove erano diventati una sottoclasse dei poveri urbani che, nei giorni prima della distribuzione gratuita di grano, vivacchiava e passava il tempo assistendo ai giochi; una fine degradante per una categoria un tempo orgogliosa di contadini-soldati che avevano combattuto per la repubblica perché vi partecipavano.

Ma le legioni avevano ancora bisogno di soldati per difendere le nuove province e per aggiungerne delle altre. Gli introiti fiscali provenienti da queste terre di nuova conquista erano enormi, e Roma si era arricchita; allora era nata l'idea di un esercito professionale permanente, composto dai poveri delle città che non avevano altre possibilità per guadagnarsi da vivere. E così ora i nipoti degli stessi uomini che un tempo avevano combattuto volontariamente per la loro repubblica prestavano servizio per venticinque anni nelle legioni in cambio di una paga e della promessa di una terra al momento del congedo. La loro fedeltà non era alla repubblica, a cui non partecipavano più, ma ai generali che seguivano e a cui si rivolgevano per la promessa di una fattoria e per la possibilità, dopo il congedo, di metter su dignitosamente una famiglia.

Il nuovo sistema aveva dato vita a uno scontro tra il senato, che odiava l'idea di regalare della terra, e i generali, che erano ansiosi di sistemare i loro veterani. Una volta sistemati, infatti, costoro si mantenevano fedeli ai comandanti, ai quali dovevano tutto. L'equilibrio di potere diveniva sfavorevole al senato man mano che i generali ammassavano enormi basi clientelari, alle quali potevano ricorrere in qualunque momento sentissero la propria dignità minacciata o le proprie ambizioni frustrate da un senato sempre più geloso.

Poiché i generali combattevano tra loro per ottenere la supremazia, presto erano cominciate le guerre civili, che avevano portato a mezzo secolo di caos. Il senato era diviso e impossibilitato a esercitare la propria autorità. Alla fine, l'ordine era stato ristabilito con l'unico mezzo logico: il dominio di un uomo solo. La repubblica era stata vittima del suo stesso successo; aveva creato un impero ma era stata incapace di controllarlo. Ora Vespasiano capiva: ci voleva un imperatore per governare un impero.

«Sembra che Asinio sia riuscito a far uscire i tuoi genitori da Roma senza problemi», disse Tertulla, mettendo giù la lettera e richiamandolo dalle sue fantasticherie.

Si sentì assalito dal senso di colpa quando si rese conto di non aver quasi mai pensato a loro nel periodo trascorso in compagnia di Tertulla. «Sono contento di questa notizia», disse.

«Asinio ha chiesto a tuo padre di scriverti qui nella speranza che il suo avvertimento ti raggiungesse in tempo: non devi andare all'accampamento militare di Genua».

«Perché no? Devo arrivare in Tracia».

«Dalla sua fonte all'interno della Guardia ha sentito dire che stanno cercando un tribuno militare di passaggio a Genua verso la IX Ispanica in Pannonia. Un tribuno pretoriano di nome Macrone e un legionario della coorte urbana stanno aspettando per identificarlo».

«Allora cosa dovrei fare? Arrivare in Tracia per conto mio?»

«Mio caro ragazzo, se ti toccherà comandare degli uomini, allora dovrai fare di meglio. Hai appena chiesto il mio consiglio e, contemporaneamente, hai fatto una proposta ridicola. La chiave per diventare un comandante di successo consiste nel sapere subito cosa fare quando le cose vanno storte. Una decisione rapida e corretta ti renderà sempre caro ai tuoi uomini, che ti rispetteranno e impareranno persino a volerti bene; ma soprattutto ti seguiranno e ti sosterranno. Perciò dimmi tu cosa dovresti fare».

Vespasiano ci pensò per un momento. «Aspettare che la colonna di rinforzo lasci il campo, seguirla per un paio di giorni, per controllare che non ospiti dei pretoriani, quindi unirsi a essa più tardi».

«Bene. La prossima volta che qualcosa va storto, pensa come un capo, non come un subalterno». Tertulla bevve un altro sorso dalla sua coppa, per poi posarla sul tavolo e guardare intensamente il nipote. «Visto che trascorre più tempo nei suoi palazzi e meno nelle campagne in cui i soldati possono constatarne la capacità di guida, credo che la famiglia imperiale comincerà presto a perdere il sostegno delle legioni. A quel punto la guardia pretoriana e le legioni in Germania, in Spagna, in Siria e altrove si schiereranno con imperatori diversi e scoppierà di nuovo la guerra civile. Alla fine, l'impero cadrà in grembo al generale dotato dell'esercito più fedele; speriamo che questo generale abbia a cuore gli interessi di Roma. Tratta bene i tuoi soldati, Vespasiano, guidali alla vittoria, perché non c'è alcun motivo per cui non debba essere tu quel generale».

Vespasiano rise. «Tute, stai davvero perdendo le tue facoltà mentali; qualunque destino gli dèi mi abbiano riservato, certamente non sarà quello di diventare imperatore. Imperatore io? Te l'immagini?»

«Forse un giorno tu l'immaginerai», disse Tertulla a bassa voce, alzandosi in piedi. «Ma non oggi. Forza, mio caro, è meglio se andiamo a dormire».

La spiaggia che dava a ovest era al buio, mentre Vespasiano e i suoi compagni si facevano strada giù per la scogliera guidando i loro cavalli e un asino, su cui avevano accomodato Tertulla all'amazzone. Una piccola nave mercantile stava attraccando al molo, che si proiettava fino a venti passi dalla riva nell'ormai calmo mare blu ardesia. Vespasiano poté scorgere sei o sette membri dell'equipaggio impegnati a correre qua e là con le gomene che tenevano ferma la barca.

Il vascello era la classica nave che faceva servizio regolare sulle acque poco profonde su e giù per la costa italica: lungo quindici metri con un solo albero, fondo piatto e fianchi alti, aperto e di legno. Due assi di chiglia, unite da un palo di legno, erano fissate a entrambi i lati della poppa rialzata; fungevano da timone, oltre a impedire alla barca senza chiglia di andare troppo alla deriva. Tra le tavole si stagliava una scultura di due metri raffigurante testa e collo di un cigno, che conferiva alla nave un'illusione di grazia che non avrebbe altrimenti meritato.

Attalo era già sul molo a parlare con il tozzo e barbuto capitano della nave quando il gruppo si avvicinò; si alzarono le voci, e a Vespasiano l'espressione preoccupata dell'amministratore parve ovvia.

«Padrone Vespasiano, il capitano sta dicendo che non ha spazio a bordo per i cavalli, perché a Ostia ha preso più olio d'oliva del previsto», disse Attalo sottovoce, avvicinandosi a Vespasiano mentre questi, insieme a Magno, si faceva strada lungo il molo.

«Quanto l'hai già pagato?», chiese Vespasiano.

«Cento denari».

«Quindi è disposto a rimetterci centocinquanta denari?»

«No, li vuole ancora prima che tu salga a bordo».

«Pensavo che l'accordo fosse per quattro passeggeri e quattro cavalli».

«Lo era, ma ora è cambiato».

«Capisco. Magno, penso che dobbiamo dare qualche spiegazione a questo gentiluomo del mare».

«Credo che tu abbia ragione, signore». Magno si voltò per guardare Sesto e Mario, che stavano aiutando Tertulla a scendere dall'asino. «Tenetevi pronti, ragazzi; potremmo avere un problema da risolvere».

Vespasiano si avvicinò al capitano. La barba chiazzata di grigio e nero gli copriva quasi completamente la faccia, lasciando esposti agli elementi soltanto la fronte e gli zigomi abbronzati. Dopo essersi socchiusi per anni davanti al sole e al vento, i suoi occhi erano ormai appena visibili. La grezza tunica di pelle senza maniche, apparentemente l'unico indumento che indossava, emanava un odore sgradevole, un misto di pesce morto, sudore e carne in decomposizione, come se la pelle non fosse stata conciata in modo adeguato.

«Il mio amministratore mi ha riferito che ti stai rimangiando l'accordo che hai preso con lui», disse bruscamente Vespasiano.

«Non è colpa mia, signore. Dovevamo tornare a Genua mezzi vuoti, ma poi il proprietario della nave ha comprato un carico extra di olio d'oliva e io non ho potuto farci nulla».

Vespasiano guardò giù nella stiva aperta della nave e vide, a ogni estremità, due grossi mucchi di anfore nei loro appositi siti di immagazzinamento, che lasciavano, tra loro, uno spazio di meno di tre metri sul ponte.

«Non potremmo far entrare i cavalli in quello spazio là?»

«Non è una questione di spazio, ma di peso. Se portaste i cavalli a bordo, saremmo troppo bassi in acqua, e questo non va bene, ti dico, soprattutto perché è inverno, e d'inverno una tempesta può arrivare senza molto preavviso».

«Ma è una bellissima giornata calma, non c'è praticamente una nuvola in cielo».

«Ora è così, ma per quanto durerà? Non ho intenzione di prendere il mare con una barca sovraccarica, questo è sicuro; non per duecentocinquanta denari, almeno».

«Allora è questo il problema, eh? Insomma, quanto vorresti per prendere il mare con una barca sovraccarica?»

«Cinquecento. E questa è la mia ultima parola».

«E i soldi in più ci aiuteranno a stare a galla? Non credo. E se decidessimo di andare via terra?»

«Se aveste voluto prendere la strada l'avreste fatto, ma per qualche motivo non potete, perciò scegliete di prendere una nave d'inverno. Secondo me, volete arrivare a Genua inosservati, e credo che questo meriti un compenso maggiore». Il capitano sorrise freddamente, come per dire: prendere o lasciare. Vespasiano si accorse che non serviva a nulla negoziare con lui.

«Sembra che tu ci abbia presi per le palle. Ne parlerò con i miei amici».

Di ritorno sulla spiaggia, Tertulla era risoluta. «Se salpate con un simile mascalzone, vi ucciderà, getterà in mare i vostri corpi e vi prenderà tutti i soldi, oppure vi consegnerà alle autorità portuali a Genua e vi prenderà comunque tutti i soldi».

«Dipende da quanti sono là dentro», disse Magno. «Li hai contati, signore?»

«Credo ce ne siano sei o sette oltre a lui, forse di più».

«Be', non mi piacerebbe rischiare così in uno spazio piccolo come quello per due giorni e due notti; è meglio se saliamo sui cavalli».

«Non possiamo», rispose Vespasiano, rendendosi conto di quanto fossero nei guai. «Anche se avessimo il tempo di attraversare le campagne, che ormai non abbiamo più, quei bastardi ci hanno visti. Quando arriveranno a Genua potranno dire a chiunque li paghi o li minacci che aspetto abbiamo e dove ci hanno visto. Questo li porterà direttamente alla casa di Tertulla, dopodiché basterà una semplice deduzione per condurli a me e al resto della famiglia».

«Hai ragione, Vespasiano», sospirò Tertulla. «Ma hai bisogno di qualcuno che guidi la nave».

«Mario, dai tuoi giorni nella marina, ricordi abbastanza da riuscire a governare quell'affare?»

«Credo di sì, signore, purché seguiamo la costa».

Tertulla fece un lugubre sorriso. «Allora sembra che il capitano abbia appena firmato una condanna a morte per sé e il suo equipaggio».

«Temo di sì, Tute. Magno, torneremo sul molo; io gli porgerò una borsa; non appena lui si sporgerà per prenderla, tu lo attaccherai. Sesto e Mario, rimanete indietro sulla spiaggia; non vogliamo insospettirlo. Non appena il capitano cade, seguiteci sulla nave più in fretta che potete. Li uccideremo tutti rapidamente, prima che abbiano la possibilità di trovare le loro armi. Non gettate in mare i corpi; lo faremo più tardi, lontano da qui».

«Verrò con te, padrone Vespasiano», disse Attalo. «Farò aumentare un po' le probabilità a nostro favore».

«Sarai peggio che un uomo in meno», lo derise Tertulla. «Intralcerai tutti e ti farai ammazzare».

«In tal caso, sono certo che sarà un pietoso sollievo per entrambi». Disse lui, prima di seguire Vespasiano e Magno sul molo.

Tertulla sorrise per il coraggio del suo vecchio amico, e poi guardò con ammirazione suo nipote che ripercorreva il molo. Riusciva a essere previdente, in modo freddo e calcolato; era sicura che avesse la stoffa per sopravvivere in quel mondo.

Il capitano stava in attesa, parlando a bassa voce sul molo con uno dell'equipaggio, quando Vespasiano e Magno lo raggiunsero.

«Che facciamo, allora?», chiese con noncuranza, come se stesse servendo ai tavoli in una taverna.

«Quattrocento», rispose Vespasiano.

«Ho detto che cinquecento era la mia ultima parola».

«Allora immagino che non abbiamo scelta, vero?», disse Vespasiano, offrendogli il borsello contenente i suoi aurei.

«Così pare», disse il capitano, con l'avido sguardo fisso sul pesante borsello. Fu l'ultima cosa che vide.

«Avevi ragione, vecchio mio, non avevamo scelta», disse Magno, estraendo la sua spada dal cuore del capitano. Il marinaio si bloccò per un istante, senza capire cosa fosse accaduto, mentre guardava il suo comandante accasciarsi sul molo. Vespasiano gli diede una ginocchiata sull'inguine, facendolo piegare in due ed esponendone la nuca alla spada di Attalo, che penetrò fino alle vertebre; era morto prima ancora di rendersi conto di cosa gli stesse capitando.

Vespasiano saltò sulla prua della nave, con il gladio sguainato, e recise il braccio armato di spada del primo uomo che incontrò; il grido che ne seguì, mentre l'uomo si accasciava stringendosi il moncherino che sprizzava sangue, avvisò del pericolo il resto dell'equipaggio. Seguito da Magno e da Attalo, Vespasiano saltò su un grosso mucchio di anfore e giù nella pancia della nave, atterrando sulla schiena di un vecchio membro brizzolato dell'equipaggio che stava prendendo una spada dall'ormai aperto deposito di armi sotto l'albero. Con il manico della spada colpì forte la parte posteriore del cranio dell'uomo, aprendolo come una noce. Un grido di Attalo lo fece scartare verso sinistra, evitando di poco un colpo d'ascia tirato da un mostro d'uomo tatuato che indossava soltanto un sudicio perizoma grigio. Il mostro ringhiò come una bestia feroce quando mancò il colpo, falciando una fila di anfore. L'olio d'oliva spruzzò sul ponte. Vespasiano si aggrappò al lato della barca per riprendere l'equilibrio su quella superficie scivolosa. Udì Sesto e Mario urlare mentre correvano sul molo e saltavano a bordo, sopra la ringhiera di poppa. Alla sua destra, Magno prese un celta dai capelli rossi che aveva appena sventrato e, con tutta la forza che aveva, ne lanciò il corpo, che ancora si contorceva, sul mostro; questi cercò di schivarlo ma scivolò sul ponte unto e atterrò sul sedere. Il celta urlante colpì il mostro sulla spalla, spargendogli in grembo i propri intestini caldi. Il mostro rimase seduto a fissarlo per un momento, confuso da quelle viscere grigie che gli sembravano le proprie, prima di rendersi conto di non essere stato squartato; sollevò lo sguardo giusto in tempo per vedere la spada di Attalo entrargli nell'occhio destro. Il suo gutturale urlo di dolore rieccheggiò per le scogliere mentre Attalo torceva la spada a sinistra e a destra, trasformandogli il cervello in gelatina; l'urlò s'interruppe di colpo quando Attalo tirò bruscamente il coltello verso l'alto, tagliando in due quel che restava del cervello del mostro.

Vespasiano si guardò intorno; Sesto e Mario avevano sgombrato la poppa e si stavano sporgendo sulla ringhiera a riprendere fiato; ai loro piedi giacevano due corpi. Magno avanzò con attenzione sulla superficie scivolosa e, con calma, tagliò la gola del celta sventrato, interrompendone istantaneamente le grida. Adesso l'unico suono a sovrapporsi al rollio delicato delle onde era il sommesso ma costante lamento dell'uomo mutilato a prua, mentre il sangue defluiva dal suo moncherino.

«Ci penso io a lui, signore», disse Magno, facendo del suo meglio per stare in piedi sul ponte scivoloso mentre l'imbarcazione rollava piano sulla leggera onda morta.

«Grazie, Magno», replicò Vespasiano, come se Magno gli avesse appena offerto un bicchier d'acqua. «Mario e Sesto, portate qui i corpi e poi pulite tutto questo olio prima che qualcuno si faccia male».

Vespasiano mise la mano sulla spalla di Attalo. «Grazie per quel grido di avvertimento, vecchio amico. Sono sicuro che sarai contento di poter dire alla tua padrona stasera che avrebbe un nipote di meno se non fosse stato per te».

«Glielo dirò, padrone», sorrise Attalo, «non soltanto stasera ma ogni altra sera in futuro; anche se penso che lei mi rovinerà il piacere ricordandomi che tu non saresti stato in pericolo se io avessi fatto bene il mio lavoro, procurandomi un capitano di nave affidabile».

Vespasiano rise. «Mi sa che hai ragione; dai, andiamo a farle vedere che siamo ancora vivi».

Uscirono di nuovo dalla barca e videro Tertulla ancora in piedi sulla spiaggia, con le mani giunte davanti a sé.

«Tuo nonno sarebbe stato fiero di te», disse non appena li vide scendere dal molo. «Combatti come un uomo che sa di vincere. Questo è il segno di un uomo del destino, un osso duro».

«Però ho rischiato di non sopravvivere, Tute. Se non fosse stato per Attalo, giacerei tagliato in due sulla nave».

«E così hai finalmente dimostrato di servire a qualcosa, dopo tutti questi anni», disse lei, sorridendo al suo vecchio amico.

«Parrebbe di sì, padrona, e questo mi dà un vantaggio su di te».

Vespasiano li lasciò ai loro scherzosi battibecchi e andò a supervisionare il carico dei cavalli. Dopo averli fatti scendere piano nella pancia della nave attraverso una rampa improvvisata, e aver riposto le loro scorte nella piccola cabina, Mario annunciò di essere pronto a salpare.

Mentre si salutavano, Tertulla prese da parte Vespasiano e camminò con lui per un po' lungo la spiaggia. Arrivati a un punto in cui i loro compagni non potevano più sentirli, lei prese le mani del nipote e le strinse forte.

«Io non ci sarò più quando tornerai», disse, guardandolo con amore negli occhi.

Vespasiano aprì la bocca per protestare, ma lei lo zittì mettendogli un dito sulle labbra.

«Niente di ciò che dirai potrà fare la minima differenza. So che mi sono rimasti pochi giorni, e tu starai lontano per anni, non giorni».

Vespasiano sapeva che, con ogni probabilità, sua nonna aveva ragione. D'altronde, suo padre gliel'aveva detto, suggerendogli di andarla a trovare, ma ammetterlo sembrava renderlo inevitabile. Sentì le lacrime che cominciavano a uscirgli dagli angoli degli occhi. Prese la nonna tra le braccia.

«Non versare lacrime per me adesso», lo rimproverò gentilmente Tertulla. «Lasciale per quando non ci sarò più. Sii grato perché abbiamo quest'opportunità di salutarci per l'ultima volta. È un lusso che viene concesso a pochi».

«Mi mancherai, Tute», disse Vespasiano, asciugandosi gli occhi. «I momenti più felici della mia vita li ho trascorsi qui con te a Cosa».

«E non c'è motivo per cui tu non debba averne degli altri in futuro. Ho lasciato la proprietà soltanto a te. Tuo padre capirà; lui ne ha già due da amministrare e non mi ringrazierebbe se gli aumentassi il carico di lavoro. Quanto a Sabino, non si è mai interessato a questo posto e se n'è andato appena ha potuto».

«Ma sarà comunque geloso e troverà un modo di vendicarsi».

«Be', questi sono affari vostri; io sto solo facendo ciò che considero giusto. Nel mio testamento, ho liberato tutti i miei schiavi e li ho invitati a rimanere nella tenuta e a lavorare come liberti agli ordini di Attalo fino al tuo ritorno. E quando tornerai, Attalo ti mostrerà dei documenti in suo possesso che io voglio che tu abbia. A lui ho anche fatto un sostanzioso lascito per mantenersi in tarda età, così che non sia un peso per te».

«Non potrà mai essere un peso per me, Tute, perché mi ricorderà sempre di te».

Tertulla abbracciò suo nipote e poi, in punta di piedi, lo baciò sulle labbra. «Ricordati, fa' quel che è giusto per te e per Roma e adempirai il tuo destino, che è più grande di quel che immagini». Gli passò una mano tra i capelli, com'era solita fare quand'era piccolo, e gli sorrise. «Ora devi andare, gli altri sono già tutti a bordo. Addio per sempre, mio caro ragazzo».

Vespasiano salì a bordo mentre Magno e Sesto issavano la vela. La piccola imbarcazione si mosse e Mario, al timone, la fece girare verso il mare aperto. Vespasiano stava a poppa mentre guardava Tertulla farsi sempre più piccola. Quando fu soltanto un minuscolo puntino sulla spiaggia, si lasciò cadere sulle ginocchia e scoppiò in laceranti singhiozzi, piangendo la sua amata nonna che, pur essendo ancora viva, era ormai morta per lui.

PARTE QUARTA

Tracia, primavera del 26 d.C.

XIX

«Cosa vuole adesso quel bastardo?». Magno sputò mentre guardava con disgusto verso Gneo Domizio Corbulone, il comandante della colonna di rinforzo. «Se oggi cambiamo nuovamente direzione, mi ammutino».

«Devi essere sottoposto alla disciplina militare per ammutinarti», ricordò Vespasiano al suo amico mentre guardava Corbulone cimentarsi in un altro acceso scambio con le guide locali. «E visto che sei qui facendoti passare per il mio liberto, e pertanto per un civile, penso che qualunque cosa tu dica o faccia verrebbe ignorata, soprattutto da uno di nascita altolocata e arrogante come Corbulone».

Magno grugnì e si tolse il cappello conico di feltro, il pileo tipico dei liberti, asciugandosi la fronte. «Bastardo vanaglorioso», borbottò.

Avevano attraversato il confine dalla provincia romana della Macedonia al regno cliente della Tracia cinque giorni prima. Per tre giorni, seguendo il corso della via Egnazia, avevano marciato per i frutteti in fiore e i campi di grano appena seminati della stretta pianura costiera incuneata tra la mole minacciosa e cosparsa di nuvole del ramo orientale dei monti Rodopi a nord, e l'azzurro del bello ma infido Mar della Tracia, scintillante sotto il caldo sole primaverile, a sud.

Corbulone aveva ricevuto l'ordine, a Filippi sul confine macedone, di incontrarsi il prima possibile con l'esercito di Poppeo Sabino a Bessapara, sul fiume Ebro, nel nord-est del regno cliente, dove il ramo settentrionale dei monti Rodopi confina con i Balcani. Là Poppeo aveva costretto i ribelli traci nella loro roccaforte in cima alla collina, avendo sconfitto in battaglia il loro esercito principale quattordici giorni prima. Corbulone aveva maledetto la sua sfortuna. Aveva cercato di scoprire i dettagli della battaglia, ma il messaggero era già partito per Roma per portare la notizia della vittoria all'imperatore e al senato.

Essendo un nobile giovane e ambizioso, stava prendendo molto sul serio la richiesta di rapidità, ansioso com'era di arrivare prima che la ribellione venisse completamente schiacciata, cosa che avrebbe fatto diminuire le sue opportunità di gloria.

Avevano incontrato le loro guide e lasciato la strada all'estremità orientale della catena dei Rodopi, e ora si stavano dirigendo a nord-est attraverso le basse colline prive di sentieri, per passare intorno al lato settentrionale delle montagne e seguirle, a nord-ovest, fino alla loro destinazione. Si trovavano nelle terre dei Celeti, una tribù che era rimasta fedele a Roma e al suo fantoccio, il re Remetalce, soprattutto perché odiava i suoi vicini settentrionali, i Bessi e i Dii, che si erano ribellati l'anno precedente alla coscrizione nell'esercito romano.

Vespasiano sorrise a Magno guardando Corbulone urlare rabbiosamente contro le guide celete, girare il cavallo e ripercorrere all'indietro la colonna verso il punto in cui loro erano posizionati, in testa alla prima coorte di quattrocentottanta reclute legionarie.

«Penso che il nostro stimato condottiero stia per spingere alla ribellione un'altra tribù», disse, guardando il tribuno militare, rosso in viso, avvicinarsi oltrepassando l'avanguardia di centoventi cavalieri gallici ausiliari. «Se continua così, ci ritroveremo a dondolare in gabbie di legno sopra i loro fuochi sacri».

«Pensavo che lo facessero soltanto i Germani e i Celti», replicò Magno, muovendo cautamente sulla sella il suo didietro, stanco del viaggio.

«Immagino che questi barbari abbiano modi altrettanto crudeli di divertirsi con i loro prigionieri; speriamo che l'arroganza di Corbulone non li spinga a praticarli su di noi».

«Tribuno», urlò Corbulone, fermando il proprio cavallo accanto a Vespasiano, «ci fermiamo qui per la notte; quei rossi figli di cagne si rifiutano di andare oltre per oggi. Fate costruire agli uomini un accampamento».

«Sì, signore».

«E, tribuno...», Corbulone scrutò Vespasiano da sopra il lungo naso pronunciato che dominava il suo volto magro e spigoloso. «Di' al centurione Fausto di raddoppiare la guardia stanotte. Non mi fido di quei bastardi; sembra che facciano tutto il possibile per ostacolare i nostri progressi».

«Pensavo fossero fedeli a Roma».

«L'unica fedeltà che hanno questi selvaggi è nei confronti degli dèi rapaci della loro sporca tribù. Non gli affiderei neanche le loro nonne».

«In effetti, sembra che stiamo facendo un percorso molto tortuoso».

«Loro non hanno fretta di raggiungere il nostro obiettivo. Ogni volta che insisto per dirigerci a nord-ovest, dopo un paio di chilometri trovano una scusa per tornare verso nord-est. È come se volessero portarci in un posto completamente diverso».

«Qui, per esempio?». Vespasiano levò lo sguardo in direzione dei pendii rocciosi alla sua sinistra, poi lo abbassò verso la fitta pineta, che si estendeva a perdita d'occhio sotto di loro. «Questo non è un posto che mi sentirei di scegliere per un accampamento; è troppo chiuso».

«È esattamente quel che penso anch'io, ma che possiamo fare, eh? Mancano poco più di tre ore al tramonto, e senza le guide potremmo non trovare un posto migliore, quindi dobbiamo restare qui. Almeno c'è legname in abbondanza, quindi fallo raccogliere agli uomini, e stasera voglio una palizzata intorno all'accampamento; agiremo come se ci trovassimo in territorio ostile».

Vespasiano guardò il suo superiore proseguire lungo la colonna. Aveva sette anni più di lui e, negli ultimi tre anni, aveva prestato servizio con Poppeo; prima era stato sulla frontiera del Reno per un anno. Pur avendo anche lui origini campagnole, nelle ultime due generazioni la sua famiglia aveva raggiunto il rango senatoriale, e lui si comportava con l'arroganza di chi era privilegiato dalla nascita. Essendo stato rimandato in Italia insieme al centurione Fausto, il *primus pilus* o centurione più anziano della IV Scitica, per prendere in carico la colonna di reclute, aveva perso l'inizio delle campagne stagionali, ed era rimasto ferito nell'orgoglio. La sua conseguente impazienza per il più piccolo degli errori o dei misfatti di una qualunque delle sfortunate nuove reclute aveva prodotto, nei settanta giorni in cui erano stati in marcia, molte fustigazioni e un'esecuzione capitale. Era un bastardo, come Magno aveva giustamente osservato, ma Vespasiano, pur avendo una limitata esperienza in materia, si rese conto che il suo istinto militare era corretto, e si voltò per riferire i suoi ordini.

«Centurione Fausto!».

«Signore!».

Il centurione Fausto scattò sull'attenti facendo tintinnare le falere, le decorazioni simili a dischi di metallo che portava sull'armatura sopra la maglia di ferro, e che gli erano state assegnate nel corso dei suoi ventidue anni di servizio. Sull'elmo, il pennacchio bianco obliquo di crine di cavallo si ergeva rigido come il suo proprietario.

«Fai costruire agli uomini un accampamento recintato e metti una doppia guardia».

«Sissignore! *Bucinator*, suona il "Preparare accampamento"».

Il trombettiere si portò alle labbra la buccina di un metro e venti e suonò una serie di note alte con la sottile tromba che finiva a forma di campana e veniva usata per segnalare gli ordini all'interno dell'accampamento. L'effetto fu immediato: i legionari reclute delle due coorti si tolsero i paletti degli zaini e i *pila*; quindi, guidati dai bastoni di vite dei centurioni e dalle urla dei loro *optiones*, i secondi in comando dei centurioni, vennero divisi in gruppi a seconda dei compiti. C'erano gruppi per scavare le trincee, altri per pressare la terra e altri ancora per tagliare i pali. Davanti e dietro la colonna, le *turmae* ausiliarie della cavalleria gallica si disponevano in uno schermo difensivo per proteggere gli uomini mentre lavoravano. Al di là di loro, unità più piccole di cavalleria leggera tessalica e di arcieri a piedi pattugliavano la campagna circostante. I servi e gli schiavi dell'accampamento scaricavano i bagagli, chiudevano gli animali nel recinto e spianavano il terreno, mentre gli ingegneri misuravano a passi e marcavano la linea del vallo quadrato e la posizione di ognuna delle duecento tende da otto uomini, i *papiliones*.

Ci vollero solo alcuni istanti perché la colonna in marcia si trasformasse in un brulicare di operosità. Ogni uomo si dedicò al compito assegnatogli, con l'eccezione della dozzina di guide tracie che si accovacciarono e si tirarono i loro mantelli di lana non colorati intorno alle spalle e i loro strani cappelli di pelle di volpe sulle orecchie per proteggersi dall'aria di montagna, che si faceva sempre più fredda. Osservavano con sguardi accigliati, borbottando nella loro lingua inintelligibile, mentre l'accampamento cominciava a prendere forma.

Dopo il tramonto, gli esausti legionari avevano cominciato a cucinare il loro pasto serale nella sicurezza dell'accampamento quadrato di più di cento metri di lato. Ogni uomo aveva scavato un pezzo di trincea lungo poco più di un metro e venti, largo un metro e mezzo e profondo una novantina di centimetri al massimo, ammassando per mezzo metro di altezza, all'interno, la terra che altri poi avrebbero compattato, oppure aveva tagliato e forgiato abbastanza pali da un metro e mezzo da coprire la lunghezza della trincea; e tutto questo dopo aver marciato per venticinque chilometri su un terreno impervio. Si rannicchiavano in gruppi di otto, intorno a fuochi fumosi accanto alle loro tende di pelle, a lamentarsi della durezza della loro nuova vita militare. La puzza di sudore rappreso mascherava l'odore più tenue del cibo scadente che ribolliva nelle loro pentole. Neppure la razione giornaliera di vino riusciva a produrre risate o allegre canzonature.

Vespasiano stava seduto fuori della sua tenda ad ascoltare il borbottio delle reclute, mentre Magno bolliva lo stufato di maiale e ceci che sarebbe stato la loro cena. «Scommetto che, in questo momento, ce ne sono un bel po' che rimpiangono di essersi uniti alle Aquile», osservò, bevendo un sorso di vino.

«Si abitueranno», disse Magno, triturando del timo selvatico nella pentola. «I primi dieci anni sono i più duri, dopo volano via».

«Tu hai prestato servizio per tutti e venticinque gli anni?»

«Mi sono arruolato a quindici anni e ho fatto undici anni con la Legione V Alaudae sul Reno, poi mi sono trasferito alla coorte urbana; lì si deve prestare servizio solo per sedici anni, quindi sono stato fortunato, ho finito dopo altri cinque anni soltanto. Non ce l'ho fatta a diventare un *optio*, però, soprattutto perché non so leggere né scrivere, ma anche il fatto che venissi regolarmente arrestato per rissa certo non aiutava. Quando sono stato congedato, quattro anni fa, mi è sembrato ragionevole trasformare un vizio in una virtù, e così sono diventato pugile. Si guadagna di più, ma di solito ci si fa anche più male». Per sottolineare il punto, si massaggiò una delle sue orecchie a cavolfiore. «A ogni modo, questi mocciosi si stanno lamentando solo perché è la prima volta che hanno dovuto metter su un accampamento dopo una giornata di marcia; ci si abitueranno dopo una stagione sul campo. Se sopravviveranno, è ovvio».

Vespasiano riconobbe la validità del ragionamento; da quando si erano uniti alla colonna, in ritardo, una quindicina di chilometri fuori da Genua, avevano coperto venticinque chilometri al giorno lungo strade ben fatte e al sicuro in Italia, accampandosi dovunque gli piacesse, finché non avevano raggiunto il porto di Ravenna. Da lì, dopo aver atteso a lungo le navi da trasporto, avevano attraversato il mare Adriatico e navigato oltre la Dalmazia fino a Durazzo, sulla costa occidentale della provincia di Macedonia. Là avevano preso la via Egnazia e attraversato in marcia la Macedonia, mettendo soltanto delle sentinelle intorno agli accampamenti. Quella era la prima notte in cui si poteva dire che si trovassero in qualche sorta di pericolo. Gli uomini, molti dei quali non erano più vecchi di Vespasiano, avrebbero capito presto che era meglio essere stanchi e al sicuro in un accampamento che riposati e morti in un campo aperto.

Tornò con la mente al giorno in cui lui e Magno si erano uniti alla colonna. Mario e Sesto li avevano fatti scendere a riva con i loro cavalli, appena a ovest di Genua; poi, prima di tornare a Roma, avevano fatto entrare nel porto la piccola nave, di notte, per abbandonarla in modo che un giorno potesse essere recuperata dal suo legittimo proprietario. Lui e Magno avevano attraversato la campagna a cavallo fino a un paio di chilometri dalla sede di reclutamento, fuori dalle mura della città. Là avevano atteso per due giorni sulle colline circostanti la partenza della colonna. L'avevano seguita lungo la via Emilia Scauri finché non erano stati sicuri che con essa non viaggiassero pretoriani, quindi l'avevano raggiunta come se fossero appena arrivati da Genua. La scenata che Corbulone aveva fatto a Vespasiano per essere arrivato in ritardo era stata atroce, ma non aveva eclissato il sollievo provato sapendo di poter uscire in tutta sicurezza dall'Italia, con la speranza di non essere più alla portata di Seiano e dei suoi scagnozzi.

Vespasiano sospirò e contemplò il paradosso per cui, allontanandosi da chi lo voleva uccidere, al tempo stesso si allontanava anche da chi lo amava. Toccò il portafortuna intorno al collo che Cenis gli aveva dato quando si erano salutati e ricordò il suo bellissimo viso e il suo profumo inebriante. Magno lo distolse da quella fantasticheria.

«Butta giù questo, signore», disse, passandogli una ciotola di stufato fumante. Aveva un odore delizioso e Vespasiano, rendendosi conto di quanto fosse affamato, cominciò a mangiarlo con gusto.

«Come hai imparato a cucinare così bene?»

«Se non hai una donna che cucini per te, allora devi imparare, altrimenti ti ritrovi a mangiare merda per vivere». Magno si ficcò avidamente in bocca una cucchiaiata di stufato. «La maggior parte dei ragazzi qui saranno dei cuochi quasi decenti quando finiranno il loro servizio. A meno che, naturalmente, non decidano di portarsi dietro una donna; ma in genere una donna è una scocciatura durante le campagne, perché tende a lamentarsi continuamente. Va bene se sei di guarnigione in un campo permanente, dove puoi costruirle una bella capanna fuori dalle mura, un posto dove lei possa avere tutte le sue comodità e dove tu possa andare per divertirti un po' il pomeriggio, se capisci cosa voglio dire».

«Capisco, certo», replicò Vespasiano, sentendo anche lui il bisogno di divertirsi un po'. Ma altri pensieri in quella direzione vennero fermati dal suono di una buccina.

«Questo significa che tutti gli ufficiali sono convocati nella tenda del comando. È meglio che vai, signore. Ti terrò in caldo lo stufato».

Vespasiano passò la sua scodella a Magno e, borbottando un ringraziamento, raggiunse faticosamente a piedi la tenda del comandante, il *praetorium*, al centro dell'accampamento, sulla *via principalis*, la strada che divideva l'accampamento in due.

«Buonasera, signori», disse Corbulone, girando lo sguardo tra i partecipanti alla riunione. Illuminati dalla fioca luce delle lampade, erano presenti i prefetti romani delle due unità galliche ausiliarie di cavalleria, più dodici centurioni, sei per ogni coorte, compreso il centurione Fausto che, essendo il più vecchio, fungeva da prefetto del campo. Vespasiano e Marco Cornelio Gallo, l'altro tribuno militare giunto da poco, formavano il resto del gruppo.

«Spero che abbiate mangiato bene e vi sentiate rinfrancati, perché ci aspetta una lunga notte».

Si udì un lieve mormorio di assenso, anche se la maggior parte dei presenti, come Vespasiano, aveva consumato solo in parte il proprio pasto al momento della convocazione.

«Esiste un'elevata probabilità di un attacco alla colonna o stanotte o nel corso dei prossimi due giorni. Le nostre guide celete non ci hanno aiutato granché, e non possiamo permetterci di fidarci di loro. Li ho messi agli arresti con l'ordine di giustiziarli nel caso dovesse materializzarsi un attacco. Questo significa che dobbiamo trovare da soli la strada verso l'accampamento di Poppeo. Né il centurione Fausto né io abbiamo preso questa strada l'anno scorso, tornando da Genua, perché siamo passati direttamente dalla Mesia, prima che Poppeo spostasse le sue legioni in Tracia. Apprezzerei se qualcuno di voi, avendo già fatto delle esperienze in Tracia, si facesse avanti».

«Signore!». Uno dei centurioni della seconda coorte fece un passo avanti.

«Centurione Ezio, puoi parlare».

«Signore! Ho prestato servizio con la v Macedonica agli ordini di Publio Velleo cinque anni fa, quando si ribellarono gli Odrisi; è stata l'ultima volta che abbiamo dovuto risolvere un pasticcio in Tracia. Arrivammo dalla Mesia, proprio come aveva fatto Poppeo, e li facemmo a pezzi fuori dalle mura di Filippopoli, attraversando la regione di Bessapara. Ho avuto modo di conoscere bene il Paese, perché ci siamo stati per quasi un anno, a fare rastrellamenti. È un popolo cattivo, maligno, anche se Marco Fabio, *optio* della centuria *princeps posterior* della seconda coorte, non sarebbe d'accordo; lui ha avuto una donna qui cinque anni fa, e parla addirittura la lingua».

«Ottimo, grazie, Ezio. Cosa ci consiglieresti di fare?»

«Tra i trenta e i cinquanta chilometri da qui dovremmo raggiungere il fiume Arpesso; non è molto ampio, ma scorre veloce in questo periodo dell'anno, con la neve sciolta dalle montagne, pur essendo comunque abbastanza poco profondo da poter essere guadato. Una volta attraversatolo, potremmo seguirlo verso est fino al fiume Ebro; poi potremmo seguire quest'ultimo a nord-ovest fino a Filippopoli e alla regione di Bessapara. È un percorso più lungo, ma anche più sicuro, in mancanza di guide affidabili che ci portino là direttamente attraverso le montagne».

Corbulone soppesò le informazioni, cercando di riconciliare la prospettiva di arrivare più tardi con quella di non arrivare affatto e, scontento di entrambe, mise fine alla riunione.

«Grazie, signori. Prenderò una decisione domattina. Nel frattempo, fate dormire i vostri uomini a turni. Voglio che la metà delle centurie sia all'erta e armata per tutta la notte. Come ho detto, sarà una lunga nottata. Buonasera».

«Grazie, Magno», disse Vespasiano, riprendendosi la scodella di stufato ancora calda e sedendosi.

«Cosa vi voleva dire il bastardo?», chiese Magno. «Aria fritta, suppongo».

«Be', in effetti ha ammesso di non sapere come...». Vespasiano fu interrotto dal clangore di armi e dalle urla provenienti dall'ingresso principale, che si trovava dall'altra parte dell'accampamento. Lui e Magno presero le loro spade e corsero verso il tumulto, insinuandosi tra la confusione di due coorti di reclute agitate che, nell'oscurità, i centurioni e i loro *optiones* cercavano di mettere in riga urlando rabbiosamente. Le pentole venivano scalciate via e gli uomini inciampavano sui paletti delle tende e sulle corde, mentre le centurie che avevano avuto il turno di riposo correvano a prendere i loro *pila* dagli ordinati mucchi di armi, al tempo stesso cingendo le spade e indossando gli elmi e la lorica segmentata – una corazza formata da lamine d'acciaio unite da strisce di cuoio – che si erano tolti per la notte.

Vicino al cancello, che era aperto e oscillava al vento, una carrettata di foraggio per gli animali stava andando a fuoco. Grazie alla luce che emanava, Vespasiano poté distinguere una mezza dozzina di corpi sparpagliati sul terreno. Corbulone era già lì, a inveire contro un giovane legionario che stava facendo del suo meglio per stare sull'attenti, nonostante il sangue che gli scorreva giù per il viso da un taglio di spada sopra l'occhio destro.

«Perché cazzo li hai lasciati passare? Perché non hai bloccato il cancello, inutile sacco di merda? Ti farò tagliare la testa per questo. Come ti chiami?».

Il legionario aprì la bocca e poi svenne ai piedi del suo comandante. Corbulone sferrò un calcio sullo stomaco dello sventurato e se ne pentì immediatamente, perché il suo sandalo colpì le lamine della corazza, tranciandogli quasi l'alluce.

«Tribuno Vespasiano», gridò, resistendo con ogni fibra del suo essere all'impulso di afferrarsi il piede ferito e di mettersi a saltare come un attore in una scadente commedia. «Difendi il cancello. Voglio che una centuria vi sia allineata davanti».

«Cos'è successo, signore?»

«Questi maledetti figli di una Gorgone sono riusciti a uccidere le loro guardie, a rubare dei cavalli e a sfondare il cancello, ecco cos'è successo. È una stramaledetta carneficina, e io avrò le palle di chiunque fosse al comando. Ora chiudete quel cancello e fate spegnere quel fuoco».

Pensando che fosse meglio non sottolineare che al comando c'era proprio lui, Corbulone, Vespasiano si affrettò a fare quanto gli era stato ordinato, con Magno al seguito, lasciando il suo comandante a gridare al tribuno Gallo di ordinare ai prefetti della cavalleria di far montare a cavallo i loro uomini.

Il fuoco era stato spento ed era tornata la calma. Entrambe le coorti vennero schierate negli intervalli di quasi duecento metri tra le linee delle tende e il vallo su entrambi i lati dell'accampamento. Lasciando il cancello serrato e con di fronte una centuria agli ordini del centurione Fausto, Vespasiano si voltò per esaminare i corpi sul terreno. Tirando via il cadavere di un giovane legionario dal corpo del suo assalitore, udì un leggero respiro.

«Signore, vieni qui!».

«Be', che c'è?», grugnì Corbulone, che aveva più o meno ripreso il proprio contegno.

«Questo trace è ancora vivo». Vespasiano girò il corpo puzzolente di una delle loro ex guide. Il sangue colava copiosamente da una ferita profonda sulla spalla sinistra che gli aveva quasi staccato un braccio, ma l'uomo respirava ancora.

«Ecco, questa è la prima buona notizia che ricevo oggi».

Il tribuno Marco Gallo tornò ansante per fare il suo rapporto. «Signore, gli uomini stanno sellando i cavalli il più in fretta possibile».

«Meglio per loro. Voglio prendere quei succhiacazzi».

«Ormai se ne saranno andati», disse Vespasiano. «E siccome conoscono il terreno, non c'è una sola speranza nell'Ade di riprenderli».

Corbulone guardò Vespasiano come se fosse sul punto di esplodere per l'impertinenza di quel giovane e tarchiato parvenu; poi però riuscì a controllarsi, rendendosi conto sempre più della veridicità della sua affermazione.

«Credo che tu abbia ragione», ammise amaramente. «Allora mi limiterò a mettere i cavalieri di pattuglia intorno all'accampamento, perché in questo momento sarebbe inutile rischiare degli uomini validi, anche se sono dei Galli, visto che presto potremmo averne bisogno. Ora badate a questo prigioniero; voglio che entro un'ora stia abbastanza bene da poterlo interrogare. E fate tradurre quel che dirà dall'*optio* Fabio».

Vespasiano, Gallo, l'*optio* Fabio e le due guardie scattarono sull'attenti quando Corbulone entrò nel pretorio. Il trace ferito giaceva gemente a terra, talmente indebolito dalla perdita di sangue da indurli a non legarlo. La sua ferita era stata chiusa con la pece e fasciata in modo approssimativo, e perciò l'emorragia si era fermata; lungi dal salvargli la vita, ciò avrebbe almeno dato ai Romani abbastanza tempo per interrogarlo.

«Fabio, chiedigli dove stessero scappando», ordinò Corbulone, «e se ci sono altri dei loro a seguirci su per le colline».

L'*optio* s'inginocchiò vicino al prigioniero e pronunciò qualche breve frase nella lingua curiosamente cantilenante dei Traci.

Il prigioniero aprì gli occhi, apparentemente sorpreso, guardò Fabio per un momento, come per rendersi conto di chi fosse, e poi gli sputò dritto in faccia.

«Urgh! Sporco bastardo!», Fabio diede all'uomo un pugno sulla bocca, spaccandogli entrambe le labbra.

«Basta così, *optio*, lo dirò io quando bisognerà fargli male», urlò Corbulone. «Lo voglio vivo il più a lungo possibile. Ora rifagli la domanda».

Stavolta Fabio parlò con più forza, facendo attenzione a tenersi fuori della portata dello sputo. Il trace rimase in silenzio; atteggiò la bocca gonfia e insanguinata a un cupo sorriso, poi voltò la testa.

Vespasiano si rendeva conto dell'inutilità di quell'interrogatorio; l'uomo sapeva di essere sul punto di morire, e pertanto non aveva nulla da guadagnare parlando; in effetti, più resisteva e più era probabile che i suoi tormentatori perdessero la pazienza e ponessero fine alle sue sofferenze.

«Mi sto stancando», sibilò Corbulone, mettendo il piede sinistro sulla spalla ferita dell'uomo. «Ora, coglioncello, parlami». Premette forte sulla ferita appena chiusa.

Il prigioniero emise un urlo gutturale e il sangue cominciò a filtrare attraverso gli indumenti. «Allora, lurido selvaggio, dove diavolo stavate andando?».

Il trace sollevò lo sguardo verso il giovane ufficiale romano che gli stava sopra, con gli occhi socchiusi per l'odio, e sollevando la testa gli gridò forte e con accanimento qualcosa nella sua strana lingua. Dopo qualche frase, lo sforzo si dimostrò eccessivo per il cuore dell'uomo che, con un rantolo soffocato, lasciò cadere indietro la testa per fissare con occhi privi di vita l'infuriatissimo Corbulone.

«Merda! Ebbene, Fabio, cos'ha detto?», ringhiò Corbulone.

«Non lo so esattamente, signore», replicò l'*optio* con aria confusa.

«Che vuol dire che non lo sai esattamente? Parli quell'orrenda lingua o no?»

«Certo, signore, ma io parlo la lingua degli Odrisi e dei Bessi, e delle altre tribù del nord e dell'ovest».

«Be', quest'uomo fa parte dei Celeti. Non è lo stesso?»

«Sì, signore, ci sono soltanto poche differenze, ma quest'uomo stava parlando in un dialetto che non ho mai udito prima».

«Eppure nei miei ordini si diceva che le nostre guide erano dei

Celeti. Se sei sicuro che lui non sia uno di loro, allora dove sono le nostre vere guide e da dove veniva costui?»

«Secondo me viene dalla parte orientale del paese, oltre il fiume Ebro».

«Impossibile, le tribù a est sono fedeli a Roma», farfugliò Corbulone.

«Lo erano quando sei partito, signore», disse a bassa voce Vespasiano, «ma se non lo fossero più?».

Corbulone si rabbuiò in volto mentre assimilava le implicazioni di quella possibilità. «Questo significherebbe che potremmo avere una ribellione di una o più delle tribù al di là del fiume. Quindi, se ci spostiamo a est fino all'Ebro, rischiamo di marciare in bocca a loro, mentre se andiamo a nordovest li avremo alle calcagna».

«Proprio così», disse Vespasiano con un sorriso cupo, «e ritirarsi in Macedonia significherebbe disobbedire ai nostri ordini. Penso che non ti resti che una decisione da prendere, signore».

Corbulone guardò il suo nuovo tribuno e si rese conto che aveva ragione: non avevano altra scelta che continuare direttamente fino all'accampamento di Poppeo a nord-ovest, senza guide; e nel frattempo avrebbero dovuto guardarsi alle spalle, sperando di non vedere la polvere di un drappello trace che tentava di avvicinarsi da dietro alle loro giovani e inesperte truppe.

«Oh, merda», sussurrò.

XX

I legionari che erano stati abbastanza fortunati da riuscire a dormire un po' vennero svegliati prima dell'alba. Gli uomini consumarono una colazione frugale a base di pane secco, formaggio e olive, prima di preparare i sacchi militari per poi attaccarli ai loro pali a T. Quando il sole apparve all'orizzonte, illuminando da sotto con un profondo bagliore rosso le alte nuvole a cumuli, i *bucinatores* suonarono il segnale di levare il campo. Duecento tende vennero giù quasi simultaneamente, e i servi d'accampamento le legarono con cinghie sui muli che portavano i bagagli di ogni *contubernium*, un'unità di otto uomini. Per andare più velocemente, Corbulone aveva ordinato di mettere fuori uso e lasciare indietro i due più grandi tra i carri spinti da buoi. Quanto più possibile dei loro carichi di armi di ricambio, indumenti, sacchi di grano e altre scorte venne caricato sui cavalli di riserva della cavalleria e sui carri più piccoli tirati da muli che portavano le razioni di riserva di ogni centuria, oltre alla tenda del centurione e ad altri bagagli più pesanti; il resto fu distrutto. I buoi sarebbero stati portati per essere macellati alla bisogna; liberi dai loro pesanti carri, non avrebbero rallentato la colonna.

La nebbia che si era attaccata ai ripidi pendii dei monti Rodopi sopra di loro si era quasi completamente dissolta alla fine della prima ora del giorno, quando tornarono i ricognitori della cavalleria leggera, inviati fuori nella semioscurità, prima dell'alba. Riferirono che non si muoveva niente nelle vicinanze, e vennero inviati di nuovo a rilevare eventuali imboscate e tentativi nemici di saccheggiare o attaccare la vulnerabile colonna.

Corbulone ordinò a quest'ultima di sgombrare il campo. Il *cor-*

nicen suonò un profondo richiamo rimbombante sul suo *cornu*, uno strumento a forma di G fatto di argento e corno che, partendo dalla sua bocca, si torceva sotto il braccio destro culminando sopra la sua testa in un'ampia campana orientata frontalmente. I portainsegne – o *signiferi* – abbassavano le loro aste coperte di piastre di metallo, le falere, per segnalare "Avanzate". La marcia del giorno era cominciata.

In testa c'erano quattro *turmae*, di trenta uomini ognuna, della cavalleria gallica ausiliaria, seguite da Vespasiano, con al fianco Magno che cercava di farsi vedere il meno possibile, a guidare la prima coorte. A seguire cavalcava il tribuno Gallo, davanti alla seconda coorte. Dietro di loro c'erano i genieri e poi gli inservienti medici, con carretti su cui giaceva chi era troppo malato o ferito per marciare. Subito dopo arrivava il bagaglio: trenta cavalli di riserva, duecento muli da soma dei *contubernia*, ognuno condotto da un servo d'accampamento, ventiquattro carri, uno per ogni centuria di fanteria e ogni *turma* di cavalleria, più uno ciascuno per la cavalleria leggera, gli arcieri a piedi, i genieri, e infine uno per gli ufficiali. A formare la retroguardia c'erano le ultime quattro *turmae* della cavalleria gallica. La colonna era lunga circa un chilometro.

Dopo un'ora, avevano coperto poco più di tre chilometri, procedendo costantemente verso nord-ovest. La foresta a sud era stata sostituita da un terreno da pascolo scabro e montagnoso, interrotto qua e là da burroni e boschetti di pini di montagna. Non riuscivano a scorgere segni di abitazioni umane, in uso o deserte. Gli unici altri segni di vita erano due aquile che volavano alte sopra la colonna, sfruttando senza sforzo le correnti d'aria con le loro ali spiegate, come se vegliassero sulla sicurezza degli uomini sotto di loro, impegnati a marciare sotto le insegne forgiate a loro immagine. Strapparono un applauso vigoroso alle reclute nervose che agitavano verso di loro i propri *pila* e le chiamavano spiriti protettori. Gli ufficiali incoraggiavano quell'applauso e addirittura vi si univano, sapendo che quel buon presagio avrebbe tirato su il morale degli uomini.

«Lo vedi, Vespasiano?», gridò Corbulone sopra l'applauso, cavalcando lungo la colonna dalla sua posizione in testa. «Forse gli dèi sono con noi, Giove e Giunone che proteggono i loro figli dalla malignità degli dei minori dei Traci».

Vespasiano sorrise; pur non essendo superstizioso, anche lui si sentiva incoraggiato dalla sfilata aerea di quei due simboli di Roma.

«Speriamo che siano disposti ad accompagnarci fino alla nostra destinazione, signore. Gli uomini marceranno volentieri con loro come guide».

«Proprio così, tribuno, molto meglio di una rozza banda di selvaggi svestiti, non credi?»

«Senz'altro, signore». Mentre Vespasiano rispondeva, il suono forte e profondo del corno diede il segnale di fermarsi.

«Chi, in nome di tutte le Furie, ha dato l'ordine di fermarsi?», gridò Corbulone, col buonumore che gli era sparito in un batter d'occhio. «Tribuno, con me».

Vespasiano seguì il suo comandante al galoppo fino alla testa della colonna.

«Che significa questo? Chi ha dato l'ordine di fermarsi?», s'infuriò Corbulone.

«Sono stato io, signore», rispose Sesto Maurizio, il prefetto della cavalleria gallica. «Uno dei ricognitori ha riferito una cosa che penso tu debba vedere».

«Dov'è costui? Spero per lui che sia una cosa veramente importante».

Si fece avanti un soldato di cavalleria leggera dall'aria nervosa.

«Ho pensato che fosse importante, signore». Il latino fortemente accentato del soldato ne tradiva le origini tessaliche.

«Be', dov'è?»

«È laggiù in quel burrone, signore», disse indicando verso sud, dove, a duecento passi di distanza, il terreno da pascolo era interrotto da un netto squarcio, come se un Titano l'avesse spaccato con una potente ascia, nei tempi bui prima dell'avvento dell'uomo.

«Vieni, allora, fai strada».

Il soldato girò il suo cavallo e si avviò al galoppo; Corbulone, Vespasiano e Maurizio lo seguirono.

Smontarono sull'orlo del burrone e vi scrutarono all'interno. Era un dislivello ripido, ma non impossibile da scendere a piedi. Dal basso risaliva un odore sgradevole. Vespasiano guardò giù per tutta la lunghezza del burrone, finché non vide cosa aveva attratto l'attenzione del soldato. A circa sessanta passi di distanza, tra i massi di cui il fondo del precipizio era cosparso, giacevano due corpi.

«Scendiamo a dare un'occhiata. Prefetto, tu stai qui. Tribuno, soldato, con me». Corbulone cominciò a scendere giù per la ruvida scarpata, staccando, lungo il percorso, piccole rocce e terra secca in una sorta di piccola frana; gli altri lo seguivano.

Raggiunsero il primo dei due corpi e quasi vomitarono per il puzzo. Guardandosi intorno, videro che ce n'erano molti di più dei due visibili da sopra. Sembravano tutti Traci, con i loro inconfondibili copricapi di pelle di volpe e i lunghi e morbidi stivali di cuoio.

«Che puzza», tossì Corbulone. «Sono morti da un bel po' di giorni. Quanti ce ne sono?».

Vespasiano andò in giro a contare i cadaveri gonfi, che avevano assunto uno spettrale colorito verdastro ed erano coperti di macchie grigio scuro. Più in giù nel burrone, notò che quattro dei corpi erano stati composti con cura; qualcuno si era impegnato a farlo.

«Sedici, signore», riferì.

«Tutti Traci?»

«Sì».

«Cosa ne deduci?»

«Penso che abbiamo risolto un problema».

«Cosa te lo fa pensare, tribuno?»

«Qui ci sono due tribù diverse: i dodici che sono stati semplicemente scaricati qua hanno dei cappelli di foggia diversa rispetto ai quattro laggiù. I loro cappelli sono identici a quelli delle nostre guide. Nei tuoi ordini si diceva specificamente che saremmo stati raggiunti da dodici guide dei Celeti; io penso che queste siano le dodici guide autentiche. Devono aver subito un'imboscata da parte di un numero superiore di ribelli, quattro dei quali sono stati uccisi, e poi dodici ribelli hanno preso il posto delle vere dodici guide e hanno atteso che marciassimo lungo la via Egnazia. Noi non abbiamo mai messo in dubbio l'autenticità delle guide perché erano in numero giusto».

Corbulone rifletté su questo per un istante, prima che l'odore diventasse intollerabile e li costringesse a tornare su dai loro cavalli. «Credo che ciò dimostri almeno che i Celeti ci sono ancora fedeli», disse mentre salivano a cavallo.

Vespasiano guardò il suo superiore, meravigliato del fatto che non avesse compreso tutte le implicazioni di quell'imboscata. «Questo può essere vero, signore, ma come facevano i ribelli a sapere quando sarebbe arrivata la nostra colonna e dove avrebbe dovuto incontrare esattamente dodici guide?».

Corbulone restò a bocca aperta quando riuscì a compiere il collegamento. «Per lo scroto peloso di Nettuno! Deve averglielo detto qualcuno. Qualcuno nell'accampamento di Poppeo. Uno che conosceva il contenuto dei nostri ordini. Abbiamo un traditore in mezzo a noi, Vespasiano».

«Purtroppo così pare, signore».

«Allora, c'è un traditore nell'esercito e il nemico conosce ogni nostra mossa», borbottò Magno, dopo essere stato informato della macabra scoperta nel burrone.

«Antonia e Asinio mi hanno mandato qui perché sospettavano proprio questo, e sembra dimostrato che avevano ragione».

Magno guardò con sorpresa il suo giovane amico. «Sei stato mandato quassù per scoprire un traditore?», sbuffò. «E cosa dovresti farci?»

«Devo trovare delle prove che lo colleghino a Seiano e riportarlo a Roma», rispose Vespasiano, cercando di non sentirsi inadeguato a quel compito.

«E io che pensavo che stessimo soltanto facendo una piccola scampagnata nelle province, con qualche scontro qua e là per non annoiarci. Invece no, si scopre che il giovane signore sta giocando a fare politica di alto livello con i pezzi grossi, e che sarà mio compito proteggerlo quando cominceranno a giocare duro».

«Be', non ti ho chiesto io di venire». A Vespasiano non piaceva quel tono accondiscendente di Magno.

«No, ma non ho avuto molta scelta dopo quell'incidente sul ponte, non ti pare?»

«Saresti potuto andare ovunque; non c'era bisogno di venire con me».

«Non ce n'era bisogno? Tuo zio non mi perdonerebbe mai se lasciassi che ti accadesse qualcosa».

«Perché? Che rapporto hai con lui?». Ora Vespasiano era incuriosito.

«Gli devo la vita». Magno indugiò.

«Continua».

«Quando lui era pretore, io fui condannato all'arena per omicidio; ma siccome gli avevo fatto qualche favore, se capisci cosa voglio dire, lui ha esercitato la sua influenza e mi ha fatto graziare. Gli è costato un bel po' di denari in tangenti e compensi vari, posso assicurartelo. Così, per ripagare parte del mio debito, sono qui a badare al tuo...». Magno si fermò bruscamente e distolse lo sguardo.

«Cosa vuoi dire? Saresti dovuto venire con me fin dall'inizio?».

Magno sembrava imbarazzato. «Be', magari non proprio con te», borbottò, «ma avrei dovuto comunque seguirti. Gaio sapeva che non mi avresti mai permesso di accompagnarti, quindi dovevo soltanto stare nelle vicinanze, in caso ti facessi qualche brutto graffio».

«Per quattro anni?»

«Be', sì, ma sono quattro anni che non avrei avuto se non fosse stato per lui. Glieli devo. Bada bene, lui non mi ha mai detto che avresti fatto qualcosa di più di un po' di servizio militare. Ad ogni modo, dopo che Macrone mi ha visto su quel ponte, ho avuto una scusa per stare con te. Sapevo che non avresti potuto rifiutare, così alla fine ha funzionato piuttosto bene, non credi?»

«Se lo dici tu». Vespasiano sorrise al suo amico. Era combattuto tra l'essere grato a suo zio per aver incassato un debito per aiutarlo e il sentirsi leggermente umiliato perché evidentemente Gaio pensava che lui non potesse farcela da solo. «Bene, ora che ci siamo rivelati tutte queste cose, cosa ne pensi?»

«Di cosa?»

«Del fatto di trovare il traditore, ecco di cosa».

«Io penserei che dev'essere uno degli uomini di Poppeo che ha discusso gli ordini con lui o li ha trascritti, o comunicati, oppure magari la persona che ha fatto da collegamento con i Celeti per organizzare le guide».

«Fin qui c'ero arrivato anch'io», disse Vespasiano, deluso.

«E allora perché chiedi a me?»

«Speravo che potessi darmi una prospettiva diversa».

«Be', non rimanere deluso quando non posso dartela», disse Magno, offeso, pur essendo intimamente soddisfatto della propria analisi. «Io sono qui come braccio, non come mente».

«Scusa, Magno».

Magno grugnì in risposta, ed entrambi continuarono a cavalcare in silenzio. Lo scalpitio di centinaia di zoccoli e di sandali ferrati sul terreno duro riempiva l'aria. Era la quarta ora del giorno e il sole cominciava a bruciare; tutt'intorno, uomini e cavalli avevano preso a sudare. Vespasiano allentò il fazzoletto rosso che portava al collo per impedire all'armatura di provocargli un'irritazione. Levò gli occhi al cielo. Le aquile non c'erano più. Sentì una stretta di timore, ma poi la liquidò come sciocca superstizione; era chiaro che non avrebbero potuto seguire la colonna fino a destinazione, dovevano avere molto di meglio da fare. Ciononostante, scrutò il cielo privo di nuvole nella speranza che fossero ancora visibili. E invece in lontananza, sopra la sua spalla destra, vide una macchia scura viaggiare rapidamente verso di loro. Si riparò gli occhi dalla forte luce e cercò di distinguere cosa fosse. Man mano che si avvicinava, si potevano distinguere le singole forme di grossi uccelli. Anche altri li avevano notati, e dalle schiere cominciò a provenire un borbottio ansioso.

«Cosa sono, Magno?».

Magno sputò oltre la propria spalla e si strinse il pollice nel pugno per allontanare il malocchio. «Cornacchie provenienti da est; un brutto presagio che turberà i ragazzi».

Di certo, mentre gli uccelli volavano sopra le loro teste, in molti sputarono e si strinsero i pollici; vennero offerte preghiere a ogni dio immaginabile, e tutti cominciarono a guardarsi nervosamente alle spalle.

«Continuate a guardare davanti a voi», urlò il centurione Fausto. «*Optio*, prendi il nome di chiunque si guardi indietro».

La colonna proseguì in un tetro silenzio. Stavano scendendo le ultime colline sul lato meridionale dei monti Rodopi per raggiungere un terreno più facile. Davanti a loro, a una ventina di chilometri di distanza, si poteva scorgere la linea della valle attraversata dal fiume Arpesso. Il passo della colonna sembrò accelerare quando gli uomini cominciarono a pensare di potersi accampare, nel giro di poche ore, vicino a dell'acqua fresca e purificante. Così smisero di pensare al cattivo presagio.

Alla sosta di mezzogiorno, Vespasiano e Magno smontarono entrambi per sgranchirsi le gambe. Tutt'intorno gli uomini stavano accasciati per terra a bere avidamente dalle borracce e a masticare pane e carne secca. L'odore di urina e feci di più di mille uomini andati di corpo all'aperto era soffocante.

All'improvviso si udirono delle urla provenienti dalle colline sopra di loro. Vespasiano guardò su. A scendere di corsa dai pendii, quasi fuori controllo, c'era un'unità dei loro arcieri leggeri; erano stati in ricognizione lassù, e ora si stavano dirigendo direttamente verso Corbulone in testa alla colonna. Risuonò un altro profondo segnale di corno: "Ufficiali superiori a rapporto dal comandante". Vespasiano si precipitò in testa, pronto a ricevere gli ordini.

Corbulone stava di fronte ai fanti che ansimavano mentre il loro ufficiale faceva rapporto.

«A est, signore, a una trentina di chilometri di distanza, puoi vederla da sopra le montagne». L'uomo fece una pausa per riprendere fiato, togliendosi il cappello di cuoio dall'ampia visiera, che lo riparava dal sole, e asciugandosi la fronte col dorso della mano.

«Cosa? Dimmelo!». Corbulone non era il più paziente degli uomini.

«Una nube di polvere e fumo. L'abbiamo osservata per un'ora circa, fino a esserne certi; la nuvola di polvere si sta spostando, ma il fumo no. Sembra un drappello in movimento, che appicca incendi lungo il suo tragitto».

«Ne sei sicuro?»

«Siamo stati a osservarla; la nube di polvere viene senz'altro da questa parte». I suoi uomini annuirono e si dissero d'accordo.

«Silenzio!», urlò Corbulone, alzando una mano. «Sei congedato, e grazie, hai fatto un buon lavoro». Poi si rivolse a Maurizio. «Prefetto, mettiti in contatto con una delle pattuglie di cavalleria leggera e mandala laggiù; voglio solo sapere con cosa abbiamo a che fare».

«Signore!». Maurizio salutò e si allontanò a cavallo per eseguire gli ordini che aveva ricevuto.

Corbulone chiamò Vespasiano con un cenno. «Tribuno, la sosta di mezzogiorno è ridotta. Uccidete i buoi e caricate le carcasse sui carri. Gli uomini devono ricevere razioni per cinque giorni prima di allinearsi; potremmo aver bisogno di abbandonare il bagaglio. Se si tratta di un drappello ribelle, dobbiamo attraversare quel fiume prima che ci raggiunga».

Il passo di marcia era aumentato fino a un ritmo veloce che i muli delle salmerie riuscivano a mantenere a malapena; bisognava assolutamente mantenere unita la colonna. Corbulone aveva ordinato di abbandonare subito, con tutto l'eventuale carico, qualunque animale azzoppato o carro rotto. Vespasiano calcolò che, a quel ritmo, avrebbero raggiunto il fiume in tre ore, il che lasciava loro soltanto tre ore di luce per attraversarlo. Sarebbe stata una cosa tirata per i capelli, soprattutto se il comandante tracio avesse mandato avanti la sua cavalleria per delle scaramucce senza il sostegno della fanteria, costringendo la colonna a ritirarsi combattendo.

Dopo un'ora, si erano lasciati alle spalle le colline pedemontane e avevano cominciato ad attraversare i lussureggianti pascoli della pianura che li avrebbero condotti fin giù al fiume. Dietro, oramai chiaramente visibile dal punto più basso in cui si trovavano, potevano vedere la nube di polvere che aleggiava sull'avanzata dei Traci.

La fertile pianura era costellata di fattorie e piccoli villaggi; l'allevamento di cavalli e di pecore era il punto di forza di quella parte relativamente ricca del Paese. Poiché la velocità era essenziale, Corbulone seguì un percorso diritto verso il fiume, senza curarsi di evitare gli insediamenti più vasti; vi mandò invece, come precauzione, delle unità della sua cavalleria gallica in avanscoperta, sperando che il suo istinto fosse corretto e che pertanto i Celeti fossero ancora fedeli.

Vespasiano poteva sentire la tensione degli uomini mentre cavalcava alla testa della prima coorte. Voleva andare su e giù per le centurie, a incoraggiarli tutti, ma poiché gli mancava l'innata e aristocratica fiducia in sé caratteristica di molti del suo rango, si sentiva inadeguato al compito. Non aveva fatto ancora nulla per conquistarsi la fiducia e il rispetto degli uomini, e sentiva che sarebbe sembrato loro soltanto un ragazzo inesperto, molto più giovane di molti di loro. Rifletté su quanto fosse ridicolo un sistema che metteva un pivello come lui, privo di esperienza militare, ufficialmente al comando di quattrocentottanta uomini soltanto perché proveniente da una famiglia ricca. Ma a Roma le cose si erano sempre fatte in quel modo, e questo permetteva al Senato di mantenere la propria posizione nella società; tra l'altro, le dimensioni dell'impero sembravano testimoniare del buon funzionamento del sistema. Decise di lasciare il compito di risollevare il morale dei soldati agli uomini che avevano realmente il comando: i centurioni. Lo confortava molto sapere che c'era Fausto in marcia subito dietro di lui. Poteva sentirlo chiamare i suoi uomini, lodare i loro sforzi, mantenerli in formazione e rimproverare gli scansafatiche. Vespasiano sapeva che, al momento della loro prima battaglia, lì, sul fiume o più a nord, sarebbero stati uomini come Fausto a decidere della loro vita o della loro morte.

Alcune grida ansiose tra gli uomini lo fecero guardare verso destra.

«Silenzio tra la truppa», urlò rabbiosamente Fausto. «Guardate avanti e state attenti a non inciampare sull'uomo di fronte a voi».

Dall'altra parte della pianura, a circa tre chilometri di distanza, si poteva vedere un piccolo gruppo di cavalieri galoppare a spron battuto verso di loro.

«Sembra che ci saranno guai», borbottò Magno. «Di solito le buone notizie non viaggiano così velocemente».

Il corno suonò ancora una volta; il suo profondo richiamo si poteva udire chiaramente sopra il rumore della colonna in marcia.

«È ancora una volta "Ufficiali superiori a rapporto dal comandante"», disse Magno. «Speriamo che quel bastardo riesca a mantenere la calma».

«Sarà pure un bastardo», disse Vespasiano, «però mi sembra che finora non abbia sbagliato una decisione».

«Restano otto chilometri da percorrere e un fiume da attraversare; ha ancora un sacco di tempo per incasinare tutto».

Alla testa della colonna, Vespasiano si fermò accanto a Corbulone e a Maurizio; Gallo e Quinto Cepione, prefetto della cavalleria gallica di retroguardia, vennero presto a raggiungerli.

«Mi aspetto notizie sull'avanzata dei Traci», disse Corbulone, con il volto cupo. «Ormai i nostri ricognitori li avranno avvistati».

Cavalcarono in silenzio, guardando il piccolo gruppo di cavalleria leggera che si avvicinava sempre di più. Vespasiano contò sei cavalieri a cavallo e due cavalli senza cavaliere; sentì un brivido corrergli lungo la schiena e iniziare a roderlo nel profondo delle budella; erano cominciati a morire degli uomini. Si preparò per quello che sapeva sarebbe stato il giorno più impegnativo della sua breve vita fino a quel momento, ancor più di quando aveva teso un'imboscata agli schiavi fuggiaschi o aveva salvato Cenis, perché stavolta sarebbe stato dalla parte di chi si difendeva: tutta l'iniziativa era in mano ai Traci.

I ricognitori si affiancarono e, con prodigiosa abilità, girarono i cavalli esausti, avvicinandoli al trotto al gruppo di ufficiali.

«Signore!». Il loro capo, un uomo sulla trentina dall'aspetto forte, con la faccia bruciata dal sole, salutò Corbulone. «Alkaios, cavalleria leggera ausiliare tessalica».

«Sì, sì, va' avanti». Corbulone era ansioso di arrivare al punto.

«Abbiamo avvistato il gruppo principale di Traci mezz'ora fa, circa quindici chilometri a est. Sono soprattutto fanti, circa tremila. Si stanno muovendo rapidamente e con risolutezza; hanno smesso di appiccare incendi lungo il percorso. Ci siamo imbattuti in una delle loro pattuglie di cavalleria, ma l'abbiamo respinta, perdendo due dei miei uomini, uno dei quali è stato soltanto ferito e fatto prigioniero. Possano gli dèi alleviare la sua sofferenza».

«Speriamo». Come chiunque altro, Corbulone poteva immaginare cosa aspettasse lo sfortunato soldato. «Dici di non aver visto cavalleria?»

«No, signore. Soltanto pattuglie».

«Per le tette di Minerva, devono aver indovinato che siamo diretti verso il fiume e mandato la loro cavalleria ad aggirarci a nord per scagliarcela contro. Maurizio, prendi le tue quattro *turmae* e falle rallentare; non dobbiamo permettere loro di impedire il nostro attraversamento. Dovremmo raggiungere il fiume tra poco più di un'ora».

«Sì, signore, faremo tutto il necessario». Il prefetto della cavalleria urlò un ordine al suo decurione, e i centoventi Galli si staccarono dalla colonna per correre verso il fiume.

Corbulone si rivolse a Quinto Cepione. «Cepione, prendi la tua *turma* e tieni il passo con noi per un chilometro a est per ripararci se la cavalleria dovesse attaccarci di fianco».

Cepione salutò e corse giù lungo la colonna.

«Gallo, prendi dei cavalli per i genieri, voglio che tendano quante più funi possibile attraverso quel fiume. Se non hanno abbastanza uomini in grado di nuotare, trovate dei volontari tra le schiere». Gallo sembrò compiaciuto del compito affidatogli e galoppò via verso il suo temporaneo comando.

Vespasiano rimase impressionato dalla capacità di prevedere e decidere con calma del suo giovane superiore; gli calmò i nervi, facendogli sentire che si era tenuto conto di tutte le eventualità. Corbulone si voltò verso di lui.

«Vespasiano, prendi le salmerie e portale al livello della testa della colonna, cinquanta passi a ovest. Senza le retroguardia, non possiamo lasciarle prive di protezione. Di' ai trasportatori di fare quel che devono per far andare più veloci quei muli. Non voglio abbandonare le salmerie se non è assolutamente necessario».

Vespasiano rise dentro di sé mentre salutava e ripercorreva a ritroso la colonna; sembrava che fosse sempre destinato a stare con i muli, in un modo o nell'altro.

Mancavano poco più di tre chilometri per arrivare al fiume. Le salmerie erano state portate all'altezza delle due coorti, battendo i muli per farli andare più veloce; pochissimi si erano impuntati o imbizzarriti. Vespasiano prese il suo posto vicino a Corbulone, che ora era a capo della prima coorte; Magno si ritirò a rispettosa distanza a sinistra della colonna.

«Gli uomini si stanno stancando, Vespasiano», gli disse Corbulone, guardando nervosamente la nube di polvere tracia, ormai molto più vicina. «Presto saranno visibili. Non potremo fermarci dopo aver attraversato il fiume, dovremo andare avanti e sperare che la traversata faccia ritardare i selvaggi più di noi. Ma poi che succederà? Saranno sempre più veloci di noi; ci prenderanno nel giro di una giornata».

«Forse dovremmo semplicemente fermarci e combattere, rischiare», ribatté Vespasiano, anche se l'idea dispiacque subito anche a lui.

«Con due coorti di veterani e la cavalleria che abbiamo, sarebbe ragionevole, ma con questo mucchio di reclute non avremmo alcuna possibilità in campo aperto. Dobbiamo attraversare il fiume, poi trovare un modo per ostacolare il nemico».

Nel paio di chilometri ancora da percorrere, il terreno aveva cominciato a digradare dolcemente nella bassa vallata del fiume. Boschetti di faggi e di ontani ne popolavano i lati, spezzando l'uniformità del tappeto d'erba, che normalmente sarebbe stato punteggiato di piccole greggi di pecore, ma che quel giorno era vuoto. L'arrivo dei Romani in quella valle tranquilla era stato annunciato, e i pastori, nell'ansia di non farsi requisire gli animali per nutrire i soldati, li avevano già portati in salvo.

In fondo alla valle scorreva rapido l'Arpesso. Le sue acque gelate, alimentate di recente dallo scioglimento della neve sulle montagne a ovest, s'incanalavano su un duro letto ciottoloso, delimitato su entrambe le rive da massi spaccati. Alberi resistenti si aggrappavano agli argini; il fiume che scorreva rapido aveva ridotto la terra sotto di essi, e le loro radici scoperte avevano formato strani passaggi ad arco.

Davanti a loro, Vespasiano poteva vedere l'avanguardia di genieri che, con l'acqua fino al petto, lottava per assicurare le funi che avrebbero aiutato la colonna a percorrere i trenta metri di larghezza del fiume. Due erano già a posto e una terza era legata a un albero sull'argine vicino, distesa al massimo della sua lunghezza lungo di esso. Vespasiano osservò un geniere legarsene l'estremità libera intorno alla vita per poi lanciarsi controcorrente, nuotando forte a rana, per mantenere tesa la fune. Il fiume lo allontanò ulteriormente dalla riva. La tensione della corda gli permise di oscillare fino a raggiungere, alla fine, l'acqua che scorreva più lenta vicino alla sponda opposta, cosicché poté nuotare fino alla riva, dove un compagno lo aiutò a uscire.

Mentre si avvicinavano al punto di attraversamento, il sole affondava dietro l'alto massiccio dei monti Rodopi, e la valle si oscurava mentre la loro ombra la percorreva tutta.

Il drappello trace che li incalzava alle spalle, e la via di fuga – anche se provvisoria – davanti, indussero alcune delle reclute più insicure a cercare di rompere le righe e di correre verso le funi. Furono rispedite indietro senza pietà dai bastoni di vite dei loro centurioni e costrette a rimanere lì vergognandosi per gli sguardi di rimprovero dei loro commilitoni.

Corbulone urlò a Fausto dietro di sé: «Chiunque spinga per cercare di passare avanti verrà lasciato da questa parte del fiume. Diffondi questo messaggio, centurione, e fai sapere a Gallo che lo voglio a rapporto da me».

Mentre l'avvertimento di Corbulone veniva comunicato lungo la colonna, si sentirono altre grida provenienti da un bosco un chilometro più a est lungo il fiume.

«Maurizio avrà trovato la loro cavalleria», cercò d'indovinare Corbulone. «Speriamo che possa trattenerli abbastanza a lungo».

«Ma come farà ad attraversare il fiume?», chiese Vespasiano. Corbulone non rispose.

Erano a cento passi dal fiume. La terza fune era stata ormai assicurata, e i genieri avevano cominciato a lavorare a una quarta. Duecento passi alla loro destra, Cepione aveva schierato i suoi ausiliari gallici in modo da coprire qualunque attacco ai fianchi, nel caso i Traci fossero riusciti a superare la cavalleria di Maurizio.

Gallo portò il suo cavallo al trotto vicino al comandate e lo salutò. «Signore, il fiume è profondo da un metro a un metro e mezzo, e la corrente è molto forte. Si è già portata via un uomo». Il suo volto tradiva un misto di nervosismo ed eccitazione di fronte alla prospettiva della sua prima azione di guerra.

«Grazie, tribuno. Signori, velocità ed efficienza sono fondamentali», disse Corbulone ai suoi giovani subordinati. «Gallo, la seconda coorte attraverserà per prima con la carovana di muli, quindi si schiererà sulla riva opposta, di fronte al nemico. Vespasiano, la tua coorte si schiererà qui, fino a due centurie di profondità, per coprire il loro attraversamento e quello degli ausiliari, se ne sono rimasti. Fa' che i tuoi uomini ammucchino gli zaini vicino alle funi prima di schierarsi». Corbulone guardò verso la zona boscosa a valle, da cui provenivano ancora il clangore delle armi e le urla dei feriti. «Se ci attaccano, ci ritiriamo combattendo centuria per centuria: la centuria di Fausto sarà l'ultima ad attraversare il fiume. Richiamate i ricognitori, laggiù non ci servono più ormai, sappiamo cosa ci aspetta; poi fate guidare ai vostri liberti i carri nell'acqua, a monte delle funi, e teneteli lì, soltanto i carri, non i muli da soma. Speriamo che rallentino la velocità dell'acqua e che meno uomini vengano portati via dalla corrente».

«Sissignore!», salutarono entrambi.

«E, Gallo», continuò Corbulone, «se veniamo attaccati e io non ce la faccio ad arrivare dall'altra parte, taglia le funi, quindi rimanete allineati da quel lato e opponetevi al loro attraversamento. Sarà la cosa migliore da fare. Se cercherete di scappare, vi prenderanno e vi faranno a pezzi».

XXI

Magno non era stato tanto contento del suo ruolo ma, brontolando, aveva portato i carri in posizione nel fiume. Mentre i muli lottavano per tenere la testa al di sopra della corrente, gli animali si fecero prendere dal panico. Gli animali spezzarono le bardature e, insieme al carico e al loro carrettiere, vennero spazzati via dal torrente ghiacciato, quasi portandosi dietro una delle funi. Gli altri, forse frenati dal destino dei loro simili, si rassegnarono al loro compito e mantennero le posizioni.

Vespasiano montò a cavallo in coda alla seconda centuria della sua coorte, al centro della linea romana; vicino a lui attendeva il *cornicen* della coorte. Ogni centuria schierava quattro file di venti uomini ciascuna. Le quattro *turmae* di Galli di Cepione ne coprivano il fianco sinistro, la cavalleria leggera tessalica il destro. Di fronte a loro, in ordine sparso, c'era l'unità di cinquanta arcieri leggeri.

Dietro Vespasiano, Corbulone e Gallo schierarono la seconda coorte di fronte alle due funi a monte e i muli da soma accanto a quelle a valle. Cominciò l'attraversamento. Gli uomini, ansiosi di mettere il fiume tra loro stessi e i nemici, ignorarono la temperatura ghiacciata dell'acqua e, con gli scudi appesi alla schiena, cominciarono a lanciarsi per la traversata, con una mano che si teneva alle funi, mezzo metro sopra la superficie, mentre l'altra si aggrappava al paletto dello zaino e ai *pila*.

Le prime due centurie attraversarono senza contrattempi; si stavano allineando, fradice, sulla riva opposta, quando da sopra il pendio di fronte a Vespasiano, udibile persino sopra lo scroscio dell'acqua, arrivò un grande urlo. Il drappello trace apparve sopra la cima della collina, stagliandosi in controluce sul cielo del tardo pomeriggio. I guerrieri emisero un altro tremendo ruggito, fecero cozzare i giavellotti contro i loro scudi ovali e cominciarono a scendere il pendio a passo costante.

Un'ondata di paura si propagò per la coorte di nuovi legionari.

«State calmi, ragazzi», gridò Fausto dalla sua posizione nella prima fila, vicino al *signifer*, «ricordatevi il vostro addestramento. Mantenete la fila, ascoltate i segnali del corno, sganciate i vostri *pila* quando vi viene ordinato, quindi unite gli scudi, spostate il peso sulla gamba sinistra e colpite attraverso gli spazi che rimangono. Spezzerete il cuore alle loro madri».

Un'ovazione nervosa si levò dai ranghi.

«Questa non è un'acclamazione», ruggì Fausto. «Mi sembravano le strilla di un branco di frocetti mesopotamici che lo prendono nel culo per la prima volta. Ora fatemi un'acclamazione degna della IV Scitica».

Con maggior fiducia, grazie all'esortazione del formidabile Fausto, i legionari emisero un'ovazione potente e cominciarono a battere ritmicamente i *pila* sugli scudi. Il rumore era assordante, ma i Traci continuavano ad avanzare.

Vespasiano guardò indietro verso il fiume; il ritmo dell'attraversamento era aumentato con la minaccia ormai visibile dei Traci a meno di un chilometro di distanza. Quattro centurie erano passate sulla sponda opposta, e le ultime si trovavano ancora in acqua. Presto sarebbero riusciti a far attraversare anche la sua coorte, ma non senza prima ingaggiare battaglia con il nemico. Sarebbe stata, come aveva detto Corbulone, una ritirata combattuta; Vespasiano sperava che i suoi uomini avessero la disciplina necessaria per compiere una manovra del genere.

Poi su di loro si abbatté il disastro. Il tiro di muli più vicino alla riva opposta, incapace di sopportare oltre il rumore e la corrente, s'imbizzarrì e provò a scappare verso la terra ferma. Preso alla sprovvista da quello sbandamento improvviso, chi lo guidava fu sbalzato fuori dal suo posto sul carro e trascinato a valle, con le redini ancora intorno ai polsi. Per la forza della corrente, le redini tirarono con violenza verso destra le bestie terrorizzate, facendole cadere insieme al carro. L'intero mucchio si abbatté sulla prima e sulla seconda fila di legionari, strappandone otto dalla fune. Gli uomini aggrappati alla seconda fune ebbero il tempo di vedere cosa li aspettasse. Perciò abbandonarono i loro zaini e i *pila* per aggrapparsi alla fune con entrambe le mani. Il carro, i muli che si dimenavano e i loro compagni piombarono a cascata tra i legionari, intrappolandoli in una rete di arti, redini e raggi di ruote. I soldati si aggrapparono con tutte le forze per salvarsi la vita e, per un momento, l'intera valanga rallentò, tendendo la fune. Gli uomini che stavano davanti a tutta quella confusione s'inerpicavano più in fretta che potevano per raggiungere la riva, mentre quelli dietro gridavano ai loro compagni di mollare, ma inutilmente. Con rivoltante inevitabilità, il peso sulla fune sradicò l'albero a cui era stata legata sulla riva lontana, le cui radici erano già allentate da anni di erosione. La fune, col suo carico di uomini e rottami, s'inarcò in direzione della corrente verso gli ultimi muli da soma sulla terza fune. Le sfortunate creature vennero sbilanciate dal colpo e spinte via dalla corrente, portandosi dietro quelli della quarta fune, con i loro addestratori costretti a salvarsi mollando le redini e aggrappandosi con entrambe le mani alla funi ancora sicure.

Vespasiano guardò Corbulone e Gallo correre di qua e di là cercando di ridare ordine all'attraversamento, ma la sua attenzione venne presto distratta dal rumore crescente dei suoi uomini e dei loro avversari. I Traci erano a soli duecento passi di distanza. Con Corbulone impegnato nell'attraversamento, sarebbe toccato a lui dare i segnali. Conosceva la teoria grazie alle lezioni impartitegli da Sabino diversi mesi prima. Aveva visto i segnali funzionare in addestramento durante la marcia dall'Italia, ma non li aveva mai visti dare sul serio. Sapeva che era tutta una questione di tempismo.

Gli arcieri che stavano di fronte a sinistra fecero partire tre rapide scariche a lunga gittata, abbattendo quasi ottanta degli uomini dell'affollato drappello nemico, senza però riuscire a fermarne l'avanzata.

«Schiere aperte!», gridò Vespasiano al *cornicen*. Le note basse dello strumento a forma di G rimbombarono sul campo, e il suo suono profondo fu udito da tutti anche sopra il frastuono delle grida di battaglia. Immediatamente un uomo sì e uno no di ogni centuria fece un passo dietro il suo compagno a destra, creando dei passaggi attraverso cui potessero correre gli arcieri che ora si stavano ritirando.

«Chiudere le schiere!». Il *cornicen* suonò un richiamo diverso e la manovra venne invertita.

Liberi da armature, i Traci aumentavano costantemente la loro velocità. Erano a cento passi di distanza. Vespasiano sapeva che sarebbero arrivati presto.

«In alto gli scudi!». Suonò di nuovo il corno. Le tre file posteriori alzarono i loro scudi rettangolari semicilindrici e avanzarono per tenerli sopra la testa degli uomini davanti. Crearono un tetto irregolare che, se sostenuto con fermezza, avrebbe tenuto al sicuro chi stava sotto da giavellotti, frecce o catapulte.

A quaranta passi dalla linea romana, i Traci emisero un urlo fortissimo e scagliarono i loro giavellotti. Centinaia di missili dalla punta di ferro si levarono in aria per poi formare un arco e ricadere giù verso le tre centurie e la cavalleria ai loro fianchi. Con un acciottolio assordante, come di grandine su un tamburo di pelle, si riversarono sugli scudi dei legionari in attesa, picchiando sul legno di cinque centimetri di spessore e coperto di cuoio degli scudi. Quel tetto temporaneo tenne bene, con alcune urla qua e là, a indicare l'inesperienza di qualche recluta che aveva fatalmente tradito la fiducia del suo compagno di fronte. I pochi vuoti vennero riempiti subito.

«Giù gli scudi!». Un altro squillo di corno e gli uomini abbassarono i loro scudi, tirando via i giavellotti che vi erano rimasti incastrati.

«*Pila* pronti!». Gli scudi e le gambe sinistre si mossero in avanti; le destre scattarono all'indietro, con le mani aggrappate alle lisce aste di legno dei *pila*, tutti appesantiti con sfere di piombo.

Su entrambi i lati i comandanti della cavalleria avevano sincronizzato alla perfezione le loro cariche, dando l'ordine al momento della scarica di giavellotti. In questo modo, i soldati a cavallo erano riusciti a sfondare e tagliare i fianchi disordinati dei Traci, che non avevano avuto il tempo di riarmarsi con la loro arma più temibile: la romfaia, una lucente lama di ferro lunga quasi un metro, affilata come un rasoio, con la punta leggermente incurvata all'indietro e attaccata a un manico di frassino di più di mezzo metro.

Con entrambi i fianchi ormai isolati e impegnati in singoli com-batttimenti tra cavalleria e fanteria, arrivò il drappello principale, in cui tutti gettarono via gli scudi, dato che non sarebbero serviti per quel che i Traci avevano in mente. Ognuno di loro si portò le mani dietro la testa e, con un movimento rapido, sguainò la pro-pria romfaia. Tutti insieme fecero uno scatto temerario brandendo quelle armi terrificanti sopra la testa con entrambe le mani. Resi furiosi dalla sete di battaglia, durante la carica urlarono, con le facce barbute contorte dalla rabbia. Lunghi mantelli fluttuavano dietro di loro; pesanti stivali di pelle fino al polpaccio correvano pesantemente sull'erba.

Cercando di restare calmo, Vespasiano osservò quell'ondata di odio che si avvicinava, contando mentalmente. Stava per dare l'or-dine più cruciale, che doveva essere sincronizzato alla perfezione.

A venti passi dall'impatto, urlò rabbiosamente: «Lanciate i *pila*!».

Suonò il corno. I Traci erano avanzati di altri cinque passi quan-do i legionari risposero al segnale. All'unisono, le tre centurie lanciarono le loro pesanti armi con una traiettoria bassa verso un muro di carne non protetta. Al momento del lancio, ogni romano estrasse il proprio gladio dal fodero sul lato destro, quindi spostò il peso sulla gamba sinistra e si accovacciò dietro lo scudo. Quelli delle schiere posteriori poggiarono gli scudi sulle schiene dei com-pagni di fronte, preparandosi all'impatto.

A dieci passi dalla linea romana, più di duecento *pila* si abbatte-rono su quella massa urlante in corsa. Degli uomini caddero all'in-dietro come tirati con violenza da una corda invisibile. Le punte uncinate dei *pila* trapassarono costole, cuori e polmoni, esploden-do fuori dalle schiene in spruzzi di caldo sangue cremisi. I volti si disintegravano mentre le palle di piombo alla base delle aste perforavano teste, facendo esplodere materia grigia sopra i corpi già schizzati di sangue di coloro che seguivano. Ma i Traci conti-nuavano ad avanzare, saltando sopra i commilitoni morti o feriti, senza curarsi della propria incolumità. Gridando la loro sfida agli avversari vestiti di ferro, si scagliarono contro il rigido muro di scudi, facendo sibilare le lame delle loro romfaie, nel tentativo di trapassare gli elmi degli oppositori.

Al momento dell'impatto, il fronte romano spinse i propri scudi in avanti e verso l'alto. I bordi rinforzati col bronzo assorbirono l'impatto delle romfaie, spezzandone i manici e intaccandone le lame con nubi di scintille. Le protuberanze degli scudi di ferro sbatterono contro i petti dei guerrieri che si infrangevano sulla solida linea romana, sfiatandone alcuni e sbilanciandone altri.

La linea tenne.

Poi le spade a punta corta, fatte per pugnalare e sventrare, spuntarono tra gli scudi ad altezza d'inguine e cominciarono la loro opera letale. Le urla di rabbia si trasformarono in grida di dolore e di angoscia, mentre le lame di ferro penetravano negli organi vitali dell'ormai bloccata prima linea tracica. Delle pance si aprirono, spargendo il loro contenuto fumante sui piedi di chi attaccava e di chi si difendeva. Dei genitali vennero tagliati via, mentre il sangue fluiva liberamente dalle arterie recise.

La pressione delle schiere posteriori impedì ai Traci di sfruttare al massimo le romfaie. Erano abituati a combattimenti più aperti, tipici delle loro battaglie tra tribù, in cui avevano spazio per far roteare l'arma, tagliando teste e braccia dei loro avversari, oppure tranciando loro le gambe da sotto. Qui non riuscivano a farlo.

La battaglia si trasformò in una mischia in cui tutti spingevano e si accoltellavano. Un paio di legionari inesperti si sporsero troppo per colpire e sentirono un lampo ghiacciato di dolore. Ritirarono rapidamente le braccia e, ritrovandosi soltanto con moncherini sprizzanti sangue, crollarono gridando. Gli uomini dietro li calpestarono, sapendo che lasciare una breccia sarebbe stato fatale per tutti.

Intanto, la linea continuava a tenere.

Incapaci di avanzare, i Traci cominciarono a rovesciarsi intorno ai fianchi incustoditi delle due centurie più lontane; dei legionari cominciarono a cadere, senza testa e senza gambe. Dal suo punto di osservazione, Vespasiano si rese conto del pericolo.

«Quarta e sesta centuria, avanzate!», gridò.

Il corno suonò e le due centurie sui fianchi della seconda linea si spostarono in avanti con una leggera corsa, aumentando la velocità man mano che si avvicinavano al nemico. I loro centurioni ne ordinarono la carica. Sulla scia di una salva di *pila*, colpirono ai fianchi i Traci accerchianti, travolgendo coi loro scudi quelli che ancora stavano in piedi, per poi ucciderli a terra con colpi decisi delle loro spade.

I Traci cominciarono a ritirarsi; essendo fallita la manovra di accerchiamento, si erano momentaneamente scoraggiati. Mentre si sganciavano, la gravità delle loro perdite divenne evidente. Più di quattrocento dei loro, morti o moribondi, ricoprivano il terreno insanguinato di fronte ai legionari e il pendio della collina antistante.

Un imponente urlo di trionfo si levò quando le reclute appena iniziate alla battaglia videro i loro avversari ritirarsi. Alcune delle teste più calde fecero per seguirli, ma i loro centurioni gli gridarono di rimettersi in riga, sapendo fin troppo bene quanto fosse folle darsi a un inseguimento indisciplinato.

Corbulone arrivò al fianco di Vespasiano.

«Li abbiamo battuti, signore», disse Vespasiano con un certo orgoglio, pur sapendo che il suo gladio era rimasto intatto nel fodero.

«È più probabile che li abbiate fatti scappare, ma torneranno. Selvaggi come questi hanno più spacconeria che buon senso. È tempo che ce ne andiamo di qui. *Cornicen*, suona "Ritirarsi col nemico di fronte"».

Poi Corbulone si girò verso il centurione della quinta centuria, che non era stata utilizzata. «Manda un gruppo di uomini a prendere i nostri feriti e a finire quelli che non possono farcela. Non lasceremo nessuno dei nostri al divertimento di quei barbari».

Incoraggiate dalle urla dei centurioni in prima fila e dagli *optiones* sul retro, le centurie cominciarono a ritirarsi, passo dopo passo, al tempo scandito dagli squilli sommessi del *cornicen*.

I cavalieri si svincolarono dai combattimenti singoli e tornarono tutti al galoppo per coprire la ritirata della fanteria, arrestando le sortite di piccoli gruppi di Traci impetuosi che, con scariche di giavellotti, tentavano di disturbare il recupero dei Romani feriti.

Lentamente la linea romana arretrò di cento passi fino al fiume. Di fronte a loro i guerrieri traci, dopo aver recuperato gli scudi abbandonati ed essersi riarmati con dei giavellotti, ricominciarono a eccitarsi fino al parossismo.

«Tra non molto riprenderanno coraggio e ci riproveranno», disse Corbulone. «Vespasiano, fai andare alle funi le tre centurie di retroguardia e i feriti».

L'ultimo degli arcieri stava attraversando quando Vespasiano ordinò alla quarta, alla quinta e alla sesta centuria di prendere le tre funi rimaste. Gli uomini, ripresi gli zaini, non avevano bisogno di farsi spiegare l'urgenza della situazione, quindi saltarono subito in acqua. Dietro di loro le tre restanti centurie formarono un muro convesso, proteggendo le funi dai nemici.

Mentre gli ultimi uomini delle centurie di retroguardia scendevano in acqua, si levò un altro forte urlo. Vespasiano girò il suo cavallo; a seicento passi di distanza, su per la collina, i Traci cominciavano lentamente ad avanzare.

Magno apparve al suo fianco. «Ora siamo nei guai».

«Che stai facendo qui? Perché non sei con i carri delle salmerie?»

«Da quand'è che sono un bagaglio?»

«Da quando Corbulone ti ha affidato la responsabilità delle salmerie».

«Come hai detto tu, non sono sottoposto alla disciplina militare, quindi non attraverserò finché non lo farai tu».

Corbulone arrivò a grandi passi da loro. «Non faremo in tempo a far passare tutti gli uomini prima che ci raggiungano. Tribuno, fai attraversare la terza centuria su tutte e tre le funi. Io ho mandato la cavalleria a cercare di ritardare l'attacco. E tu», disse guardando Magno, «di' a quelli delle salmerie di uscire dal fiume, quindi trovati uno scudo e un elmo. Immagino che mi disobbediresti se ti dicessi di attraversare con le salmerie».

«Sissignore!». Magno si allontanò in fretta mentre Vespasiano smontava da cavallo.

La prima e la seconda centuria stavano lì a osservare cupamente la loro cavalleria che cercava di rallentare l'avanzata dei Traci. Respinti da scariche di giavellotti provenienti dalla fitta orda, i cavalieri si girarono e scapparono, tornando verso il fiume.

«Cepione, fai attraversare i tuoi uomini», gridò Corbulone. «Non puoi fare più nulla qui».

Riconoscenti, i Galli e i Tessali lanciarono i loro cavalli già stanchi nel fiume e cominciarono a guadare fino alla riva opposta; un compito più difficile ora che la temporanea barricata di carri non arginava più il flusso. Anche gli uomini della terza centuria stavano lottando, e l'attraversamento era rallentato a un ritmo da lumaca.

I loro compagni si rimisero in formazione sulla riva opposta e incoraggiarono gli altri, ma la corrente più veloce ne minò gli sforzi. Mentre si girava per seguire Corbulone con gli uomini rimanenti, Vespasiano vide due legionari trascinati via con la pesante armatura che li tirava giù. Sapeva che ormai ci sarebbe voluto un miracolo per farli attraversare tutti.

I Traci erano a meno di trecento passi di distanza e avevano cominciato una leggera corsa, prendendo slancio per l'attacco finale.

«Bene, tribuno, facciamo in modo che la prima azione di guerra non sia l'ultima per tutti questi uomini», disse Corbulone rivolgendosi a Vespasiano. «Assorbiremo l'impatto della carica e li tratterremo; quando ci saremo stabilizzati, la retroguardia potrà staccarsi dal gruppo e raggiungere le funi».

«E gli altri, signore?»

«Dovranno combattere come leoni. Noi dobbiamo far sì che il nemico si sganci, e poi correre verso le funi. Quando gli ultimi uomini le avranno afferrate, le taglieremo e pregheremo di poter resistere mentre il fiume ci porta dall'altra parte».

Magno arrivò ansimante fin sull'argine, dirigendosi verso i due ufficiali con scudo ed elmo, tirandosi dietro un carro da mulo.

«Sembra che abbiamo bisogno di batterli nettamente per avere una possibilità qui; speriamo che questi possano aiutare».

«Che cos'hai lì? Ti ho detto di portare tutti i bagagli dall'altra parte», urlò Corbulone, furioso perché i suoi ordini non erano stati pienamente rispettati.

«*Pila*, signore». Magno tirò via dal carro la copertura di pelle.

Negli occhi di Corbulone s'accese una scintilla di speranza. «Che stai aspettando, uomo? Falli distribuire».

Ordinarono rapidamente agli uomini della retroguardia di afferrare quattro *pila* a testa e di passarli per le file. Il morale degli uomini fu sollevato dal peso di un *pilum* in mano; ognuno cominciò a batterlo contro il proprio scudo. Dietro di loro, i commilitoni sulla riva opposta fecero lo stesso. Il rumore fece fermare i Traci. Avevano raggiunto il lungo cumulo di corpi dilaniati che contrassegnava la linea dell'ultimo combattimento, ed erano ormai abbastanza vicini da poter vedere i nuovi *pila* nelle mani dei loro nemici. Avevano già sperimentato direttamente, quel giorno, il potere distruttivo di quell'arma, e anche con una probabilità di quasi dieci a uno in loro favore, avevano bisogno di riprendere fiducia. Cominciarono un altro giro di urla e acclamazioni, per contagiarsi di nuovo tra loro con la febbre del combattimento.

«Dovremmo andare ora che si sono fermati, signore. Possiamo farcela, no?»

«No, ci prenderanno in mezzo al fiume coi giavellotti; bisogna che ce ne tirino contro una scarica mentre siamo protetti. Vieni, tribuno, per noi c'è la prima fila. Il tuo insubordinato liberto vorrà senz'altro seguirci, vero?»

«È un invito molto gentile, signore», disse educatamente Magno. «Sarò molto più utile lì che imboscato in retroguardia».

Corbulone grugnì, facendosi strada a spintoni fino alla prima fila.

Vespasiano stava tra Magno e Corbulone, al centro della linea romana, a guardare i Traci che alimentavano la propria sete di sangue. Avevano trovato un tessalo ferito troppo lontano per essere recuperato. Lo sfortunato prigioniero, in piedi, aveva una corda intorno ai polsi, e due uomini, ognuno dei quali gli tirava un braccio, lo stavano legando nella posizione del crocifisso. Intorno a lui ballava uno sciame di guerrieri ululanti che brandivano le loro romfaie.

«Non distogliete lo sguardo, ragazzi», urlò Corbulone. «Guardate e ricordatevi cosa fanno ai prigionieri».

La danza si arrestò e i Traci intonarono un canto sommesso, che presto cominciò ad aumentare di volume fino a soffocare le suppliche urlate dal prigioniero. Due uomini presero posizione dietro di lui. Il canto raggiunse l'acme per poi fermarsi all'improvviso. Due romfaie falciarono l'aria. Le gambe del tessalico caddero a terra, ma l'uomo rimase in posizione eretta, urlando, allungato dalle corde, come raccapricciante bucato steso su un filo. Il sangue sgorgava dalle sue ferite, in una patetica imitazione degli arti che aveva appena perduto. Con un altro balenio metallico gli furono tagliate anche le braccia; volarono per aria all'estremità delle funi, con gli spruzzi rossi a formare macabri archi. Il suo tronco senza più arti cadde a terra sopra le gambe mozzate. Altri due guerrieri si avvicinarono all'uomo martoriato e ne sollevarono in aria la carcassa che schizzava sangue. Ancora vivo ma privo di arti, il tessalo fissava in stato di shock catatonico i suoi ex commilitoni, ad appena un centinaio di passi di distanza. Un altro balenio e anche la sua testa cadde al suolo.

I Traci caricarono.

«In alto gli scudi!», gridò Corbulone.

Vespasiano sentì lo scudo dell'uomo dietro di sé premere sulla sua testa e collegarsi ad angolo retto con la parte superiore del suo, lasciando una piccola fessura curva per la visuale. Dentro quella scatola di legno, gli uomini respiravano affannosamente nel tentativo di respingere il panico crescente indotto dall'essere confinati al chiuso in circostanze stressanti. L'odore di sudore, paura e urina riempì le narici di Vespasiano che si allargavano, inspirando grandi boccate d'aria calda. Il tempo sembrò rallentare mentre ripensava all'addestramento a cui Sabino l'aveva sottoposto a casa, così lontano da lì. Si sentì pervadere da una sensazione di calma. Era pronto a combattere. Non sarebbe morto. Qualunque destino l'aspettasse, non poteva essere la morte per mano di un branco di selvaggi. Afferrò strettamente il suo *pilum*. Il primo giavellotto colpì il suo scudo. I muscoli dell'avambraccio sinistro gli si gonfiarono per lo sforzo di tenerlo fermo. Tutt'intorno a lui, forti schiocchi riempivano l'aria mentre i giavellotti colpivano uno dopo l'altro la linea romana. Gli uomini grugnivano, digrignando i denti per lo sforzo di sostenere il proprio scudo contro lo sbarramento. Si udirono delle urla qua e là. Poi tutto finì.

«Scudi giù!».

Vespasiano si sporse rapidamente in avanti e staccò l'arma lunga più di un metro ancora conficcata nel suo scudo. Si accorse che gli sibilavano delle frecce sopra la testa; gli arcieri sull'altra sponda avevano cominciato a lanciare.

«*Pila* pronti!».

Strinse il suo *pilum* in cima all'asta, subito dopo la palla di piombo, e stese all'indietro il braccio, appoggiandosi sul piede sinistro.

«Lanciate i *pila*!».

Vespasiano slanciò in avanti il braccio destro con tutta la sua forza, scagliando la pesante arma contro la massa di corpi che stavano attaccando. Non ebbe tempo di verificare i risultati del suo operato. Afferrò immediatamente il proprio gladio e lo sfoderò. Sentì lo scudo dietro di sé premergli sulla schiena. Si preparò all'impatto. Le urla dei Traci feriti riempirono l'aria. Alcuni andarono giù, facendone cadere dietro degli altri, che a loro volta vennero calpestati nella corsa disordinata verso la linea romana.

Accovacciandosi dietro il muro di scudi, percepì una forma indistinta di metallo avanzare velocemente verso di lui. Spinse il proprio scudo verso l'alto e in avanti. La lama di una romfaia rimbalzò sul bordo e, un istante dopo, colui che la brandiva s'infranse sull'umbone, rompendosi le costole e bucandosi i polmoni. Il braccio sinistro di Vespasiano vibrò per l'impatto, ma tenne. Con la maggior parte del proprio peso sulla gamba sinistra, il giovane spinse la spada attraverso l'apertura tra il proprio scudo e quello di Magno. Sentì che penetrava carne morbida. Ruotò bruscamente il polso a destra e poi a sinistra, lacerando le viscere dell'avversario urlante, poi ritirò la lama e la affondò di nuovo quando un altro ne prese il posto.

Vicino a lui, anche Magno lavorava di spada, schivando colpi letali di acciaio sibilante, e lanciava la propria sfida, urlando tutte le imprecazioni che conosceva mentre i corpi si ammucchiavano di fronte a lui.

A destra e a sinistra, i Traci cercarono di aggirare i fianchi delle centurie, ma furono abbattuti in massa dai cinquanta arcieri sulla sponda settentrionale.

La linea stava tenendo.

«Retroguardia alle funi!», gridò Corbulone, quando si accorse che la pressione sul muro di scudi diminuiva.

Vespasiano sentì il peso sulla schiena attenuarsi quando l'uomo alla fine della sua fila si lanciò verso la salvezza.

«Ora spingete, figli di puttana», ruggì Corbulone. «Rimandate all'inferno quei bastardi».

Con uno sforzo sovrumano, i legionari spinsero gli scudi in avanti e respinsero il nemico. Passarono sopra i primi corpi di fronte a loro, con gli uomini della seconda schiera che colpivano di nuovo i caduti. D'altronde, non pochi soldati avevano perso la vita per mano di un avversario ferito, che aveva infilato loro un coltello nell'inguine quando gli erano passati sopra. Mentre la linea romana si spostava in avanti, i Traci si compattarono, con le file posteriori che ancora spingevano in avanti e quelle anteriori che venivano respinte all'indietro. Il risultato fu il caos, con le spade romane che penetravano nelle carni compresse e prive di corazze. Alcuni dei morti rimanevano in piedi, con le teste ciondolanti in modo bizzarro, immobilizzati tra gli umboni e i loro compagni dietro; altri scivolavano giù per terra, esponendo nuovi bersagli alle spade coperte di sangue dei legionari.

Successivamente, Vespasiano avrebbe ricordato ben poco dei momenti che seguirono; la sua mente si era spenta e i suoi istinti e il suo corpo avevano assunto il controllo. Non sentiva più alcun suono distinto, solo un rombo costante che presto il suo cervello classificò ed eliminò come una semplice distrazione. Avrebbe ricordato solo il senso di euforia che provava in tutto quel meccanico spingere, girare e ritirare la spada mentre la linea romana, di cui lui era una parte, spingeva in avanti, distruggendo tutto ciò che gli si parava davanti. Uccise ripetutamente e con facilità; uccideva per poter restare vivo insieme ai suoi commilitoni.

All'improvviso, un'onda d'urto scosse la linea tracica da destra a sinistra. Un'altra minaccia si era abbattuta su di loro da est.

«Maurizio!», gridò Corbulone. «Che gli dèi siano lodati».

Con l'arrivo inatteso degli ausiliari gallici, i legionari si ripresero d'animo. Quei giovani, che si erano svegliati la mattina come reclute ancora totalmente inesperte, avevano ormai acquisito la sicurezza di un manipolo di assassini incalliti. Affrontarono il loro lavoro con rinnovato vigore, con le spade che si muovevano rapidamente e gli scudi che paravano e colpivano, trucidando chiunque gli si parasse davanti, e risospinsero lentamente gli avversari su per la collina, mentre gli alleati gallici arrivavano in massa lungo il fianco sinistro, abbattendo i nemici con le loro lunghe spade di cavalleria.

Dietro di loro proruppe la sonora acclamazione dalla seconda coorte. I soldati indicavano il cielo. In alto, l'infausto stormo di corvi che li aveva così turbati quella mattina stava tornando a est, inseguito dalle due aquile. Per un istante tutti si fermarono e guardarono su mentre i rapaci piombavano sulle prede, afferrandone due con gli artigli. Tornarono a volare alto, strillando, e lasciarono cadere le loro vittime, in un turbinio di piume, sulla mischia sottostante.

I Traci si voltarono e scapparono. La cavalleria cominciò a inseguirli.

«Fermi!», gridò Corbulone. «Lasciateli scappare. Maurizio, copri la nostra ritirata. E non arrivare più così tardi!». Corbulone sorrise sollevato al prefetto di cavalleria; questi ricambiò il sorriso, quindi cominciò a schierare i circa ottanta cavalieri che gli restavano; anche loro avevano avuto una giornata dura.

Vespasiano inspirò profondamente, poi si unì all'urlo di vittoria dei suoi commilitoni.

«È stato qualcosa di più delle battaglie cui eravamo abituati nella coorte urbana», sbuffò Magno al suo fianco.

«È stato il tipo di battaglia che potrebbe cominciare a piacermi», replicò Vespasiano. Il suo volto rotondo era surriscaldato dall'eccitazione e dal sangue. «Se è così che combatte una coorte appena addestrata, allora potremmo davvero avere gli dèi dalla nostra parte».

«In culo agli dèi, è stata...».

Le urla di Corbulone interruppero Magno.

«La prossima a compiere la traversata sarà la seconda centuria. La prima centuria deve mettersi in formazione di fronte».

La luce cominciava ad andarsene mentre gli uomini della seconda centuria guadavano il fiume con Corbulone, il loro centurione e il loro *optio* che gridavano di darsi una mossa.

Un Fausto molto corrucciato fece rapporto a Vespasiano, che stava in piedi con Magno a guardare su per la collina. Oltre i cumuli di corpi illuminati dalla luce fioca, i Traci erano ancora lì e avevano ricominciato il loro rituale prima dell'attacco.

«Abbiamo recuperato tutti i feriti, signore; dodici in totale, più sette morti».

«Grazie, centurione. Fai raccogliere agli uomini i loro zaini».

«Sissignore!».

«Prima centuria alle funi; Vespasiano, Fausto, prendetene una per ognuno», ordinò Corbulone mentre l'ultimo uomo della seconda centuria si buttava nel fiume. «E tu, Maurizio, comincia a guadare a monte rispetto a noi; ci aiuterà a far diminuire l'intensità della corrente».

Mentre la cavalleria si tuffava oltre i legionari, arrivò un urlo dai

Traci che, per la terza volta quel giorno, presero a lanciarsi giù dalla collina.

Tra i legionari si diffuse il panico; aver fatto tanto nelle ultime ore per poi essere beccati proprio così vicini alla salvezza sembrava dimostrare un'avversa volontà divina. Cominciarono a spingersi l'un l'altro per arrivare a prendere una corda.

«Piano, ragazzi, piano!», ruggì Fausto presso la postazione a valle, distribuendo qualche manrovescio. «Non perdete la vostra disciplina proprio adesso».

Vespasiano si guardò alle spalle; i Traci erano a metà strada verso di loro, e c'erano ancora almeno quindici uomini da far giungere a ogni corda.

«Al mio ordine, tagliate le funi», urlò Corbulone.

Gli uomini si trascinarono nel fiume; sulle loro teste volavano le frecce provenienti dagli arcieri a sostegno sulla riva settentrionale. Con i Traci a cinquanta passi di distanza, era evidente che non ce l'avrebbero fatta tutti quanti.

«Tagliate le funi!».

Vespasiano si rese conto che Corbulone aveva ragione; era più importante negare ai Traci i mezzi per attraversare il fiume che salvare l'ultima decina di uomini, lui compreso. Alla faccia del destino; alla fine, sarebbe morto proprio per mano di quei selvaggi. Sapeva che il suo maggior dovere era nei confronti del bene comune e non di se stesso. Tagliò con la sua spada la corda di canapa, che si spezzò, abbandonando alla corrente chi vi era ancora attaccato. Quindi si voltò per fronteggiare i nemici. Si erano fermati a dieci passi da loro.

«A me, a me», gridò Corbulone dalla postazione mediana, dove si trovava accanto a due giovani legionari dall'aria terrorizzata. Vespasiano corse al suo fianco con Magno e i due uomini rimasti presso la sua postazione. Fausto e altri tre li seguirono.

«Bene, ragazzi», disse cupamente Corbulone, «venderemo cara la pelle». Quindi si lanciò all'attacco. Gli altri lo seguirono. Si lanciarono sui Traci fendendo e colpendo, ma ricevendo in risposta soltanto dei colpi con i manici di legno delle romfaie. Mentre cadeva avvolto dall'oscurità, Vespasiano si rese conto che stavolta i Traci non erano venuti per uccidere. Si sarebbero accontentati di farlo più tardi.

XXII

Vespasiano rinvenne. Era buio. Sentì una sostanza appiccicosa nell'occhio e fece per sfregarla via, ma si ritrovò le mani saldamente legate dietro la schiena. Poi ricordò il colpo alla testa che l'aveva abbattuto. Sangue, pensò, sangue dalla ferita.

Aveva la gola secca e la testa che gli faceva male; in effetti, gli doleva tutto il corpo. Gemette quando riprese del tutto conoscenza e cominciò a percepire il dolore.

«Bentornato, signore, anche se non penso che ti farà molto piacere trovarti qui. A me di certo non fa piacere».

Vespasiano girò la testa. Vicino a lui c'era Magno.

«Dove siamo?». Era una domanda stupida, di cui conosceva già la risposta.

«Ospiti dei Traci; e dopo quel che gli abbiamo fatto, neanche tanto graditi, immagino».

A Vespasiano cominciò a schiarirsi la vista. Mise gradualmente a fuoco i piccoli bagliori arancioni tutt'intorno: fuochi di accampamento. Grazie al loro bagliore poteva vedere le sagome di corpi addormentati ammucchiati per terra. I suoi occhi si abituarono alla luce a poco a poco. Più vicino a sé, al buio, vide una specie di rete fatta di pali. Sollevò lo sguardo e si accorse che stava anche sopra di loro; si trovavano in una gabbia di legno, e c'erano altre due persone. Vespasiano strizzò gli occhi e riuscì a distinguere le uniformi di Corbulone e Fausto, entrambi ancora privi di sensi.

«Dove sono gli altri?», chiese, ansioso di sapere che fine avessero fatto i legionari rimasti.

«Non lo so. Sono rinvenuto soltanto poco prima di te, non ho avuto tempo di andarmene in giro e scoprire come ci hanno sistemati».

Vespasiano sorrise; Magno non aveva perduto il suo senso dell'umorismo.

«Riposati un po', signore, non possiamo far nulla al momento. Le corde sono ben legate; ho cercato di allentarle, ma sono riuscito soltanto a spellarmi i polsi. Dovremo aspettare finché i nostri ospiti non ci slegheranno, e in quel momento avremo bisogno di essere ben lucidi».

Vespasiano si rese conto che Magno aveva ragione: se li avessero slegati, avrebbero dovuto essere freschi e vigili. Chiuse gli occhi e si abbandonò a un sonno inquieto.

All'alba si destò l'intero accampamento. Quando riaprì gli occhi, Vespasiano trovò un trace che, all'interno della gabbia, stava dando latte di capra ai suoi compagni prigionieri. Attese il suo turno e, quando arrivò, succhiò con riconoscenza il caldo liquido, superando il disgusto che la maggior parte dei Romani provava per il latte al naturale. Sentì che gli riempiva lo stomaco e si rese conto di non aver mangiato più dalla pausa di mezzogiorno del giorno prima.

«Se si stanno prendendo la briga di nutrirci, vuol dire che non intendono ucciderci subito», osservò Corbulone. Aveva i capelli aggrumati per il sangue secco, e l'occhio destro gonfio e bluastro.

«Vi uccidiamo quando noi pronti», grugnì il trace in un latino stentato, mentre serrava la porta della gabbia.

«Che ospiti deliziosi», borbottò Magno. Il trace gli lanciò un'occhiataccia e poi se ne andò, lasciando altri tre compagni, armati di lance, a fare la guardia.

«Di' al tuo uomo di non provocarli, tribuno», sibilò Corbulone. «Se dobbiamo conservare le forze per la fuga, faremmo bene a evitare di farci pestare».

Vespasiano guardò Magno, che annuì e fece un mezzo sorriso.

«Gli uomini devono essere esausti», disse Fausto, guardando dietro le spalle di Vespasiano, che allora si voltò. A poco meno di un chilometro di distanza, sulla riva settentrionale del fiume, la prima e la seconda coorte stavano in piedi schierate, con la cavalleria su entrambi i lati. Le salmerie erano chiuse in un recinto poco dietro di loro.

«Un uomo in gamba, Gallo, non si è fatto prendere dal panico», disse Corbulone. «I Traci non oseranno attraversare il fiume adesso, dovranno ritirarsi, a meno che non vogliano restare fermi qui e nutrirsi di bacche e radici».

«E con i nostri arcieri a tenerli lontani dal fiume, tra un giorno o due rimarranno anche senz'acqua», osservò Fausto.

Sul pendio che conduceva al fiume si aggiravano gruppi di Traci che raccoglievano i propri morti, ammassandoli in un enorme tumulo cosparso di legno. I cadaveri dei Romani, invece, venivano lasciati a marcire al sole.

«Bastardi!», disse Fausto con violenza. «Lasciare i nostri ragazzi in quel modo. Come se non bastasse il fatto che non hanno una moneta per pagare il nocchiero dello Stige».

«Penso che noi avremmo fatto lo stesso, centurione», disse Corbulone.

«Tra l'altro, loro hanno dèi diversi dai nostri», disse Magno. «A me non piacerebbe finire nella versione tracia dell'Ade, e a voi?»

«Soprattutto perché non parliamo la loro lingua», rispose scherzosamente Vespasiano.

Tutti si voltarono a guardarlo; lui se ne stava lì seduto con la faccia seria, ma con un guizzo di divertimento negli occhi. Neppure Corbulone, con tutta la sua serietà aristocratica, riuscì a trattenersi dal ridere.

Mentre la mattinata trascorreva lentamente, i pendii più alti furono sgombrati e i Traci dovettero avventurarsi più vicino al fiume, dove una fila di corpi dilaniati segnava la posizione della battaglia finale del giorno prima davanti alle funi. La loro squadra di recupero dei cadaveri venne avanti agitando un ramoscello in segno di tregua. Arrivarono a trenta passi dalla riva quando una raffica di frecce si abbatté su di loro dalla riva opposta. Caddero trafitti una dozzina di uomini; le loro urla si sentirono fino in cima alla collina. Gli altri fuggirono per salvarsi, e un paio di loro aveva delle frecce conficcate nelle spalle.

«Questo li farà incavolare», disse Magno.

Corbulone sembrava compiaciuto. «Bene. Non possono aspettarsi di poter raccogliere i loro morti sotto tregua e di lasciar lì i nostri: non funziona così».

«Maledetti selvaggi!», esclamò Fausto.

Da un'altra parte dell'accampamento, cinquanta passi alla loro destra, si levarono delle voci; era scoppiata un'accesa discussione. Un trace alto dai capelli grigi, con una lunga barba biforcuta che gli arrivava fin quasi alla pancia rotonda, stava protestando con un uomo più piccolo, con la faccia da donnola e la testa rasata. Tra loro, c'era un giovane sulla ventina seduto su uno scranno pieghevole. Mentre l'alterco aumentava d'intensità, lui vi assisteva con un'aria tranquilla di autorità, senza mai guardare i due litiganti, tenendo sempre gli occhi sulla linea di morti davanti al fiume. Faccia di donnola urlò all'indirizzo dell'uomo più vecchio, quindi infilò la mano in una borsa che gli pendeva dalla spalla, ne tirò fuori una testa umana e la brandì davanti al volto del suo avversario. Questo sembrò risolvere la discussione, in un modo o nell'altro, almeno secondo il giovane autorevole, il quale si alzò e diede una serie di ordini ad alcuni guerrieri in attesa, che corsero a eseguirli.

«Che diavolo vogliono fare?», chiese Magno.

«Credo che abbiamo appena assistito a un conflitto d'interessi tra il consigliere del capo e il suo sacerdote», disse Corbulone, aggiungendo con un sorriso ironico: «Un po' come Seiano che discute con la vestale massima, solo che stavolta sembra che la vestale abbia avuto la meglio».

«Non è il suo sacerdote», disse Fausto. «I sacerdoti traci vagano per il Paese, di tribù in tribù, fedeli soltanto ai loro dèi».

Da più lontano nell'accampamento provennero altre grida e, dopo qualche istante, i guerrieri tornarono portandosi dietro cinque giovani con delle corde intorno al collo e alle mani. Il colore rosso bruno delle loro tuniche li identificò immediatamente.

«Sono i nostri ragazzi», disse Vespasiano. «Cosa gli faranno?»

«Qualcosa che non credo funzionerà», rispose Corbulone.

I legionari terrorizzati furono condotti giù fino al margine dell'accampamento, dove si era radunata una linea di cinquanta Traci. Con le corde ancora intorno al collo, vennero portati davanti alla linea di scudi che scendeva giù per il pendio, con la squadra di recupero dei cadaveri a seguirli poco distante.

«Forza, Gallo, fai quel che devi e fai incavolare per bene quei bastardi», sussurrò Corbulone, quasi tra sé.

La linea raggiunse i cadaveri traci, vi si arrampicò per superarli e si fermò. I prigionieri caddero in ginocchio; le loro grida e le loro suppliche si propagavano su per la collina. Il gruppo di seppellimento cominciò a rimuovere dei corpi. Le coorti romane cominciarono a sbattere i *pila* contro gli scudi. Si poteva vedere Gallo cavalcare di fronte a loro con le braccia in alto; si fermò al centro, si voltò verso i Traci e abbassò le braccia. Cinquanta frecce volarono sopra il fiume e i prigionieri vennero fatti tacere; anche i soldati romani restarono in silenzio.

«Ben fatto, Gallo», disse Corbulone.

«Ha appena ucciso i nostri ragazzi, signore», disse Vespasiano, sdegnato.

«Certo, ma se fossero stati in grado di ragionare, loro stessi l'avrebbero pregato di farlo. Probabilmente tutti noi, tra un'oretta, saremmo felici di poter subire la loro sorte».

Un'altra raffica si abbatté fragorosamente sul muro di scudi, poi un'altra sul drappello funebre che stava trascinando i corpi su per la collina, uccidendone un bel po' di componenti. Gli altri lasciarono cadere i loro carichi e fuggirono.

Con i loro scudi umani ormai defunti, i Traci cominciarono a ritirarsi ma, non avendo la disciplina dei soldati regolari, lo fecero un po' alla volta, disordinatamente, lasciando dei varchi che gli arcieri romani sfruttarono senza pietà; poco più della metà di loro riuscì a tornare in cima alla collina.

Alla destra di Vespasiano, il sacerdote dalla faccia da donnola gridava maledizioni e scuoteva la sua testa mozzata in direzione dei Romani, mentre il capo sedeva impassibile con i pugni serrati in grembo. L'uomo con la barba biforcuta disse qualcosa al capo, che annuì e lo congedò. Il sacerdote gemette guardandolo scendere giù dalla collina verso i superstiti della squadra che avrebbe dovuto recuperare e seppellire i cadaveri dei guerrieri.

Stavolta i Traci recuperarono i caduti romani che erano stati lasciati nei punti più alti della collina, e fecero una pira a parte anche per loro. Dalla riva opposta arrivarono urla di approvazione.

Corbulone pareva compiaciuto. «Sembra che il capo abbia un consigliere di buone maniere; avrebbe potuto avere qualche uomo vivo in più da comandare se avesse ascoltato subito lui, invece di quel sacerdote dall'aspetto disgustoso».

«Non ho nessuna voglia di ritrovarmi troppo vicino a lui», disse Magno, «ma ho la spiacevole sensazione che potremmo incontrarlo, se non troviamo una via d'uscita».

Vespasiano lanciò un'occhiataccia a Magno. «Penso che sarebbe meglio se le tue opinioni te le tenessi per te».

«Però ha ragione», disse Fausto, tentando ancora una volta di allentare le proprie corde.

Ai piedi della collina erano rimasti soltanto i soldati morti lungo il fiume. Il drappello funebre si avvicinò di nuovo con un ramoscello in segno di tregua. Raccolse prima i Romani morti, anche quelli che erano stati appena colpiti, poi districò i corpi dei Traci. Nessuna freccia disturbò il suo lavoro. Un corpo, in particolare, venne trattato con maggior rispetto e messo su una piccola pira, da solo.

Alla fine il campo venne ripulito dai corpi e dagli arti mozzati; solo delle macchie rosso scuro sull'erba e qualche mucchio di budella rimanevano ancora dove erano caduti degli uomini.

I Traci accesero la pira romana senza alcuna cerimonia, prima di rivolgere l'attenzione alla propria.

Il religioso dalla faccia da donnola, in piedi di fronte ai Traci ammassati, cominciò una serie di brevi canti, a cui la sua congregazione rispondeva con crescente intensità. Persino le guardie intorno alla gabbia si unirono al coro. Nel frattempo, il capo si fece strada fino ai piedi della pira più piccola, dedicata al guerriero solitario. I canti raggiunsero l'apice, dopodiché s'interruppero bruscamente. Il capo aprì le braccia in un gesto di supplica ed emise un profondo grido di dolore.

«Ecco perché ci tenevano così tanto a recuperare i morti lungo il fiume», concluse Corbulone. «Sembra che il loro capo abbia perso un parente laggiù».

«O un amante?», suggerì Magno.

«No, non sono come i Greci», disse Fausto. «Per quanto ne so io, a loro piacciono rigorosamente donne, ragazzini e pecore; anche se non necessariamente in questo ordine, o separati».

La folla di Traci si aprì, e alcuni trascinarono fuori un altro uomo in tunica rosso-bruna che cercava di resistere.

«Quanti ne hanno ancora?», chiese Vespasiano.

«Se siamo sopravvissuti tutti, ce n'è solo un altro dopo di lui, prima di noi quattro», rispose Fausto.

Il sacerdote mantenne costante il flusso di preghiere e di lamenti mentre il legionario veniva spogliato, quindi steso per terra tra le due pire; aveva la bocca imbavagliata per soffocarne le urla. Dieci uomini a cavallo, nudi fino alla vita, cominciarono a disporsi in cerchio intorno alla vittima sacrificale che si dimenava; ognuno aveva sulla sella un ceppo o un sasso enormi. Il sacerdote tirò fuori dalla sua cintura un coltello e lo sollevò al cielo. Il primo cavaliere sollevò il suo ceppo e lo lasciò cadere sul romano, fracassandogli la gabbia toracica. Seguirono un secondo ceppo, poi una pietra, poi ancora un altro ceppo, frantumando e straziando la parte del corpo su cui atterravano. L'uomo era già morto prima che gli arrivasse addosso l'ultima pietra.

Vespasiano osservò e capì cosa si volesse rappresentare; era persino in grado di indovinare cosa sarebbe accaduto dopo. Mise una mano sul ciondolo che gli aveva regalato Cenis mentre il sacerdote si faceva avanti brandendo il suo coltello. Afferrò i genitali del morto con una mano e, in un balenio della lama, li tagliò. I Traci strepitarono. Allora il sacerdote presentò l'ammasso di carne sanguinante al capo, che lo prese in mano e lo tenne sopra la piccola pira. Mormorò una preghiera personale e posò la macabra offerta sul petto del suo congiunto. Una torcia venne passata sul legno imbevuto d'olio e la pira s'incendiò.

«Fanno cose strane qui», disse Magno, facendo un gesto per scacciare il malocchio. «Che cosa significava?».

Vespasiano rimase in silenzio, pensando alla storia che Cenis gli aveva raccontato dandogli il suo ciondolo.

«C'è qualcosa di simile nelle *Metamorfosi* di Publio Ovidio», disse Corbulone, senza però andar oltre. L'osservazione letteraria fu interrotta da urla provenienti dalla pira più grande.

Stavano trascinando una gabbia di legno, simile alla loro, accanto all'enorme cumulo di settecento o più corpi. In essa era rinchiuso l'ultimo legionario vestito di rosso. L'uomo sapeva quale destino lo aspettasse, ma non poteva far nulla per evitarlo. Quando la gabbia ebbe raggiunto la cima, il sacerdote iniziò un'altra serie di preghiere. Degli uomini con le torce accese circondarono la pira. Il legionario ingabbiato gridò le sue suppliche agli dèi, ai suoi compagni e persino a sua madre, anche se nessuno di loro poteva aiutarlo. Le sue grida coprivano la voce del sacerdote dalla faccia di donnola, che continuò comunque a pregare.

Dall'altra parte del fiume, gli uomini della prima e della seconda coorte sbatterono i *pila* contro gli scudi per tre volte, quindi cominciarono a cantare l'inno a Marte. Le voci afflitte che intonavano ad alta voce l'antico inno arrivarono sulla collina fino al loro compagno e sembrarono placarlo. L'uomo smise infatti di gridare, si levò in ginocchio e chinò la testa mentre pregava silenziosamente gli dèi dell'Ade.

A un segnale del sacerdote, le torce furono lanciate alla base della pira. Le fiamme la avvolsero, consumando prima i capelli, poi le tuniche e i mantelli dei caduti, propagandosi infine sulla carne stessa. Questa a sua volta si coprì di vesciche, poi sfrigolò e scoppiettò, sprigionando l'odore tipico del maiale arrostito, mentre il grasso interno si scioglieva e trasudava goccioline infuocate che, cadendo, si consumavano nella fiamma sottostante. Il calore era diventato intenso; niente fumo, soltanto fiamme che si facevano strada verso l'alto, finché non s'incendiò anche lo strato superiore di corpi.

L'uomo nella gabbia rimase immobile, come se avesse trovato pace grazie al canto dei suoi commilitoni. Le fiamme si propagarono verso di lui. I suoi capelli presero a bruciacchiarsi, mentre il petto cominciò a sollevarsi a scatti irregolari, ma non per il dolore. L'uomo non riusciva a respirare, perché il fuoco aveva consumato tutto l'ossigeno. Perse conoscenza quando la sua tunica cominciò a bruciare senza fiamma. I suoi polmoni collassarono. Gli fu risparmiata l'agonia di essere bruciato vivo.

I Romani continuavano a cantare.

Il fuoco aveva ormai completamente avvolto la pira. Vespasiano distolse lo sguardo; espirò e si rese conto di aver trattenuto a lungo il fiato. Nessuno dei suoi compagni proferì parola. Cosa si poteva dire? Ognuno era assorto nei propri pensieri sulla morte e su come l'avrebbe affrontata, e pregava di poter avere, quando fosse arrivato il momento, la stessa forza dimostrata dal giovane legionario.

I Traci cominciarono a levare il campo. Non ci volle molto, perché avevano viaggiato leggeri.

I quattro prigionieri furono tirati malamente fuori dalla gabbia e scaricati senza tante cerimonie sul fondo di un carro trainato da un mulo.

«Sembra che vogliano riservarci soltanto il meglio», disse Vespasiano. «Mi aspettavo di dover camminare; ci invidieranno tutti».

Corbulone annuì amaramente davanti a quel tentativo di fare dello spirito, mentre tutti e quattro si sforzavano di alzarsi a sedere, con le mani e le gambe ancora legate.

«Sarebbe bello se ci dessero qualcosa da mangiare», disse Magno. «Il servizio non mi piace molto. Dov'è una bella serva paffutella che possa prendere le nostre ordinazioni?».

Il carro sobbalzò. Erano partiti. La colonna s'incamminò faticosamente su per la collina, lasciando le tre pire a bruciare e, accanto a loro, ancora steso per terra, il legionario ucciso e castrato.

I Romani smisero di cantare e cominciarono a fischiare.

Corbulone sorrise. «Poppeo sarà contento quando riceverà quegli uomini. Hanno dimostrato di avere carattere; non disonoreranno la IV Scitica o la V Macedonica».

«Allora dovremo fare in modo di esserci quando li incontrerà, così da poter vedere la sua faccia», disse Fausto.

L'idea di una fuga però sembrava assurda, visto che erano legati mani e piedi e circondati da guardie. Caddero tutti nel silenzio.

La colonna s'inerpicò fuori dalla vallata e volse a sud-est. Arrancò per qualche chilometro sotto il sole cocente di mezzogiorno. Le condizioni nel carro cominciarono a peggiorare quando il richiamo della natura, a cui i prigionieri romani erano riusciti a resistere così a lungo nella gabbia, divenne impossibile da ignorare. Pur essendo abituati alle avversità, era un affronto alla loro *dignitas* giacere così vicini l'uno all'altro in abiti lerci, come schiavi trasportati nelle miniere.

Per evitare lo sguardo dei suoi compagni in quelle circostanze umilianti, Vespasiano trascorse il suo tempo a fissare fuori dal carro. Mentre scrutava la cima dell'ultima collina che avevano disceso, apparve un cavaliere solitario. Si fermò, e a lui si unì presto qualche altro, e poi altri ancora, finché non ce ne furono almeno cento seduti a guardare la colonna che spariva dalla loro vista, a circa cinque chilometri di distanza.

«Corbulone!», bisbigliò Vespasiano in modo da non attrarre l'attenzione delle guardie. «Sono i nostri ausiliari gallici, ne sono sicuro. Guarda. Dev'essere Gallo che sta venendo a salvarci».

Corbulone sorrise mestamente. «Se è lui, allora è uno stupido. Non sa neppure se siamo vivi o no. No, temo che quegli uomini siano stati mandati soltanto per assicurarsi che i Traci si stessero davvero ritirando, così da far sapere a Gallo che può tranquillamente andarsene, senza temere di essere inseguito».

Mentre Corbulone parlava, i cavalieri si voltarono e sparirono oltre la cima della collina.

«Temo che non li vedremo più».

Vespasiano volse di nuovo lo sguardo verso la collina, desiderando di vedervi apparire sopra le coorti. Ma sapeva che si trattava di una vana speranza. Corbulone aveva ragione: non avrebbero più rivisto i loro compagni, che dovevano andare a nord.

Erano rimasti soli.

XXIII

Il carro li sballottò lungo la strada accidentata per due giorni. Le corde che li tenevano prigionieri venivano controllate con regolarità; se riuscivano anche ad allentarle appena, li scoprivano inesorabilmente, vanificando i loro progressi con crudeltà. Di tanto in tanto, l'interno del carro veniva lavato per rimuovere la sporcizia su cui erano costretti a giacere. Invece di pasti veri e propri, veniva dato loro latte di pecora, che li saziava solo per poco, e qualche crosta di pane secco. Le articolazioni dolevano e la debolezza s'impadronì dei loro corpi.

Riuscendo a dormire soltanto per poche ore alla volta, Vespasiano trascorreva giorno e notte immaginando di scrivere lettere a Cenis, ripromettendosi di sopravvivere per poterle scrivere davvero. Scriveva del suo amore per lei e di come l'avesse amata dal primo istante in cui l'aveva vista fuori dalla Porta Collina. Scriveva della paura che aveva provato quand'era venuto a sapere che Cenis era prigioniera di Livilla, e del suo orgoglio per aver contribuito a salvarla. Le promise che avrebbe guadagnato abbastanza da poter comprare la sua libertà. Ma soprattutto le promise di amarla per sempre. Quando non ebbe più niente da scriverle, cominciò a comporre mentalmente le lettere di risposta di Cenis; erano piene di amore e di orgoglio per i suoi successi, sempre scritte su tavolette ricoperte di cera che immaginava impregnate del suo profumo.

Al pari di Vespasiano, anche gli altri restavano immersi nei propri pensieri. Conversare era inutile, perché portava sempre a un unico argomento di discussione, la fuga, e non faceva che mettere in luce quanto disperata fosse la loro situazione. Così, come per tacito accordo, restavano in silenzio per non perdersi d'animo del tutto.

Si lasciarono i monti Rodopi alle spalle e proseguirono in un'ampia vallata dove scorreva lentamente l'Ebro. Pur essendo fertile, era una zona incolta e ricoperta da foreste, perché le tribù tracie dell'interno erano più interessate al banditismo che all'agricoltura. Lo dimostravano i resti bruciati degli insediamenti che segnavano il percorso dell'avanzata del bellicoso drappello di qualche giorno prima.

Entrati nella vallata, si diressero verso est, immergendosi in una foresta senza sentieri. Degli esploratori partirono in ricognizione attraverso il fitto sottobosco, allo scopo di svelare eventuali imboscate tese dalle tribù ancora fedeli a Roma e desiderose di vendicarsi per le terre saccheggiate, ma non ne trovarono.

Il mattino del terzo giorno gli alberi cominciarono a diradarsi per lasciar spazio a una piccola boscaglia oltre la quale scorreva l'Ebro. Le sue acque lente e scure, cariche di sedimenti scesi dalle montagne col disgelo primaverile e trasportati dai vorticosi affluenti, tracciavano un percorso sinuoso lungo la pianura e consumavano progressivamente gli argini. Gruppi di isolotti ricoperti di boscaglia erano disposti in dolci curve vicino alla riva; le acque che li separavano erano fitte di canne.

Sulla riva opposta, a un centinaio di passi di distanza, si trovava un villaggio di pescatori. Quando i Traci sbucarono dal bosco, una flottiglia prese il largo. Più di cinquanta barche da pesca e zattere cominciarono ad attraversare il fiume, condotte da ragazzi che gridavano e si divertivano facendo a gara per arrivare primi.

«Ecco come hanno fatto ad attraversare», disse Corbulone a bassa voce. «Quando torneremo per l'incursione punitiva distruggeremo tutte le barche che incroceremo; anche se, in ogni caso, non ho intenzione di lasciare in vita qualcuno che possa usarle».

Vespasiano sorrise: aveva indovinato che tipo di pensieri frullassero in testa a Corbulone.

Le prime barche giunsero a riva e le urla di alcuni dei ragazzi si tramutarono in lamenti di dolore quando vennero a sapere che i loro padri e fratelli maggiori non avrebbero fatto ritorno a casa.

I Traci cominciarono a imbarcarsi. Vennero infilati dei sacchi sulle teste dei muli e il carro dei prigionieri fu caricato su una zattera che appariva molto instabile. I ragazzi al comando della loro imbarcazione guardavano i prigionieri con occhi truci. Uno aveva le lacrime agli occhi. Vespasiano si chiese se fosse stato lui stesso a uccidere il congiunto del ragazzo, e si trovò a sperare di sì.

La zattera prese il largo e il tribuno, sapendo che se fossero finiti in acqua legati com'erano non avrebbero avuto scampo, pregò Poseidone di tenerli a galla; anche se era una divinità greca, gli sembrava il nume più adatto alle circostanze.

Tutt'intorno a loro le barche ondeggiavano in mezzo al fiume, ognuna con sette o otto uomini a bordo. Alcuni erano di buon umore, contenti di tornare a casa, ma gli altri stavano silenziosi, memori degli amici e parenti che non avevano avuto la loro stessa fortuna.

I muli bendati ragliarono tristemente durante tutta la traversata.

La flottiglia dovette compiere tre viaggi per trasportare tutto dall'altra parte; non ci furono incidenti. Vespasiano non poté che ammirare l'esecuzione della traversata, tutt'altra cosa rispetto al modo disordinato di combattere di quel popolo.

Quando tutti furono radunati sulla sponda orientale, una trentina di uomini provenienti dal villaggio salutarono i compagni e tornarono a casa con i ragazzi. Il resto del drappello ripartì. Il triste viaggio proseguì lungo la sterminata pianura erbosa a est dell'Ebro.

Di tanto in tanto gruppi di guerrieri si separavano dalla colonna per far ritorno alle proprie case, in direzione nord o sud, verso villaggi e piccoli appezzamenti che comparivano sparpagliati in lontananza. Già nel pomeriggio erano rimasti meno di quattrocento componenti del drappello originario.

«Così va meglio», disse Magno, rallegrato dal diradarsi dei guerrieri che li circondavano. «Se continua così, rimarremo solo noi e le guardie, e allora vedremo quanto sono forti».

«E come pensi di liberarti dalle corde?», chiese Corbulone, tornando al problema principale.

«Ah, giusto».

Il silenzio calò di nuovo, interrotto qualche istante dopo dal rumore di cavalli al galoppo. All'improvviso comparì dal nulla una ventina di cavalieri. La colonna si arrestò.

«Da dove diavolo sono spuntati?», chiese Fausto, non scorgendo nei paraggi alcun tipo di abitazione.

Gli uomini a cavallo arrivarono in testa alla colonna e salutarono il comandante; dopo un breve scambio di parole, uno di loro cavalcò verso il carro.

Osservò i quattro prigionieri con penetranti occhi azzurri. Al suo naso mancava la punta. La parte inferiore del viso era coperta da una lunga barba rossa e incolta che nascondeva del tutto la bocca; per il resto, era calvo. Dalle orecchie pendevano enormi anelli d'oro. Riconobbe Corbulone come l'ufficiale di grado più elevato e si rivolse a lui in buon latino.

«Sei tu responsabile della morte di mio figlio più piccolo?».

Corbulone fu colto impreparato: non sapeva quali né quante persone avesse ucciso nella battaglia.

«Non sono responsabile della morte di nessuno. Non sono stato io ad attaccare».

«Ma eri tu a comandare la colonna dei Romani. Tu l'hai condotta sul suolo tracio».

«La Tracia è un regno cliente di Roma, e noi abbiamo il diritto di essere qui. Faresti bene a ricordartelo quando tratti con me».

Il trace scoppiò a ridere, ma non era un suono piacevole. «L'arroganza del tuo popolo mi sbalordisce. Anche quando siete imprigionati, legati in mezzo alla vostra stessa merda, continuate a essere arroganti con chi non è dei vostri. Bene, romano, ti dirò questo: io ti considero responsabile e te la farò pagare».

Sputò in viso a Corbulone, girò il cavallo e corse via, seguito dagli altri. A duecento passi di distanza dalla colonna, scomparvero in un avvallamento del terreno, nascosto dall'erba. La colonna li seguì. Scesero in un bacino pressoché rotondo, largo quasi duecento passi e profondo cinquanta. In fondo a esso si trovava un accampamento con più di cinquecento tende. Era nascosto così bene che un esercito avrebbe potuto marciare fino mezzo chilometro di distanza senza vederlo.

Era scesa la notte. Nel campo erano stati accesi i fuochi, proibiti durante il giorno a causa del fumo. Sugli spiedi stavano arrostendo dei montoni interi; l'odore di carne cotta si sparse per tutto il campo. I Traci avevano iniziato a bere, e il loro umore cominciò a mutare, passando dalla tristezza degli sconfitti alla spavalderia degli ubriachi. Si scambiavano racconti coloriti di gesta eroiche, minacciavano vendette e si vantavano delle loro imprese. Scoppiarono delle risse, giovani schiavi e schiave urlanti vennero brutalmente montati, mentre il vino acre scorreva in abbondanza. Le risse si facevano sempre più accese e si beveva in modo sempre più sfrenato. Il frastuono cresceva incessantemente.

Vespasiano e i suoi compagni erano seduti in mezzo al caos. Sopra le tuniche sudice e macchiate indossavano ancora le uniformi. Avevano i piedi legati, ma le mani erano state liberate perché potessero mangiare dal piatto pieno di cartilagine e ossa rosicchiate di montone che avevano messo loro davanti. Quattro guardie li sorvegliavano, bevendo continuamente vino dagli otri.

«È come la Suburra di notte dopo un giorno di mercato», commentò Magno, con la bocca piena di grasso mezzo masticato.

«Però la Suburra non puzza così tanto», sottolineò giustamente Corbulone.

Vespasiano sollevò l'orlo della tunica sudicia. «Allora ci troveremmo benissimo là in mezzo, con questi vestiti addosso».

«Di sicuro non avremmo un odore strano rispetto agli altri; anzi, puzzeremmo meno della maggior parte delle puttane», aggiunse Fausto.

Magno sorrise e continuò a masticare, deciso a mandar giù un pezzo di grasso.

Un trace ubriaco fradicio inciampò sulla gamba di una delle guardie, vacillò in direzione di Vespasiano e vomitò.

«Attento, signore». Magno tirò via l'amico dalla traiettoria dell'uomo. Il trace rovinò al suolo, svuotando lo stomaco in preda alle convulsioni.

Vespasiano si ritrasse disgustato dal fetore, poi sgranò leggermente gli occhi notando che, durante la caduta, il pugnale dell'uomo era scivolato fuori dal fodero. Era finito ad appena una trentina di centimetri dalla sua coscia. Le guardie posarono gli otri e si alzarono in piedi barcollando, coprendo il pugnale con la loro ombra. Si misero a urlare al loro compagno svenuto che, ovviamente, non rispose. Magno, accortosi anche lui dell'opportunità, fece un cenno alle guardie e con le mani accennò bonariamente al gesto del bere. Le guardie si misero a ridere. Vespasiano avvicinò piano la gamba al pugnale. Una guardia lo scavalcò per trascinare via l'uomo svenuto. Passò sopra al pugnale, ma non si accorse di nulla; anzi, facendo un passo avanti per sollevare l'uomo, lo spinse indietro, avvicinandolo a Vespasiano. Magno cominciò a indicare se stesso col dito e chiese a gesti alle guardie di dargli da bere; un guerriero scrollò le spalle, prese un otre e glielo lanciò. Vespasiano sollevò la coscia e rapidamente vi nascose sotto il pugnale.

«È davvero aspro», disse Magno con una smorfia dopo aver bevuto un sorso di vino. Si allungò e porse l'otre a Corbulone, chiedendogli sottovoce: «L'hai visto?»

«Sì, l'ho visto». Corbulone prese un sorso. «Aspettiamo un po', finché il vino non li avrà fatti stramazzare a terra. E non ci vorrà molto, se continueranno a bere questa roba». Passò il vino a Fausto, che quasi si strozzò per mandarne giù un sorso.

Quando ebbero finito di mangiare, le guardie legarono loro di nuovo le mani. Vespasiano riuscì a tenere la gamba ferma sopra il pugnale, pur dovendo lasciare il piede in mezzo alla pozza di vomito.

Si misero ad aspettare il momento giusto. Per la prima volta da quando erano stati catturati, prevaleva in loro un certo ottimismo. Fecero finta di dormire, osservando invece di nascosto le guardie che bevevano fino a svuotare gli otri. A poco a poco, il rumore delle risse, delle liti e della fornicazione tutt'intorno si attenuò e i Traci, uno dopo l'altro, crollarono accanto ai fuochi morenti, intorpiditi dall'alcol. Finalmente l'ultima guardia si sdraiò per terra e cominciò a russare, con l'otre quasi vuoto sul petto.

Vespasiano, sdraiato sul fianco, accostò lentamente al pugnale le mani legate. Le dita trovarono presto il manico e lo impugnarono. Si girò sull'altro fianco e strisciò verso Magno, tenendo stretto il pugnale tra le mani.

«Ora mi devi aiutare; avvicina la corda alla lama».

Magno sollevò le braccia fino a sentire la lama fredda appena sopra il polso, poi scivolò in avanti fino a quando la lama non toccò la corda di cuoio.

«Ecco, signore, la senti?», sussurrò.

«Sì. Adesso non ti muovere, e se ti taglio non urlare».

Magno, irritato, fece una smorfia preventiva.

Restarono schiena contro schiena mentre Vespasiano segava la corda. Corbulone e Fausto tenevano d'occhio il campo, ma nessuno si muoveva. Non ci volle molto. Non appena ebbe le mani libere, Magno prese il pugnale e tagliò le corde dei compagni. Pochi istanti dopo erano tutti liberi.

«E adesso?», chiese Magno.

Corbulone si massaggiò i polsi. «Uccidiamo le guardie, prendiamo spade e mantelli e ce ne andiamo di corsa. Avete idee migliori?»

«Per me va bene».

Un guerriero di guardia si mosse nel sonno. I Romani si immobilizzarono all'istante. Il guerriero si girò sul fianco, sollevò la tunica e pisciò. Si rimise a dormire senza nemmeno preoccuparsi di rimettere a posto la veste.

«Dai, facciamo in fretta». Corbulone allungò la mano verso Magno. «Dammi il pugnale».

«Chiedo scusa, signore, ma è meglio che lo faccia io; se vuoi che il lavoretto venga eseguito in silenzio, voglio dire».

Corbulone gli fece cenno di sì: anche solo vedendolo, chiunque avrebbe capito che Magno era abituato a dispensare morte in modo rapido e silenzioso.

Magno avanzò lentamente verso la guardia che aveva i genitali ancora scoperti. Un istante più tardi, il soldato aveva gli occhi fuori dalle orbite, la gola tagliata in due e la bocca serrata dalla vigorosa mano sinistra di Magno. Per un attimo fece resistenza, poi si afflosciò esanime.

Poco dopo, anche le altre tre guardie fecero la stessa fine del loro collega.

Si avvolsero nei mantelli che si erano appena procurati e, con le spade in pugno, attraversarono di soppiatto l'accampamento guidati da Corbulone. Accovacciati, si fecero strada aggirando i fuochi e cercando di tenersi il più possibile in ombra. Ai Traci che incontrarono, troppo ubriachi per raggiungere un fuoco o una tenda, tagliarono la gola nel sonno. Videro i fuochi farsi sempre più radi, finché non raggiunsero l'estremità del campo.

«Se vogliamo arrivare al fiume prima che si accorgano della nostra assenza, abbiamo bisogno di cavalli», sussurrò Corbulone.

«Facciamo un giro attorno al perimetro. Ce ne devono essere alcuni nelle vicinanze».

Una volta fuori dell'accampamento, furono in grado di muoversi molto più in fretta. La luna era tramontata e i mantelli si confondevano con i pendii oscuri del bacino. Procedettero con passo rapido e sicuro sull'erba regolare, controllando che non ci fossero sentinelle appostate nel buio. Non ne videro.

A un quarto del percorso, Vespasiano si fermò. «Signore», sussurrò, «da questa parte».

A venti passi dal limitare del campo, stagliata contro il tenue bagliore dei fuochi, videro una fila di cavalli. Poco più in là s'intravedevano le sagome scure di quattro o cinque tende.

Intorno a loro non si muoveva nulla; le guardie, se anche ve n'erano, dormivano tutte.

«Non abbiamo tempo di sellarli, ma dobbiamo trovare delle briglie», mormorò Corbulone. Aguzzando gli occhi nell'oscurità, osservò Vespasiano. «Tu, tribuno, vieni con me, devono essere per forza in una di quelle tende. Fausto e Magno, voi prendete quattro cavalli, poi ci ritroveremo qui».

Si allontanarono silenziosamente verso i cavalli.

Lasciati Magno e Fausto a slegare le bestie nervose, Vespasiano seguì Corbulone alla ricerca della tenda che faceva da scuderia. Gli sbuffi dei cavalli scalpitanti lo rendevano irrequieto.

«Come diavolo facciamo a sapere in quale tenda si trovano?», mormorò.

«Le dovremo controllare una alla volta», rispose Corbulone, avanzando verso la tenda più vicina. Afferrò il lembo destro e indicò a Vespasiano di prendere l'altro. Tenendo le spade sollevate, li separarono lentamente.

«Buonasera».

Si trovarono due lance puntate alla gola. Si immobilizzarono all'istante. Vespasiano sentì un improvviso attacco di nausea.

«Se fossi in voi, getterei le spade».

Abbassarono le spade e le lasciarono cadere a terra. Vespasiano avvertì altri uomini avvicinarsi alle loro spalle.

«Ora fate un passo indietro».

Indietreggiarono; le punte delle lance premute contro la gola avevano perforato la pelle. I guerrieri che le impugnavano sbucarono dalla tenda, e dietro di loro emerse il cavaliere calvo e barbuto del giorno prima.

«Mi avete preso per uno stupido?», sbottò. I suoi occhi, ridotti a fessure, sprizzavano odio.

«Davvero pensavate che io, Corono, non conoscessi i miei uomini e non avessi preso delle precauzioni? Era ovvio che si sarebbero ubriacati, ed era altrettanto ovvio che voi avreste tentato la fuga, e che per farlo avreste avuto bisogno di cavalli. È stato divertente osservarvi. Per questo dieci uomini fidati e sobri erano qui ad aspettarvi, lontani dalle tentazioni del campo principale, per assicurarmi che domani sareste stati ancora qui, perché ho qualcosa in mente per voi. Legateli».

Mani ruvide trassero i polsi di Vespasiano dietro la schiena, per poi avvolgerli saldamente con una corda di cuoio. Lui non oppose resistenza, sarebbe stato inutile. Arrivarono Fausto e Magno, presi e trascinati via dai cavalli; una ferita sanguinante sul braccio sinistro di Fausto dimostrava che il loro arresto non era stato altrettanto pacifico.

«Ci vediamo domani, allora», esultò Corono. «Imparerete che il prezzo dei miei figli è molto alto, e va pagato col sangue».

Trascorsero la notte legati vicino ai cavalli. Vespasiano non dormì. Gli bruciava dentro la rabbia per essere stato preso in giro. Era già abbastanza umiliante farsi ricatturare dopo essere stati lasciati fuggire perché un selvaggio aveva anticipato le loro mosse; vederlo addirittura gongolare per questo era intollerabile. Avrebbero fatto meglio a restare dove si trovavano, anche se sarebbero stati assoggettati a un altro tipo di umiliazione. Corono avrebbe saputo che non avevano provato a scappare e avrebbe deriso la loro codardia. Con tutti questi pensieri che gli ribollivano in testa, quando giunse il mattino si sentì esausto ma determinato a non agire mai più in modo prevedibile, se avesse avuto un futuro, perché se qualcosa fosse stata prevedibile per lui, lo sarebbe stata per tutti.

Poco dopo l'alba, li liberarono delle corde e li fecero alzare in piedi. Guardandosi intorno, il giovane vide che anche gli altri erano stanchi quanto lui; nessuno di loro aveva dormito.

Furono trascinati al centro del campo, dove un cerchio era stato sgomberato da tende e fuochi; intorno a loro, centinaia di guerrieri gridavano e acclamavano.

Le guardie fecero loro strada a spintoni tra la folla, da dove ogni tanto partivano calci e pugni diretti ai prigionieri. Dopo la notte di bagordi, i Traci puzzavano di alcol stantio, vomito e sudore, ed erano ben contenti del passatempo che veniva loro offerto per dimenticare i terribili postumi della sbornia.

«Pare che saremo noi a fornirgli l'intrattenimento», mormorò Magno a bocca stretta.

«Non credo di essere dell'umore giusto», rispose Vespasiano, schivando un manico di spada diretto alla sua tempia.

Arrivarono al centro dell'arena, dove li aspettava Corono. Accanto a lui stava il giovane guerriero che aveva guidato il drappello. Vespasiano colse una certa somiglianza tra i due, e capì che l'uomo vicino a Corono doveva essere suo figlio maggiore, quindi il fratello del ragazzo ucciso vicino al fiume qualche giorno prima.

Corono sollevò le braccia e il baccano intorno all'arena cessò immediatamente. Cominciò a parlare; le parole erano incomprensibili ma, dal tono aspro di voce e dai gesti aggressivi, Vespasiano capì che li stava condannando per ogni sorta di crimini. Il discorso terminò con le grida di approvazione della folla e un urlo gutturale che non richiedeva alcuna traduzione. Significava morte.

Corono si girò, rivolgendosi a loro nel suo latino fluente. «Siete stati condannati a morte dall'assemblea tribale...».

«Con quale accusa?», urlò Corbulone. «E chi ci ha difeso?»

«L'accusa è di aver profanato le nostre divinità, e contro una cosa del genere non esiste difesa».

Corbulone era sul punto di replicare ma, rendendosi conto che sarebbe stato inutile, restò in silenzio.

Corono continuò: «In qualità di comandante, spetta a me scegliere il modo in cui morirete». Sfoggiò per loro un sorriso tetro, poi si rivolse di nuovo ai suoi uomini e urlò qualcosa. La risposta che ottenne indicava che approvavano la sua scelta. Corono ritornò al latino. «Daremo una spada e uno scudo a ciascuno di voi; l'ultimo a restare in vita riceverà un cavallo e mezz'ora di vantaggio prima che cominciamo a inseguirlo. Se lo prenderemo, verrà impalato, altrimenti potrà considerarsi fortunato».

Quattro spade e quattro scudi vennero posizionati a intervalli regolari lungo il margine dell'arena. I Romani vennero condotti al centro, dove furono tagliate le corde che li legavano.

«Se uno di voi decidesse di non battersi, sarete tutti impalati. Io vi consiglio di donarci uno spettacolo degno di Roma, e forse uno di voi potrà vederla di nuovo».

Corono andò a prendere posto tra la folla. In mezzo all'arena restarono i quattro Romani schiena contro schiena.

«Che facciamo?», chiese Fausto.

«Ci battiamo», rispose Corbulone. «E ci battiamo bene, così uno di noi avrà la possibilità di sopravvivere». Si chinò e strofinò della terra tra le mani. «Gli altri avranno una morte pulita. Potrebbe andare peggio».

«E chi si batte contro chi?», chiese Vespasiano. Non voleva dover combattere contro Magno.

«Facciamo tutti contro tutti. Andiamo a prendere le spade. Ci ritroviamo qui e cominciamo».

Si voltarono a guardarsi l'un l'altro. Non c'era nulla da dire. Ognuno sapeva di avere, nei confronti del gruppo, la responsabilità di lottare e morire bene; non c'erano alternative.

Vespasiano si avviò verso il bordo dell'arena per prendere la spada e lo scudo, e fece una smorfia pensando all'ironia della situazione. Non era mai stato a uno spettacolo di gladiatori. Da sempre avrebbe voluto vederne uno, e ora che ne aveva l'opportunità, era lui a dover combattere. Sarebbe stato il suo primo e ultimo spettacolo; sapeva che sarebbe morto. Di certo non sarebbe stato lui, un ragazzo di sedici anni, a restare in vita, ma prima di andarsene avrebbe fatto del suo meglio per dare a uno dei suoi compagni una morte pulita.

Il fragore della folla aumentava man mano che i soldi puntati nelle scommesse cambiavano mani. Si chiese distrattamente a quanto venisse data la sua vittoria. Pensò a Cenis ed estrasse l'amuleto d'argento che gli aveva donato. Lo strinse forte e pregò Poseidone di proteggerlo.

Lasciò andare l'amuleto che, quando si chinò a raccogliere la spada, rimase a ciondolargli dal collo. Poco distante, un trace tirò il vicino per la manica e lo indicò. Vespasiano raccolse lo scudo. Il vociferare che li circondava si tramutò in un basso mormorio; altri guerrieri puntarono il dito verso di lui. "Scommettono su chi sarà il primo a morire", pensò. Infilò di nuovo l'amuleto sotto la tunica, si girò e tornò dai compagni.

Ognuno di loro si fermò a cinque passi dal centro. Corbulone li guardò uno a uno. «Non chiedete clemenza. Uccidete in modo pulito. Ora la nostra sorte è nelle mani degli dèi».

Si salutarono a vicenda e si misero in posizione.

La folla si era fatta molto silenziosa.

Vespasiano aveva il fiatone, le mani sudate e il cuore gli batteva all'impazzata. Osservò Magno, Corbulone e Fausto, che avevano gli occhi appena visibili sopra i bordi degli scudi. Cominciarono a girarsi intorno a vicenda, in attesa che qualcuno facesse la prima mossa.

Udì un paio di grida isolate provenire dalla folla alle sue spalle. Stava succedendo qualcosa. "Abbiamo ritardato troppo a cominciare, saremo tutti impalati", pensò, prima di balzare in avanti schiantando il suo scudo contro quello di Corbulone. Allungò la spada verso la gola del suo avversario, che parò il colpo; le lame si scontrarono fragorosamente, per poi scivolare stridendo fino a incrociarsi all'altezza delle impugnature. Vespasiano, impegnato a spingere la sua spada contro quella di Corbulone, sentì qualcosa alle sue spalle fendere l'aria. "Magno starà attaccando Fausto", pensò. "Ma perché i Traci non fanno rumore? Perché non ci incitano?". Corbulone fece un passo verso sinistra e ritrasse la spada, facendo perdere l'equilibrio a Vespasiano, che si sbilanciò verso la sua sinistra, ma ebbe abbastanza prontezza da sollevare lo scudo e bloccare il fendente di Corbulone, inferto di rovescio e diretto al collo.

Cadde a terra e rotolò. Corbulone balzò verso di lui con lo scudo sollevato e la spada puntata alla gola.

«Fermi!».

Il comando si udì chiaramente, poiché oramai i soli rumori all'interno dell'arena erano i loro respiri affannosi e il fragore delle armi. Il pubblico era completamente ammutolito.

Restarono immobili, Corbulone sopra Vespasiano, Fausto in guardia di fronte a Magno.

Vespasiano si guardò intorno. Corono e suo figlio maggiore avevano lasciato la folla e si dirigevano verso di loro, scortati da una dozzina di guerrieri armati.

«Lasciate le armi», gridò Corono.

Quattro spade caddero a terra, seguite da quattro scudi.

Corono spinse Corbulone da una parte e si chinò sopra Vespasiano. «Fammi vedere quello che indossi attorno al collo».

Vespasiano estrasse l'amuleto d'argento.

«Dove l'hai preso?»

«Me l'ha dato la mia donna prima che partissi da Roma».

«E lei dove l'ha preso?»

«Gliel'ha lasciato sua madre; mi ha detto che era il simbolo della sua tribù».

Corono sollevò Vespasiano verso di sé e lo fissò in volto. «È *ancora* il simbolo di una tribù», disse rabbioso. Studiò attentamente gli occhi di Vespasiano. «Della *mia* tribù, i Ceni».

«La mia donna si chiama Cenis», si affrettò a dire Vespasiano, convinto che lo avrebbero ucciso in modo atroce per sacrilegio. «Mi ha raccontato la storia di Ceneo, ma mi ha detto che lui veniva dalla Tessaglia, non dalla Tracia».

«Era della Tessaglia, ma fu in questa terra che suo figlio, Corono, da cui io prendo nome, fuggì dopo che Ceneo morì in battaglia contro i centauri».

«Ho visto i tuoi uomini rappresentare la morte di Ceneo al fiume».

«Lo facciamo ogni volta che muore un membro della nostra dinastia reale», disse Corono a bassa voce. Allentò la presa su Vespasiano. «Anche mio figlio più piccolo si chiamava Ceneo. Il più grande, qui accanto a me...», disse indicando il giovane comandante del drappello, «...si chiama anche lui Corono, e così è stato da quando il primo Corono ha fondato la nostra tribù, dandole il nome di suo padre».

Corono fece un passo indietro e lasciò la tunica di Vespasiano. «Come si chiamava la madre di Cenis?»

«Non lo so». Vespasiano non distolse gli occhi da Corono: sapeva che da quel che stava dicendo dipendeva la sua vita. «So solo che era una schiava della casa di Antonia, cognata dell'imperatore Tiberio. Morì quando Cenis aveva tre anni. Antonia ha cresciuto Cenis nella sua casa. È come una madre per lei».

«Quanti anni ha Cenis?»

«Diciotto, credo».

Corono annuì pensoso. «Quindi sua madre avrebbe poco più di trent'anni, se fosse ancora viva. Skaris!».

Si fece avanti l'uomo con la barba grigia biforcuta, più anziano degli altri, che avevano già visto discutere col sacerdote presso il fiume. Corono si voltò a parlargli in privato. La sua scorta circondava i Romani con le lance puntate. Vespasiano si accorse che al collo di tutti pendeva la stessa immagine del suo amuleto, con la differenza che la loro era di pietra o di legno. Corono si rivolse di nuovo a Vespasiano, apparentemente soddisfatto di quanto aveva detto Skaris.

«Alzati, romano. A quanto pare dici la verità».

Vespasiano si alzò e guardò i suoi compagni: erano tutti immobili, intenti a cercare di seguire il corso degli eventi, e non osavano sperare di riuscire a cavarsela.

Corono ordinò ai suoi uomini di ritirarsi e rivolse alcune parole alla folla. Mentre parlava, i guerrieri acconsentirono con qualche mormorio e cominciarono a disperdersi. Corono finì di parlare e allungò il braccio a Vespasiano, che lo strinse.

«Oltre trent'anni fa mia sorella minore e sua figlia neonata furono prese e ridotte in schiavitù. In quanto componente della nostra dinastia reale, la bambina indossava un'immagine in argento di Ceneo; deve essere quella che ti è stata donata. Cenis, la tua donna, è la nipote di mia sorella, e mia pronipote. Ti ha donato questo amuleto con amore, per proteggerti. Noi non faremo del male né a te né ai tuoi amici. Siete sotto la protezione dei Ceni e siete liberi di andarvene».

Vespasiano lo guardò incredulo. «Non lo dimenticherò mai, Corono, e non mancherò di dire a Cenis come sia il suo popolo; un giorno tornerà per ringraziarvi».

«Se gli dèi saranno favorevoli, così sia. Ma, prima che ve ne andiate, mangiate con me».

Li condusse attraverso il campo fino alla sua tenda. Mentre camminavano, le persone tutt'intorno li osservavano, gridando nella loro strana lingua e facendo gesti di amicizia e di benvenuto.

Quando si ritrovarono seduti di fronte a cibo e bevande, Corono propose un brindisi.

«Voglia Poseidone stendere le mani sopra il nostro popolo, i Ceni, e proteggere la sua gente e i suoi amici». Bevve un sorso. Vespasiano, Magno e Fausto lo seguirono, Corbulone no. Corono lo guardò e scosse la testa. «Non bevi perché vuoi tornare a farci guerra, vero?», chiese.

«Siete nemici di Roma, quindi è mio dovere». Corbulone ripose il bicchiere sul tavolo. I suoi amici si scambiarono sguardi ansiosi, preoccupati che quel giovane aristocratico arrogante potesse riportarli in mezzo all'arena a combattere.

Ma Corono, per fortuna, sorrise. «Nemici di Roma, dici? Non è così. Io mi limito a eseguire gli ordini di Roma, e mi pagano profumatamente per farlo».

«Certo, ti hanno pagato per attaccare i soldati romani», disse Corbulone con tono beffardo.

«Mi hanno pagato per attaccare i Celeti, e poi per attaccare la vostra colonna nel loro territorio. Perché? Non lo so. Ma ve lo dimostrerò».

Corono scambiò qualche parola con due guardie, che s'inchinarono e andarono a eseguire i suoi ordini.

«Poco più di un mese fa», continuò, «è arrivato il sacerdote con quattro Romani, scortati da cavalieri greci. Mi hanno portato una cassa, dicendomi che avrei potuto tenerne il contenuto se avessi eseguito gli ordini di Roma. Come ben sapete, ho fatto come mi era stato detto, e mi è costato molti uomini, tra cui mio figlio. Era un prezzo alto da pagare, troppo alto, ma se avessi rifiutato ne avrei pagato uno ancor più caro. I Romani me l'hanno fatto capire molto chiaramente».

«Chi era questo sacerdote?», chiese Vespasiano, convinto di conoscere già la risposta.

«Si chiama Rotece. È un viscido bastardo, ma gode del favore degli dèi e del rispetto delle tribù. Era insieme ai miei uomini al fiume».

«Quindi questo sacerdote è anche un agente di Roma?», chiese

Corbulone, non riuscendo a credere che un uomo dall'aspetto così bizzarro potesse lavorare per Roma.

«È un sacerdote. Può spostarsi ovunque in Tracia senza che nessuno faccia del male né a lui né ai suoi compagni. Non c'è uomo più adatto per trasportare messaggi e doni».

«Chi lo ha mandato?», chiese Vespasiano.

«Roma».

«Sì, ma chi a Roma?»

«Ha importanza? I Romani che lo accompagnavano avevano il sigillo imperiale. È abbastanza autorevole, a mio avviso».

«Che aspetto avevano quei Romani?»

«Tre indossavano uniformi molto eleganti e ornate, il quarto era un civile, un uomo robusto con la pelle scura, capelli lunghi e neri e barba corta; era lui a parlare».

Vespasiano e Magno si scambiarono un'occhiata.

I lembi della tenda si aprirono: quattro schiavi entrarono trasportando uno scrigno che sembrava pesante. Lo posarono a terra e uscirono.

«Guardate voi stessi, amici miei. Guardate quanto mi ha pagato Roma per uccidervi».

Corbulone si diresse verso lo scrigno. Non era chiuso a chiave; lo aprì e trasalì per lo stupore. Vespasiano si avvicinò e guardò dentro. Strabuzzò gli occhi. Era pieno di denari d'argento, più di quanti ne avesse mai visti in tutta la sua vita. Affondò una mano e ne tirò su una manciata, per poi farli ricadere rumorosamente nel mucchio. Tutte le monete avevano su un lato la testa di Tiberio; tutte erano lucide e intatte come appena uscite dalla zecca.

XXIV

Per cinque giorni, seguirono il corso del fiume Ebro a nord-ovest, fermandosi solo per mangiare o dormire, e spingendo al massimo i loro cavalli. Corono aveva offerto una scorta per attraversare le sue terre, che poi era tornata indietro dopo aver raggiunto il territorio degli Odrisi. Anche se non si stavano ribellando, costoro nutrivano ancora un accanito risentimento nei confronti di Roma, dopo la violenta repressione della loro rivolta di quattro anni prima. Vespasiano e i suoi tre compagni si tennero ben lontani dagli insediamenti, facendo invece affidamento sulle ampie scorte che gli erano state date dai Ceni e sull'acqua del torbido ma potabile Ebro.

A turno i suoi compagni chiedevano a Vespasiano come fosse entrato in possesso di un amuleto che garantiva la protezione e l'amicizia dei Ceni, anche a chi, come loro, era stato in parte responsabile della morte di centinaia di loro guerrieri e del figlio più piccolo del capo. Ma Vespasiano non seppe dir loro più di quello che aveva già detto a Corono, costringendo ogni suo interlocutore a elaborare una propria teoria.

«Fortuna», disse Magno, «pura e semplice fortuna».

«Volontà degli dèi», sentenziò Corbulone. «Dimostra che hanno stabilito un destino per ogni uomo e si divertono a stuzzicarci finché non si compie».

«Cenis deve avere il dono della preveggenza», teorizzò Fausto. «Ha visto dove saresti stato in pericolo e ti ha dato l'amuleto perché sapeva che ti avrebbe salvato».

«E per pura fortuna lei l'aveva con sé». Magno riteneva che la sua tesi fosse comunque valida.

Vespasiano rise tra sé. Ognuna di quelle teorie era in parte corretta, ma c'era una cosa che prevaleva su tutte: l'amore. Che si trattasse di volontà degli dèi, di fortuna o di preveggenza, senza il suo amore per lui Cenis non avrebbe mai rinunciato all'unico ricordo di sua madre.

Vespasiano, però, aveva le sue preoccupazioni. Non dubitava che la cassa piena di denari fosse stata inviata da Seiano, usando il sigillo imperiale, e che Asinio e Antonia avessero ragione: Seiano stava finanziando la ribellione per i propri fini. Distruggendo la colonna di soccorso avrebbe potuto andare al senato, a nome dell'imperatore, e chiedere un approccio più vigoroso in Tracia, un maggior numero di legioni per punire i Ceni, ma anche, senza dubbio, per recuperare con scaltrezza la sua cassa di denari. Questo, a sua volta, avrebbe creato più risentimento e incitato un maggior numero di tribù a ribellarsi, aggravando il problema e dandogli più tempo e più spazio per accaparrarsi la porpora mentre l'esercito guardava da un'altra parte.

Corbulone avrebbe avuto il dovere di riferire a Poppeo della cassa di denari, della sua provenienza e di ciò che era servita a pagare. La conversazione sarebbe stata registrata da un segretario, quindi copiata da altri. Non ci sarebbe voluto molto prima che la notizia della scoperta si diffondesse e raggiungesse le orecchie dell'agente di Seiano, che avrebbe senz'altro mandato un messaggio al suo padrone, avvertendolo che la cospirazione rischiava di essere scoperta. Allora, con ogni probabilità, l'agente si sarebbe tenuto nascosto fino a ricevere ulteriori istruzioni, per le quali ci sarebbero voluti due o tre mesi, durante i quali Vespasiano non avrebbe potuto avvicinarsi a scoprire la sua identità.

Sicuro che Corbulone non potesse far parte di un piano che l'avrebbe condannato a morte per mano dei Ceni, Vespasiano decise di confidarsi almeno in parte con lui una sera che Magno e Fausto erano andati ad abbeverare i cavalli.

«Hai pensato a chi potrebbe aver pagato per vedere morti noi e i nostri uomini, Corbulone?».

Corbulone lo guardò da sopra il lungo naso sottile, con la faccia spigolosa illuminata da un lato dal piccolo fuoco che avevano acceso.

«Non c'è niente che mi turbi di più, nemmeno sapere come tu sia arrivato ad avere quell'amuleto nel posto giusto e al momento giusto».

«E a che conclusioni sei giunto?».

Corbulone si guardò intorno per assicurarsi che fossero ancora da soli.

«Non posso credere che sia stato l'imperatore, anche se i messaggeri portavano il sigillo imperiale. Cosa avrebbe avuto da guadagnarci ad annientare due delle sue coorti?»

«Anch'io la penso esattamente così. Ma se non è stato l'imperatore, chi altri ha accesso al sigillo imperiale, e a quella quantità di soldi appena coniati?».

Corbulone guardò in basso e scosse la testa.

Vespasiano decise di cambiare tattica. «Cosa proponi di fare quando arriveremo da Poppeo?»

«Riferirò tutto quel che abbiamo visto, naturalmente».

«Ma sarebbe nel nostro interesse? Dopotutto, chiunque abbia pagato i Ceni per ucciderci potrebbe avere, nella cerchia di Poppeo, un complice che verrebbe a sapere che la sua cospirazione è stata scoperta, e soprattutto chi l'ha scoperta».

Corbulone fissò Vespasiano alla luce del fuoco, come se lo stesse rivalutando.

«Hai ragione», disse lentamente. «E io che ti credevo solo un moccioso tribuno angusticlavio; ora invece vedo che sei meglio di quel che pensavo, Vespasiano. Dunque, se dobbiamo sfuggire all'attenzione di...». Fece una pausa e guardò negli occhi Vespasiano. «Seiano?».

Vespasiano annuì.

«...allora dovrei fare rapporto a Poppeo in privato, senza registrazioni né testimoni», concluse Corbulone.

«Penso che la tua sia una buona idea, Corbulone».

Corbulone continuò a fissare Vespasiano. Aveva la strana sensazione che non fosse stata affatto una sua idea.

Quando Magno tornò, più tardi, si sedette vicino a Vespasiano. «Hai fatto una bella chiacchieratina con il bastardo, signore?», sussurrò.

«Che vuoi dire? E poi non è così bastardo come pensavo. Il suo operato ha salvato un sacco di uomini nella traversata».

«Va bene. Volevo dire, cosa hai convinto il non-così-bastardo a fare in merito a quella cassa di denari?»

«Come facevi a sapere che gliene avrei parlato?»

«Mi sembra ragionevole, no? Più persone sanno quel che sappiamo noi di quello scrigno e peggio è. Spero che tu gli abbia detto di fare un rapporto discreto, se capisci cosa intendo».

«Sì, è proprio quel che ho fatto; l'ho convinto a riferire privatamente a Poppeo».

«Ben fatto, signore. È stata una buona idea».

Vespasiano scrutò Magno nell'oscurità, e non poté fare a meno di chiedersi di chi fosse stata veramente quell'idea.

La sera del quinto giorno, arrivarono alla città fortificata di Filippopoli, sede del re tracio Remetalce e di sua madre, la regina Trifena. Qui appresero dal comandante della piccola guarnigione romana, un vecchio centurione pluridecorato giunto ai suoi ultimi mesi di servizio, che la vittoria di Poppeo era stata notevole ma non decisiva, che il suo accampamento si trovava a un'altra giornata di cavallo a ovest, e che Gallo era riuscito a portare in salvo la colonna di reclute quattro giorni prima.

Decisero di passare la notte con la guarnigione, e si concessero i piaceri delle piccole ma pienamente funzionanti terme, le prime che avessero visto da quando erano stati a Filippi quattordici giorni prima. Il comandante della guarnigione offrì loro un pasto caldo e alcune donne, anche queste le prime dopo Filippi. Dopodiché si ritirarono per concedersi una notte di sonno decente.

La mattina successiva, all'alba, sentendosi assai ristorati nel corpo e nello spirito, stavano per andarsene scortati da una *turma* di cavalleria ausiliaria illirica – comandata da un simpatico giovane prefetto di cavalleria, un patrizio dal viso rotondo, Publio Giunio Cesennio Peto – quando il comandante della guarnigione fece irruzione nel cortile della stalla.

«Tribuno Vespasiano, signore, c'è qui un messaggero dal palazzo. La regina Trifena chiede che tu le faccia visita prima di partire».

«Per le tette di Minerva», esclamò rabbiosamente Corbulone.

«Questo potrebbe farci ritardare di un'intera giornata. Facci strada, centurione».

«Il messaggero è stato molto chiaro, signore. Solo il tribuno».

Corbulone guardò in cagnesco Vespasiano.

«Cosa può volere da me?». Vespasiano era incuriosito.

«Stai attento, caro mio», chiocciò Peto. «È una creatura esuberante, e molto bella. Con un debole per i maschi giovani e forti come te, mi dicono. Buona fortuna».

Vespasiano decise di stare allo scherzo. «Sarò il più veloce possibile».

«In tal caso, quasi non noteremo neppure la tua assenza».

Vespasiano se ne andò sorridendo al suono di risate e di battute scurrili sulle sue capacità amatorie, delle quali peraltro, dopo la notte appena trascorsa, lui non si preoccupava più.

Il messaggero lo condusse per le strade strette della città antica, più vecchia della stessa Roma, fino al palazzo reale, in cima alla più grande delle tre colline su cui era costruita la città.

Vennero ammessi senza ostacoli. Vespasiano fu immediatamente accompagnato alla residenza privata della regina, quindi in una stanzetta esposta a est al primo piano. Dall'unica finestra, il sole basso della prima mattina inondava di luce dorata la stanza, sorprendentemente spoglia. Le pareti erano imbiancate a calce e il pavimento era fatto di tavole di legno impeciate. Sotto la finestra c'era un semplice scrittoio di legno così antico che Vespasiano pensò potesse crollare sotto il peso di un semplice rotolo di pergamena. Al centro della stanza c'erano due sedie e un tavolo di fabbricazione più recente.

Vespasiano andò alla finestra e guardò a est, verso il sole nascente.

«È lo stesso panorama che ammirava Alessandro ogni mattina in cui si svegliava qui dentro», disse una voce sommessa dietro di lui.

Vespasiano si voltò, allontanandosi dalla finestra. Sulla soglia stava una donna alta e snella sui trentacinque anni, vestita con una semplice, lunga *stola* color avorio che metteva in evidenza, senza ostentarle, la curva dei fianchi e la pienezza del seno. Portava i folti capelli neri acconciati alti sulla testa. Tre riccioli le pendevano sulle spalle da entrambi i lati del viso pallido, dominato da labbra carnose, dipinte di ocra rossa. I suoi occhi azzurro chiaro, delicatamente orlati con il kohl, risplendevano alla luce morbida.

«Questa fu la sua stanza quando venne a chiamare a raccolta il mio popolo per l'invasione del grande impero persiano. La scelse perché guarda a est».

Passò con grazia accanto all'antico scrittoio e lo sfiorò leggermente con la mano.

«Sedeva ogni mattina a questo scrittoio, a sbrigare la sua corrispondenza e a guardar fuori verso le terre che avrebbe conquistato».

Vespasiano guardò giù verso il semplice scrittorio con una certa soggezione, e sentì la presenza della storia in quella stanza. Lei condivise per un istante la sua silenziosa riverenza, prima di allontanarsi dalla finestra per dirigersi verso le sedie dietro di loro.

«Ma non ti ho portato qui per una lezione di storia, Vespasiano. Io sono Trifena, ufficialmente la regina di questo Paese, ma in pratica un fantoccio nelle mani dell'imperatore e del senato».

«Domina, sono onorato di conoscerti», disse Vespasiano, grato per la piccola lezione di storia che gli aveva offerto.

«Il fatto è che, attraverso il mio bisnonno, Marco Antonio, sono in primo luogo una cittadina romana, altrimenti potrei anche stare nascosta tra le montagne con i ribelli».

Trifena si sedette e fece cenno a Vespasiano di fare altrettanto.

«Il mio popolo è stato costretto a questa ribellione. Quando Alessandro venne qui a cercare delle truppe, portò dei soldi per pagarle e chiese soltanto dei volontari. Più di cinquemila risposero alla sua chiamata; la maggior parte di loro non tornò mai. Ora, quasi trecento anni dopo, abbiamo un nuovo padrone: Roma.

Fino all'anno scorso Roma si accontentava che i nostri guerrieri prestassero servizio nel nostro esercito, sotto i nostri comandanti, mantenendo la pace entro i confini del regno. Poi sono cambiate due cose: in primo luogo, sono arrivati dalla Mesia degli ufficiali di reclutamento a chiedere che il nostro esercito si trasformasse in coorti ausiliarie pronte a prestare servizio in Mesia; e poi i nostri sacerdoti hanno cominciato ad aizzare le tribù alla ribellione contro questo nuovo provvedimento, incoraggiando i capi con denari romani, che all'improvviso sembravano avere in abbondanza».

«Da dove venivano?»

«Da quel che mi dicono i miei informatori sono stati distribuiti da Rotece, il capo dei nostri sacerdoti, ma da chi li abbia ricevuti lui non lo so, posso solo indovinarlo».

«E perché costui incoraggerebbe il tuo popolo a combattere una battaglia che è destinato a perdere?»

«I Traci sono un popolo orgoglioso e guerriero. Hanno sempre e soltanto servito altre nazioni come mercenari, mai come coscritti; considerano la coscrizione una forma di schiavitù. Non è stato difficile spingerli alla ribellione. Perché Rotece lo abbia fatto è una domanda a cui è facile rispondere: odia me e mio figlio. Odia la monarchia perché noi governiamo la Tracia, anche se nel nome di Roma. Pensa che, se sparissimo, il potere passerebbe ai sacerdoti che, come noi, non devono rispondere a delle tribù, e Rotece è il sacerdote capo».

«Ma Roma sarebbe comunque il capo supremo».

«Certo, ed è questo che quell'idiota non comprende; mio figlio e io siamo gli unici a frapporci tra una Tracia autonoma e l'annessione a Roma».

«Quindi, se la ribellione dovesse avere successo, Roma si annetterebbe la Tracia e il suo popolo sarebbe soggetto alla coscrizione, ma anche se fallisse, Roma avrebbe comunque la sua coscrizione. In entrambi i casi, le legioni saranno impegnate qui per qualche tempo a pacificare il Paese».

«Proprio così, e Rotece è stato inconsapevolmente l'artefice di questo disastro, attraverso la sua sete di potere e la sua incapacità di capire la politica. Seiano lo ha manovrato bene».

«Sei sicura che ci sia lui dietro a tutto questo, Domina?»

«Antonia è mia parente e amica, ci scriviamo regolarmente e io so della sua paura nei confronti di Seiano. Mi ha detto cosa secondo lei ci guadagnerebbe destabilizzando la Tracia.

Nella sua ultima lettera, mi ha chiesto di badare a te fino a che non raggiungerai l'accampamento di Poppeo, e di assisterti in tutti i modi che posso».

«Antonia è molto gentile, domina».

«In effetti lo è, con i suoi amici», sorrise Trifena. «Io non posso aiutarti materialmente, ma posso darti un avvertimento: tre giorni fa sono passati quattro uomini. Si sono fermati solo per poco tempo a cambiare i cavalli; avevano un'autorizzazione di viaggio imperiale. Erano soldati della guardia pretoriana, o almeno tre di loro lo erano. Il quarto non avrebbe potuto esserlo, perché aveva i capelli troppo lunghi».

Vespasiano annuì. «E questo quarto uomo aveva anche una barbetta e la pelle molto scura?»

«Sì. Lo conosci?»

«Abbiamo avuto un breve incontro, non dei più amichevoli peraltro. Si chiama Asdro. Se dovesse tornare qui, credo che Antonia ti ringrazierebbe se lo uccidessi. Ha messo una spia nella sua casa».

«Vedrò cosa si può organizzare», disse Trifena, guardando il giovane romano sotto una luce diversa. Ammirava gli uomini in grado, con buoni motivi, di ordinare con tanta facilità la morte di qualcuno.

Si alzò e batté le mani. Entrò una schiava con un piccolo rotolo e lo diede alla sua padrona.

«La sua lettera conteneva anche questo». Trifena gli diede il rotolo. «Ti lascerò a leggerlo. Quando avrai finito, qualcuno ti accompagnerà all'uscita. Che gli dèi possano essere con te, Vespasiano».

«E anche con te, domina».

Trifena lasciò la stanza, lasciando Vespasiano da solo con la sua lettera, la prima che avesse mai ricevuto. Il cuore gli batteva forte quando ruppe il sigillo; guardò rapidamente la firma: Cenis.

Vespasiano lasciò il palazzo poco dopo, e si sentiva come se non avesse nessuna preoccupazione al mondo. La lettera di Cenis si era rivelata più che all'altezza di tutto ciò che aveva sperato, quando aveva composto mentalmente le risposte di lei alle sue lettere immaginarie nel lungo, spiacevole viaggio nel carro trainato dai muli dei Ceni.

Al suo ritorno, i compagni interpretarono male il suo sguardo.

«Sembra che al nostro amico sia piaciuto l'incontro con la regina Trifena», rise Peto. «Dalla sua espressione, direi che c'era anche Venere».

Vespasiano scrollò le spalle, non disse nulla e montò sul suo cavallo.

Mentre attraversavano le porte della città, Magno si affiancò a Vespasiano.

«Be'?», chiese.

«Asdro è passato di qui tre giorni fa, con tre pretoriani».

«Ecco perché avevi quello sguardo innamorato sul viso. Basta dargli una strizzata alle palle e sei suo per sempre».

«Molto divertente».

«Pareva anche a me. Allora, la regina era bella, vero?»

«Sì, e aveva anche una lettera di Cenis per me».

«Ah, ecco cos'è stato». Magno sorrise al suo amico.

Vespasiano non era in vena di fare conversazione. Spronò il suo cavallo e accelerò via.

La mattina era limpida e fredda; una forte brezza soffiava giù dagli innevati monti Balcani a nord, costringendo gli uomini a tenere i mantelli ben stretti intorno alle spalle. Il fiato usciva condensato dalle narici dei loro cavalli, che si facevano strada su quel terreno in salita costante, a volte al trotto e a volte al piccolo galoppo, verso la loro destinazione. Davanti c'era l'estremità settentrionale dei monti Rodopi, dove Poppeo aveva bloccato i ribelli.

«Ci sarà un'altra battaglia, Peto?», chiese Vespasiano.

Il prefetto di cavalleria sorrise, con gli occhi luminosi risplendenti al sole sempre più forte. «Poppeo sta cercando di tirarli fuori da un mese ormai, ma quelli non si smuovono. Le nostre spie ci dicono che sono divisi in tre fazioni. Ci sono quelli che vogliono raccomandarsi alla nostra clemenza, che potrebbe esserci o no; poi ci sono quelli che vogliono attaccare fuori dalla roccaforte, dopo avere ucciso le loro donne e i loro bambini, e morire combattendo, portandosi dietro il maggior numero possibile dei nostri; e infine c'è una fazione completamente fanatica che vuole uccidere donne e bambini per poi suicidarsi in massa». Rise, e gli altri si unirono alla sua risata. «Sul serio, Poppeo sta cercando di evitare l'ultima opzione; non va bene creare tanti fanatici martiri. Sta negoziando segretamente con un tizio che si chiama Dinas, il capo della prima fazione, cercando di fare in modo che riesca a richiamare al buon senso anche gli altri. Il problema è che non si può offrire una clemenza totale, perché così si manderebbe un brutto messaggio; alcuni devono essere inchiodati a delle croci o perdere mani o occhi, altrimenti chiunque abbia qualche piccola lagnanza si ribellerà, pensando che, anche se perderà, sarà libero di tornare al proprio villaggio, con la virtù della moglie intatta e tutti gli arti a posto, per continuare come prima fino all'arrivo di un'altra opportunità».

«Proprio così», concordò Corbulone. «È una situazione delicata. Come li stanno mettendo sotto pressione? Gli hanno scavato intorno delle linee di accerchiamento?»

«Poppeo ha fatto del suo meglio. Abbiamo costruito più di sette chilometri di trincee e bastioni intorno a loro, ma la roccaforte è troppo alta, non si riesce a cingerla completamente. Allora mandiamo delle pattuglie e cerchiamo di fermare l'ingresso delle scorte, che però riescono a passare di notte. L'acqua è l'unica cosa di cui hanno carenza: lassù c'è solo una sorgente. Ma anche così potrebbero resistere per mesi, e più stanno lì e più aumentano le probabilità che altre tribù si uniscano a loro; in questo modo, potremmo ritrovarci circondati».

«E se tentassimo l'assalto alla roccaforte?», chiese Vespasiano.

Peto scoppiò a ridere; Vespasiano arrossì.

«Perdonami, caro mio». Peto riuscì a controllare la propria ilarità e si sporse per toccare il braccio di Vespasiano con un gesto conciliatorio. «Questo è esattamente quello che vogliono quei bastardi. Hanno trascorso l'inverno a fortificare le mura e a scavare trincee e trappole, con dentro pali affilati. Per poco non ci sono caduto anch'io in una, l'ultima volta che sono andato lì in ricognizione. No, è un posto quasi impenetrabile, si perderebbero quattro coorti solo per arrivare al cancello, e poi altre due per superarlo. E dietro ci sono soltanto scogliere. Anche se si riuscisse a scendere, sarebbe con pochi uomini che verrebbero massacrati una volta arrivati in fondo.

«Dobbiamo soltanto continuare a tenerli lì e sperare che vengano fuori per arrendersi o per combattere, oppure che comincino a litigare tra di loro e facciano il lavoro al posto nostro».

«Almeno non siamo arrivati troppo tardi». Corbulone apparve sollevato; il pensiero di arrivare tardi per un'azione militare lo aveva tormentato per tutto il viaggio dall'Italia.

«No, no, siete arrivati in tempo; ma per cosa, non si sa».

Cavalcarono in silenzio per un po', macinando chilometri, arrampicandosi sempre più in alto sulle colline. Dopo una breve pausa a mezzogiorno, per mangiare un po' di pane e prosciutto affumicato e permettere ai cavalli di brucare l'erba sempre più rada, s'imbatterono in una serie di trenta o quaranta grosse chiazze di terreno bruciato.

«È qui che li abbiamo battuti», disse Peto con orgoglio. «Questo è quel che resta delle loro pire; ne abbiamo uccisi più della metà, perdendo non più di seicento dei nostri ragazzi in tutto. Dovevano essercene trentamila di quei bastardi all'inizio, tutti che urlavano, mostravano il culo e brandivano quelle loro maledette spade lunghe».

«Romfaie», precisò inutilmente Corbulone.

«Giusto. Robe micidiali; una ha tagliato una zampa al mio cavallo, e avrebbe tagliato anche la mia gamba, se la povera bestia non fosse caduta proprio sul selvaggio che la brandiva. Lo ha bloccato per terra, così io sono riuscito a saltar giù dal cavallo e a infilzarlo. Ero furioso; quel cavallo era un dono divino». Peto carezzò il collo della sua attuale montatura, come per fargli capire che non intendeva offenderla.

Mentre avanzavano sul campo, Vespasiano scorse tutt'intorno i segni della recente battaglia: frecce spuntate, elmi abbandonati, spade, giavellotti e scudi rotti. Qua e là giacevano cadaveri non bruciati ma quasi completamente scarnificati dai lupi o dalle poiane, con brandelli di abiti marci ancora attaccati a pezzi di arti. In lontananza, da entrambi i lati, c'erano innumerevoli tumuli scuri simili a grandi tane di talpe. Peto colse la direzione dello sguardo di Vespasiano.

«Cavalli», disse. «Siamo all'incirca al centro della nostra linea; ci sono stati feroci scontri di cavalleria su entrambi i fianchi. Non abbiamo catturato abbastanza prigionieri per bruciare tutti i cavalli morti, quindi li abbiamo lasciati lì. Il mio è là da qualche parte, poveretto; un dono divino». Scosse tristemente la testa e accarezzò di nuovo il collo della sua montatura.

Superarono il campo di battaglia e arrivarono a un accampamento abbandonato.

«Quello era il nostro primo accampamento; quando ci siamo

spostati nella posizione attuale l'abbiamo dato al re Remetalce per il suo esercito di Traci fedeli. Anche se non so perché non li abbiamo semplicemente mandati a casa, visto che in fin dei conti non hanno fatto altro che depredare e ubriacarsi. Erano veramente inutili».

«Erano?», chiese Corbulone.

«I ribelli li consideravano un nemico peggiore di noi. Qualche notte dopo la battaglia, hanno lanciato un piccolo attacco a uno dei nostri campi di sostegno. Siamo andati tutti a cercare di batterli, senza renderci conto che si trattava soltanto di un'azione diversiva. Il grosso del loro esercito ci aveva circondati e si è abbattuto sui Traci fedeli, che naturalmente si erano ubriacati troppo con quel loro vino disgustoso per potersi difendere. È stato un massacro. Erano più di diecimila, con le loro famiglie, e li hanno massacrati quasi tutti, senza fare prigionieri. Ma questo non influirà sul corso della guerra. In quel momento Remetalce era a cena col generale, quindi non lo hanno preso, e lui era il loro principale obiettivo. Va ancora in giro furtivamente nel nostro accampamento, troppo spaventato per tornare a Filippopoli. Tra l'altro, non credo che sua madre sarà molto contenta di vederlo dopo che ha perso un esercito».

Un'ora prima del crepuscolo arrivarono finalmente all'accampamento di Poppeo. Era stato costruito sull'ultimo pezzo di terreno pianeggiante prima che i monti Rodopi s'innalzassero dalle colline ai loro piedi. Vespasiano lo guardò stupito: era enorme. Occupava una superficie di più di due chilometri quadrati, ed era circondato da un fossato profondo un paio di metri e da valli, metà torba e metà legno, alti tre metri. Lungo il perimetro, ogni centinaio di passi c'erano torri di legno di dieci metri, che ospitavano baliste capaci di sparare dardi o rocce arrotondate a cinquecento metri di distanza. Accasermate all'interno dell'accampamento c'erano la IV Scitica e la V Macedonica, più cinque ali di cavalleria ausiliarie, tre coorti di fanteria ausiliarie, dieci unità più piccole di arcieri leggeri, nonché frombolieri e giavellottisti, oltre agli schiavi per servirli tutti. Duecento passi di fronte all'accampamento correva per più di sei chilometri la linea della trincea difensiva con parapetto, costruita per ingabbiare il nemico. Curvava e si dirigeva su per la montagna, finché la terra morbida non cedeva il passo al granito duro e alle nude scogliere, impedendole di arrivare più in alto. Anche questa trincea aveva delle torri lungo il suo perimetro. A cento passi di distanza da ognuno dei lati dell'accampamento principale, poi, c'erano altri due accampamenti più piccoli, all'incirca delle stesse dimensioni di quello che la colonna di Vespasiano aveva costruito la notte prima della battaglia sul fiume.

«Cosa sono quelli, Peto?», chiese Vespasiano.

«Non conosci Cesare, mio caro? Costruisci accampamenti più piccoli a un tiro dal principale e il nemico non potrà circondarti senza essere minacciato da dietro; non che gli siano rimasti uomini a sufficienza per circondarci, perché ormai non ce ne sono più di dodicimila o tredicimila lassù». Indicò verso le montagne; gli altri sollevarono lo sguardo. A circa trecento metri di altezza, Vespasiano poteva vedere la roccaforte tracica circondata da un mare di tende. Da lontano sembrava relativamente piccola, ma immaginò che da vicino dovesse essere formidabile, se riusciva a contenere tutti quegli uomini, più le donne e i bambini.

«Sarà una bella gatta da pelare», rifletté Magno. «Posso capire perché il generale sia felice di star qui seduto ad aspettare che vengano giù».

«Ma per quanto tempo, eh?», disse Corbulone. «Se le tribù dietro di noi si sollevano, potremmo ritrovarci circondati qui da un numero di uomini sufficiente ad accerchiare tutti e tre i campi, a centinaia di chilometri dalle legioni più vicine in Illiria. Sarebbe una brutta situazione».

«Proprio così, proprio così», concordò Peto. «Sarebbe davvero spiacevole».

Entrarono nell'accampamento dalla Porta Praetoria. Peto salutò il centurione con un cenno allegro della mano.

«Buonasera, Aulo. Il tribuno Tito Flavio Vespasiano e il suo liberto Magno, il tribuno Corbulone e il centurione Fausto, che credo tu conosca già».

Aulo spalancò gli occhi. «Fausto, vecchio cane, ti davamo per morto, abbiamo saputo che eri stato catturato dai Traci. In effetti, avevamo già incassato i fondi per il tuo funerale e avevamo fatto una colletta per mandare un po' di soldi ai tuoi a Ostia. Ora dobbiamo farceli ridare indietro».

Fausto sorrise. «Voglio una lista di chi ha dato cosa, così scoprirò chi sono davvero i miei amici».

«Te la faccio subito. Ci vorrà pochissimo, non è lunga».

«Chiavapecore!».

«Puttaniere!».

«Per quanto sia carino star qui a scambiarsi cordialità con dei vecchi amici», interloquì Peto, «dobbiamo andare a fare rapporto al generale. Dove si trova?»

«Nel pretorio, signore. È bello rivederti, Fausto».

Mentre ripartivano, Vespasiano notò che, a parte un saluto di circostanza, Aulo non fece nulla per palesare il suo piacere per il ritorno di Corbulone.

All'interno dell'accampamento, il trambusto della vita militare procedeva su scala più vasta rispetto a quanto Vespasiano avesse mai visto prima; c'erano letteralmente migliaia di uomini. Nei cento passi tra l'entrata e la prima delle circa duemila tende, le centurie stavano ricevendo il loro addestramento, con le urla dei centurioni e degli *optiones* che risuonavano nelle orecchie dei soldati. Dei gruppi di corvée stavano coprendo le vecchie latrine e scavandone di nuove. Gli ufficiali radunavano le pattuglie notturne di fanteria leggera per impartirgli istruzioni. Squadroni di cavalleria, appena rientrati dal pattugliamento diurno, stavano smontando dai loro cavalli, che gli schiavi aspettavano di portar via per strigliarle.

Vespasiano assimilava avidamente tutto quel che vedeva, pur cercando di mostrarsi il più possibile indifferente. Seguirono la via Praetoria giù per fila e fila di *papiliones*. Alla loro destra era alloggiata la IV Scitica, mentre a sinistra c'era la V Macedonica. Fuori da ogni *papilio*, gli schiavi del *contubernium* erano impegnati ad accendere i fuochi per preparare il pasto serale. Gruppi di legionari, già congedati per la serata, stavano seduti a lucidare le armature, a pulire armi e attrezzature o a giocare a dadi. Tutt'intorno si potevano sentire le loro voci mentre discutevano o scherzavano; se qua e là scoppiava una baruffa, gli *optiones* la interrompevano in fretta. Vespasiano vide almeno un paio di scellerati venire portati via con le mani legate dietro la schiena, tra lo scherno degli altri soldati.

Si avvicinarono al centro dell'accampamento, e le tende diventavano sempre più grandi man mano che si entrava nella zona degli ufficiali di stato maggiore e dei tribuni. All'incrocio tra la via Praetoria e la via Principalis, al centro dell'accampamento, si ergeva il pretorio, una tenda di pelle rossa alta quasi cinque metri e larga centocinquanta, decorata con ornamenti neri e dorati, in cui Poppeo aveva il suo quartier generale.

Peto congedò la sua *turma*, poi smontò e raggiunse a piedi i due legionari a guardia dell'entrata. Vespasiano e i suoi compagni lo seguirono. Le guardie salutarono.

«Il prefetto di cavalleria Peto, i tribuni Corbulone e Vespasiano e il centurione Fausto richiedono un colloquio con il generale», riferì Peto.

Una delle guardie andò all'interno per annunciarli.

«Credo significhi che tu non sei invitato», sussurrò Vespasiano a Magno.

«Per me va bene, signore; non mi sono mai piaciuti troppo i generali. Farò mettere i cavalli nella stalla».

Poco dopo, la guardia tornò con uno schiavo ben vestito.

«Buonasera, signori, sono Kratos, il segretario del generale. Il generale vi riceverà subito. Vi prego di seguirmi».

Fece loro strada in un breve corridoio dalle pareti di cuoio, poi girò a sinistra attraverso una porta per entrare in una piccola anticamera dal pavimento di marmo illuminata da una dozzina di lampade a olio. Numerose sedie erano disposte intorno alle pareti.

«Vi prego di sedervi, signori».

Kratos batté le mani due volte, e da un'altra entrata apparvero quattro schiavi di rango molto più umile, ognuno con una bacinella di acqua calda e un asciugamano per consentire ai visitatori di lavarsi mani e viso. Fatto questo, comparvero altri due schiavi con coppe, vino e acqua. Quando gli ospiti furono serviti, Kratos s'inchinò.

«Il mio padrone non vi farà attendere a lungo», disse, prima di lasciare la stanza.

Vespasiano sorseggiò il suo vino e fissò il pavimento di marmo, resistendo all'impulso di toccarlo per verificarne l'autenticità.

«L'intero pretorio è pavimentato in marmo», disse Corbulone. «A Poppeo piacciono le comodità. Il pavimento è composto da quadrati di un metro e mezzo posti su una struttura di legno. Ci vogliono cinque carri trainati da buoi per trasportarlo, ma lui non vuol farne a meno. Non sarebbe adeguato alla sua *dignitas* condurre gli affari su pelli o tappeti».

«Deve costare una fortuna», commentò Vespasiano.

«Oh, di questo non mi preoccuperei, perché il generale è ricco sfondato. La sua è una ricchezza recente, però», disse allegramente Peto. «Miniere d'argento in Spagna. Non ha nulla di cui preoccuparsi».

Quando ebbero bevuto metà del loro vino, riapparve Kratos. «Seguitemi, signori».

Li ricondusse nel corridoio, che seguirono fino alla fine, per poi attraversare un'altra porta. Entrarono nella stanza principale della tenda, ma era come se fossero entrati in un palazzo illuminato da una pletora di lampade a olio. I sostegni del tetto erano colonne di marmo con basi splendidamente rifinite. Le pareti erano ornate di arazzi finemente intrecciati e di affreschi montati su tavole. Mobili lussuosi, provenienti da tutto l'impero e oltre, erano sparsi intorno; formavano varie zone di diversa ampiezza in cui ci si poteva sedere, ma lasciavano libero il centro della stanza. Nell'angolo più lontano, a sinistra, c'era un basso tavolo da pranzo circondato da tre grossi ed eleganti divani, mentre nell'angolo a destra era disposto obliquamente uno scrittoio di legno scuro coperto di rotoli di documenti.

Kratos li lasciò in piedi al centro della stanza, e andò a sedersi con discrezione dietro un piccolo scrittoio, a sinistra di quello del suo padrone, e cominciò ad appuntire uno stilo.

Si aprì una porta all'estremità opposta della stanza, da cui entrò Gaio Poppeo Sabino. Vespasiano riuscì a reprimere un sussulto quando scattò sull'attenti, con l'elmo sotto il braccio sinistro. Poppeo era alto appena un metro e mezzo. Anche se incanutito e già sopra i cinquanta, sembrava un bambino in uniforme da generale. Non c'era da meravigliarsi che avesse lavorato così tanto sull'aspetto esteriore della sua *dignitas*.

«Buonasera, signori, mi avete sorpreso. A parte te, Peto; tu mi stupirai solo quando smetterai di essere un chiacchierone tanto insulso».

«Certo, generale». Peto non diede segno di essersi risentito per l'insulto. Vespasiano si chiese se Kratos avesse annotato pure quello.

«Venite avanti, vi prego», disse Poppeo, sedendosi dietro lo scrittoio.

Vespasiano e i suoi compagni avanzarono e si misero in fila di fronte al piccolo generale. Poppeo non chiese loro di sedersi; visto che doveva sempre guardare le persone dal basso verso l'alto, ovviamente preferiva farlo da una posizione di potere, seduto dietro un grosso scrittoio.

«Fa' il tuo rapporto, prefetto, e in breve».

«Ieri abbiamo pattugliato tra qui e Filippopoli e non abbiamo visto niente di insolito. Siamo tornati oggi e non abbiamo visto niente di insolito, a parte quattro uomini che avrebbero dovuto essere morti, signore!». Peto riuscì a tenersi in bilico tra il sarcasmo al limite dell'insolenza e la concisione militare.

Poppeo si accigliò. Che odiasse quell'affabile giovane patrizio era evidente; ma era altrettanto evidente che a Peto non importava. Provenendo da una vecchia famiglia come i Giunii, il prefetto sapeva che difficilmente un *homo novus* come Poppeo avrebbe potuto nuocergli.

«Molto bene, prefetto», disse Poppeo con quanta più dignità riuscì a esprimere. «Congedato».

«Signore! Grazie, signore!», gridò Peto nella sua migliore intonazione da centurione. Quindi girò i tacchi e uscì subito a passo di marcia.

Poppeo trasalì, poi si riprese e guardò lentamente da Corbulone a Fausto, prima di posare i suoi occhi neri e acuti su Vespasiano.

«Be', tribuno? Rapporto».

«Tribuno angusticlavio Tito Flavio Vespasiano, a rapporto sul servizio presso la Legione IV Scitica, signore».

«Ah, il giovane protetto di Marco Asinio Agrippa. Ha scritto al legato Pomponio Labeone una lettera molto insistente per raccomandarti. Perché, secondo te, desiderava così tanto che ti prendesse tra i suoi?»

«Volevo un incarico in cui ci fosse da combattere, signore, non soltanto servizio di frontiera».

«Allora sei proprio uno sputafuoco! Proveniente dalle campagne, a giudicare dal tuo accento. Be', qui avrai occasione di menare le mani, ma non hai risposto alla mia domanda. Perché Asinio ti ha aiutato? Cosa sei per lui?»

«Mio zio Gaio Vespasio Pollione è un suo cliente», mentì Vespasiano; sarebbe stata una ragione abbastanza convincente per spiegare l'interessamento di Asinio nei confronti della sua carriera.

Poppeo lo fissò per un momento con intensità; poi, apparentemente soddisfatto dalla spiegazione, annuì. «Molto bene, sono contento di averti qui, tribuno. Dopo essere stato congedato, fai rapporto a Pomponio Labeone presso i *principia* della IV Scitica. Lui ti assegnerà i tuoi compiti, che saranno minimi; sei qui per imparare, non dimenticartelo».

«No, signore». Vespasiano salutò.

Quindi Poppeo rivolse la sua attenzione a Fausto. «Bene, centurione, sono felice di vederti, e sono certo che Pomponio e gli uomini e gli ufficiali della IV Scitica saranno contenti di riavere il loro primipilo; a parte chi ti ha sostituito, naturalmente».

«Grazie, signore». Fausto fece scattare un saluto militare.

Poppeo passò a Corbulone. «Tribuno, sono curioso di sapere come facciate tutti voi a essere ancora vivi. Il tribuno Gallo era convinto che foste stati presi prigionieri. Comincia il tuo rapporto, prego».

Corbulone cominciò a raccontare la storia dal momento in cui aveva lasciato il quartier generale di Poppeo in Mesia per viaggiare fino a Genua, sei mesi prima. Fu il più sintetico possibile, includendo solo i dettagli importanti. Menzionò, tuttavia, l'arrivo in ritardo di Vespasiano, cosa che spinse Poppeo a sollevare un sopracciglio e a rivolgere uno sguardo penetrante al giovane tribuno. Poi Corbulone encomiò Vespasiano per le sue azioni al fiume, e raccontò nei dettagli come l'amuleto di Cenis li avesse salvati, pur non dicendo che Cenis era la schiava di Antonia. E non menzionò neppure lo scrigno pieno di denari.

Concluse dopo quasi mezz'ora.

Per qualche istante, Poppeo rimase seduto in silenzio ad assimilare quel rapporto; poi, con sorpresa di Vespasiano, li congedò senza fare domande sullo stato della rivolta dei Ceni. Quando si voltarono per andarsene, Corbulone parlò di nuovo.

«Generale, chiedo un colloquio privato. Del tutto privato», aggiunse guardando Kratos.

«Capisco», disse lentamente Poppeo. «Questo è molto irregolare, Tribuno».

«Quel che ho da dire è soltanto per le tue orecchie».

«Molto bene. Grazie, Kratos, puoi andare».

Kratos posò lo stilo e accompagnò all'uscita Vespasiano e Fausto. Era buio quando uscirono dalla tenda. Magno non si vedeva.

«È meglio che facciamo rapporto adesso a Pomponio, signore», ricordò Fausto a Vespasiano. «Il quartier generale della IV Scitica è da questa parte».

Un'ora più tardi, dopo una lunga attesa e un breve colloquio con un Pomponio mezzo ubriaco ed estremamente disinteressato, Fausto lasciò Vespasiano presso le linee dei tribuni della IV Scitica. Avendo richiesto una tenda per lui, Magno stava già lì, impegnato a cucinare il pasto serale.

«Sono riuscito a procurarmi del maiale fresco, un po' di lenticchie e cipolle, e poi questo».

Gli lanciò una borraccia di vino. Vespasiano si sedette accanto al fuoco e riempì con riconoscenza una coppa.

«Come stava il generale?», chiese Magno, buttando pezzetti di maiale nell'olio d'oliva caldo della pentola, e mescolando il tutto mentre sfrigolava.

«Ha ascoltato il rapporto di Corbulone e ci ha congedati. Non era affatto interessato alla rivolta dei Ceni».

«Forse Gallo gli aveva già detto tutto ciò che aveva bisogno di sapere».

«Sì, forse, ma io al posto suo avrei voluto conoscere più dettagli possibile».

«Ma non sei al suo posto, e il problema del generale è qui, non con i Ceni, a chilometri di distanza».

Prima che Vespasiano potesse controbattere, li raggiunse Corbulone. «Ho bisogno di parlarti, Vespasiano».

«Siediti, allora, e prendi una coppa di vino».

«Da solo, voglio dire».

«Con Magno non ci sono problemi, sa tutto dei nostri affari».

Corbulone guardò l'ex pugile e, ricordandosi di come si era comportato con le guardie tracie, riuscì a superare i propri pregiudizi aristocratici. Si sedette su uno sgabello e prese la coppa di vino che Vespasiano gli offriva.

«Ho detto a Poppeo dei denari dei Traci e del modo in cui se li sono procurati», disse a bassa voce, come se qualcuno potesse udirlo per caso in mezzo al soffocato frastuono di ventimila uomini impegnati a consumare il pasto serale. «Gli ho detto di averli visti solo io, mentre voialtri vi trovavate fuori dalla tenda, e di non averti comunicato nulla in proposito neanche dopo».

«Probabilmente è stata una buona mossa, signore», disse Magno, aggiungendo le cipolle nella pentola.

Corbulone lo guardò con cipiglio, non essendo abituato a far partecipare alle proprie conversazioni una persona di condizione così umile. «Sì, be', ho pensato fosse meglio così. Su questo punto Poppeo mi ha fatto delle pressioni, ma penso che mi abbia creduto, perché avevo insistito per parlargliene in privato. E poi, dopotutto, perché avrei dovuto mentire?»

«E allora perché l'hai fatto?», chiese Vespasiano.

«Avevo appena cominciato a dire a Poppeo dello scrigno quando nella stanza è entrato uno schiavo proveniente dal dormitorio sul retro. Poppeo gli ha gridato di uscire, e lui è scappato attraverso la porta principale. Mentre quello lasciava la stanza, attraverso la porta ho intravisto Kratos e un altro uomo. Stavano origliando. Ho riconosciuto l'altro uomo, uno di Roma. E poi mi sono ricordato della descrizione fatta da Corono del quarto romano che era venuto con lo scrigno: costituzione robusta, pelle scura, capelli neri lunghi e barbetta. Doveva essere lo stesso uomo: il liberto di Seiano, Asdro».

Vespasiano lanciò a Magno un'occhiata di avvertimento; lui annuì e cominciò ad aggiungere acqua nella pentola. «Continua», disse a Corbulone.

«Be', se è stato il liberto di Seiano a portare i soldi ai Ceni, a pagarli per uccidere i rinforzi di Poppeo, perché ora si trova qui? E perché Kratos gli ha fatto ascoltare la mia conversazione privata?»

«Allora pensi che Kratos sia in combutta con Asdro?», chiese Vespasiano, attento.

«È una possibilità; Asdro sembra senz'altro in grado di accedere a una quantità di soldi sufficiente a comprarsi la lealtà di uno schiavo. Se è vero, allora Poppeo e io corriamo il rischio di venire uccisi per quel che sappiamo. Perciò ho deciso che la cosa migliore da fare, per proteggere me e te, sapendo che Kratos e Asdro stavano ascoltando, era non dire nulla del collegamento dello scrigno con Seiano e far finta di non sapere chi avesse consegnato tutti quei soldi ai Ceni, oltre ad assicurare che nessun altro li avesse visti». Corbulone vuotò la sua coppa.

«Ti sei comportato bene, Corbulone». Vespasiano gli passò la borraccia del vino.

«E Poppeo che ha detto dello scrigno?», chiese Magno, aggiungendo le lenticchie e un po' di sedano nella pentola ribollente.

Corbulone sorseggiò il vino e rifletté per un momento. «Mi ha fatto giurare di non dir niente a nessuno. È ansioso che rimanga un segreto mentre lui fa le sue indagini, che però non andranno lontano se Kratos è coinvolto». Bevve un sorso di vino e scosse la testa. «Quel bastardo greco», esclamò con veemenza. «È coinvolto con Asdro e Seiano, ne sono certo, e cercherà di nascondere il tentativo di farci uccidere tutti».

XXV

Al mattino, la riunione informativa di Pomponio con gli ufficiali della IV Scitica fu breve. A Vespasiano venne affidato il compito di accompagnare Peto per un pattugliamento al di là delle fortificazioni della trincea e della palizzata.

«Mi sorprende che si sia ricordato di te», disse Peto ridacchiando a Vespasiano, mentre attraversavano insieme a cavallo la Porta Principalis alla testa di due squadroni di ausiliari illirici. «Devi aver fatto una bella impressione su quel vecchio ubriacone ieri sera».

«Mi ha guardato a malapena», replicò Vespasiano. Quel pattugliamento non gli dispiaceva; era contento di potersi allontanare per un po' dagli odori e dal rumore dell'accampamento.

Cavalcarono per poche centinaia di passi dal campo fino all'ingresso principale della costruzione lunga più di sei chilometri. Peto fece un altro allegro cenno al centurione di guardia e gli mostrò il suo lasciapassare. I cancelli si aprirono, consentendo loro di attraversarlo.

«Non so cosa Pomponio pensi che possiamo ottenere qui», disse Peto, rallentando fino al trotto il proprio cavallo man mano che il terreno si faceva più scabroso. «Non è un posto adatto alla cavalleria: è troppo ripido e con troppi sassi. Ciononostante, terrà gli uomini fuori dai guai e i cavalli in allenamento. Ora ci avvicineremo alla roccaforte dei Traci. È davvero imponente; vale la pena di darle un'occhiata».

Continuarono a salire per poco più di un'ora, con la roccaforte che si faceva sempre più grande, fino a poterne vedere con chiarezza i dettagli. Le mura marrone scuro, che da lontano Vespasiano aveva pensato fossero di legno, erano in effetti di pietra, ricavate dalla montagna su cui la costruzione si ergeva. Il tribuno ne rimase impressionato.

«Lisimaco, uno dei generali di Alessandro, nel caos che seguì alla morte di quest'ultimo, s'impossessò della Tracia e ne divenne il re. Fu lui a costruire la fortezza tre secoli fa, per proteggere i confini settentrionali del suo regno dalle incursioni delle ancor più selvagge tribù della Tracia settentrionale, dall'altra parte dei Balcani. Quelle tribù arrivavano, di solito, dal passo di Succi, che si trova a una quindicina di chilometri a nord, per saccheggiare la valle dell'Ebro. La fortezza frenava tutto questo; le tribù non riuscivano a conquistarla e non potevano avanzare senta temere di essere tagliate fuori da essa».

«E perché Lisimaco non si è limitato a prendere il passo di Succi e a tenerselo?», chiese Vespasiano.

«È troppo alto, ed è molto difficile assicurare i rifornimenti a una fortificazione lassù».

Mentre stavano parlando, attirò la loro attenzione un po' di movimento su al forte, distante ormai meno di un paio di chilometri. La porta si aprì e cominciarono a venirne fuori delle persone.

«Be', questo è strano», commentò Peto. «Se stessero preparando un attacco, avrebbero mandato fuori prima la loro cavalleria, e noi ora ci ritroveremmo a scappare giù verso le nostre fortificazioni. E invece, riesco a vedere soltanto fanteria».

Vespasiano fissò intensamente la folla crescente che sciamava attraverso la porta. «Mi pare che tra di loro ci siano anche donne e bambini».

«Hai ragione. Sembra che si stiano arrendendo. È meglio che faccia pervenire un messaggio al generale». Peto si voltò e diede un rapido ordine in greco; quattro dei suoi soldati di cavalleria si staccarono per tornare indietro, ridiscendendo la montagna.

Gli ultimi sfollati attraversarono la porta, che quindi si richiuse. Almeno tremila persone si stavano dirigendo verso di loro. Alla loro testa c'erano due uomini su altrettanti muli. Il più alto dei due, un vecchio con i capelli bianchi rasati e una lunga barba bianca, teneva un ramoscello d'ulivo in segno di resa. Vicino a lui cavalcava una figura che Vespasiano riconobbe immediatamente.

«Che ci fa lui qui, nel nome di Giove?».

«È Rotece, uno dei loro sacerdoti. Lo conosci?»

«Ho assistito a una delle sue cerimonie. Gli piace sacrificare i Romani».

«Ne sono certo. Piccolo farabutto. È saltato fuori circa una settimana fa, e da allora Poppeo lo ha mandato avanti e indietro dai Traci per negoziare la loro resa. Sembra che abbia avuto successo, almeno in parte».

Il vecchio si fermò a dieci passi di distanza dai due Romani e sollevò il ramoscello d'ulivo sopra la propria testa.

«Sono Dinas, il capo dei Dii», gridò, per farsi sentire dal maggior numero possibile di suoi seguaci. «Sono venuto con tutta la mia gente che ha voluto seguirmi per consegnarci alla clemenza di Roma».

«Benvenuto, Dinas», rispose Peto con tono di voce ugualmente alto. «Vi scorteremo fin giù al campo».

Alla lenta colonna di guerrieri, donne, bambini, vecchi e giovani, sani e malati ci vollero un paio d'ore per raggiungere l'ingresso delle fortificazioni. Nel frattempo Poppeo, avvertito del loro imminente arrivo, aveva schierato cinque coorti della IV Scitica e altrettante della V Macedonica sul terreno fra le fortificazioni e il campo principale.

Era una vista di grande effetto, ideata per intimidire i supplici, oltre che per dissuadere chi di loro avesse pensato di tentare la fuga.

I cancelli si aprirono e Peto, con Vespasiano al fianco, fece entrare la sua cavalleria e si fermò di fronte a Poppeo. Il piccolo generale stava seduto su un cavallo bianco immacolato di fronte al corteo. Era abbigliato con tutta l'eleganza un po' vistosa che si conveniva al suo rango: una corazza d'argento ben sagomata e lucidata, un lungo mantello rosso cupo disteso con cura sulla groppa del suo destriero, dei gambali di bronzo e un elmo di bronzo con intarsi d'argento sui paraguance e, in cima, un alto pennacchio di piume di struzzo tinte di rosso. Dietro di lui, con indosso un'armatura altrettanto elaborata, un ventenne effeminato stava in groppa a un altro cavallo bianco. Intorno alla testa portava un cerchietto d'oro.

Peto salutò. «Generale, Dinas, il capo dei Dii, ha offerto la propria resa a Roma».

«Grazie, prefetto. Prendi i tuoi uomini e allineali sulla nostra ala destra, togliendoceli dai piedi».

Peto non diede segno di offendersi per quella brusca risposta e andò a prendere la posizione ordinatagli.

I Traci sfilarono lentamente attraverso i cancelli, sparpagliandosi a sinistra e a destra. Alcuni, intimiditi dall'ostentazione della forza di Roma che si trovarono davanti agli occhi, caddero in ginocchio e implorarono pietà; i più intrepidi stettero in cupo silenzio in attesa del proprio destino. Quando tutti furono entrati e i cancelli vennero chiusi, Dinas, accompagnato da Rotece, si avvicinò a Poppeo a piedi e gli offrì il ramoscello d'ulivo. Poppeo lo rifiutò.

«Popolo dei Dii», disse con voce alta e acuta che si diffondeva sul campo. Rotece traduceva le sue parole nella lingua dei Traci, con voce altrettanto acuta. «Il vostro capo mi offre la vostra resa. Non posso accettarla senza condizioni. Vi siete ribellati contro il vostro re, Remetalce, un cliente di Roma». Fece un gesto verso il giovane dietro di lui. «Questo atto ha provocato la morte di molti soldati romani e di molti soldati traci rimasti fedeli. Non può restare impunito».

I Traci ammassati emisero un basso gemito.

«Al mio ordine, i miei soldati potrebbero attaccarvi e uccidervi tutti. Ma Roma è clemente. Roma non chiede la vita neanche di uno solo di voi. Roma chiede soltanto che consegniate duecento di voi. Una metà perderà le mani e l'altra metà gli occhi. Una volta fatto questo, accetterò il ramoscello d'ulivo. Avete mezz'ora per decidere, prima che io dia l'ordine di attaccare».

Dalla folla si levò un gemito di profonda angoscia. Poppeo girò la schiena verso i Traci, per dimostrare l'irrevocabilità della sua decisione.

Dinas chinò la testa e tornò dalla sua gente. Cominciò a parlargli nella loro lingua. Nel frattempo, alcuni legionari, comandati da Aulo, portarono cinque bracieri accesi e cinque ceppi di legno e li disposero sul terreno di fronte ai Traci.

Vespasiano osservava tutto dalla sua posizione sul fianco destro, mentre la luce del tardo pomeriggio sfumava. Una trentina di vecchi e una quindicina di vecchie si erano fatti avanti volontariamente. Poi Dinas prese a camminare in mezzo alla folla bendato, toccando persone a caso con il suo ramoscello d'ulivo. La maggior parte di coloro che toccava si univa ai volontari in attesa, ma alcuni dovettero essere trascinati urlanti verso il loro destino. Vennero graziati soltanto i bambini. Alla fine, due gruppi di vittime stettero di fronte ai bracieri e ai ceppi.

Dinas si fece avanti per unirsi a loro. Chiamò Poppeo.

«Abbiamo fatto come ci hai chiesto, generale. Guiderò la mia gente, e sarò il primo a sacrificarmi. Prendi i miei occhi».

«Come desideri». Poppeo guardò Aulo. «Centurione, puoi cominciare».

Aulo diede l'ordine e due legionari tennero le braccia di Dinas ben ferme dietro la schiena, mentre un terzo estrasse dal fuoco un attizzatoio incandescente e si avvicinò al vecchio capo. Tutto finì in un istante. Dinas inarcò la schiena ma non emise alcun suono. Venne portato via, camminando a testa alta, con le due orbite nere e vuote che ancora bruciavano senza fiamma sul viso. La sua gente rimase in silenzio.

Quindi cinque uomini vennero portati avanti e costretti a inginocchiarsi di fronte ai blocchi. I legionari legarono delle corde intorno ai loro polsi e tirarono in avanti le braccia, affinché poggiassero sulle superfici lisce, con le mani aggrappate ai bordi dei ceppi. Altri legionari tenevano loro le spalle, tirandoli indietro. Tutti e cinque i ribelli voltarono la testa mentre altri cinque soldati tagliavano loro le mani con le spade all'altezza dei polsi. Emisero ululati di dolore mentre cadevano all'indietro, con il sangue che spruzzava dai loro moncherini, lasciando le mani ancora aggrappate ai blocchi. Le donne tra la folla cominciarono a urlare e a gemere.

Sulle ferite, per cauterizzarle, vennero subito applicate delle torce fiammeggianti imbevute nella pece, prima che gli uomini venissero trascinati via.

Le urla e i gemiti aumentarono quando davanti ai bracieri vennero portati cinque uomini e donne anziani. Vespasiano osservava in un gelido silenzio gli attizzatoi incandescenti che balenavano. E stavano trascinando altre cinque vittime ai ceppi quando, dietro di sé, il tribuno udì la voce di Magno che urlava, superando il frastuono circostante.

«Signore, signore, devi venire subito». Magno frenò il cavallo quasi slittando accanto a lui.

«Che sta succedendo?», chiese Vespasiano, contento di poter distogliere l'attenzione dal macabro spettacolo.

Magno si avvicinò e abbassò la voce.

«Asinio è appena arrivato al campo; vuole vederti immediatamente».

Vespasiano guardò sbalordito il suo amico. «Asinio, qui? Come ci è arrivato?»

«Nel modo normale, cavalcando. Allora, vieni o no?»

«Sì, certo che vengo».

Vespasiano si rivolse a Peto. «Prefetto, ho una faccenda urgente da sbrigare, se posso».

«Ma certo, mio caro. Mi piacerebbe poterti seguire. Le mutilazioni sono sempre la parte che mi piace di meno del circo di Roma. Normalmente, ne approfitto per sgranchirmi le gambe finché non arriva qualcosa di più affine ai miei gusti, tipo la caccia alle bestie feroci. Quella mi piace tanto. Vai pure», disse Peto, rivolgendogli un cenno di saluto.

Il sole era affondato dietro i monti Rodopi, lasciando l'accampamento nell'oscurità e, al tempo stesso, colorando di ambra e oro le nubi che si raccoglievano.

Magno condusse Vespasiano a un'ampia tenda vicino al pretorio, che veniva sempre tenuta libera per accogliere i dignitari in visita. Era sorvegliata da due degli undici littori che costituivano la scorta ufficiale di Asinio, in quanto proconsole in viaggio verso la sua provincia. Vespasiano e Magno vennero ricevuti subito.

Asinio stava seduto su un divano con i piedi immersi in una bacinella di acqua calda e una coppa di vino in mano. Un paio di schiavi, ancora sporchi del viaggio, gironzolavano sullo sfondo con asciugamani di lino e brocche di acqua bollente in mano.

«Vespasiano, parleremo in privato». Asinio congedò gli schiavi. Magno, capita l'antifona, se ne andò insieme a loro. Asinio fece cenno a Vespasiano di sedersi su uno sgabello pieghevole di fronte a lui. «Senza dubbio, sei sorpreso di vedermi qui».

«Una piacevole sorpresa, signore. Ho molto da dirti».

«Ogni cosa a suo tempo. Prima sarò io a dirti cosa mi porta in questo punto sperduto dell'impero». Asinio svuotò la sua coppa e la riempì di nuovo da una brocca sul basso tavolo accanto a sé. «L'assai esagerato rapporto di vittoria sulle tribù ribelli da parte di Poppeo ha spinto il senato a votargli gli onori trionfali. Un po' prematuramente, a quanto pare, poiché io stesso vedo che solo ora sta ricevendo la resa di una piccola parte dei ribelli, i quali ancora sfidano Roma nella loro roccaforte. Ma ormai è fatta. L'imperatore è stato fin troppo lieto di confermare gli onori, a condizione che Poppeo torni subito a Roma per l'investitura. Credo che Tiberio sia ansioso, come sempre, di separare un generale di successo dal suo esercito vittorioso e di farlo tornare a Roma per poterlo tenere d'occhio. Pomponio Labeone prenderà il comando al posto suo.

Io dovevo lasciare Roma per recarmi nella mia provincia di Bitinia… In realtà, speravo di ottenere la Siria, ma quella miniera d'oro l'ha ricevuta un alleato di Seiano, com'era prevedibile. Al che, dicevo, il senato mi ha chiesto di fare una piccola deviazione e di portare di persona al generale la felice notizia del suo premio. Ritenevano che, se fosse stato un ex console a portargli la notizia, ciò avrebbe compiaciuto il suo ego, oltre a indorare la pillola della sua richiamata». Asinio bevve un altro sorso dalla sua coppa e poi, ricordandosi che il suo ospite non ne aveva una, fece cenno a Vespasiano di servirsi da solo.

«In circostanze normali», continuò, «avrei evitato un compito così oneroso, ma tuo fratello Sabino ha portato alla mia attenzione una cosa molto interessante. Due mesi fa, degli uomini muniti di mandato imperiale hanno prelevato dalla zecca tre scrigni contenenti, in tutto, cinquantamila denari. Nel mandato si diceva che i soldi sarebbero serviti a pagare le legioni qui in Tracia. La cosa, di per sé, non è molto insolita. Tuttavia, dai documenti, Sabino ha notato che si trattava del secondo pagamento del genere in due mesi. Allora si è insospettito e ha confrontato la quantità di denari coniati quel mese con la quantità di lingotti d'argento nell'erario. Sembra che tuo fratello abbia occhio per la contabilità; chiunque gliel'abbia insegnata, dovrebbe esserne fiero».

Vespasiano sorrise, pensando alle lunghe ore che aveva impiegato a costringere il suo riluttante fratello ad apprendere le basi della contabilità; evidentemente, i suoi sforzi non erano stati vani.

«Qualcosa ti diverte?»

«No, Asinio; ti prego di continuare».

«Quando controllò il metallo prezioso, Sabino scoprì che c'erano esattamente cinquantamila denari di troppo, ma i conti del tesoro erano in pareggio e non c'erano documenti che dimostrassero il prelevamento degli scrigni. In altre parole, era come se quei soldi non fossero mai esistiti; un sistema perfetto per finanziare segretamente una ribellione. Così ho pensato di portare il messaggio del senato a Poppeo mi avrebbe dato l'opportunità di rintracciare questi scrigni "inesistenti"».

Asinio si fermò e riempì di nuovo la sua coppa.

«Qualcuno deve aver sostituito l'argento», congetturò Vespasiano.

«Senz'altro, ma chi può avere accesso a una simile quantità? Seiano non è ancora abbastanza ricco».

Vespasiano rifletté per un momento. «Ma certo, Poppeo!», quasi gridò. «Peto mi ha detto che la famiglia di Poppeo si è arricchita con le miniere d'argento in Spagna. Lui deve aver usato il proprio argento per riempire quello scrigno».

«Poppeo è l'agente di Seiano?», esclamò Asinio, incapace di credere a quel che stava udendo.

Allora Vespasiano gli raccontò tutto quel che era successo da quando lui e Magno erano arrivati in Tracia, oltre a tutto ciò che gli avevano detto la regina Trifena e Corbulone.

«Come ho potuto essere così stupido?», borbottò Asinio quando Vespasiano ebbe concluso il suo racconto. «Ora tutto fila. Seiano e Poppeo sono riusciti a creare una crisi che non può essere fatta risalire a loro. Poppeo sosterrà di aver inviato in Tracia degli ufficiali di reclutamento perché aveva bisogno di più uomini per difendere il confine settentrionale della Mesia, e quindi di aver agito nell'interesse dell'impero. Non ci sono prove scritte o materiali che colleghino uno di loro al denaro usato per spingere i capi alla ribellione. Non ci sono soldi mancanti dal tesoro. Poppeo ha agito rapidamente per contenere la ribellione, mentre gli agenti di Seiano corrompono altre tribù per spingerle alla rivolta, minacciando il nostro percorso via terra verso le province orientali. Poppeo ne viene fuori come un eroe e Seiano ottiene quel che gli serve, ossia un'altra distrazione dalle sue manovre a Roma. E a che prezzo? Argento gratuito estratto dalle montagne della Spagna. Geniale».

«Ma perché si sono presi la briga di trasformare quell'argento in monete? Perché non usare semplicemente l'argento grezzo?»

«Non lo so. Forse hanno ritenuto che le monete sarebbero state più difficili da rintracciare rispetto alle barre d'argento. Dopotutto, sono assai poche le famiglie che hanno accesso a miniere d'argento».

Da fuori giunse il suono delle truppe che tornavano marciando al campo e venivano congedate.

«C'è soltanto una persona che potrebbe collegarli entrambi ai soldi».

«Lo so, il sacerdote Rotece, ma dove lo troviamo? E anche se ci riuscissimo dovremmo portarlo a Roma a testimoniare davanti al senato, e sarebbe la parola di un barbaro contro quella di un prefetto del pretorio e di un governatore».

«È qui».

«Rotece è qui? Perché?»

«Sta fungendo da intermediario di Poppeo con i ribelli».

Asinio rise. «La doppiezza di quel sacerdote non conosce confini. Prima li fa ribellare, poi li convince ad arrendersi. Cosa può sperare di ottenere?»

«La cosa non ha senso neanche per me».

«Penso che dovremmo parlare con quell'infido verme. Magari può dirci dove si trovano gli altri scrigni. Sono certo che tu e Magno riuscirete a portarlo qui senza troppi problemi. Nel frattempo, io vado a informare Poppeo che sono arrivato, poi aspetto di vedere cosa fa. Il modo in cui sceglierà di vedermi, in privato o ufficialmente, mi dirà molto su quanto si senta sicuro».

Vespasiano trovò Magno ad attenderlo di fuori, in mezzo al baccano delle coorti che tornavano ai loro alloggi. Le armature e gli elmi di ferro ben lucidati dei legionari riflettevano le fiamme tremolanti delle torce che erano state accese lungo la via Principalis e la via Praetoria. Gli uomini erano di buonumore, avendo appena assistito alla resa di un quarto dei loro nemici. Se ci fosse stata un'altra battaglia, sarebbe stata molto più facile.

«E così Asinio vuole che gli portiamo Rotece per poterlo interrogare», spiegò Vespasiano al suo amico per aggiornarlo.

Magno sogghignò. «Sarà un piacere, e non vedo l'ora, dopo, di potergli anche tagliare la gola».

«Chi ha detto di ucciderlo così presto? Potrebbe rivelarsi utile».

«Però è logico, no? Se Asinio lo lascia vivo, lui andrà a spifferare a Poppeo che sa degli scrigni, e allora Poppeo dovrà uccidere Asinio per proteggersi».

«Hai ragione. E immagino che farlo fuori non sarebbe comunque un male. Prima però dobbiamo trovarlo».

«Facile, l'ho visto tornare con Poppeo; si trovano entrambi nel pretorio. Ma non sarà semplice prenderlo, perché sembra si sia fatto una scorta con quattro dei Traci che si sono arresi oggi. Avremo bisogno di un po' d'aiuto».

«Di chi possiamo fidarci?»

«Corbulone è una possibilità, ma potrebbe pensare di aver più da guadagnare rimanendo fedele a Poppeo che mettendosi in gioco con Asinio. Gallo non lo conosciamo abbastanza bene, quindi non resta che Fausto. Sono certo che, se gli dicessi che il suo generale voleva vederlo morto, si convincerebbe, e porterebbe con sé alcuni ragazzi affidabili».

«Speriamo che tu abbia ragione. Resta qui e tieni d'occhio quel sacerdote».

Poco dopo, Vespasiano si riunì a Magno, con Fausto e due legionari della prima coorte dall'aria particolarmente dura.

«Non è ancora uscito, signore», sussurrò Magno. «Buonasera, Fausto, sei venuto per una piccola vendetta?»

«Succhiacazzi! Necrofilo! Sbatticapre!». Sia pure sottovoce, Fausto aveva mantenuto quasi costante la propria produzione di ingiurie, da quando Vespasiano lo aveva informato del tradimento di Poppeo. Ed era stato fin troppo contento di poter dare una mano a trattare con il sacerdote.

Qualche istante dopo, Rotece uscì dal pretorio circondato dalle sue nuove guardie del corpo. Camminarono velocemente lungo la via Principalis verso Vespasiano e i suoi compagni, che stavano accovacciati in attesa nell'ombra.

«Continueremo a muoverci parallelamente rispetto a loro», bisbigliò Vespasiano, dirigendosi verso lo stretto percorso tra la prima e la seconda fila di tende.

Dopo un centinaio di passi, i Traci uscirono dalla strada a sinistra; Vespasiano si fermò per infilarsi in uno spazio tra due tende; gli altri lo seguirono. Dall'ombra, osservarono Rotece girare verso il sentiero di fronte per poi fermarsi davanti a una tenda dall'aria lussuosa sorvegliata da due Traci. Seguì una breve conversazione con le guardie, che subito dopo scortarono all'interno Rotece e i suoi uomini.

«È la tenda del re Remetalce», sussurrò Fausto all'orecchio di Vespasiano.

Vespasiano condusse rapidamente i suoi uomini all'entrata e si fermò per ascoltare. Dall'interno proveniva l'inconfondibile voce acuta di Rotece. Qualunque cosa stesse dicendo, sembrava minaccioso. Un'altra voce, che suppose fosse di Remetalce, rispondeva in tono più misurato. All'improvviso risuonò lo stridio delle spade sguainate, seguito quasi subito da urla attutite e dai tonfi di due corpi caduti a terra.

«Con me», urlò Vespasiano, sguainando la propria spada ed entrando di corsa nella tenda.

Rotece teneva il re per i capelli e gli premeva la spada sotto il mento. Quando il sacerdote strillò, le sue guardie del corpo si voltarono, e Vespasiano conficcò la spada tra le costole della più vicina, facendo girare il polso mentre spaccava ossa, tendini e muscoli per perforare il polmone. L'uomo emise un lungo gemito, interrotto da un fiotto di sangue che gli defluì dalla bocca, poi si accartocciò per terra, affogando nel suo stesso sangue. Gli altri tre non ebbero il tempo di difendersi. Finirono presto stesi sul pavimento vicino al loro compagno e alle guardie reali uccise.

«Se vi avvicinate ancora gli taglio la gola», li avvertì Rotece. «Fatevi da parte».

Vespasiano alzò la mano, fermando i suoi compagni. Guardò il sacerdote dalla faccia da donnola, il quale ringhiò, scoprendo i denti davanti, gialli e lisci, mentre spingeva in avanti il terrorizzato Remetalce.

«Se lo uccidi, morirai anche tu», disse Vespasiano. «Se lo lasci andare, invece, potresti sopravvivere».

«Non puoi toccarmi, sono un sacerdote», strillò Rotece.

Vespasiano guardò Magno, Fausto e i suoi ragazzi intorno a sé, e tutti insieme scoppiarono a ridere.

«Pensi che ce ne freghi qualcosa dei tuoi sporchi dèi?», disse con violenza Fausto, godendosi l'espressione incerta sul volto di Rotece. «Disgustoso mucchio di vomito, sarei felice di poterti sgozzare di fronte a tutti i loro altari, per poi dormire come un bambino nel mio letto».

Rotece tirò all'indietro la testa del re e gli premette più forte la lama contro la gola, graffiandogli la pelle. Il giovane re guardò Vespasiano con occhi imploranti.

«Fai pure», disse Vespasiano con calma. «Lui per noi non significa nulla, ma per te rappresenta una possibilità di sopravvivenza».

Gli occhi neri del sacerdote, iniettati di sangue, guizzarono nervosamente qua e là per la stanza; cinque spade attendevano di togliergli la vita. Ululò e spinse via Remetalce, prima di rannicchiarsi per terra. Fausto gli allontanò il pugnale dalla mano con un calcio, quindi gliene sferrò un altro sul plesso solare, costringendolo a smettere di piagnucolare per cercare di respirare.

«Questo è per i ragazzi che hai ucciso al fiume, brutto figlio di puttana, ma te ne daremo molti altri prima di farla finita con te».

«Avresti davvero lasciato che mi uccidesse?», chiese Remetalce, senza fiato.

«Non dipendeva da me», rispose Vespasiano con sincerità. «Ti aveva messo un coltello alla gola; se non ti avesse ucciso qui, l'avrebbe fatto appena uscito fuori, considerando che era venuto proprio per questo, immagino».

«Sì, mi ha accusato di usurpare il potere dei sacerdoti e di sfidare gli dèi».

«Maledetti Traci», grugnì Magno. «Sembra la loro accusa preferita. Condanna a morte senza possibilità di difendersi, suppongo».

«Nella nostra legge non può esserci difesa contro un'accusa del genere».

«Pensi che non lo sappiamo?».

«Controllate se questo sacco di letame ha delle armi nascoste, prima di lasciarlo ad Asinio», disse Vespasiano, tirando un altro calcio al sacerdote ancora ansante e spezzandogli un paio di costole. «Tu è meglio che venga con noi», aggiunse, facendo un cenno a Remetalce.

Asinio si era lavato via la polvere del viaggio e si stava facendo sistemare la toga dallo schiavo personale, quando Vespasiano e i suoi compagni arrivarono nella sua tenda, gettandogli ai piedi l'ormai terrorizzato Rotece. Il sacerdote se ne stava lì gemente, tenendosi la cassa toracica fratturata.

«Ben fatto, signori», disse Asinio, congedando lo schiavo, che si ritirò nel dormitorio sul retro della tenda. «Spero che nessuno di voi si sia ferito».

«No, ma siamo arrivati appena in tempo», rispose Vespasiano. «Stava per assassinare il suo re».

«Remetalce, grazie agli dèi sei salvo. Non ti avrei riconosciuto». Asinio offrì il braccio al giovane trace. «Non ti vedevo da quand'eri bambino, a casa della signora Antonia. Come sta tua madre?»

«Sta bene, senatore, grazie».

«Sono contento di sentirlo. Intendo presentarle personalmente i miei ossequi in occasione del mio viaggio di ritorno; avevo troppa fretta di arrivare qui per poterlo fare all'andata».

Un forte gemito proveniente da terra attirò di nuovo la sua attenzione sul sacerdote.

«Centurione, di' ai tuoi uomini di stendere questa creatura sulla schiena».

«Sissignore!». Fausto salutò di scatto e diede gli ordini richiesti.

Asinio sfoderò la spada e la spinse nella bocca di Rotece. Il sacerdote lottò accanitamente, ma nulla poté contro i due ragazzi di Fausto, che lo tenevano saldamente per polsi e caviglie.

«Ti restano due scelte, sacerdote: usare la lingua per rispondere alle mie domande o perderla».

Gli occhi di Rotece si riempirono di terrore; il dolore l'aveva sempre somministrato agli altri, non si era mai trovato a subirlo. Annuì cautamente in segno di assenso.

Asinio ritirò la spada. «Chi ti ha dato i soldi che hai usato per spingere le tribù a ribellarsi contro il tuo re e Roma?».

Il sacerdote rispose subito, parlando con lentezza. Le costole fratturate gli rendevano evidentemente difficile respirare. «Un romano di posizione elevata, di cui non conosco il nome. Ci siamo accordati l'anno scorso tramite degli intermediari».

«Non basta». Asinio rimise il pugnale nella bocca del sacerdote e ne tagliò appena l'angolo. Il sangue sgorgò copioso dalla ferita fin sulla guancia di Rotece. «Riprova».

«Gli intermediari hanno detto di agire per conto del console Marco Asinio Agrippa».

Asinio esitò, incapace di credere a quel che aveva udito.

«Ma... sei...», cominciò a dire Vespasiano, interrotto però da Asinio.

«Chi erano questi intermediari?», continuò il console, ricomponendosi.

«Tre erano guardie pretoriane, ma chi le comandava era un civile, un uomo grosso con la pelle scura e i capelli lunghi». Ora sulle guance di Rotece, mescolandosi al sangue, scendevano delle lacrime.

«Ti hanno detto perché mai Asinio volesse una ribellione qui?»

«Hanno detto qualcosa riguardo al progetto di destabilizzare l'imperatore. Ci sarebbero state ribellioni in tutto l'impero e, con le legioni impegnate a trattare con i ribelli, si sarebbe ristabilita la repubblica». Rotece biascicava le parole; la ferita alla bocca gli rendeva difficile controllare le labbra.

«E ti hanno assicurato che la ribellione avrebbe avuto successo?»

«Sì, mi hanno detto che ci sarebbe stata una sollevazione in Mesia, e che le due legioni in quella provincia non sarebbero state in grado di venire in aiuto a Remetalce. Così avremmo avuto mano libera».

«E tu gli hai creduto?»

«Sì. Erano venuti degli ufficiali di reclutamento dalla Mesia a chiedere che i nostri uomini prestassero servizio nell'esercito romano laggiù. Sembrava che le legioni fossero già sotto pressione. Io l'ho considerata un'opportunità per liberarci dell'oppressiva monarchia e tornare alle vecchie usanze delle tribù indipendenti unite sotto i nostri dèi».

«E tu, come sommo sacerdote, saresti stato re in tutto tranne che nel nome?»

«Volevo solo il meglio per la Tracia e i suoi dèi», quasi urlò Rotece, nonostante il dolore che lo affliggeva.

«Così, quando sono arrivate le legioni e la ribellione ha cominciato a vacillare, sei venuto a offrire i tuoi servizi a Poppeo. Perché?»

«Dopo che i Ceni non sono riusciti a fermare i rinforzi di Poppeo, mi sono reso conto che non potevamo vincere, perciò sono venuto qui a cercare di negoziare una resa, prima che le cose si compromettessero troppo».

«Molto nobile. E perché Poppeo si è fidato di te?»

«Gli ho detto dei soldi di Asinio. Ho accettato di andare a Roma con lui a testimoniare in senato contro Asinio per avere salva la vita in cambio».

Asinio scosse la testa. «Perfetto», sussurrò, sorridendo, prima di rivolgere di nuovo l'attenzione verso il sacerdote. «Così Poppeo è contento che ci sia tu, il suo nuovo amico, a negoziare con i ribelli per conto suo?»

«Lui rende le cose difficili, con troppe richieste e condizioni; penso che voglia non una resa, ma una vittoria».

«E tu vuoi ancora morto il tuo re?»

«Se qualcosa di buono potesse venir fuori da tutto questo, sarebbe la morte di Remetalce», sibilò Rotece, fissando il re, con l'insanguinata faccia da donnola contorta dall'odio del fanatico.

Asinio fece un passo indietro e guardò Magno e i due legionari.

«Fateglі perdere i sensi, poi legatelo nel mio dormitorio e restate con lui».

Fecero con piacere quel che gli era stato chiesto.

«Sembra che Seiano e Poppeo siano stati troppo astuti anche per me», disse Asinio a Vespasiano. «Incastrarmi come istigatore di tutto questo è un colpo da maestro che non avevo previsto. Ora è ovvio perché abbiano usato delle monete di conio; sono molto più facili da collegare a me rispetto ai lingotti d'argento».

Vespasiano lo fissò, incapace di decidere cosa pensare.

«Oh, andiamo, non gli crederai mica, vero?», chiese Asinio.

«No, suppongo di no», replicò Vespasiano, ricordandosi che Corono aveva detto che, nella sua visita ai Ceni, Rotece era stato accompagnato da Asdro e da alcuni pretoriani.

«Bene», sbuffò Asinio, «perché non ho tempo di difendermi da accuse false con dei semplici tribuni».

«E con i re, Asinio?», chiese Remetalce.

«Neanche con i re. Mi difenderò in senato, ma se volete delle prove, chiedetevi perché non ho fatto uccidere quel verme da Magno, eh? Quel sacerdote testimonierà contro di me, se ne avrà la possibilità. Per di più, siccome è convinto di dire la verità, se verrà torturato, come prevedo, ripeterà la storia. Quindi, cosa ci guadagno a tenerlo vivo?».

Remetalce guardò Asinio e scrollò le spalle.

Asinio assunse un'espressione disperata e si accasciò sul divano. «Per comprovare la storia del sacerdote, Seiano avrà falsificato dei documenti, dimostrando che io ho autorizzato il prelevamento di denaro dall'erario. Se il sacerdote morisse, quei documenti potrebbero comunque bastare a condannarmi. Quindi, se lo porterò di fronte al senato, vedranno che non ho paura delle sue accuse. Avrò il controllo della situazione e potrò fargli identificare gli intermediari come i pretoriani e il liberto di Seiano, Asdro, ossia persone su cui non ho alcuna autorità, come ogni senatore sa bene. Il principale testimone di Seiano gli verrà rivolto contro. Per questo ho bisogno di portarlo a Roma, vivo».

Remetalce sembrava mortificato. «Ti accompagnerò e parlerò in tua difesa».

«Non sarà necessario; basterà una lettera. Tu dovresti tornare a Filippopoli e cominciare a guarire...». Asinio si fermò all'improvviso. C'era scompiglio fuori dalla tenda, i cui lembi si sollevarono e si aprirono. Entrò Poppeo, ignorando i tentativi dei littori di fermarlo.

«Buonasera Asinio», cantilenò Poppeo. «Che sorpresa. A cosa devo il piacere della tua compagnia qui?»

«Poppeo», rispose Asinio, alzandosi in piedi e facendo segno ai littori di tornare fuori. «Sono qui su richiesta del senato e dell'imperatore».

«Messaggi per il re e per questo giovane tribuno, immagino».

«Il re Remetalce e il tribuno Vespasiano sono miei amici personali, come sai». Asinio si fermò; dalla direzione delle fortificazioni provenivano deboli grida. «Sono qui per presentarmi i loro rispetti».

Vespasiano salutò il generale, che lo ignorò, così come ignorava anche le grida distanti.

«E anche il centurione Fausto è una vecchia conoscenza?», chiese Poppeo, lanciando a Fausto un'occhiata sospettosa.

«Non essere illogico, generale». Asinio si mostrò sdegnato. «Il centurione fa da guardia al re, le cui guardie del corpo sembra siano scomparse».

La spiegazione sembrò soddisfare Poppeo. «Quali sono queste notizie da Roma, così importanti da dover essere recapitate nientemeno che da un ex console?»

«Speravo in un colloquio ufficiale, generale».

«Farò prendere un appuntamento per la mattinata dal mio segretario. Nel frattempo, gradirei un riassunto orale».

Asinio guardò in direzione del rumore, che ora indicava inconfondibilmente lo svolgersi di una battaglia.

«Non me ne preoccuperei, Asinio», lo rassicurò Poppeo. «È solo un'altra scorreria da parte dei pochi ribelli rimasti in cima alle colline, niente di grave».

«Molto bene. In segno di riconoscimento della tua gloriosa e recente vittoria sui ribelli traci, il senato ti ha conferito gli onori trionfali, che l'imperatore è stato lieto di confermare». Asinio fece una pausa, mentre Poppeo gli rivolgeva un sorriso compiaciuto. «L'imperatore ha chiesto che tu torni a Roma immediatamente per ricevere gli onori».

«Tornare subito a Roma?», sbottò Poppeo. «E perché?»

«Il tuo rapporto diceva che la ribellione era stata schiacciata. Forse era un po' prematuro, direi», commentò Asinio, indicando il rumore crescente proveniente da oltre l'accampamento. «Evidentemente l'imperatore ha pensato che non avessi più niente da fare qui, e perciò ha ordinato il tuo ritorno a Roma. Pomponio Labeone assumerà il comando al posto tuo, con effetto immediato».

«Pomponio Labeone mi sostituisce! Sei stato tu a far questo», disse Poppeo con rabbia, puntando un dito accusatore su Asinio.

«Io? Io sono soltanto il messaggero, porto le buone notizie mentre mi trovo in viaggio verso la mia provincia». Ora toccava ad Asinio mostrarsi compiaciuto. «Non ho alcun potere sulla volontà dell'imperatore o del senato. Piuttosto, penso sia stato il tuo rapporto esagerato a portarti tanta fortuna».

Poppeo serrò i pugni e, per un momento, sembrò che volesse colpire Asinio.

L'improvviso arrivo di Corbulone spezzò la tensione.

«Signore!», disse quasi senza fiato. «Grazie agli dèi ti ho trovato. Il nostro muro difensivo è sotto attacco in quattro o cinque punti, ed è crollato in almeno uno. Sembra che i Traci abbiano impegnato tutte le truppe rimaste in un ultimo tentativo di liberarsi».

Poppeo parve sbalordito. «Fai schierare gli uomini. Ufficiali superiori nel pretorio, subito».

Corbulone fece un rapido saluto e corse via.

«Tribuno, centurione, tornate alla vostra legione», urlò Poppeo, volgendosi verso l'uscita.

«È troppo tardi per guadagnarsi davvero gli onori, generale», disse Asinio con malcelata soddisfazione. «Sei stato sollevato dal comando».

Poppeo si fermò sulla soglia e gli rivolse un'occhiata minacciosa. «Al diavolo i tuoi ordini! Riprenderemo questa conversazione più tardi».

Uscì con portamento altero mentre la buccina suonava per tutto il campo la chiamata alle armi.

Asinio scrollò le spalle. «Disobbedire a un ordine diretto dell'imperatore e del senato… Spero davvero che Poppeo sappia cosa sta facendo. Più tardi ci sarà un incontro interessante».

Congedò rapidamente Fausto e i suoi due uomini, poi convocò il resto dei littori, che non ci misero molto ad arrivare.

«In ogni caso, questo attacco rappresenta uno straordinario colpo di fortuna», disse Asinio, sorridendo a Vespasiano. «Fai venire qui Magno».

Magno apparve dal dormitorio, essendo stato sollevato dal suo dovere di guardia da due corpulenti littori.

«Andiamo anche noi, signore? Sembra che abbiamo una bella battaglia tra le mani».

«Tu resti con me, Magno», ordinò Asinio. «Ho da affidarti una commissione davvero adatta alle tue capacità».

Vespasiano interruppe sul nascere le proteste di Magno. «Me la caverò, amico mio; non ho bisogno di avere sempre te intorno ad accudirmi sul campo di battaglia. Fa' come ti chiede».

«Se lo dici tu», rispose Magno con tono burbero.

«Sì, lo dico io».

«Cosa vuoi che faccia, signore?», chiese Magno ad Asinio con una certa riluttanza.

«Voglio qualunque lettera possa collegare Poppeo a Seiano. Con l'accampamento quasi vuoto, a parte gli schiavi, ora è il momento ideale per introdursi nel pretorio».

XXVI

Vespasiano e Magno uscirono al buio. Aveva cominciato a piovere. Per tutto il campo riecheggiavano gli ordini urlati con rabbia dai centurioni e dagli *optiones* per mettere in riga i loro uomini. La via Principalis e la via Praetoria erano piene di legionari che, disposti in centurie, si allacciavano le armature e indossavano gli elmi, mentre alcuni ancora masticavano gli ultimi bocconi della cena interrotta. La maggior parte degli uomini conosceva il proprio posto, avendo già fatto molte volte quel tipo di esercitazione; furono solo i nuovi arrivati a patire le percosse con i bastoni di vite dei centurioni, mentre cercavano di trovare la giusta postazione nel buio illuminato a sprazzi dalle torce dell'accampamento.

«Introdursi nel maledetto pretorio», brontolò Magno, «ma come diavolo faccio?»

«La corrispondenza personale di Poppeo sarà chiusa a chiave in uno scrigno nel suo dormitorio sul retro, quindi se fai un buco sulla parte posteriore della tenda dovresti trovarti proprio lì», suggerì Vespasiano.

«Poi dovrò forzare lo scrigno».

«Prendi un piede di porco».

«Sei maligno come Asinio, ma c'è un problema a cui né tu né lui avete pensato: come farò a sapere quali sono le lettere di Seiano? Non so leggere».

Vespasiano si fermò di colpo. «Stai scherzando?»

«No».

«E perché non l'hai detto?»

«Te l'ho detto un sacco di tempo fa. E poi solo ora mi è venuto in mente che potesse essere un problema».

Gli ufficiali superiori avevano cominciato a uscire dal pretorio marciando in file. Vespasiano scosse la testa. «Devo andare a fare rapporto a Pomponio. Prendi semplicemente qualunque cosa abbia il sigillo imperiale o sia firmata con un nome cominciante per S. È quella linea ondulata che sembra un po' un serpente».

«Questo è davvero un grande aiuto. Sarà un disastro».

Dal lato opposto della via Principalis, si sollevò il lembo di una tenda. Alla luce delle torce emersero quattro figure; tre indossavano l'uniforme della guardia pretoriana. La quarta era in abiti civili, e aveva i capelli lunghi sulle spalle.

«Asdro», borbottò Vespasiano sottovoce.

I quattro uomini si diressero al pretorio ed entrarono senza nemmeno degnare di uno sguardo le sentinelle.

«Ottimo, adesso il posto pullula pure di pretoriani. E ora che faccio?»

«Non lo so, fa' semplicemente del tuo meglio. Ci vediamo più tardi. Buona fortuna».

«Anche a te». Magno diede una pacca sulla spalla del suo giovane protetto.

Vespasiano attraversò la strada, insinuandosi tra le centurie ormai allineate e pronte a uscire. Passò a fatica tra i cavalli pubblici della IV Scitica, che fuori dalla tenda di comando della legione erano in attesa di essere assegnati agli ufficiali che li richiedevano, e s'intrufolò nella riunione un attimo prima che Pomponio tornasse dal pretorio.

Gli ufficiali riuniti scattarono sull'attenti quando il loro legato entrò nella tenda.

«Riposo, signori», disse Pomponio, attraversando il gruppo. All'estremità opposta della tenda, si voltò per parlare, poggiando l'ampio didietro sul bordo del suo scrittoio. «Quei bastardi hanno finalmente trovato il coraggio di combattere». Il suo viso rosso, quadrato e paffuto, si aprì a un sorriso eccitato, che ne accentuò l'aria porcina. «Ci è stato detto di difendere il muro sul lato destro dell'entrata; la V Macedonica starà sulla sinistra. Le coorti ausiliarie ci copriranno i fianchi. Nessun ordine particolare; limitatevi a reagire alle circostanze e a farne fuori più che potete. Dobbiamo muoverci in fretta, quindi tornate alle vostre unità. Congedati!

Tribuno Vespasiano, prendi un cavallo e stai con me, mi farai da portaordini».

Vespasiano stava seduto in attesa sul proprio cavallo pubblico mentre Pomponio si faceva aiutare a salire sul suo. La pioggia era aumentata fino a trasformarsi in diluvio costante, facendosi strada sotto le armature, inzuppando le tuniche aderenti alla pelle calda; il vapore proveniente da migliaia di uomini bagnati e sudati si sostituì al fumo dei fuochi da campo che la pioggia aveva spento. Un susseguirsi costante di vibrazioni e di rumori stridenti e soffocati indicava che, nonostante tutto quel bagnato, l'artiglieria nelle torri di fronte all'attacco aveva iniziato a tirare. Lanciavano dardi infuocati e rocce arrotondate un po' alla cieca al di sopra delle fortificazioni, più o meno in direzione del nemico, sapendo che solo alla luce del mattino sarebbero stati in grado di valutare l'efficacia dei loro colpi.

Poppeo e Corbulone apparvero fuori dal pretorio e montarono rapidamente sui loro cavalli in attesa. Poppeo sollevò teatralmente il braccio e lo slanciò in avanti. Un corno suonò a tutta forza le sei note profonde, sonore, di "Avanzate". Intorno al campo il richiamo fu ripetuto dal *cornicen* di ogni coorte. I cancelli su tre lati dell'accampamento vennero aperti, i signiferi abbassarono le loro bandiere due volte e le coorti in testa cominciarono ad avanzare velocemente.

«Pomponio, seguimi», ordinò Poppeo, spronando il suo cavallo e accelerando oltre le colonne di legionari in attesa. Vespasiano corse dietro il gruppo di comando, fuori dal campo e verso il muro difensivo.

L'attacco dei Traci era concentrato su un fronte di due chilometri, con al centro le porte. Nonostante la pioggia, in diversi punti i bastioni di legno stavano andando a fuoco, proiettando le sagome di minuscole figure che lottavano tra la vita e la morte sotto gli sprazzi di luce. In due punti, alla destra della porta, si scorgevano delle protuberanze nella linea in cui i Traci avevano aperto una breccia nel muro e le due coorti a difesa, messe alle strette, erano state costrette a usare un paio di preziose centurie per contenere lo sfondamento.

Poppeo galoppò fino alla porta, smontò e si arrampicò con diffi-coltà su per i gradini fino alla palizzata. Le mura di legno risuona-vano, colpite ripetutamente da frecce e catapulte. Il centurione di comando lo salutò. Dietro di lui i suoi uomini, sottoposti a ecces-siva pressione, correvano avanti e indietro spingendo via dispera-tamente scale dalle mura, cercando di tagliare le corde lanciate dai nemici oltre la palizzata e di calare dei *pila* sulle truppe ammassate di sotto.

«Rapporto, centurione», ordinò bruscamente Poppeo, gridando per superare il frastuono combinato della battaglia e della pioggia.

«Signore! Sono venuti fuori dal nulla circa mezz'ora fa. Devono aver teso un'imboscata alle nostre pattuglie d'avanguardia, perché non abbiamo ricevuto alcun avvertimento». Il centurione indie-treggiò leggermente quando una catapulta gli sibilò vicino a un orecchio. «In sei punti hanno riempito la trincea di rami e cadaveri e sono riusciti ad arrivare fino al vallo. Ne hanno abbattuti un paio di tratti con i rampini, e ne hanno incendiati altri con l'olio. Siamo stati messi troppo sotto pressione per poter fare qualcosa di più che contenerli».

In cielo risplendette il bagliore dei fulmini tra le nubi, illuminan-do per un istante il danno arrecato alle difese.

«Ben fatto», gridò Poppeo, rendendosi conto che si erano mo-bilitati appena in tempo. «Torna a combattere; i soccorsi stanno arrivando». Urlò a Pomponio, che aspettava sotto di lui, in fondo ai gradini: «Legato, ordina a quattro delle tue coorti di rinforzare le due sul muro alla destra della porta; poi schierane due qui dietro l'ingresso, pronte per una sortita sotto il mio comando...».

Due tuoni esplosero sopra di loro, costringendo Poppeo a inter-rompersi mentre risuonavano per le montagne, con tanti echi che tornavano indietro con decrescente vigore, finché il generale non fu in grado di continuare.

«Le ultime due coorti le voglio appostate dietro il vallo, appena al di là dell'attacco principale. Falle rifornire di assi per superare la trincea, poi allentate i paletti su una zona di vallo abbastanza ampia da poter essere attraversata da venti uomini. Aspettate fin-ché non carichiamo fuori dalle porte per la nostra sortita, quindi abbattete lo sbarramento, attraversate la trincea e prendete quei maledetti di fianco. Farò fare lo stesso alla Quinta sull'altro lato. Così li schiacceremo».

«I miei uomini saranno pronti a fare tutto il necessario», gridò Pomponio, strattonando il suo cavallo per farlo girare. «Tribuno Vespasiano, torna alla legione; di' al primipilo Fausto che la terza e la quarta coorte si devono incolonnare davanti alla porta; la quinta, la sesta, l'ottava e la decima devono unirsi alla settima e alla nona sul vallo, e io provvederò personalmente al loro schieramento. Tu e Fausto dovete prendere la prima e la seconda coorte, più tutta la cavalleria ausiliaria che riuscite a raccogliere, e cominciare a preparare l'attacco laterale. Fate rapporto a me quando è tutto pronto».

Vespasiano galoppò sotto la pioggia battente per portare gli ordini a Fausto. Nel giro di pochi istanti, gli ordini giunsero a ogni coorte attraverso un sistema di segnali manuali e di squilli corno. Guardando il rapido schieramento della legione, Vespasiano si rese conto che aveva molto da imparare sui segreti dei centurioni. Lontano alla sua sinistra, appena visibile attraverso la pioggia e la luce fioca della notte, intensificata per un istante dal bagliore di un fulmine, riuscì a vedere la v Macedonica che si schierava sul suo tratto di vallo, con l'urgenza di rinforzarlo che cresceva a ogni nuovo tratto abbattuto.

Vespasiano cavalcò fino alla testa della prima coorte, che seguendo l'ordinamento militare era formata dal doppio dei componenti, e cioè da circa mille uomini. Fausto lo raggiunse ansimando a piedi, mentre i soldati marciavano veloci lungo la parte posteriore del muro. Dietro di loro seguivano la seconda coorte e Peto con un'intera ala di quattrocentottanta uomini della cavalleria ausiliaria. I legionari delle altre coorti sciamavano su per le molte file di gradini sui bastioni. Una rapida successione di lampi parve rallentare la loro ascesa in una serie di movimenti a scatti. Un altro scoppio di tuoni risuonò sopra la loro testa, costringendo alcuni a piegarsi involontariamente, come se ci fosse più da temere dalla supposta collera di Giove che dal pericolo immediato dell'inesorabile tiro nemico.

Alla fine, le urla del conflitto diminuirono d'intensità; avevano raggiunto il limite delle schiere all'attacco dei Traci. Vespasiano saltò giù dal suo cavallo e fece cenno a Fausto di seguirlo. S'inerpicarono entrambi lungo alcuni gradini deserti fino al passaggio che correva dietro il vallo. Dietro di loro, le due coorti si arrestarono. I legionari inzuppati attendevano ordini, senza dubbio chiedendosi cosa stessero facendo così lontani dal combattimento principale.

Vespasiano si tolse l'elmo e sporse di poco la testa sulla palizzata. Lo spettacolo che si ritrovò di fronte agli occhi gli tolse il fiato; era la prima volta che vedeva una battaglia di massa. Migliaia e migliaia di guerrieri traci si stavano lanciando verso le sovrastanti difese romane attraversando i pezzi di legno e i cadaveri impilati nella trincea. Lanciavano scale a pioli sul terrapieno e le salivano, con la temerarietà di uomini che, considerandosi già morti, non avevano nulla da perdere. Arcieri e frombolieri concentravano il loro fuoco lungo la palizzata in cima a ogni scala, costringendo chi si difendeva a star giù finché i guerrieri non arrivavano in cima; a quel punto, il tiro di copertura dei Romani si fermava per timore di colpire i propri soldati. Ne conseguivano aspri corpo a corpo, che generalmente si concludevano con gli assalitori che venivano buttati giù all'indietro dalle loro scale per poi sparire, urlanti, tra i compagni sei metri più in basso. Mentre cadevano, scariche di proiettili si abbattevano sui Romani che non erano abbastanza lesti a riabbassarsi, spaccando crani, perforando occhi, gole e braccia, e facendo cadere degli uomini come bambole senza vita ai piedi dei loro commilitoni, i quali dovevano pertanto sostituirli nella linea.

La maggior parte delle brecce nel vallo erano state richiuse dall'arrivo tempestivo del grosso dell'esercito romano. Ora gli assalitori che erano riusciti a passare giacevano esanimi in mezzo al fango o erano impegnati a combattere fino all'ultimo uomo, in gruppetti che si assottigliavano sempre di più. La resa non era contemplata; erano venuti per uccidere ed essere uccisi.

In alcuni punti, più vicino alle porte, i fuochi ardevano ancora, alimentati da borracce d'olio scagliatevi in mezzo. Le fiamme illuminavano una grossa costruzione simile a una tenda che, spinta da centinaia di minuscole figure, si stava spostando lentamente verso l'ingresso.

«Hanno un ariete», disse Fausto, raggiungendo Vespasiano. «È meglio che ci sbrighiamo».

Vespasiano riabbassò la testa. «Forza», disse a Fausto mentre si rimetteva l'elmo. «La prossima mischia è a centocinquanta passi buoni di distanza. Assicurate le funi sulla cima di ogni paletto e cominciate a scavare intorno alle basi per allentarli. Una volta fatto questo, ordina agli uomini di smantellare il passaggio; così potranno usare le assi per attraversare la trincea».

«Sì, signore». Fausto si voltò per andare a eseguire gli ordini.

«Fausto», aggiunse Vespasiano, «di' agli uomini di tener giù la testa. Non vogliamo far sapere al nemico che ci siamo».

«Certo che no. Non vogliamo rovinargli la sorpresa, vero?». Fausto sogghignò e si affrettò a tornare dai suoi uomini.

I legionari della prima e della seconda coorte si misero all'opera con entusiasmo, godendosi la prospettiva di un attacco laterale a sorpresa che avrebbe fatto ritirare la linea tracica. Nel giro di un quarto d'ora, le corde erano a posto intorno alle cime dei paletti per una lunghezza di vallo di venti metri, e il passaggio dietro il vallo era distrutto.

Vespasiano corse a fare rapporto a Pomponio, e lo trovò con un paio di centurie dell'ottava coorte, impegnate a chiudere l'ultima breccia difensiva con un muro umano. I proiettili traci stavano minando le difese romane, con i soldati in difficoltà nel tentativo di mantenere una solida formazione a testuggine sull'irregolare terreno fangoso. I numerosi morti e feriti romani, sparpagliati intorno alla breccia, dimostravano la precisione a breve distanza degli arcieri e dei frombolieri traci, che si trovavano a soli trenta passi.

«L'attacco laterale è pronto, signore!», urlò Vespasiano al suo ufficiale di comando.

«Era ora». Pomponio sembrava sollevato. «Questi bastardi non si arrenderanno finché non saranno tutti morti, quindi facciamoli contenti prima che uccidano troppi dei nostri. Fa' rapporto a Poppeo alla porta, poi unisciti a me sul fianco».

«Sissignore!». Vespasiano salutò e spronò il suo cavallo.

Ora, sotto i colpi ripetuti dell'ariete dalla testa di ferro, i battenti tremavano. Dietro di essi quattro coorti erano pronte per la sortita. Poppeo stava riversando tutti i suoi arcieri ausiliari sui passaggi da entrambi i lati, nel tentativo di far arretrare i guerrieri che manovravano l'ariete e la moltitudine di uomini in attesa dietro di esso, pronte a fare irruzione dopo l'opera di sfondamento. Vespasiano si fece largo spingendo per oltrepassare le linee di arcieri e raggiungere il piccolo generale che, nonostante le dimensioni, risultava facilmente riconoscibile grazie al suo alto elmo piumato. Gli arcieri scoccavano una raffica di frecce dopo l'altra tra le file dei nemici ammassati di sotto, che avevano cominciato a vacillare per quell'attacco. L'ariete, però, era coperto con una tenda di spessa pelle, in grado di proteggere gli uomini che lo spingevano dall'interno. Continuava a battere inesorabilmente sui battenti, e ogni risonante colpo indeboliva la struttura e faceva tremare il passaggio sotto i piedi di Vespasiano.

«Quel bastardo d'un sacerdote, quand'è venuto qui questo pomeriggio, sapeva senz'altro che avevano un ariete nel loro forte». Poppeo sputò mentre Vespasiano gli si avvicinava sul passaggio. «Quel figlio di puttana non ha detto nulla; gli farò strappare la lingua quando lo troverò. È meglio che mi porti buone notizie, tribuno».

«Sì, signore, siamo pronti sul fianco destro». Vespasiano fece un passo indietro quando un arciere gli si afflosciò ai piedi, gorgogliando sangue, con una freccia che gli sporgeva dalla gola. Poppeo lo scalciò via dal passaggio.

«Bene. Torna alla tua postazione e di' a Pomponio che, non appena i nostri arcieri costringeranno questi bastardi a ritirarsi abbastanza lontano, apriremo la porta e daremo loro quel che loro volevano dare a noi. Sarà l'ultima cosa che si aspetterebbero: noi che apriamo i battenti mentre loro stanno cercando di abbatterli». Si fregò le mani, quindi si voltò per esortare gli arcieri a scoccare con maggiore rapidità, apparentemente indifferente alla pioggia di proiettili con cui i nemici rispondevano. Malgrado il tradimento di Poppeo, Vespasiano non poteva fare a meno di rispettarne la compostezza sotto tiro. Acquattarsi sul retro e dare ordini che provocavano la morte dei suoi uomini non era per lui: Poppeo li guidava dalla prima linea, come avrebbe dovuto fare ogni generale romano desideroso che i suoi uomini combattessero e morissero per lui.

Vespasiano gli rivolse un saluto che passò inosservato, poi si voltò e ripercorse a ritroso, senza esitare, il passaggio, nella speranza di emulare l'esempio di Poppeo, mantenendo il sangue freddo in mezzo al caos della battaglia tutt'intorno.

Gli uomini della prima e della seconda coorte erano pronti. Un altro fulmine balenò in cielo, indorando per un istante le armature ben lucidate e provocando una miriade di riflessi in mezzo alle truppe. La pioggia si riversava copiosa sugli elmi e lungo il collo dei legionari, che rabbrividivano mentre attendevano immobili l'ordine di attaccare. Nonostante le condizioni difficili, avevano il morale alto. Rispondevano di buonumore all'incoraggiamento dei loro centurioni che andavano su e giù per le file a ispezionare gli equipaggiamenti, lodando il loro coraggio e ricordando loro battaglie e imprese precedenti che avevano compiuto tutti insieme.

Appena dietro il vallo una centuria attendeva, con le corde in mano, l'ordine di tirarlo giù. Dietro di essa un'altra, con le assi strappate dal passaggio, era pronta ad attraversare la trincea oltre il muro. Una sentinella solitaria, appostata sugli spalti, scrutava il campo di battaglia, sorvegliando la porta principale da aprire per la sortita di Poppeo, chiaramente visibile in mezzo ai fuochi che la circondavano.

Vespasiano stava accanto a Pomponio nella prima fila della centuria posizionata davanti alle altre. Alla sua destra riusciva appena a distinguere la cavalleria di Peto. La tensione gli attraversava tutto il corpo mentre si preparava mentalmente a uccidere senza esitazione né pietà. Fletté i muscoli del braccio armato di spada per impedirgli d'irrigidirsi e controllò di nuovo che il suo gladio fosse slegato nel fodero.

«Quando attraverseremo dovremo essere veloci», gli disse Pomponio per la terza o quarta volta. «Ma non tanto da inciampare sui paletti lasciati in giro».

Vespasiano lanciò un'occhiata al suo comandante, che aveva trent'anni più di lui, e si sentì rassicurato dall'espressione tesa del suo viso paffuto; l'attesa stava logorando i nervi di Pomponio quanto i suoi.

Un urlo improvviso provenne dalla sentinella sopra di loro. «Sono passati, signore».

Pomponio lanciò un'occhiata a Fausto. «Dai l'ordine, centurione», urlò.

«Preparatevi, ragazzi», urlò Fausto.

Le corde si tesero.

«Al mio tre, tirate come tirereste via un nubiano da sopra vostra madre. Uno, due, tre!».

Con un massiccio sforzo simultaneo, quasi venti metri di paletti della palizzata crollarono al suolo tutti insieme. Gli uomini continuarono a tirare le corde, trascinando via la maggior parte dei paletti dal percorso dei legionari in attesa. Mentre la centuria munita di assi si precipitava attraverso l'apertura, Pomponio diede l'ordine di avanzare. Il corno emise le profonde note del comando e le coorti cominciarono a trottare sopra il terreno accidentato, cosparso di paletti sradicati, e lungo il ponte di legno appena gettato sulla trincea.

Prima che la maggior parte dei Traci potesse rendersi conto della nuova minaccia che incombeva lateralmente nell'oscurità, la prima coorte aveva percorso duecento passi e la seconda aveva sgombrato il vallo. Dietro di loro, l'ala della cavalleria ausiliaria galoppava via per allinearsi alla loro destra.

Pomponio diede ordine prima di fermarsi e poi di allinearsi a sinistra fino a due centurie di profondità. Millecinquecento uomini si voltarono come uno solo per affrontare il nemico.

Un'ondata di panico percorse le masse traciche. Sapevano già della sortita alle porte; ora questa nuova minaccia significava che avrebbero dovuto combattere su due fronti, oltre a subire lo sbarramento di proiettili dal vallo. Poi, da più in alto sulla collina, si udì il grido acuto di centinaia di voci femminili. Un lampo illuminò il pendio e, per un paio di istanti, la fonte di quel grido fu chiaramente visibile. Le donne dei Traci erano venute per vivere o morire con i loro uomini, portandosi dietro anche i bambini.

Quella vista alimentò il fuoco nei cuori dei guerrieri, che smisero di tentare la scalata del vallo e con una manovra avvolgente, caotica, si girarono per affrontare il nuovo nemico.

«Avanti!», urlò Pomponio, con la voce più alta di un'ottava per l'eccitazione.

Le note rimbombanti del corno risuonarono sulla linea romana, le insegne si abbassarono e, con un fragore di *pila* contro gli scudi, i soldati avanzarono.

A un centinaio di passi di distanza, appena visibili come ombre scure contro lo sfondo più chiaro screziato di luce, i Traci emisero un urlo da far rabbrividire l'anima e si lanciarono disordinatamente verso i Romani. Una nuova serie di lampi rivelò che brandivano romfaie, lance e giavellotti, facendoli mulinare selvaggiamente sopra la testa, e avanzavano decisi nelle pozzanghere di acqua e fango, anche se molti di loro perdevano l'equilibrio e sparivano calpestati dalla marea di stivali montante alle loro spalle.

Tutt'intorno a sé, Vespasiano poteva udire le grida dei centurioni che esortavano i loro uomini a mantenere la linea e a tenere sotto controllo l'avanzata costante. Tra loro erano cominciati a cadere i primi giavellotti e le prime frecce, uccidendo qualche sfortunato. Non ci fu il tempo di dare l'ordine di sollevare gli scudi, perché le due parti si stavano avvicinando troppo rapidamente. L'ordine successivo era "Lanciare i *pila* durante la carica". Quando risuonò, i legionari delle prime tre doppie centurie della prima coorte e le prime tre centurie normali della seconda tirarono indietro il braccio destro, contarono tre passi, scagliarono i loro pesanti *pila* verso il cielo e immediatamente sguainarono le spade senza rompere il passo. Più di settecento *pila* si abbatterono sulla massa avanzante di guerrieri urlanti, carichi d'odio, spaccando elmi di bronzo o di ferro come se fossero gusci d'uovo; gli uomini si schiantavano a terra in un bagno di sangue, e altri erano scagliati all'indietro sotto il peso dell'impatto, con le punte dei *pila*, lunghe e affilate come rasoi, sporgenti dietro di loro, a infilzare i compagni alle spalle, lasciandoli così oscenamente accoppiati a dimenarsi in mezzo al fango negli ultimi spasmi di vita.

Vespasiano sentì l'aria fredda raschiargli la gola mentre compiva gli ultimi passi in avanti. Aveva lo scudo alzato in modo tale da poter vedere solo appena sopra il bordo. Vicino a lui, alla sua sinistra, Pomponio stava ansimando per lo sforzo della carica e, per un breve istante, Vespasiano si chiese come un uomo della sua stazza riuscisse ancora a trovare la forza di combattere in prima fila. Quel pensiero gli venne sbalzato via dalla mente dalla violenza dell'impatto, che gli vibrò per tutto il corpo quando le due parti si scontrarono. Anche se meno numerosa, la più pesante e più fitta linea romana spinse quella tracica all'indietro, facendo cadere i guerrieri che la guidavano e continuando a spingere per un paio di passi prima di fermarsi stridendo, con il rigido muro di scudi ancora intatto.

Poi cominciarono le uccisioni a distanza ravvicinata. Le letali lame della macchina da guerra romana cominciarono il loro lavorio meccanico, balenando fuori dagli scudi rettangolari, contrassegnati dalle insegne coi fulmini incrociati e la testa di capra della IV Scitica. Il primo colpo di spada di Vespasiano fu una risoluta stoccata alla gola di un trace tramortito ai suoi piedi, che gli fece arrivare schizzi di sangue fino alle gambe. Dopodiché il tribuno rivolse rapidamente l'attenzione all'orda urlante nell'oscurità di fronte a sé. Lame di romfaia fendevano sibilando l'aria della notte, punte di lancia sbucavano dal buio; era quasi impossibile sapere contro chi si stesse combattendo. Tenne il suo scudo saldamente in linea con quelli accanto da entrambi i lati e continuò a colpire a ripetizione, sentendo a volte la rigidità di uno scudo di legno che lo faceva sobbalzare, a volte la morbida arrendevolezza della carne perforata, e altre ancora nessun contatto. All'improvviso, un urlo alla sua destra lo distrasse: il legionario dopo di lui nella fila crollò a terra, quasi sbilanciandolo; il sangue proveniente da una profonda ferita di romfaia al collo dell'uomo gli schizzò su tutto il braccio che teneva la spada e sul lato del viso. Vespasiano ebbe la presenza di spirito di accovacciarsi dietro il proprio scudo e di colpire con un gran fendente la pancia di un trace che premeva sul varco apertosi. L'uomo si piegò in due; la sua testa venne immediatamente spinta all'indietro dall'umbone dello scudo di un legionario di seconda fila, che stava calpestando il suo compagno caduto per tappare la falla nella linea. Vespasiano sentì la spalla del sostituto vicino alla propria, e riprese ad avanzare a colpi di spada.

Continuò a farlo nella linea romana che avanzava centimetro per centimetro, consapevole soltanto del proprio istinto di sopravvivenza. Parava con lo scudo colpi che venivano fuori all'improvviso dal buio, spingendo e facendo stridere la propria spada, consegnando tutto il proprio essere all'inebriante terrore del conflitto corpo a corpo. La pioggia non aveva smesso di scendere, mescolandosi col sangue sul suo volto, annebbiandogli la vista; sbatteva continuamente le palpebre mentre lavorava con la spada. A poco a poco cominciò a sentire sempre meno contatti; i Traci si stavano ritirando.

Pomponio colse l'opportunità per ordinare "Soccorrete la linea". Una fila sì e una no si spostò verso destra, integrandosi con la successiva, creando dei varchi attraverso cui potessero caricare le centurie di seconda fila che venivano in soccorso di ogni coorte. Una volta liberatesi dei compagni stanchi, le centurie più fresche formarono un'altra linea compatta di scudi. Il corno suonò un nuovo attacco. I legionari si riversarono in avanti verso il nemico in ritirata, lanciando i propri *pila* nella carica, a dieci passi di distanza dalla calca disordinata. Un'altra pioggia di più di settecento punte di ferro appesantite dal piombo si abbatté sui Traci. Fu troppo per loro. Quelli che potevano si voltarono per scappare; gli altri giacquero distesi scompostamente sul fango saturo di sangue rappreso del campo di battaglia, trafitti e sanguinanti. Tra loro, quelli che avevano ancora dentro un anelito vitale gemevano pietosamente nel consegnarlo alla terra della loro patria, la cui libertà, come la loro vita, era ormai perduta per sempre.

Vespasiano si asciugò il sangue dal viso e inspirò l'aria fredda e bagnata, riprendendosi dopo l'esaltazione e la paura della battaglia. Pomponio aveva ordinato l'interruzione della seconda carica e aveva richiamato la cavalleria di Peto prima che restasse isolata. Attraverso la breccia aveva portato anche la decima coorte, il cui tratto di muro era stato liberato dal nemico, a unirsi a loro. Ora stava dando ordini ai suoi centurioni e a Peto per l'ultimo colpo decisivo.

«Primipilo Fausto, prendi la prima, la seconda e la decima coorte e continua ad avanzare. Respingete il nemico verso gli uomini di Poppeo ai cancelli. Mentre lo fate, uccidete tutti i loro feriti. Man mano che una parte di vallo viene liberata, ordina alla coorte che lo difendeva di aggiungersi a voi. Io prenderò la cavalleria di Peto e taglierò qualunque ritirata fino alla fortezza. Ci sono domande, centurioni?»

«No, signore». Fausto lo salutò e sparì nella notte bagnata, dando una serie di ordini ai centurioni suoi subordinati.

«Peto, prendi un paio di cavalli di riserva per il tribuno e per me; attacchiamoli prima che si riorganizzino».

«Con piacere, signore». Il prefetto di cavalleria sorrise, facendo luccicare al buio i suoi denti bianchi.

Quando Pomponio e Vespasiano furono saliti a cavallo ed ebbero scambiato gli scudi di fanteria con quelli ovali di cavalleria, le tre coorti di Fausto, riarmate con i *pila* che squadre di schiavi avevano riportato dall'accampamento in carri tirati dai muli, avevano cominciato ad avanzare. Cantavano i canti di vittoria della IV Scitica e battevano le nuove armi sugli scudi, in sincronia con il ritmo dei loro passi. Udibili sopra la pioggia battente, e visibili di tanto in tanto al bagliore dei fulmini tra le nubi, respinsero i Traci fino a schiacciarli contro i loro compagni, spinti nella direzione opposta dagli uomini di Poppeo.

Vespasiano restò vicino a Pomponio e Peto mentre la cavalleria ausiliaria sorvegliava l'avanzata della fanteria, bloccando qualunque tentativo di aggirarla, e pronta a fermare ogni accenno di ritirata sul fianco.

«Sanno che non ci sarà pietà per loro se si arrenderanno», disse Vespasiano, «quindi perché non smettono di ritirarsi per attaccare?»

«Lo faranno», lo rassicurò Pomponio. «Ora che si sono riuniti useranno un piccolo gruppo per cercare di trattenere le coorti di Poppeo, lanciando nel contempo il maggior numero possibile di uomini contro i nostri ragazzi, nel tentativo di far breccia».

La mischia aveva ormai raggiunto le parti di vallo incendiate, che bruciavano ancora con intensità sufficiente a far evaporare la fitta pioggia in nuvole di nebbia. La luce dei fuochi illuminava la pur sempre massiccia orda dei Traci, mentre si allineavano per la loro ultima, disperata carica. Vespasiano pensò che ci dovessero essere almeno tremila Traci rimasti da quel lato della porta; non poteva vedere come stesse andando alla V Macedonica sul lato opposto.

Con un altissimo urlo che superò i canti e i colpi della IV Scitica, i Traci attaccarono. Come Pomponio aveva predetto, una piccola parte andò verso le coorti provenienti dalla porta, mentre il resto dei guerrieri, più di duemila, si lanciò contro la IV Scitica.

Vespasiano rimase a guardare mentre la massa di Traci lanciava un'enorme scarica di giavellotti e di frecce, che sparivano levandosi sopra la luce delle fiamme, per poi riapparire di nuovo abbattendosi sulla linea romana. Stavolta, però, i Romani affrontarono la carica in piedi e furono in grado di sollevare gli scudi, attenuando gli effetti della raffica. Ma lungo la linea si materializzarono ancora molti varchi, e alcuni di quei letali proiettili colpirono il bersaglio. Gli scudi romani si abbassarono con gran frastuono e, un istante dopo, arrivò in risposta una raffica di *pila* che lacerò l'aria, illuminata per tutto il percorso verso il bersaglio grazie alla traiettoria più bassa. La scarica si abbatté violentemente sui Traci che avanzavano, colpendone molti, senza però scoraggiare gli altri. Piombarono sulla linea romana urlando come furie, fendendo e colpendo senza concedere e senza aspettarsi alcuna pietà, in un combattimento così violento e bestiale che, anche da una distanza di duecento passi, Vespasiano poteva sentirne quasi ogni colpo.

«Ora li prendiamo di fianco», gridò Pomponio. «Peto, ordina l'attacco».

Peto fece un cenno al *liticen*, che sollevò il suo *lituus* di un metro e mezzo con l'estremità rovesciata simile a una campana – l'equivalente del corno per la cavalleria – e poggiò le labbra sul bocchino di corno di bue. Lo strumento emise un suono acuto e penetrante e i quattrocentottanta uomini dell'ala ausiliaria, disposti in quattro file, cominciarono ad avanzare al passo. Un altro squillo e, dopo venti passi, i cavalli si misero a trottare. A cinquanta passi dal nemico più vicino, un ultimo squillo del *lituus* li portò al galoppo. Con una raffica di giavellotti, penetrarono nel fianco non protetto della linea tracica. Vespasiano sospinse il suo cavallo attraverso la massa di corpi, travolgendo chiunque gli si parasse davanti, colpendo e falciando quelli che rimanevano in piedi; provò di nuovo l'euforia, e quasi la gioia, del conflitto, finché da dietro non arrivò uno strillo acuto, prolungato. Si guardò alle spalle in tempo per vedere una nuova forza abbattersi sulla retroguardia della cavalleria.

Le donne dei Traci si erano lanciate alla carica.

Considerate semplici presenze e dimenticate da quando erano apparse per la prima volta sul campo di battaglia, avevano lasciato i loro bambini alle cure degli anziani ed erano andate avanti inosservate, scendendo al buio dalla loro posizione sulla collina, mentre l'ala ausiliaria attaccava. Armate soltanto di coltelli, di bastoni appuntiti induriti dal fuoco e delle loro nude mani, le donne si scagliarono a centinaia sulla cavalleria ignara. Si mossero tra le file di cavalieri come spettrali arpie, incuranti della propria sicurezza, con l'unica intenzione di portare il massimo della distruzione possibile, azzoppando i cavalli, colpendoli sulla groppa o sulla pancia per farli impennare e disarcionare i cavalieri, e tirandone altri giù dalla sella. Gli uomini che caddero sparirono sotto un'orda di denti, unghie e armi improvvisate, urlando per il dolore delle innumerevoli ferite subite mentre venivano graffiati, morsi e lacerati fino alla morte.

Vespasiano girò il suo cavallo appena in tempo, mentre la più vicina delle donne raggiungeva la prima fila. Con un colpo di taglio verso il basso, recise un braccio che brandiva un coltello mirato alla sua coscia, poi spinse subito in avanti la spada per infilzare l'occhio della sua assalitrice. Tutt'intorno a lui, i soldati di cavalleria si liberarono dei guerrieri traci di fronte e girarono le loro montature per affrontare il pericolo imprevisto in mezzo a loro, colpendo e facendo a pezzi quello strano, feroce nemico dai capelli lunghi. Ma era troppo tardi. L'unità era stata quasi completamente infiltrata; in inferiorità numerica di due o tre a uno e ormai disunitisi, gli uomini si ritrovarono, per la maggior parte, a fronteggiare attacchi provenienti da tutte le direzioni.

A pochi passi di distanza alla sua destra, un nucleo di una cinquantina di cavalieri teneva ancora, sotto il comando di Peto. Vespasiano intravide Pomponio ruzzolare giù dal suo cavallo che si stava impennando e poi cercare di mettersi in salvo in un mare di donne coperte di sangue. Vespasiano gridò ai soldati a cavallo più vicini a lui di seguirlo e si lanciò verso il suo comandante caduto. Costrinse il proprio cavallo a impennarsi, così che, con gli zoccoli anteriori che si agitavano convulsamente, potesse spaccare i crani e le clavicole delle donne che lo ostacolavano, poi lo spinse in avanti per calpestarle. Sostenuto da una mezza dozzina di uomini, si aprì un varco fino a dove Pomponio stava in ginocchio, circondato da donne urlanti. Mentre Vespasiano si avvicinava, quelle si scagliarono sul legato, buttandolo a terra e sommergendolo con una marea di braccia e di unghie. Vespasiano saltò giù dal suo cavallo per lanciarsi su quel mucchio fremente di corpi, quindi colpì più volte e indiscriminatamente le schiene non protette delle assalitrici del suo comandante, perforando polmoni e reni e squarciando arterie in un rapido assalto omicida. I suoi uomini gli formarono intorno un cordone protettivo, mentre lui frugava in mezzo all'ammasso di cadaveri fino a trovare Pomponio, sconvolto ma vivo.

«Puoi alzarti in piedi, signore?», lo incalzò Vespasiano.

«Sì, sto bene, tribuno», rispose Pomponio, tirandosi su e respirando affannosamente. «Più ancora della mia vita, ti devo il mio onore; essere ucciso da donne in queste circostanze... che vergogna!».

In quel momento gli uomini di Peto cominciarono a spingere tutti insieme in avanti. Avanzavano in ordine serrato, a contatto di ginocchio, travolgendo coi loro cavalli qualunque donna si parasse davanti a loro. Gli altri piccoli gruppi di cavalieri sopravvissuti presero coraggio e combatterono con una ferocia che sopraffece le loro disperate avversarie. A poco a poco i piccoli gruppi si riunirono, costringendo le donne ad arretrare, uccidendone quante più possibile, finché tutti i sopravvissuti dell'ala ausiliaria non si furono raggruppati di nuovo. Degli iniziali quattrocentottanta uomini ne restavano solo centosessanta ancora a cavallo e altri novanta, tra cui Vespasiano e Pomponio, a piedi. Quasi la metà di loro giaceva massacrata sul terreno inzuppato di pioggia e di sangue. Ora bisognava vendicarli.

Con la battaglia principale che ancora infuriava dietro di loro, e con il fianco della IV Scitica ormai messo al sicuro dal recente arrivo di altre due coorti liberate dal vallo, gli ausiliari cominciarono ad accerchiare le donne raccolte in un fitto mucchio. Alcune riuscirono a sfuggire alla rete e a correre dai propri bambini, ma alla fine il grosso del gruppo fu circondato. Ora quelle donne attendevano in silenzio che il loro destino si compisse. Nessuna si buttò in ginocchio per chiedere pietà; non se ne aspettavano alcuna dopo quel che avevano fatto. Sarebbero morte come stavano morendo i loro uomini, davanti agli occhi dei figli, sfidando i nemici fino all'ultimo.

I cavalieri smontarono e, con un acuto stridio di metallo contro metallo, sguainarono le armi. Arrivò l'ordine di avanzare. Vespasiano strinse il manico della sua spada, alzò il suo scudo ovale di cavalleria e avanzò verso le donne immobili. Nemmeno quando la sua spada infilzò la gola della ragazza di fronte a lui le altre si mossero o emisero un suono. Rimanevano lì, indifese, e sfidavano i Romani a ucciderle a sangue freddo. E loro le uccisero, sistematicamente, con spirito di vendetta, pensando ai loro compagni caduti.

Vespasiano continuò ad avanzare massacrando senza pietà donne giovani e vecchie, belle e macilente; per lui non faceva differenza. Era pieno di odio e di gelida furia. Quella che provava non era la frenetica esaltazione della battaglia. Era il risveglio del desiderio profondo, che ogni uomo serba in sé, di veder morire le persone non appartenenti alla sua tribù o al suo credo, sapendo di potersi sentire purificato e sicuro soltanto con la loro morte.

Quando l'ultima cadde sotto i colpi delle spade grondanti sangue, gli ausiliari si voltarono, finalmente sazi di vendetta. Non ci furono urla di vittoria, né abbracci tra commilitoni per il sollievo e la gioia di essere sopravvissuti. Tutti si limitarono a rimontare a cavallo e attesero in silenzio gli ordini, a malapena in grado di guardarsi negli occhi. Il loro orgoglio quel giorno era rimasto profondamente ferito.

XXVII

Vespasiano aveva recuperato il suo cavallo e si era seduto vicino a Pomponio, guardando le ultime fasi della battaglia che infuriava ancora sotto di loro nell'oscurità prima dell'alba. Il grosso della IV Scitica aveva combattuto fino a raggiungere quasi le porte, ormai saldamente in mano alle coorti che avevano partecipato alla sortita di Poppeo. I Traci rimasti erano schiacciati tra le due masse della fanteria pesante dei Romani, con la loro resistenza che scemava cedendo sempre di più al lavoro di spada incessante e disciplinato dei legionari. Sul lato lontano delle porte, la V Macedonica stava dando vita a un'immagine speculare di quella battaglia. Non c'era più niente che la cavalleria potesse fare; la ribellione tracica era stata finalmente sconfitta dall'abilità militare dell'uomo che, in parte, l'aveva istigata.

«Dovremmo fare rapporto a Poppeo», disse tranquillamente Pomponio, «e congratularci con lui per la sua vittoria». Alzò un braccio e ordinò alla cavalleria di avanzare al trotto verso le porte.

«Avrebbe dovuto essere la tua vittoria, signore», replicò Vespasiano.

«Cosa vuoi dire?», chiese Pomponio, spronando il proprio cavallo.

Sapendo che Asinio avrebbe avuto bisogno di un formidabile alleato nell'imminente scontro con Poppeo, Vespasiano disse a Pomponio del rifiuto del generale di obbedire all'ordine dell'imperatore e del senato di tornare a Roma. Gli raccontò del tradimento di Poppeo e di Seiano e del coinvolgimento, in esso, di Rotece e di Asdro. Mentre attraversavano il campo disseminato di cadaveri, in cui risuonavano ormai il clamore e le acclamazioni dei legionari vittoriosi, la rabbia di Pomponio cresceva; era rivolta non tanto contro la doppiezza di Poppeo, quanto piuttosto contro il danno arrecato alla sua *dignitas* personale. Le truppe che ora acclamavano il loro generale vittorioso avrebbero dovuto acclamare lui. Era stato derubato della gloria che era sua di diritto, e aveva patito invece l'umiliazione di essere quasi dilaniato a morte da un branco di selvagge. Quando raggiunse la porta, Pomponio ribolliva d'indignazione. La vista di Poppeo che passava a cavallo tra le moltitudini di soldati festanti, accettandone l'acclamazione con l'elmo levato in aria, fu quasi troppo per lui.

«Quell'infido pezzo di merda», disse con rabbia. «Guardalo come si bea della lode dei soldati. Non festeggerebbero così tanto se sapessero che il loro generale ha contribuito a finanziare questa rivolta, e che i loro compagni sono morti soltanto per favorire la sua ambizione».

All'ingresso era stato montato in fretta un podio, proprio di fronte ai resti ancora fumanti dell'ariete. Poppeo spinse il suo cavallo verso di esso, tra la calca dei legionari esultanti. Procedeva lentamente perché ogni soldato voleva toccarlo, guardarlo negli occhi o ricevere una parola di lode dal suo generale. Alla fine raggiunse il podio e riuscì a saltarci sopra direttamente dal cavallo. Alzò le braccia in aria e, con un gesto teatrale, le distese in avanti e le aprì, come per includere ognuno dei presenti nella sua vittoria. Gli uomini della IV Scitica e della V Macedonica gli urlarono la loro riconoscenza. Il frastuono era assordante. Cominciò come un enorme e incessante muro sonoro, per poi trasformarsi a poco a poco in un coro. Dapprincipio le parole erano indiscernibili, poiché provenivano soltanto da una piccola parte della folla, ma ben presto aumentarono di volume, man mano che un numero sempre maggiore di legionari si univa al coro. Poco dopo, il loro significato fu chiaro.

«Imperatore! Imperatore! Imperatore!».

Ora migliaia di uomini cantavano all'unisono, mulinando le spade in aria a tempo. Poppeo stava da solo sul suo palco, in mezzo a un mare di facce illuminate dai primi raggi del sole. Con la testa all'indietro e le braccia aperte, girò lentamente su se stesso, accogliendo le urla di approvazione provenienti da ogni lato.

Pomponio si voltò verso Vespasiano e sollevò le sopracciglia. «È un generale coraggioso», gridò sopra il frastuono, «colui che di questi tempi consente a un esercito di acclamarlo imperatore».

«Sarebbe un peccato per lui se l'attuale imperatore lo scoprisse», urlò Vespasiano di rimando.

«Davvero un peccato», rifletté Pomponio, notando un certo tumulto nei pressi della piattaforma. Quattro littori si erano fatti strada tra la folla spingendo dalla porta fino al podio, e ora stavano aiutando Asinio a raggiungere il palco. Con indosso la toga dagli orli purpurei di proconsole, si avvicinò a Poppeo e lo abbracciò. Dal suo punto di osservazione, Vespasiano riuscì a vedere che il volto di Poppeo, costretto a ricambiare l'abbraccio del suo nemico, si era irrigidito in un sorriso troppo fisso. Poi Asinio si staccò e sollevò la mano destra di Poppeo. Il coro si trasformò in una potente acclamazione. Al che Asinio fece un passo avanti, chiedendo il silenzio con i palmi delle mani rivolti verso la folla. Il rumore si attenuò, e lui cominciò a parlare.

«Soldati di Roma». La sua voce risuonò nell'aria fresca dell'alba. «Alcuni di voi sanno chi sono, ma per coloro che non mi conoscono, sono Marco Asinio Agrippa». Qualche urlo lo salutò. «Sono venuto qui con un messaggio per voi e per il vostro generale da parte del vostro imperatore e del senato. Un messaggio così importante che si è pensato che solo un uomo di rango consolare potesse portarlo».

Quest'ultimo annuncio fu accolto da grida più entusiastiche. Poppeo s'indurì in viso, rendendosi conto di essere stato battuto. Prima di continuare, Asinio attese che si facesse silenzio tutt'intorno.

«Gli sforzi del vostro generale sono stati giustamente riconosciuti. Il senato gli ha votato gli onori trionfali e l'imperatore è stato lieto di confermare questo premio al suo straordinario e fidato servitore». La sua voce non tradiva alcun segno dell'ironia delle sue parole.

Le grida di approvazione riecheggiarono per tutto il campo. Asinio colse lo sguardo di Pomponio e gli fece cenno di venire avanti. Vespasiano lo seguì, riuscendo a spingere il suo cavallo tra la massa palpitante di legionari fino alla base del podio.

Asinio chiese di nuovo il silenzio con un cenno della mano.

«Al generale Poppeo è stato chiesto di partire subito per Roma per ricevere la giusta ricompensa al suo fedele servizio». Asinio si girò e sorrise a Poppeo, che rimase paralizzato dalla rabbia ma impotente mentre il suo nemico si lavorava la folla. «L'imperatore, però, lo ha sostituito con un uomo buono e coraggioso, un uomo che molti di voi conoscono. Soldati di Roma: l'imperatore vi dà Pomponio Labeone».

Pomponio fu sollevato dal suo cavallo dagli uomini della sua legione e aiutato, con qualche difficoltà, a salire sul podio. Abbracciò Poppeo, immobile e impotente mentre gli rubavano quel momento di gloria. Pomponio si voltò verso la folla, che si fece di nuovo silenziosa.

«Oggi Poppeo ha ottenuto una grande vittoria e il suo premio è effettivamente giusto. Io farò di tutto per guidarvi bene come ha fatto lui. Ora può tornare a Roma sapendo che i suoi uomini sono in buone mani. Farò in modo che le vostre acclamazioni per nominarlo imperatore lo seguano. Echeggeranno per il senato come tributo alle imprese che ha compiuto oggi qui. Nessuno a Roma mancherà di sapere come voi, coraggiosi soldati di Roma, lo avete onorato. Questo lo giuro davanti a Marte Vittorioso».

Quando ricominciarono le acclamazioni, Vespasiano vide un'ombra passare sul volto di Poppeo, che si stava rendendo conto di avere esagerato nell'accettare una lode riservata soltanto ai membri della famiglia imperiale.

Asinio raggiunse Pomponio al centro del podio e chiese di nuovo il silenzio.

«Soldati di Roma, la vostra parte in questa vittoria non è passata inosservata, e non mancherà di essere premiata».

Mentre Asinio parlava, Magno e gli altri sette littori si fecero strada a spinte fino al podio e sollevarono su di esso due pesanti scrigni. Vespasiano riconobbe che erano più grandi di quelli che aveva visto nell'accampamento dei Ceni, ma per il resto molto simili.

Con un gesto plateale, Asinio ne aprì i coperchi per mostrare che erano pieni fino all'orlo di monete d'argento. Poppeo impallidì, aprendo e chiudendo la bocca nel vano tentativo di dire qualcosa che potesse fermare quell'incubo.

«L'imperatore e il senato hanno decretato», continuò tranquillamente Asinio, godendosi la mortificazione del suo avversario, «che, in segno di riconoscimento del vostro valore nello sconfiggere la rivolta dei Traci, l'erario imperiale paghi un premio a ogni legionario e ausiliario».

A quella notizia, le urla degli uomini si levarono più forti che mai. Vespasiano spronò il suo cavallo tra la folla fino a raggiungere Magno.

«Sono quel che penso io?», chiese, smontando.

Magno gli rivolse un largo sorriso. «Se pensi che siano i risparmi della mia vita, ti sbagli; ma se pensi che siano gli altri due scrigni di Poppeo, allora hai ragione».

«Dove li hai trovati?»

«Stavano nell'alloggio di Poppeo, quando mi ci sono introdotto per prendere le lettere. Mi sembrava uno spreco lasciarli lì, e così sono tornato di corsa da Asinio, che mi ha gentilmente prestato alcuni dei suoi littori per aiutarmi a prenderli. Non prima, però, che avessi trattenuto un paio di sacchi di monete per coprire le nostre spese di viaggio, se capisci cosa voglio dire».

«Penso di capirlo», disse Vespasiano ridendo e dando una pacca sulla spalla al suo amico.

Asinio aveva ricominciato a parlare. «Il mio dovere qui è compiuto, e ora riprenderò il viaggio verso la mia provincia. È stato un onore portarvi il premio del vostro imperatore. Sono sicuro che il generale Poppeo vorrà distribuirlo subito, prima di tornare a Roma. Centurioni, date ordine ai vostri uomini di formare le file qui, su questo campo vittorioso, e torneranno all'accampamento più ricchi. Ave Cesare».

Mentre si dirigeva verso il bordo del podio, dove Vespasiano e Magno l'attendevano per aiutarlo a scendere, Poppeo lo prese per un braccio e lo guardò con un'espressione di odio incontrollato.

«Questa me la pagherai cara», sibilò.

«Mio caro Poppeo», replicò Asinio compiaciuto, «cosa vuoi dire? Ho la netta impressione che sia tu quello che la sta pagando cara».

Tornando a piedi all'accampamento, Asinio era di buonumore. I suoi littori gli facevano strada tra le migliaia di soldati che, nelle loro centurie e coorti, si affrettavano ad allinearsi il più rapidamente possibile sul campo disseminato di cadaveri per ricevere il grosso dono promesso. Tutti lo acclamavano mentre passava e lui rispondeva con un cenno della mano, mentre parlava animatamente con Vespasiano e Magno.

«Il tuo uomo ha fatto un lavoro lodevole ieri sera, Vespasiano», disse, dando una pacca sulla schiena a Magno. «Non ha soltanto preso le lettere, ma ha anche rubato gli scrigni di guerra di Poppeo; è stato un colpo che non mi ero neanche sognato. Ha completato la disfatta di Poppeo. Mi pare, però, che il generale non stia distribuendo l'intero contenuto degli scrigni, giusto?».

«No, signore», rispose Magno. «Una piccola percentuale è stata detratta per le spese».

«Molto bene, te la meriti; devo ammettere che anch'io ho preso qualche manciata di monete da distribuire ai miei littori».

«E le lettere, Asinio?», chiese Vespasiano.

«Magno è riuscito a prendere una mezza dozzina di lettere che coinvolgono Poppeo e Seiano in questa faccenda dei Traci. Ho fatto partire Remetalce prima dell'alba con tre di quelle lettere; ormai dovrebbe essere vicino a Filippopoli. Da lì, la regina Trifena le manderà ad Antonia, che le aggiungerà alla crescente raccolta di prove che, al momento giusto, metteremo davanti a Tiberio. Penso che, nel frattempo, le altre tre lettere si riveleranno un deterrente sufficiente per dissuadere Poppeo e Seiano dal trascinarmi di fronte al senato con l'accusa di tradimento». Diede un colpetto sulla borsa di pelle che portava appesa intorno al collo.

«Cosa farai con quel sacerdote, allora?»

«Oh, credo che lo ridarò a Poppeo come piccolo regalo di commiato», rispose Asinio ridacchiando. «Credo che siano fatti l'uno per l'altro, non sei d'accordo?»

«Io penso che Poppeo lo considererà troppo pericoloso per lasciarlo vivo».

«Io spero che tu abbia ragione».

Avevano raggiunto la tenda di Asinio, e quest'ultimo si fermò per salutarli.

«Partirò subito. Non desidero essere qui quando Poppeo tornerà e scoprirà che le sue lettere non ci sono più, e ancor meno ritrovarmi suo compagno di viaggio quando partirà più tardi. Vespasiano, ti consiglio di sparire per un po', finché lui non se ne sarà andato lasciando completamente il comando a Pomponio».

«Lo farò, Asinio. Che gli dèi siano con te».

«Se credessi in loro, sono sicuro che lo sarebbero. Buona fortuna, ci vedremo a Roma tra quattro anni o giù di lì». Prese gli avambracci di Vespasiano con entrambe le mani, poi si rivolse a Magno.

«Grazie, amico mio, ho con te un debito che non dimenticherò».

«Verrò a trovarti a Roma quando avrò bisogno di un favore».

«Con piacere; fino ad allora, addio».

Tenendo quattro littori come guardie del corpo, e lasciandone due a proteggere l'ingresso, Asinio congedò gli altri cinque perché si preparassero per il viaggio di ritorno ed entrò nella sua tenda.

«Be', hai sentito cos'ha detto», disse Vespasiano, dirigendosi verso il proprio alloggio. «Andiamocene di qui per un paio di giorni».

«Per me va bene».

Non avevano percorso neanche dieci passi quando un clangore di armi e un grido li fecero fermare di colpo. Si voltarono appena in tempo per vedere le due guardie precipitarsi nella tenda di Asinio.

«Cazzo!». Vespasiano rimase senza fiato e sguainò la spada, quando dall'interno della tenda sentì provenire il suono inconfondibile di due corpi che cadevano a terra. Gli altri littori avevano udito il tumulto e stavano tornando indietro, con la spada sguainata. Senza pensare ad alcuna tattica, Vespasiano, Magno e i cinque littori entrarono precipitosamente nella tenda.

«Fermatevi lì, o lui si farà molto male», urlò Asdro. Aveva la spada puntata alla gola di Asinio e, premendo forte sulla sua testa con una presa simile a una morsa, costrinse il proconsole a inginocchiarsi. I suoi tre compagni pretoriani gli stavano di fronte, in mezzo ai corpi dei littori, puntando le loro spade contro Vespasiano e i suoi commilitoni, a due passi di distanza. Dietro Asdro c'era il segretario di Poppeo, Kratos, con in mano tre lettere. Accasciato in un angolo giaceva Remetalce, mezzo tramortito.

«È una situazione interessante», disse Vespasiano, respirando forte. «Siamo più numerosi di voi, quindi come immaginate di uscire vivi di qui?»

«Direi che è piuttosto semplice». Gli occhi neri di Asdro luccicarono malvagiamente, e all'angolo della sua bocca si formò un sorriso. «Il proconsole ci dà quel che vogliamo, e poi, in cambio della sua vita, voi ci lasciate andare».

«Non lasciateli...». Un pugno sul lato della faccia azzittì Asinio.

«Un'altra parola e ti taglio via il naso», disse Asdro con rabbia, agitando la mano contusa. Tirò la borsa di cuoio dal collo di Asinio, spezzandone la cinghia, e la lanciò a Kratos. «Controllale», ringhiò.

Kratos tirò fuori le lettere dalla borsa e le scorse rapidamente. «Ci sono tutte», confermò, aggiungendole alle tre che aveva già preso a Remetalce.

«Bruciale tutte, così quell'idiota del tuo padrone non se le perderà di nuovo».

Kratos gettò le lettere sul braciere.

«Salvatele», gridò Asinio mentre prendevano fuoco. Spinse la gola sul bordo della lama di Asdro, e il sangue spruzzò nella stanza mentre la lama tagliava la carne morbida. Asdro guardò con orrore il corpo fremente del suo ormai inutile ostaggio mentre cadeva, gorgogliando, ai suoi piedi inzuppati di sangue.

«Ora!», gridò Vespasiano, buttandosi in avanti. Si abbatté sul primo pretoriano, gli afferrò il polso destro e gli bloccò la spada, sollevandola in aria. Con un colpo fulmineo, conficcò la propria spada negli organi vitali dell'avversario e, sentendo il sangue caldo schizzargli giù per il braccio, gliela girò nelle budella. Il pretoriano si piegò in due, ed emise un grido di dolore così vicino all'orecchio di Vespasiano da assordarlo quasi mentre cercava di recuperare la spada, che era rimasta incastrata nella sua vittima. Magno, invece, si lanciò su Asdro, che stava scivolando sul sangue di Asinio. Entrambi caddero pesantemente a terra e cominciarono a lottare praticamente a mani nude, visto che le spade risultavano inutili a una distanza così ravvicinata. Dietro di loro i littori si scagliarono contro gli ultimi due pretoriani, sopraffacendoli con una scarica di colpi e continuando a picchiarli anche dopo averli uccisi.

Scalciando, Vespasiano riuscì a liberarsi del corpo della sua vittima ancora urlante, lasciandole la spada nell'addome lacerato.

Con la coda dell'occhio, scorse la sagoma di Kratos che si precipitava verso l'uscita.

«Prendetelo vivo!», urlò ai littori mentre recuperava una spada abbandonata. Arrivò alle spalle di Asdro che, seduto a cavalcioni su Magno, gli stringeva le sue mani enormi intorno alla gola, mentre il pugile lottava per liberarsi. Vespasiano caricò il braccio armato. Per un istante, gli occhi di Magno si concentrarono su quel movimento. Allora Asdro si voltò, con lo sguardo di chi sa cosa aspettarsi. Con un colpo potente, pulito, Vespasiano gli staccò la testa dalle spalle, facendola vorticare per aria con uno spruzzo di sangue. I suoi lunghi capelli neri, mozzati anch'essi, gli scivolarono giù lungo la schiena. L'intero tronco cadde su Magno, scaricandogli in faccia, dal collo reciso, tutto ciò che conteneva.

«Era necessario?», disse Magno sputacchiando e spostando il corpo. «Stavo per metterlo sotto».

«Ho pensato che la prudenza non è mai troppa», replicò Vespasiano, meravigliato di ciò che aveva appena fatto. «Tra l'altro, mi sembrava che fossi un po' in difficoltà». Allungò la mano per aiutare il suo amico a rialzarsi; sembrava la vittima di un sacrificio particolarmente cruento.

Poi guardò giù verso Asinio, che giaceva immobile, con gli occhi senza vita fissi sul braciere in cui le preziose lettere erano ormai soltanto frammenti carbonizzati.

«Merda!», esclamò, rendendosi conto di quanto fosse grave quella perdita. Guardò Remetalce, che se ne stava seduto in un angolo a fissare la testa mozzata di Asdro.

«Cos'è successo? Credevo che Asinio ti avesse mandato via diverse ore fa».

Il giovane re distolse lo sguardo dalla macabra vista per rispondergli, sia pure con difficoltà a causa della bocca gonfia. «E così è stato, ma mi hanno seguito e catturato. Hanno ucciso la mia scorta e mi hanno riportato qui ad aspettare Asinio. Sapevano delle lettere. Kratos è venuto qui per verificarne l'autenticità prima del ritorno di Asinio. Poi siete arrivati voi, non so altro».

Vespasiano si volse verso Kratos, che tremava sotto la salda presa dei due littori, e gli mise la punta della spada sotto il mento.

«Ebbene?», gli chiese.

«Mi sono accorto che qualcuno era entrato nell'alloggio del mio padrone. C'era uno squarcio nella tenda e gli scrigni pieni d'argento non c'erano più, così ho controllato la sua corrispondenza e ho visto che mancavano alcune lettere. Ho sospettato subito di Asinio, perciò ho informato Asdro». Kratos parlava velocemente, nell'ansia di fornire la maggior quantità d'informazioni possibile, perché sapeva di rischiare la vita. «Siamo venuti qui nella tenda di Asinio e abbiamo trovato Rotece, il sacerdote, legato nel dormitorio. Aveva sentito Asinio mandare Remetalce a Filippopoli».

«Ma Rotece non ha detto nulla delle lettere».

«No, abbiamo soltanto supposto che il re fosse andato via con tutte le lettere. Era la cosa più logica che Asinio potesse dirgli di fare».

«E dov'è il sacerdote?»

«È andato via».

«Dove?»

«Era andato con Asdro e i suoi uomini a catturare Remetalce».

«E dove si trova adesso?»

«Non lo so».

Con la spada, Vespasiano spinse ancor più all'indietro la testa del segretario terrorizzato.

«Giuro che non lo so! Quando sono tornato a controllare le lettere trovate addosso a Remetalce, lui non c'era più».

«È scappato via dopo che mi hanno preso», gracchiò Remetalce dall'angolo. «Voleva uccidermi, ma quando Asdro gli ha impedito di farlo è fuggito al galoppo. Asdro non aveva tempo d'inseguirlo; quando ha scoperto che avevo solo metà delle lettere, è voluto tornare qui per trovare Asinio e recuperare le altre».

Negli occhi di Vespasiano si accese un barlume di speranza; forse la situazione sarebbe stata recuperabile, se avessero agito in fretta. Sorrise guardando Kratos che si rannicchiava. «Perciò, a parte noi, tu sei l'unica persona che, quando Poppeo scoprirà che le sue lettere non ci sono più, potrebbe dirgli che sono state distrutte, giusto?».

Kratos deglutì. «Sì, ma non lo farò, lo giuro sulla mia vita».

«Non ti credo». Vespasiano spinse la spada su per il mento di Kratos, fino ad arrivargli al cervello. I suoi occhi si spalancarono per la sorpresa, poi il suo corpo si afflosciò.

«Usciamo di qui prima che tornino l'esercito e Poppeo», disse Vespasiano, pulendo la spada insanguinata sulla tunica del segretario defunto. Poi si rivolse ai littori. «Prendete il corpo del vostro padrone e cavalcate più veloci che potete fino a Filippopoli. Potete cremarlo lì, ma fatelo con discrezione. Dopodiché, una volta tornati a Roma, andate dalla signora Antonia; io farò in modo che la vostra fedeltà venga ripagata. Remetalce, va' con loro per aiutarli; dobbiamo assicurarci che la morte di Asinio venga tenuta segreta il più a lungo possibile».

«Perché?», chiese il re, rialzandosi a fatica.

«Perché quando scoprirà che le lettere non ci sono più, Poppeo verrà dritto qui e troverà sei littori di Asinio, il suo segretario Kratos, Asdro e i suoi compari tutti morti. Ma non troverà né Asinio né le lettere. Supporrà il peggio e avrà soltanto due scelte: suicidarsi o tornare a Roma e sperare in bene. Nessuna delle due gli piacerà. Devi convincere tua madre a scrivere ad Antonia e dirle tutto. Se riuscirà a far credere a Poppeo di avere le sue lettere, Antonia potrebbe ricattarlo e costringerlo a darle informazioni su Seiano. In questo modo, il sacrificio di Asinio non sarà stato vano».

«Ma cosa succederà quando Poppeo scoprirà che Asinio è morto?»

«Non ha importanza, purché non scopra che è morto qui. E invece lo scoprirà, se torna adesso e ci trova tutti qui a parlarne. Ora vai!».

I littori presero in fretta il corpo di Asinio e gli misero sopra una coperta. Vespasiano li condusse altrettanto in fretta per il campo deserto, fino alle file dei cavalli, in groppa a uno dei quali legarono il cadavere. In lontananza si poteva udire chiaramente il baccano dei soldati intenti a ricevere il loro premio.

Mentre guardava Remetalce e i littori abbandonare il campo al galoppo, portandosi dietro la prova che avrebbe potuto tranquillizzare Poppeo, Vespasiano provò un forte senso di sollievo; stava partecipando a un gioco con una posta molto alta in palio e, pur non avendo vinto del tutto, era ancora vivo. Ricordò le parole che aveva sentito dire per caso a sua madre: «La dea Fortuna gli imporrà le mani per garantire l'adempimento della profezia».

Avrebbe offerto un sacrificio di ringraziamento a Fortuna perché continuasse a proteggerlo. Guardò Magno e sorrise. «Veloce, amico mio, andiamo», disse saltando in groppa a un cavallo.

«Dove, signore?»

«Prima andiamo a cercare un po' d'acqua per pulirci e poi, come ci ha detto Asinio, tagliamo la corda per un paio di giorni, finché Poppeo non se ne sarà andato».

«Per me va bene, ma poi che si fa?».

Vespasiano scrollò le spalle e spronò il suo cavallo. «Chi lo sa? Quel che vorrà l'esercito, suppongo».

NOTA DELL'AUTORE

Questa che ho scritto è un'opera di fantasia basata su fatti storici; gli eventuali errori che contiene sono miei. Per la maggior parte, i personaggi del libro sono realmente esistiti. Tra i principali, fanno eccezione i seguenti: Magno e i suoi compagni, Rotece, Asdro, Fausto, Attalo, Corono, Kratos e Pallo. Poiché si tratta di un romanzo storico e non di un libro di storia, mi sono preso qualche libertà con alcuni dei personaggi. Per cominciare, non ci sono prove, che io sappia, del fatto che Corbulone e Peto abbiano mai prestato servizio in Tracia nel periodo in cui Vespasiano si trovava lì. Tuttavia, dato che i figli di costoro si sposeranno tra di loro, ho pensato che fosse una buona occasione per introdurli nella storia. Devo anche porgere le mie scuse ai discendenti di Poppeo; il suo intrigo con Seiano è puramente frutto della mia immaginazione, e perciò non ci sono motivi di sospettare che il generale non fosse l'uomo affidabile, anche se piuttosto ordinario, descritto da Tacito. In effetti, se fosse stato qualcosa di più, sarebbe stato assai improbabile che Tiberio lo lasciasse in carica per così tanto tempo o gli conferisse, nel 26 d.C., gli onori trionfali per la sconfitta della ribellione tracica.

Da Tacito ho preso i dettagli della rivolta tracica, che si è svolta in gran parte come l'ho descritta nel libro, con l'importante eccezione dell'attacco da parte delle donne tracie. Tacito menziona la loro presenza quella notte sul campo di battaglia, finalizzata all'incoraggiamento dei loro uomini; però era una presenza che mi tentava troppo, e così non sono riuscito a trattenermi dall'immaginare che abbiano attaccato i Romani.

Il sistema di segnali dell'esercito romano che ho usato l'ho estrapolato da due libri eccellenti: *The Roman War Machine* di John Peddie e *Storia completa dell'esercito romano* di Adrian Goldsworthy. Per mantenerlo ragionevolmente semplice, ho ignorato la *tuba* – soprattutto perché è una parola che richiama alla mente dei lettori contemporanei un'immagine diversa da quello che era in realtà l'aspetto dello strumento presso i Romani – e ho usato la *bucina* per i segnali all'interno del campo e il *cornu* per i segnali in marcia o in battaglia; il *lituus*, invece, l'ho lasciato al posto giusto nella cavalleria. Spero che questo non infastidisca troppo i puristi.

La datazione della carriera di Vespasiano, in tutta la serie, l'ho presa dalla biografia scritta da Barbara Levick e intitolata semplicemente *Vespasian*. L'autrice indica giustamente che, con ogni probabilità, Vespasiano arrivò in Tracia poco dopo la fine della ribellione e vi trascorse tre o quattro anni di noioso servizio di guarnigione, ma la cosa non sarebbe risultata divertente in questo libro. Così ho anticipato il suo arrivo di qualche mese per farlo partecipare all'azione.

I presagi intorno alla nascita di Vespasiano sono tutti presi da Svetonio, che era assai attento a cose del genere e le prendeva molto sul serio, come d'altronde la maggior parte dei Romani dell'epoca. Svetonio fornisce anche l'osservazione di Tertulla diretta a Tito – secondo cui lui sarebbe stato vittima di annebbiamento senile prima di lei per aver detto che, stando ai presagi, Vespasiano era destinato alla grandezza – nonché quella di Vespasia, quando dice a Vespasiano che sarebbe vissuto sempre all'ombra di suo fratello se avesse rifiutato di lasciare la tenuta. Svetonio menziona anche la coppa d'argento di Tertulla, e dice che Vespasiano la conservò dopo la morte di sua nonna, usandola sempre per bere nei giorni di festa.

Per brevità, ho usato soltanto un nome di ognuno dei personaggi reali dopo averli presentati la prima volta, mentre per chiarezza mi sono sentito libero di usare quello che preferivo, per non avere troppi Tito o Sabino.

Cenis e Pallas vivevano entrambi nella casa di Antonia; Cenis era la sua segretaria, e pertanto sarebbe stata a conoscenza del contenuto dei rotoli di pergamena di cui si parla in questo libro, se fossero mai esistiti. Ma magari sono esistiti davvero, chi può dirlo?

Che lei discendesse dai Ceni è discutibile, ma a me sembra probabile.

Quando sostengo che Antonia fosse la donna più potente di Roma, non è proprio così. Livia, la vedova di Augusto e madre di Tiberio, era ancora viva e politicamente attiva all'epoca, ma morì nel 29 d.C., prima che Vespasiano tornasse dalla Tracia, perciò ho deciso di escluderla. Fu attraverso Antonia che Vespasiano ricevette la sua nomina, in parte a causa della sua relazione con Cenis, durata fino alla morte di quest'ultima nel 75 d.C.

L'affermazione di Antonia secondo cui Gneo Calpurnio Pisone fu responsabile – forse con la connivenza di Tiberio, Livia o Seiano – dell'avvelenamento di suo figlio Germanico è stata accettata dalla maggior parte degli storici del mondo romano, secondo i quali il suicidio del generale prima del processo ne dimostrerebbe la colpevolezza. Robert Graves ha avanzato un'altra teoria nel suo libro *Io, Claudio*; se poi volete leggere un'interessante teoria della cospirazione, vi raccomando *Blood of the Caesars* di Stephen Dando-Collins.

Il momento esatto dell'incontro tra Vespasiano e Caligola non viene riportato. Tuttavia, è quasi certo che, attraverso i suoi legami con Antonia, Vespasiano sia entrato in contatto con lui.

Asinio fu console nel 25 d.C. e morì l'anno seguente. Non sappiamo come e dove, ma la sua morte è stata molto utile per la mia trama. Il fatto che fosse alleato di Antonia contro Seiano è una mia invenzione, ma non è improbabile.

La richiesta da parte di Seiano di sposare Livilla fu negata da Tiberio nel 25 d.C., ma il suo rapporto con lei effettivamente si protrasse, in concomitanza con la sua ricerca del potere supremo.

Lo stile di vita di Gaio è completamente inventato ma, visto che non risulta che abbia mai avuto dei figli, è del tutto plausibile e rappresenta una divertente incursione nella decadenza dei costumi romani, così come di solito viene percepita.

I miei ringraziamenti vanno a molte persone. Innanzitutto al mio agente, Ian Drury della Sheil Land Associates, per avermi accettato e per la sua incessante positività, e a Gaia Banks ed Emily Dyson dell'ufficio diritti internazionali dell'agenzia, per tutto il duro lavoro che hanno fatto per me. In secondo luogo a Nic Cheetham della Corvus Books per aver pubblicato il mio libro, nonché per averne fatto fare l'editing a Richenda Todd; lavorare con lei è stata un'esperienza straordinaria. Grazie anche a Emma Gibson della Corvus per avermi guidato attraverso il processo di pubblicazione, di cui non avevo alcuna esperienza.

Nessuna istruzione può essere completa senza il ricordo di insegnanti speciali. Vorrei ringraziare tre maestri della Christ Hospital School di Horsham: Richard Palmer per avermi fatto conoscere Shakespeare e Donne, nonché le gioie della lingua inglese; Andrew Husband per avermi trasmesso un amore per la storia che non verrà mai meno, anche se lui magari all'epoca non sembrava rendersene conto; e Duncan Noel-Paton, che mi ha dimostrato come l'immaginazione non abbia confini.

Un grazie di cuore a mia zia, Elisabeth Woodthorpe, e a mia sorella, Tanya Potter, per il loro sostegno ed entusiasmo durante il processo di scrittura di questo libro.

Infine, i miei più sentiti ringraziamenti vanno alla mia compagna Anja Müller che, quando le accennai per la prima volta l'idea di questo libro, sei anni fa, mi regalò un taccuino con l'immagine di Vespasiano in copertina, stampò tutto quel che riuscì a trovare su di lui in Internet – e non era certo poco! – e poi mi disse, nel modo più gentile possibile, di smettere di parlare della mia idea e di cominciare a scrivere. Quando mi sono finalmente deciso a seguire il suo consiglio, lei mi si è seduta accanto ogni sera per ascoltare pazientemente quel che avevo scritto durante la giornata; grazie, amore mio.

Vespasiano continuerà la sua ascesa al potere nel mio prossimo libro, *Il carnefice di Roma*.

INDICE

p. 7   *Prologo*

PARTE PRIMA

15   Capitolo I
31   Capitolo II
43   Capitolo III
59   Capitolo IV

PARTE SECONDA

67   Capitolo V
77   Capitolo VI
89   Capitolo VII
101   Capitolo VIII
113   Capitolo IX
127   Capitolo X
135   Capitolo XI
143   Capitolo XII
153   Capitolo XIII
161   Capitolo XIV
175   Capitolo XV

PARTE TERZA

187   Capitolo XVI
199   Capitolo XVII
209   Capitolo XVIII

PARTE QUARTA

p. 225 Capitolo XIX
239 Capitolo XX
255 Capitolo XXI
271 Capitolo XXII
281 Capitolo XXIII
297 Capitolo XXIV
319 Capitolo XXV
339 Capitolo XXVI
357 Capitolo XXVII

369 *Nota dell'autore*

Nuova Narrativa Newton

FRANCO MATTEUCCI, *Il profumo della neve*
NAGIB MAHFUZ, *Il Settimo Cielo*
COLLEEN GLEASON, *Cacciatori di vampiri*
JAMES VANORE, *Il vangelo dei vampiri*
LISA JANE SMITH, *Il diario del vampiro. Il risveglio*
NAGIB MAHFUZ, *Karnak Café*
COLLEEN GLEASON, *La condanna del vampiro*
STUART MACBRIDE, *La casa delle anime morte*
WHITLEY STRIEBER, *2012 L'apocalisse*
NANCY KILPATRICK, *La rinascita del vampiro*
NAGIB MAHFUZ, *Autunno egiziano*
LISA JANE SMITH, *Il diario del vampiro. La lotta*
LISA JANE SMITH, *Il diario del vampiro. La furia*
La maledizione del vampiro, a cura di PETER HAINING
Vampiri!, a cura di STEPHEN JONES
LISA JANE SMITH, *Il diario del vampiro. La messa nera*
COLLEEN GLEASON, *La rivolta dei vampiri*
LISA JANE SMITH, *I diari delle streghe. L'iniziazione*
LISA JANE SMITH, *Il diario del vampiro. Il ritorno*
CHRISTOPHER LINCOLN, *Billy Bones. L'armadio dei segreti*
GIULIO CASTELLI, *Gli ultimi fuochi dell'impero romano*
BINA SHAH, *Il bambino che credeva nella libertà*
VITO BRUSCHINI, *The Father. Il padrino dei padrini*
SIMON SCARROW, *Sotto l'aquila di Roma*
LISA JANE SMITH, *I diari delle streghe. La prigioniera*
COLLEEN GLEASON, *Il crepuscolo dei vampiri*
STUART MACBRIDE, *Il collezionista di occhi*
NANCY KILPATRICK, *Gli amori del vampiro*

LISA JANE SMITH, *Il diario del vampiro. Scende la notte*

AZADEH MOAVENI, *Viaggio di nozze a Teheran*

LISA JANE SMITH, *I diari delle streghe. La fuga*

Sul tetto del mondo, a cura di JON E. LEWIS

MASSIMO LUGLI, *Il Carezzevole*

HARRY SIDEBOTTOM, *Il guerriero di Roma. Il re dei re*

LISA JANE SMITH, *I diari delle streghe. Il potere*

COLLEEN GLEASON, *Il bacio del vampiro*

L'ultima scalata, a cura di HAMISH MACINNES

VERONICA Q, *Vietato ai minori*

DAVID IGNATIUS, *Attacco a Teheran*

ANDREA FREDIANI, *Dictator. L'ombra di Cesare*

CHRIS PRIESTLEY, *Le terrificanti storie di zio Montague*

GAILE PARKIN, *Africa Social Club*

SIMON SCARROW, *Il gladiatore*

LISA JANE SMITH, *Il diario del vampiro. L'anima nera*

FABIO DELIZZOS, *La setta degli alchimisti. Il segreto dell'immortalità*

MAHBOD SERAJI, *Le notti di Teheran*

CHRISTOPHER LINCOLN, *Billy Bones. Sulla strada per Maipiù*

Wolfmen. Storie di lupi mannari, a cura di STEPHEN JONES

FRANCO MATTEUCCI, *Lo show della farfalla*

ROBERTO GENOVESI, *La legione occulta dell'impero romano*

NAGIB MAHFUZ, *Per le strade del Cairo*

MICHELLE MORAN, *La regina eretica. Il romanzo di Nefertari*

STEPHANIE SALDAÑA, *La sposa di Damasco*

TOM HARPER, *La città dei libri proibiti*

RAYMOND KHOURY, *Il segno di Dio*

STEVE ALTEN, *2012 La resurrezione*

LISA JANE SMITH, *Il diario del vampiro. L'ombra del male*

OLLE LÖNNAEUS, *Il bambino della città ghiacciata*

SIMON SCARROW, *Roma alla conquista del mondo*

MICHAEL WHITE, *L'anello dei Borgia*

ELIZABETH ESLAMI, *Il mio matrimonio combinato*

VICTORIA COREN, *I love poker*

LAWRENCE ANTHONY con GRAHAM SPENCE, *L'uomo che parlava agli elefanti*

ANDREA FREDIANI, *Dictator. Il nemico di Cesare*

JENNIFER JORDAN, *La scalata impossibile*

MARTIN BOOTH, *The American*

MISCHA HILLER, *Fuga dall'inferno. Una storia palestinese*

TORSTEN PETTERSSON, *A L'alfabetista*

PIERO DEGLI ANTONI, *Blocco 11. Il bambino nazista*

ÀLEX ROVIRA - FRANCESC MIRALLES, *L'ultima risposta di Einstein*

ROXANA SABERI, *Prigioniera in Iran*

SCARLETT THOMAS, *Il nostro tragico universo*

WHITLEY STRIEBER, *Omega point. Al di là del 2012*

PAOLO DI REDA - FLAVIA ERMETES, *Il labirinto dei libri segreti*

ANN FEATHERSTONE, *Il circo maledetto*

ANDREA FREDIANI, *Dictator. Il trionfo di Cesare*

GIULIO CASTELLI, *476 A.D. L'ultimo imperatore*

Alla fine del mondo. Le grandi avventure polari, a cura di JON E. LEWIS

ANN BRASHARES, *Grande amore*

FEDERICO GHIRARDI, *Bryan di Boscoquieto e la Maledizione di Morpheus*

VITO BRUSCHINI, *Vallanzasca*

CHRISTOFFER CARLSSON, *Lo strano caso di Stoccolma*

LORENZO BORGHESE, *I segreti di una principessa*

PATRICK WOODHEAD, *Il tempio degli eterni*

LOREDAN, *La spia del Doge. Leonora e i misteri di Venezia*

LORENZA GHINELLI, *Il Divoratore*

ROSS LECKIE, *Hannibal. Il conquistatore*

NAOMI RAGEN, *Una moglie a Gerusalemme*

LISA JANE SMITH, *Il diario del vampiro. La genesi*

GRAHAM BROWN, *La profezia della pioggia maya*

LAURA J. SNYDER, *Il club dei filosofi che hanno cambiato il mondo*

CHARLENE LUNNON - LISA HOODLESS, *Le bambine silenziose*

JESSICA JIJI, *Il profumo dei fiori in Iraq*

NELSON JOHNSON, *Boardwalk Empire*

SIMON SCARROW, *La spada di Roma*

MASSIMO LUGLI, *L'adepto*

DANIEL DEPP, *La città dei senza nome*

KENIZÉ MOURAD, *La principessa ribelle*

PHIL RICKMAN, *I pilastri di Camelot*

CHRISTIAN CAMERON, *Il tiranno*

KATIE ALENDER, *Le cattive ragazze non muoiono mai*

STUART MACBRIDE, *Sangue nero*

OLLE LÖNNAEUS, *Cuore nazista*

FABIO DELIZZOS, *La cattedrale dell'anticristo*

GERARD O' DONOVAN, *Il crocifisso*

HARRY SIDEBOTTOM, *Il guerriero di Roma. Sole bianco*

UNNI LINDELL, *La trappola di miele*

ANDREA FREDIANI, *Marathon*

LISA JANE SMITH, *Il diario del vampiro. Sete di sangue*

FRANCESCO FIORETTI, *Il libro segreto di Dante*

BASHARAT PEER, *Il sogno del soldato bambino*

RAYMOND KHOURY, *L'eredità dei Templari*

LARS RAMBE, *Il mosaico di ghiaccio*

NAGIB MAHFUZ, *Il viaggio di Ibn Fattouma*

FRANCESCA BERTUZZI, *Il carnefice*

ANTONIO SALAS, *L'infiltrato*

LISA JANE SMITH, *Il diario del vampiro. Strane creature*

DAVID GIBBINS, *Il vangelo proibito*

JON TRACE, *La profezia vaticana*

SIMON RICH, *Il compagno di banco*

DOUGLAS JACKSON, *Il segreto dell'imperatore*

ANNA JANSSON, *Il sacrificio*

DANA STABENOW, CSI *Alaska. Primavera di ghiaccio*

RAZAN MOGHRABI, *Le donne del vento arabo*

SIMON SCARROW, *La legione*

CHRIS PALING, *Il pittore che visse due volte*

LEE MARTIN, *Che fine ha fatto Miss Baby?*

JOHN UNDERWOOD, *Il libro segreto di Shakespeare*

MARCELLO SIMONI, *Il mercante di libri maledetti*

ADAM JAY EPSTEIN − ANDREW JACOBSON, *The Familiars*

SCARLETT THOMAS, *Il giro più pazzo del mondo*

ANN FEATHERSTONE, *La giostra degli impiccati*

TORSTEN PETTERSSON, B *Il burattinaio*

LISA JANE SMITH, *Il diario del vampiro. Mezzanotte*

CHRISTOFFER CARLSSON, *La casa segreta in fondo al bosco*

Millennium Thriller, a cura di J. ELLROY e O. PENZLER

JOSS WARE, *I diari delle tenebre. Il bacio della notte*
FRANCISCO J. DE LYS, *Il labirinto sepolto di Babele*
LIN ANDERSON, *L'incendiario*
CHARLES DE LINT, *La mappa del dragone*
TED DEKKER, *Il cimitero dei vangeli segreti*
JULIET GREY, *Il diario proibito di Maria Antonietta*
LISA JANE SMITH, *Il diario del vampiro. L'alba*
IRFAN MASTER, *La biblioteca dei mille libri*
LORENZA GHINELLI, *La colpa*
VARG GYLLANDER, *Il cadavere*
SHARON DOGAR, *La stanza segreta di Anna Frank*

Simon Scarrow

La legione

Simon Scarrow è nato in Nigeria. Dopo aver vissuto in molti Paesi si è stabilito in Inghilterra. Per anni si è diviso tra la scrittura, sua vera e irrinunciabile passione, e l'insegnamento. È un grande esperto di storia romana. *Il centurione*, il primo dei suoi romanzi storici pubblicato in Italia, è stato permesi ai primi posti nelle classifiche inglesi. Macrone e Catone sono i protagonisti di *Sotto l'aquila di Roma*, *Il gladiatore*, *Roma alla conquista del mondo* e *La spada di Roma*, tutti pubblicati dalla Newton Compton. Il suo sito è www.scarrow.co.uk.

Volume rilegato di 384 pagine. Euro 9,90

Dall'autore dei bestseller *Il gladiatore* e *Il centurione*, un nuovo romanzo pieno di suspence e d'azione, in grado di evocare la grandezza di Roma, dei suoi eroi e dei suoi nemici.

Spinto dall'odio per Roma, il gladiatore Aiace percorre l'impero seminando morte e distruzione, massacrando civili inermi al pari dei soldati. Ancora una volta, Macrone e Catone sono incaricati di un compito ai limiti dell'impossibile: fermare le sue gesta, catturarlo o ucciderlo prima che la rivolta si estenda a tutto il Medioriente. Ma l'ex schiavo è abile, sfuggente, furbo, capace di evitare le trappole come di tenderle; l'inseguimento si spinge fino in Egitto, in un ambiente ostile, tra le paludi e i deserti lungo il Nilo, sotto un sole cocente, in zone infestate da zanzare e coccodrilli, dove i due protagonisti devono badare alla sopravvivenza prima ancora che al nemico. Tra scontri, imboscate, agguati e battaglie, Macrone e Catone arriveranno alla resa dei conti sospinti dalla disperazione e dallo spirito di vendetta.

NEWTON COMPTON EDITORI

Douglas Jackson

Il segreto dell'imperatore

Douglas Jackson, redattore per il quotidiano «The Scotsman», nutre da sempre una grande passione per la storia romana. Vive in Scozia, a Bridge of Allan. *Dopo Morte all'imperatore!*, *Il segreto dell'imperatore* è il suo secondo libro.

Volume rilegato di 336 pagine. Euro 12,90

43 d.C. Arroccato nella sua fortezza nel Sud dell'odierna Inghilterra, Carataco, capo supremo dei Britanni, guarda dall'alto della collina l'esercito nemico che avanza. Elmi e corazze dei legionari brillano per tutta la vallata come stelle nel cielo, e le insegne romane ondeggiano minacciose al richiamo di battaglia delle trombe. L'imperatore Claudio già pregusta la vittoria: presto anche lui avrà un posto nella storia come i suoi gloriosi predecessori, Cesare e Augusto.
Intanto i Britanni, finalmente riuniti in un unico esercito, serrano i ranghi. È il loro ultimo, disperato tentativo di difesa e sono pronti a sacrificare tutto per sconfiggere la minaccia che incombe sui loro territori, ancora più terrificante perché tra i legionari romani avanza Rufo, custode di un'arma segreta che solo l'imperatore conosce…
Una storia epica e appassionante di ambizione, intrighi, tradimenti, sangue e coraggio, che conferma Douglas Jackson come uno dei migliori scrittori contemporanei di romanzi storici.

NEWTON COMPTON EDITORI

Andrea Frediani

Marathon
La battaglia che ha cambiato la storia

Andrea Frediani è nato a Roma nel 1963. Laureato in Storia medievale, ha collaborato con numerose riviste specializzate, tra cui «Storia e Dossier», «Medioevo» e «Focus Storia». Attualmente è consulente scientifico della rivista «Focus Wars». Con la Newton Compton ha pubblicato, tra gli altri, il saggio *Gli assedi di Roma*, vincitore nel 1998 del premio Orient Express quale miglior opera di Romanistica, *Jerusalem* (tradotto in varie lingue), *Un eroe per l'impero romano* e la trilogia *Dictator* (*L'ombra di Cesare*, *Il nemico di Cesare* e *Il trionfo di Cesare* – quest'ultimo vincitore del Premio Selezione Bancarella 2011). Il suo sito internet è www.andreafrediani.it.

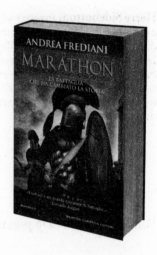

Volume rilegato di 336 pagine. Euro 9,90

480 a.C. La flotta greca attende con ansia di conoscere l'esito della battaglia che si combatte alle Termopili, tra gli uomini del gran re Serse e i 300 eroi guidati da Leonida. Su una delle navi, Eschilo, in servizio come oplita, riceve la visita di una donna misteriosa, che gli racconta la sua personale versione della battaglia di Maratona, alla quale lo stesso poeta aveva partecipato dieci anni prima. I ricordi dei due interlocutori si intrecciano per ricostruire le verità mai raccontate del primo combattimento campale tra greci e persiani. Prende vita così il racconto di una delle battaglie più importanti della storia, e soprattutto di quel che accadde subito dopo, quando gli araldi corsero ad Atene per comunicare la vittoria greca prima che i sostenitori dei persiani aprissero le porte agli invasori. Narrato in tempo reale, Marathon è la potente e incalzante cronaca di una battaglia e di una corsa: una corsa in cui i tre protagonisti mettono in gioco la loro amicizia e la loro stessa vita, per disputarsi l'amore di una donna, ma anche per scoprire i limiti delle proprie ambizioni, in una sfida che cresce d'intensità fino al sorprendente epilogo.

NEWTON COMPTON EDITORI

Harry Sidebottom

Il guerriero di Roma
Sole bianco

Harry Sidebottom insegna storia all'U-
niversità di Oxford. Grande esperto
di storia romana, vive a Woodstock.
Dopo *Fuoco a Oriente* e *Il re dei re*, *Sole
bianco* è il terzo libro di un'avvincente
saga che ha appassionato milioni di lettori. Per saperne di più: www.harrysi-
debottom.co.uk.

Volume rilegato di 336 pagine. Euro 14,90

Mesopotamia, 260 d.C. Tradito dal suo consigliere più fidato, l'imperatore Va-
leriano è stato catturato dai Sassanidi. L'imperatore è costretto a prostrarsi davanti a Shapur, il re dei re, mentre l'onta della sconfitta si abbatte sui romani.
Il generale Balista osserva impotente, ma giura che un giorno punirà i traditori
che hanno portato Roma sull'orlo della distruzione. In un impero dilaniato da
usurpazioni, ribellioni e guerre civili, il Guerriero di Roma, già protagonista
di tante imprese, affronta nuove sfide contro personaggi inquietanti e spietati,
dilaniato dal dubbio di dover anteporre la salvezza dell'impero a quella della
propria famiglia. Ma prima di tutto dovrà tentare la fuga, e decidere quale prezzo è disposto a pagare per la libertà.
Dopo il successo di *Fuoco a Oriente* e *Il re dei re*, Harry Sidebottom ci regala
un nuovo, avvincente romanzo che, tra gli intrighi di palazzo, il clangore delle
battaglie e la devastazione di un assedio, celebra la gloria di Roma e gli eroi che
hanno reso grande e invincibile l'impero.

NEWTON COMPTON EDITORI